成林

项国光◎著

山东大学出版社
SHANDONG UNIVERSITY PRESS
·济南·

图书在版编目(CIP)数据

成林 / 项国光著.—济南:山东大学出版社,
2021.7
ISBN 978-7-5607-7110-6

Ⅰ.①成… Ⅱ.①项… Ⅲ.①长篇小说—中国—当代
Ⅳ.①I247.5

中国版本图书馆 CIP 数据核字(2021)第 151973 号

责任编辑 陈佳意 张铭芳
封面设计 杜 婕

出版发行 山东大学出版社
社 址 山东省济南市山大南路 20 号
邮政编码 250100
发行热线 (0531)88363008
经 销 新华书店
印 刷 济南华林彩印有限公司
规 格 720 毫米×1000 毫米 1/16
21 印张 316 千字
版 次 2021 年 7 月第 1 版
印 次 2021 年 7 月第 1 次印刷
定 价 59.00 元

目　录

上篇

下篇

上篇

第一章

辛小婷断定，新来战山河兵团开抽水机的赵成林，就是那次去自己家和父亲进行了一次激进谈话的那个人。得出这个结论，还得感谢战山河兵团的秘书马文胜。

在鲁村公社管委的办公室里，人们在议论新来战山河兵团的赵成林，说他是开机器的一把好手，年纪轻轻的愣是自己把一台需要进县大修厂修理的大型柴油机修好了。马文胜在一旁泼冷水，说赵成林有“妄想病”，竟然妄想上大学，他这样的人，当然不可能了。他还不知天高地厚地跑到县领导家里闹事儿，结果被人骂了一顿赶了出来。辛小婷觉得，大家议论的这个人，就是到她家里的那个人，马文胜说的和她见到的是同一件事儿。她还觉得，马文胜在肆意贬低赵成林，大有言过其实的成分。因为她听了这个赵成林与爸爸谈话的全过程。

两个月前的一天，她吃完午饭回到客厅隔壁自己的房间里刚要睡午觉，有人敲门进了她家。时常有人来她家找爸爸谈话，她都回避。再说，她在这里听厌了那些奉承、献媚和旁敲侧击的话。但这次客厅里的谈话很新奇，驱走了她的睡意，让她不由自主地听完了他们的对话。她第一次听到有人敢那样和父亲说话，这给她留下了深刻的印象。辛小婷不得不认为这个人脑子里缺点什么——尽管他也提着礼品来到她家，尽管他向父亲的请求也无可厚非，尽管他走后她还为他做过辩解，可“脑子缺弦”这顶帽子还是要给他戴的。毕竟，一个山沟里的孩子，居然跑到领导家里，和县革委会副主任、县政治部主任叫板。

这个世界真是太小了。原本这是个与她毫不相干的人，在脑海里有点印象也就罢了，可又山不转水转地碰到一块了。他来战山河了，还和自己同在机械班。本来已经淡去了的印象又在脑海里重新清晰起来。很长时间没去工地了，她带着要见识一下这位后生的想法，从公社大院来到了战山河工地。

成林从工地回来，走进宿舍脱下工作服正要洗手，见一位年轻姑娘落落大方地跟了进来。她两手叠放在胸前，不远不近地站在成林对面，问："哎，你就是新来工地开抽水机的赵成林吧？"

"是啊。"成林答应着，抬起头淡淡地看了她一眼，又低下头继续洗手。

短暂的停顿，女子又开口了："你怎么就不问问我是谁，我又是怎么知道你叫赵成林的？"

成林来到战山河兵团机械班，听说了辛小婷也在这里，可一直没见过她。成林又抬头端详她一眼，四年前那单薄的身板、娇气的面容不见了，中等身材，身穿灰色涤卡裤子、浅蓝色的工装上衣，给人一种健美感。她耳后扎着一对极其对称的小辫子，稀落的刘海、端正的面孔、有神的大眼睛，显得朴实、机灵。成林判断她认不出他了，遂说道："在这战山河里，知道我叫赵成林和知道你叫辛小婷、是县里下来的知识青年一样多。"

辛小婷心有不满地看着成林，顿了顿又舒缓了一下自己的口气说："赵成林你好！今天是我们第一次见面，认识一下。"她见成林已洗完手，站起来拿毛巾擦着手，就放下叠在胸前的双臂，伸出了右手。

对于这些干部子女、吃商品粮的"国家人"，成林上高中时就见识过了，并且有着一种复杂的心态。他们的条件优越得令人羡慕，可偏偏他们毫不遮掩自己这种优越感。他们像鸡群中的凤，看不起农民的孩子。这是个以口粮来源划分人群的时代，吃商品粮的人居高临下，吃农村口粮的人伏低做小，泾渭分明。成林看着辛小婷，觉得她身上也带着这样的气息，便产生了应该让她见识一下山里人"厉害"的念头。他放下毛巾，落落大方地把手伸过去。意外的是两只手很满地握在一起，成林觉得她的手纤细而柔软，还带着暖暖的体温。他稍稍犹豫了一下，还是缓缓地用了力，把辛小婷四个手指的骨节紧紧地挤压在了一起，辛小婷那本来舒展的五官瞬间聚集在了一起。她“哎哟”一声把手拽出来说：“你……你这个人怎么这么无礼？”辛小婷两眼瞪着成林。

“你不应当说我无礼，还应当谢谢我。”成林说着侧过身，两手也叠在胸前，倚在床边上。

辛小婷用左手轻抚着右手，歪着头委屈地说：“你这明明是在欺负人，怎么还让我感谢你。”

“握手前你没有提醒我一下轻握，我这双习惯了和锄头、镐头较劲的手……”成林摊开自己的手，又看看辛小婷的手接着说：“见你痛了我就赶快松开了。要是我不松手，你以为你还能拽出来吗？”

辛小婷端详着健壮的成林，和他那只宽厚的大手，尽管知道他是在有意捉弄人，但说的也是实话。一瞬间她好像觉得自己矮了成林一头。她半真半假地愤怒着说：“看来你不会握手，更不会和女生握手。你真是个土包子！”

“唔，这就对了，这才像个‘领导千金’说的话。”成林微微一笑。

“我骂你了，你还不生气？”

“你没有骂我，说的是大实话嘛！我生在山沟长在山沟，没见过世面、受过文明的熏陶，不懂礼仪，握手都会闹出笑话，是货真价实的土包子。”

听着成林自嘲的话，她冷着脸说：“看来你也知道我们同在机械班，是同事了。你应当是我师傅，望多多关照。”

“我可不敢高攀你这位同事，师傅也不敢当，关照恐怕更轮不到我头上。”

“你这又是哪一出？”辛小婷不耐烦了。

“同事？我是个只能欺负山沟里那些石头和土块的山里人，你是下乡来体验生活、镀金，捞资本的城里人。你随时都能走人，去当干部或上大学。我高攀不上。师傅？你没有必要学这满身油渍、走到哪儿都带着柴油味、让人反感的工作。关照？想关照你的人可能已经排成队了吧！”

辛小婷瞪圆了眼睛，说：“你这个人怎么这么刻薄？”

“不是刻薄，是实话实说罢了，看来你也是个不愿意听实话的人。”成林说完，拿起放在床上的书，往床上一坐，倚到了铺盖卷上，眼睛不再看辛小婷。

“无聊，你这个人真无聊！”她愤愤地转过身要走。

“不送！”成林说。

她不轻不重地摔上门，向战山河兵团的办公室走去。

马文胜失落地坐在办公室里，手托着下巴，眼望着窗外发呆。

辛小婷难得来战山河一趟。今天是个惊喜，领导不在，那个碍手碍脚的李娜娜也不在，是和她单独接触交流的好机会。没想到，给她搬的凳子还没坐热，倒的水还没来得及喝，看见成林回来她就脚前脚后地进了成林的宿舍。他不解、无奈。还好，没过多久她又回来了。他马上起立，给她重新搬凳倒水，满脸堆笑地说着让人肉麻的奉承话。

辛小婷第一次见到马文胜，觉得这个人很热情。然而，几次热情后，她又觉得他脸皮很厚。今天，和成林对比的强烈反差，让辛小婷对马文胜本就不好的印象变得更加恶劣。她受不了马文胜的奉承，起身走出了办公室。马文胜把她当成贵宾上客，可令人作呕。虽然跟成林刚接触就被他气得心乱跳，可有一种真实生活的感觉，也让她产生了一种挑战的冲动。辛小婷不知不觉又来到了成林的宿舍门前。透过窗户，她看见成林在聚精会神地看书。她又推门进来了，说：“哎，你看的什么书？”

成林两手把书立在胸前。她看了一眼，《柴油机的保养与维修》。她接着问：“听说你机器开得不错。年纪轻轻就有这么好的技术，是跟哪位师傅学的？”

“师傅？”成林惊奇地问。

“是啊，没有师傅你无师自通啊！”

成林把手里的书向上擎了擎，又瞄了一眼他床头上的一摞书说：“你该知道列宁是怎样评价书籍的吧？”

辛小婷想了想，扑闪着眼睛认真地望着成林，说：“知道。它们就是你进步的阶梯？”

“我除了用这最笨的方法沿着这梯子向上爬，还有别的选择吗?”成林不由得想到自己走过的坎坷路，愤愤地说。

听了成林的话，辛小婷默默地看了他许久。她像是对成林，又像是对自己，一字一字默默地说:“这办法不笨，大智。”

成林抬起头，两人的目光交织在一起。

辛小婷1975年高中毕业。毕业后上山下乡，来到了鲁村公社。她没有随众进村插队，而是被安排到了公社战山河兵团机械班里，住宿在公社大院，吃饭在公社机关食堂。一年来，她要到战山河，就骑上自行车来转一圈，见识下战山河的民工怎样“与地斗”。她以这样的方式，接受着贫下中农的再教育。

辛小婷是在优越的环境和赞誉声中长大。在家受着父母的宠爱，在学校里受到老师的关照、同学的追捧，她腻烦了这种生活环境。没想到踏上社会，受到比在学校里有过之而无不及的奉承和事无巨细的关照。她感觉没有人和她坦诚交往，有一种无形的东西在束缚着她，自己像被架在空中生活，她感到憋屈。

今天见到了成林，觉得和这样的人相处，才是回到现实，融入了社会生活中。她决定把宿舍搬到战山河里来，她也要参加劳动，尝试一种新的生活。

成林今年多大了?想起他与父亲的谈话:他高中毕业两年了。自己高中毕业一年，二十岁。由此推断他比自己大一岁，或两岁。她觉得脸红，这是她第一次关心一个同辈男生的年龄。

成林出生在方圆百里有名的穷山沟——虎龙夼。这条夼呈宝葫芦状，东西十几公里，四面环山，出口处只有百十米宽。夼的南北，均是跌宕起伏、绵延不断的山脉。最东端是高大的坐母山，它像一位端坐的母亲。山腰隆起的两个山包，像她的一对巨乳;南北连绵的山脉，像她伸出的两只巨臂环抱着这夼里的一切。

夼中间蜿蜒下行的河流，像一条卧在这里的巨龙。四条支流像龙爪，出夼的卡腰处，像它昂起的头。茂密的沿河森林把它的身躯装扮得苍劲有力。

这条夼里有三座古刹，每座古刹前坐落着一个村子。村子间相隔三五里路，均背靠青山，面对河流。自古人们就称这条夼为“虎龙夼”，这里的河为“虎龙河”，称这三个村子为“上夼”“中夼”和“下夼”。

美丽的山水、清新的空气、幽静的环境，还有那说不完的古老传说，让来到这里的人无不为之赞叹：这真是神仙居住的地方！

然而，又有谁愿意在这里居住生息呢？这里山连着山，沟接着沟。这里的人祖祖辈辈在陡峭的山坡上面对着瘠薄的梯田。人们的劳作，是在向石缝索取。在生产队劳作一天的收入，是用毛来计算的。

成林生在中夼村一个地道的农民家庭。他出生的前一天晚上，父亲赵顺德躺在炕上，梦见一位长者在似远似近地和他说话。长者是在云里，还是在雾里？他看不清楚，面庞也不清晰，声音却听得真切：“顺德啊，老天赐给你一个好儿子，遗憾的是他是个瘸子。给他寻找一根拐棍吧，来帮他一把，少摔跤。”

顺德一惊，想上前问个明白，可长者徐徐远离了。顺德想追赶上去，却怎么也跑不动，急得不行。这一急倒醒了，原来是个梦。

儿子当天出生了。顺德见到儿子，首先去看他的双腿和双脚，都没有毛病啊！顺德很高兴，又给他取了个乳名叫“林林”。随着生长发育，林林四肢都很健康。顺德彻底放心了，做梦嘛，只是梦而已。他渐渐地把这事就给淡忘了。

第二章

战山河兵团，是“文化大革命”中期人民公社成立的施工组织。这个兵团参照部队编制进行管理，由公社直接领导，治理山河、兴修水利。劳动力从各村抽调，在生产队记工分。农忙时几十人维持着，农闲时则组成浩浩荡荡的大军，无偿地干着公社规划的工程。这种制度风靡一时，也切实为农村山水治理做出了业绩。

今年，战山河兵团承接了一个大工程，在虎龙夼出口的咽喉处开挖坪塘，旨在从地下拦住虎龙河，为周边农田提供水浇条件。人员就驻扎在坪塘不远处六十年代部队废弃、公社接管的一个兵营里。这里自古以来就是军事要塞，日军侵华时也曾在这里驻扎过。

成林是十月底来战山河兵团的。他上工的第一天就差点栽个大跟头。他提前一小时来到工地，可当民工陆续来到工地时，他还没有把机器发动起来，急得满头是汗。他问姗姗来迟的助手于晓明：“以前是怎样发动机器的？”

“以前是把冷却水放掉，从伙房里拿两桶开水倒进水箱，再用喷灯烤机体和机头。把机器预热好了再发动。”于晓明回答。

“喷灯呢？”成林问。

“以前那个开机器的昨天带走了，说那是他借来的。”

成林找来一根木棍，在机器周围找了几块擦机器用过的油布扎在木棍一端，点上火把机器烤了一遍，这才把机器发动起来。

战山河总指挥王明仁见快到上工时间了，还没听到机器的响声，也来到工地。他见民工们都到齐了机器才转起来，无奈地摇了摇头又向后走。跟在他后面的马文胜说："看来新来的赵成林也是徒有其名，和原来那个差不多。"

接下来的几天，开机器之余，成林对机器进行了认真观察。心中有数后，他找到王明仁，说："王主任，柴油机应该进行大修了。"

"为什么？"王明仁问。

成林说："从机器的发动情况看，气环漏气，气缸压力不足。从机器冒黑烟和机体温度过高情况看，供油角度和喷油雾化存在问题。从机器转动的杂音看，曲轴磨损严重，轴瓦旷得厉害。现在机器总体情况是燃油要比正常机器烧得多，输出功率却只有额定功率的一半。现在工程开工不久，需要排水的量不大，机器尚能维持。随着工程进展，排水量加大，机器不大修不能满足工地需要，而且还会加快机器报废。"

王明仁不懂机器，再加上成林是刚来的，他拿不准成林的话有多大的可信度，就打电话把公社农机站孙站长叫来了。成林复述了跟王明仁说的话。孙站长说："成林说得对，这台机器是从修船厂买来的，是船上淘汰下来的柴油机。买的时候修船厂的人就说，这台机器可以用，但需要大修。可我们买回来用了两年了，一直没有修。"

"这么说是到了非大修不可的时候了？"王明仁问。

"应该是这样。"孙站长答。

"到哪里修？"

"这种大型柴油机，咱们鲁村公社修不了，需要到县大修厂去。"

"需要多长时间？"

"半个月至二十天吧。"

"这么大的事你们为什么不早说？战山河停工半年不知道修机器，开工想起修机器来了？"王明仁不满意地看着孙站长说。

"以前那个开机器的从没提及机器有问题。我也疏忽了这事，一直拖到现在。"孙站长有些不好意思地说。

"这么大的工程，工期要求很紧。开工不久，停三五天可以找点外围的活干。可这几百人停工半月二十天，我们耽误不起！"王明仁说。

想不出新的办法，孙站长和成林先走了，王明仁紧皱着眉头。他在考虑怎样向公社打报告。

两天后的上午，成林再次找到了王明仁，问："王主任，能不能给我三到五天的时间？"

"你要干什么？"王明仁问。

"我想试试。"成林答。

"试试？你修机器？你能修好？"王明仁疑惑地看着成林。

成林没有回话。如果是单缸或双缸柴油机他会毫不犹豫地回答能。可这六缸柴油机自己没有修过，也没见过别人修。这两天他查阅了许多书籍，心中还是没有十足的把握，可他还是想试试。他不知该怎样回答王明仁。王明仁见成林在犹豫，又问："你有几成把握？"

"有八成把握。"成林回答。

"三到五天能够完成？"王明仁问。

"如果需要更换的配件当天能够买回，需要外出进行修正的机件能当天修回来，我想，五天该没有问题。"成林回答。

王明仁注视着成林，他看到了成林脸上的自信，他决定赌一把。"就在这工地上修？"他问。

"就在工地上修。不过这里工具不足，特别是维修专用工具根本就没有，这需要外借。再就是我们人手不足，需要找个维修过柴油机的人来帮忙。"成林说。

王明仁考虑了一会说："我现在就给孙站长打个电话，你下午去找他。让他帮你在公社农机站和农具厂把工具找齐，再协商一下谁来帮忙。明天就开始修，行不行？"

"行。"成林回答。

四天过去了。第五天接近中午的时候，机器旁站满了好事的民工，在叽叽喳喳地议论着。成林上完了最后一个螺丝，又给机器加上了润滑油、燃油和冷却水，他告诉于晓明，按动启动马达。三次，机器没有启动起来，于晓明疑惑地看着成林。成林调整了一下高压油泵说："应该没有问题，是高压油管内空气没有排净，再来三次！"

当于晓明第二次按动启动马达按钮时，机器"隆隆"地转动起来。

怠速运转几分钟后，成林握着调速手柄，对各种转速进行试运转。他听着机器那匀称的“隆隆”声，看着机器排气管喷出的青烟，心里的一块石头落了地。他高兴地对于晓明说：“连接水泵，开始抽水！”

机器开始工作了，民工们散去。一个民工惊奇地说：“快看！水泵出来的水比原来尿得远了！”

站在远处的王明仁，看着塘底原来需要一个小时才能抽干的水不到半个小时就要见底了，心中高兴，几天来揣在心里的石头也落了地。可他还是板起脸，转身向办公室走去。他看了一眼跟在身后的马文胜说：“你给成林写个通讯稿，报道一下。”

马文胜皱了一会眉，说：“王主任，成林能开好修好柴油机，就像民工能把泥石刨起、装上车运到塘外一样，是分内的事。顶多说是称职，没法写报道。”

王明仁没有回话，继续走着，马文胜跟着。

辛小婷住进了战山河，每天都早早来到工地，做成林的助手。成林在维修水泵，她蹲在旁边。见成林需要扳手，她拿起递上，成林说拿错了，并顺手就拿起该用的扳手。看着成林井井有条的作业状态，她自己都觉得这是在给成林添乱。她发现成林对她的到来不感兴趣，没有需要她帮忙和教她该怎样做的意思。她知道成林的心结，不介意成林对她的冷落。她细心地观察成林如何作业，适时帮忙，尽量让自己的举止能配合成林的需要。

这天，成林发动好了机器，辛小婷知道成林这个时间要去战山河大院提柴油，她提起柴油桶就走。

“哎，你要干什么？”成林问。

“我提柴油去。”辛小婷回答。

“你提柴油？那个油桶很脏的，你该准备点纸或布垫着。”

“我说你说话能不能不这么刻薄？”

“好，不刻薄，你提得动吗？”

“那你不能去和我抬着？”

她不管成林，提着油桶向前走去。成林无奈地在后面跟着，自言自语地说着:“女大十八变，扭捏的小姑娘变得泼辣了。”

辛小婷回过头说:“你说什么? 你以前认识我?”

“四年前我就认识你，可你不认识我。”

“你是怎么认识我的?”

“当鹤立鸡群时，所有的鸡认识了鹤。 鹤却不能认识所有的鸡。”

“你又来了!”

“可以不这样说，可理还是这个理。”

辛小婷明白成林的话，她又端详了一下成林，还是想不起那个时候的成林，她说:“这么说咱是同学?”

“同班同学。”成林说。

辛小婷又看一眼成林，皱着眉说:“我怎么就记不起你呢?”

“我的比喻对吧?”

“别打岔，你当时坐在哪个位置?”

“在你后面，隔着两张课桌。”

“是你!”辛小婷惊得上眼皮扬到了上限，眉毛也跟着挑起来了，她停住了脚步。

“怎么了，我吓着你了吧?”成林看着她惊讶的表情说。

“你还……”辛小婷打住了，她差点把成林进的县领导家就是她家说出来。

“我还什么?”成林问。

“你还是资产阶级反动学术权威的小走狗!”她改口说道。

她没有想到事情会这么巧，瞬间觉得自己住进战山河是正确的。她说完转过身向前走着，脑海里回想着四年前见到的成林。

四年前的夏季，随军的辛小婷要跟着转业的父亲回地方。 就在打起行装要走的时候，部队上一级备战，父亲走不了了。 她跟着母亲先行了一步。 由于父亲的工作没安排好，她们母女暂住在下夼村姨妈家。 辛小婷在下夼村初中借读，插在了成林所在的班级。

穿着花裙子操着京腔、举止文雅的辛小婷，在山村小学招来同学们异样的目光。 山里孩子的举止、土语也让她感到新奇。 姨妈嘱咐，山里的孩子粗野，要离他们远点。 这又给她增加了几分恐惧。

一个下午的最后一节自习课，没有老师在，教室里乱哄哄的。 成林和后座的赵明生在谈论上学的事。

“听老师说，咱们很快就要升高中了。”成林说。

“上高中，咱们这些人也不能全去。 听上了高中的人说，公社高中每个年级四个班。 全公社才招四个班，肯定有很多同学就上不了高中了。”赵明生说。

“谁去谁不去怎么定?”

“经贫下中农推荐，由贫下中农管理学校委员会定。”

“咱能被推荐上吗?”

“推荐上就去，推荐不上就不去。 学了也没用，别操这个心。”

“怎么能这样说呢?”

“事实就是这样。 你看下夼村于亚萍，以前和咱们是同学，她两年前退学，去接受贫下中农的再教育。 今年到县卫校上学了，成了‘国家人’。 咱们还在读初中。”

“她怎么上的卫校?”

“经贫下中农推荐，上级选拔出来的工农兵学员! 其实谁都明白，是因为她爸爸在县教育局工作。”

成林思索了一会说:“或许当咱们高中毕业时会有变化，会让咱们考大学的。”

“别天真了，好事还能落到咱们头上? 没门路，上不上高中都要回生产队，都得老老实实地当农民。”

他俩的话被旁边的于海孟听到了。 他要拿成林开涮，大声叫道:“赵成林要上大学啦! 赵成林要上大学啦!”

乱哄哄的教室被他的喊声镇住了，变成了一片嘘声和哄堂大笑。

成林的脸涨得通红。 他狠狠地瞪了于海孟一眼，拿起了书包就跑出了教室。 辛小婷用疑惑的目光望着成林的背影。

第二天早上，当成林走到教室门口时，上课的预备铃声响了，多数同学都坐到了自己的位子上。 于海孟见成林走进来，又大声喊道:“大学生来了! 大学生来了!”教室里又是哄堂大笑。

成林径直向于海孟走去。走到他面前，照着他的胸膛就是一拳。

于海孟一惊："嗨，小子，想打架？干别的不知道，就打架我看你还不是对手！"说着就离开座位，绕到桌子之间的过道上。

于海孟比成林大一岁，身体也比成林强壮得多，是全校有名的捣蛋鬼，打架闹事从来就少不了他。在他看来，收拾一下成林是小菜一碟。

于海孟刚上过道还没站稳，成林双手抓住他的双肩向怀里猛地一拉，把头一低，用脑袋向他的脸上撞去。只听"哎呀"一声。成林还是没松手，他把于海孟用力向后一推，又向怀里猛地一拉，身体一让，手向下一按，于海孟还没有反应过来就重重地摔到地上，来了个嘴啃地。成林并不觉得解恨，又用脚乱踹。于海孟想爬起来反扑，他弯起腿，手刚离地面，又被成林双手抓肩，猛地向前一逮，向下一按，来了个二次嘴啃地，又是一顿拳脚相加。

哄堂大笑的教室顿时变得鸦雀无声，同学们被惊呆了。成林的目光和举动让辛小婷害怕，她吓得趴在桌子上，不敢抬头。

这时宫老师进来了，他见有人在打架就大喊一声："住手！"

成林停住了手脚，于海孟也站了起来。

"都到前面来！"宫老师命令着。

他俩走到讲台前，不知是于海孟的鼻子、嘴被撞破了，还是成林的脑袋被撞破了，反正两人脸上都是血。于海孟抹了把流着血的脸，变成了一个大花脸，他想哭；成林也抹了一把脸，也变成了一个大花脸，看上去他不觉得疼，一副痛快的表情。班里少有的肃静，同学都在愣愣地看着他们。

"你们为什么打架？"宫老师问道。

"我说他是大学生，他就来打我。"于海孟说着，委屈得哭出了声。

成林把眼一瞪，把握紧的拳头在胸前一晃，说道："你再敢说，我还揍你！"

昨天下午的事宫老师听说了，今天的事他看到了。他沉默了片刻说："你们到办公室舀点水，洗洗脸回来上课。以后不许打架！"

辛小婷看着这场面，觉得成林的举止验证了姨妈的话。可还觉得成林的野性里面蕴藏着另一种东西。是刚强？自尊？是在勇敢地捍卫着什么？辛小婷当时理不清该怎样评价成林。

一天下午放学时，大雨倾盆。有的同学想走，教室里的宫老师说，谁也不许走，等雨停了或小了再走。可雨没有停下来的意思，辛小婷急得趴在桌子上哭起来。宫老师问她哭什么。她说，只有妈妈自己在家，自己不按时回去，不知妈妈会急成什么样子。宫老师无奈地看着天。成林对宫老师说，我们几个男生送她回家吧。宫老师答应了，又找了两个男生，带上辛小婷和顺路的两个女生上了路。成林走在前面，在没过脚踝的流水中探着路。辛小婷打着伞，顺路的两个女生披着塑料雨布跟在后面，再后面是两个男生。辛小婷到了家后，感激地看了成林一眼，眼光与成林的眼神相遇。妈妈送走了他们，对辛小婷说，不要忽略这样的小事，它能见证一个人，也不要忘记这样的人。

辛小婷注意到了成林，对他细心观察。这个乍看上去很普通的同学，眼神中却透露着与其他同学不同的东西。他学习很较真，个性也很强。放学的路上她问同桌的女同学："成林是哪里的？他爸爸是做什么的？"

"他是中夼村的，他爸爸是农民。"

"他怎么那么好学？"

"不知道。可他真是好学，还问宫老师物理上的那几个定律是谁发现的，宫老师就给我们讲了牛顿的故事。后来有人揭发宫老师，让宫老师在全校做检查，成林也成了宫老师的小走狗。有一次批斗宫老师，还差点让他上去当配角呢。"

"为什么要斗宫老师？"

"他是个右派。还听说他是什么反动学术权威。"

"宫老师可是认真给咱们讲课的！"

"他是个老牌大学生，知道的事很多，同学们都爱听他讲课。尤其是成林，像个跟屁虫，总是跟着宫老师转。"

"哦，是这样……"

一个月后父亲回来了，安排在县革委会工作，母女也跟随他搬到了县城。辛小婷离开了这所学校，走时总觉得在这里落下了点什么。

成林看着辛小婷紧锁的眉头说:“有什么好想的? 无非是城里人进了山沟，见识了什么叫野蛮。”

“不! 我怎么就没想到是你呢?”辛小婷轻声说着。“四年多了，你长高了，壮实了，我认不出你了。可我还认识你的眼神!”辛小婷看了看成林微青的上唇和下巴，又盯着他的眼睛接着说。

“短暂的同学关系，脑子里能有点印象就不错了，还谈什么认出认不出。”

“尽管时间短暂，可给我留下的记忆是丰富的。”

“按照咱们曾是同学推断，你该是两年前就该毕业，现在应该就业了。你怎么还在下乡?”

“我妈妈说我年龄小，就借转学机会让我多读了一年初中。哦，你最好别用‘曾是’……”

他们到了油库，用抽油器把油桶装满，辛小婷找来一根木棍和成林抬着向工地走着。辛小婷的脑海里浮现着：一个想上大学被人取笑，就玩命和人打架的成林；一个敢和县级领导叫板的成林；一个二十刚出头就在机器修理上崭露头角的成林。没想到让她留下深刻印象的三个人，竟然是一个人。她在琢磨成林。

第三章

下午收工后，成林到伙房打了饭回到宿舍。刚进门，辛小婷也端着饭碗跟着进来了。没等成林给她让座，她就自己把饭碗放到一个高凳上，拿过一个小凳坐下，吃了起来。成林看了她一眼，也不好意思在桌子上吃，就把饭碗也放到另一个凳子上，坐在床边吃起来。

辛小婷吃着饭问："成林，你晚上是几点睡觉?"

"我这里没有钟表，不知道是几点，困了就睡。"成林吃着饭说。

"我注意过你早了是十一点、晚了是十二点熄灯。你睡得这么晚，早上怎么还能及时起床?"她的宿舍在成林后排房。她知道，成林总是天刚亮就去工地发动机器抽水，到上工时就把工地上的水排干，以便民工能及时作业。

"日出而作日落而息的山里人，生物钟很准，天亮必醒。"成林说。

辛小婷吃完饭，把饭碗放到成林床对面的三抽桌上，把成林放在床头上的书拿起来，一本一本地看着，边看边说："不困就看这些书?"

"是啊。"说着成林也吃完了饭，提壶倒水。他看了看辛小婷的饭碗，先给她倒了半碗，又给自己倒。

辛小婷瞄了他一眼说："谢谢!"又继续翻着书说："你这里有小说，有农技方面的书，也有农业机械方面的书。你倾向于看什么书?"

"以前喜欢看小说，现在注重看农机方面的书。"

"为什么变了?"

"为了一个承诺。"成林喝着水和她对着话。

“对谁的承诺?”辛小婷紧跟着问。

成林这才发现自己说多了。他拿着水杯,看着辛小婷说:“我对自己承诺还不行吗?”

她坐在成林床边,拿起一本书慢腾腾地翻着,煞有介事地说:“承诺,对一个负责任的人来说,意味着要有相应的付出,并达到预期效果。对自己的承诺则是更庄重的承诺!”

成林瞄了辛小婷一眼,不高兴地说:“没有承诺,是口出狂言!”

“口出狂言是无情地给自己断了后路!”她注视着成林。

成林手里拿着饭碗,身体直立,一动不动。他看着辛小婷说:“你说话怎么咄咄逼人?”

“我怎么逼你了?”辛小婷作出一副惊奇的面孔。

成林一时语塞,呆住了,觉得辛小婷像个幽灵。

辛小婷抿嘴笑了笑,眨巴一下眼睛又说:“你说我咄咄逼人,我看你还咄咄捉弄人呢。”

“我怎么捉弄你了?”

“你敢说咱们在战山河第一次见面,你不是在成心捉弄我?”

成林笑了。他又倒了一些水,洗着碗说:“辛大小姐还记着仇呢。向你道歉,对不起!”

“我不需要你道歉。”辛小婷也笑了,笑得很开心。

成林想,别笑,有机会我还捉弄你。

几天后,成林发动好了机器,收拾完毕要给机器加油。当他打开柴油机的油箱盖时,辛小婷已把装满柴油的加油桶提到了他的手边。成林接过,向油箱里倒着油。辛小婷没有躲开,还凑向前把头探过去,好奇地往油箱里面看。成林见状把加油桶向上一提,油桶嘴脱离了油箱口。柴油冲在油箱盖上,溅起的油滴落到辛小婷脸上、身上。辛小婷急忙退了几步,从衣兜里掏出手帕,揩了揩脸上和衣服上的柴油,又转过身对成林做着鬼脸,小声说道:“你就搞恶作剧吧!要是这里没人,我非打你几巴掌不可。”

看着不急不恼的辛小婷,成林的脸红了。他在反思,自己追求受挫,使得思维、行为都在情绪化,这本就是件错事。现在见辛小婷社会地位优越，自己又拉开架子，经常把这种情绪宣泄到她身上，这更显示出自己心胸的狭窄。尤其是辛小婷来到战山河，根本就没有在自己面前展示什么优越感，甚至还表现出对自己的关切。回想着自她到来对她的态度，成林觉得歉疚。他加完油放下油桶，转身对着辛小婷郑重地说："很对不起！"

辛小婷看一眼诚恳的成林，也坦诚地说："没什么，只要你诚心收我做徒弟就行。"说着又指指衣服："看，油滴变成了一朵朵小花……"

也就是从这天起，他觉得辛小婷善解人意，是个善于聆听和可以诉说的人。他从心里接受了辛小婷，愿意接受她的协助，共同做着事情，并天南海北地交流着。

成林把柴油溅到辛小婷身上，在远处巡视的马文胜看见了，他快步向这里走来。他想，辛小婷会跟成林发火，该来助她一臂之力，谴责成林。当他看到辛小婷没有发怒，还和成林嬉笑地说着什么，他感到尴尬。回想着昨天下午与辛小婷的交谈，心里像打翻了五味瓶。

辛小婷住进战山河，最高兴的人是马文胜。自辛小婷来到战山河，敏感的嗅觉让他觉得她是一座宝藏。尽管他不知道她的身份和家庭背景，可看得出是个很有来头的主。上高中时，他赶上了"反击右倾翻案风"。他善于做出风头的事，借几篇批判文章，成了学生中"反击右倾翻案风"的干将。毕业后，凭借自己曾是风云人物，和公社领导拉上了关系，挤进了战山河兵团做秘书。如果能挤进县级领导的关系网，自己的未来将会更加辉煌。他在脑海里做着美梦，对辛小婷细心观察，大献殷勤，总想着找机会攀谈。她要住进战山河，他喜出望外——老天给了他更多的机会。辛小婷的书信比较多，他总是关注邮递员到来的时间，以便及时把辛小婷的信放到自己的抽屉里，再想法让她来取或送给她。

在战山河里，女性是稀有的。辛小婷到来之前，除了那个操着地方腔想说普通话的播音员李娜娜外，就是伙房里做饭的那些婆娘们。李娜娜总是缠着马文胜，马文胜也颇感自豪。辛小婷到来之后，他把注意力转移到了辛小婷身上，李娜娜醋意大起。每当辛小婷来到办公室，李娜娜总是搭腔搅局，干扰他们沟通。马文胜对李娜娜的举止感到怨恨，想呵斥她，甚至想把她踢出这个办公室，但顾忌压倒情绪，这年头能脱离体力劳动坐在办公室里的人，都是有点关系的。得罪李娜娜，谁知道又会牵扯到哪根神经？人际关系这根弦在他脑海里绷得紧紧的。

昨天下午，辛小婷来取信。领导不在，李娜娜也不在。马文胜与她攀谈了起来。他先对下乡知识青年歌颂了一番，接着就大谈特谈社会的三大差别。他借此抬高、讨好辛小婷。辛小婷对他的演讲不感兴趣，似听非听地浏览着报纸。

对于三大差别辛小婷并不感到新鲜，她在中学政治课本中学过。当她下乡接触到基层民众后，才真正感受到了差别的现实存在。马文胜谈完了社会的三大差别，话锋一转又谈上了农村的三大差别。这让辛小婷感到新奇。他把农村分成四个层次：县城驻地农民、公社驻地农民、一般农村农民和山沟里的农民。四个层次之间形成了三个差别。在论述中他适时抬高自己，含蓄地把自己划到了脑力劳动者的范畴，把成林划到山沟农民的范畴。最后，他讲了一个山沟里的孩子不认识自己爹的故事作为结语。

听着他的话，辛小婷说：“看来你对社会很有研究。”

马文胜一脸的喜悦，说：“研究不敢说，但我们总该善于对事物进行观察、分析和总结。”

“以便找出自己的生存之道？”辛小婷接着他的话说。

马文胜茫然地笑了一下，又说：“不管怎么说，一个人的出生环境对他的影响，会渗透到他的骨子里，影响终生。像山沟里的孩子，他们的粗鲁野蛮，即便是以后能参加工作，甚至受到高等教育，也会从骨子里渗出来。”

辛小婷面无表情地站起身，拿着自己的信，边往外走边说：“金子多产自山沟、河流，没有听说在沃土里开金矿的。”

马文胜苦笑着站起来，无奈地送走辛小婷。

在工地上开抽水机，早上要比民工早到工地一两小时，以便把工地上的水排干，民工能及时作业。收工了，民工一走了之，成林他们还要收拾一番。在机器正常运转、民工们作业时，他们就会闲下来，坐在机器旁用几根木头和篷布打起的小工棚里歇息聊天。这是对他们早来晚归的补偿，也招来羡慕和嫉妒的目光。

随着时间的推移，辛小婷已成了成林默契的助手。闲下来时，她也会跟随成林一起坐在工棚里。辛小婷的目光总是不离成林，她的举止让人觉得有点微妙。一般人当然看不出来，可她逃不过成林的助手于晓明的眼睛。于晓明很懂人情世故，适当地搭腔引话，又特意看似自然地避让。这又使辛小婷和成林有了更多单独相处和交流的机会。

辛小婷近来发现成林对她的态度有所转变。她想，也许自己能够试着了解成林身上那些让她感到神秘的东西了。

成林提着油桶要到战山河大院去提柴油，辛小婷拿起被她打磨得光溜溜的木棍跟着就走。成林说："天太冷，你别去了，我能提得动。"

"我不冷，还是我们一起去抬吧。"辛小婷笑着说。

成林说："好吧。"他们一块走着，辛小婷问："成林，你从什么时候开始有了上大学的愿望?"

"我没有这样的愿望。"成林说。

"上初中时，你都能为这件事玩命地打架，现在就没有了? 你没有必要骗我。"

成林不好意思地一笑，随意地说："那就是从上小学的时候吧。"

"有缘由吗?"

"说这些有意义吗?"

"有意义，我很想知道。"

成林想了想说："说说也无妨。"

两个人像散步一样地走着，成林向辛小婷诉说了儿时的一幕。

那是在成林就要入学的那个夏季。一天，他在本村小学门外玩耍。学校放学了，邻居姐姐芹芹出了校门看见小成林就喊："林林，你们家的信!"

邮递员总是把村里的报纸、书信送到学校里去。小成林接过了信，一蹦一跳地向家里走。

爸爸是个识字的人，这使小成林非常自豪。经常有人拿着信到他家，让爸爸给念，还有的人直接再让爸爸写信寄出去。过年了，爸爸总是自己写对联，村里也有不少人拿着红纸来让爸爸给写对联。听说爸爸还当过粮秣员呢。粮秣员是个什么官？小成林不知道。反正是个与众不同的角色，做着让别人羡慕的事情。

小成林回到家，赶上爸爸下地回来，他赶紧把信递给爸爸。爸爸看了看信封说："你大伯家来的信，是你大哥写的。"

大伯，小成林知道，爸爸时常提到他。他从小就跟着别人闯了关东，现在住在东北的一个大城市，几年前还领着大哥回来过呢。小成林记得，大哥长得很高大，喜欢抱起他，给他讲让人感到新鲜的事情。大哥成了小成林心中的偶像。

"你大哥考上大学了。"爸爸看完了信，高兴地说。

"爸爸，什么是大学啊？"小成林仰着脸问。

"大学就是上完了小学再上初中、高中，高中毕业后就考大学。"

"上完大学再考什么？"

"大学就是最高学府，上了大学就成了最有文化的人了。"

"爸爸，你也是最有文化的人吧？"

"不是，爸爸只是个小学生。大学生要比爸爸强一百倍。"

小成林一惊，再没有问下去，而是在心里掂量开了。大哥要上最高学府了，要成为最有文化的人了。我呢？我长大了一定要和大哥一样，上最高学府，成为最有文化的人。比可敬的爸爸还要强一百倍！从此他心中有了梦想。

听完了成林的回忆，辛小婷说："小学的门还没进，就想着上大学了。你们家的祖坟埋得好啊！"

成林转过头注视着辛小婷，辛小婷被他看得心里发毛。她说："怎么，又让我言中了？"

这事要追溯到五十年前。成林的曾祖父病逝，杠夫们在开挖墓穴时，见墓穴底部正中露出一块椭圆形的石板。杠夫们拿起来，相互传着看。平正的石板上有团团纹理。说是字吧，没有人认识。不是字吧，可个个匀称，排列有序。杠夫们面面相觑，不知该怎么办。这时，本地算命先生老邹在茔地西边的小道上走着，杠夫们把他喊过来。他拿着石板端详了一番说：“把它放到原处吧，不要给他添乱了。”

杠夫听后急忙接过石板，放回原处。又铲了锨新土撒在上面，用脚踩了踩。老邹见状大惊，急得“你……你……”地说不上话来。

老邹的惊叫，把杠夫吓得“噌”地跳出了墓穴。老邹看着石板上面的两个脚印，转身走开了。嘴里念叨着：“天意啊！天意。”

杠夫们惊惶地又向墓穴底部撒了一层土，把脚印摊平。本来晴朗的天空从西北方向飘来几朵黑云，并伴随着一阵疾风。疾风过，天气晴间多云。

事情传下来了。当成林的父亲赵顺德读了几年私塾，在村里成了有文化的人；当成林的好学引起人们的注意时，村里的老人们揣摩着，他祖坟的地气出读书人。这些成林当然也听说过。

“你还是宿命论者？”成林问。

“我不是宿命论者。可我相信某些事情会对人有心理暗示作用。”

“也许吧！暗示助长我的梦想，现实又让我的梦想变成了做梦。”

“不一定！”辛小婷坚定地说。

说着他们已抬着柴油回到了工地。成林给机器加着油，辛小婷站在旁边。她摘下手套搓搓冻僵的手，又把手揣进衣兜里。寒风凛冽，民工们穿着水靴，脱掉棉衣，挥舞镐头、铁锨，推车、拉车，努力地把塘底的沙石向外运。成林加完了油，辛小婷看着工地问：“成林，你以前也是他们中的一员吧？”

“是啊，怎么了？”成林不解地问。

“他们中的一员怎么突然跑上来开抽水机了？”

“你觉得我不够格吗？”

“你把机器管理得这么好，很够格。”辛小婷向工地努努嘴巴，再看看“隆隆”作响的柴油机，接着说：“这也是个台阶，迈上这个台阶，该是有点说辞的吧！”

成林看了辛小婷一眼。她说的对，我的说辞在哪里呢？这也是很多人惦记着的位置。成林到塘底处理了一下吸水龙头的位置，回来进了工棚，坐在简易床上。辛小婷也跟着进来，她把成林放在木墩上的书拿在手里，坐在木墩上。她看着他还在思考她提的问题，却还没想通其中的关键，心里想：傻帽儿！遂说道："不便说就不说。但据我观察，你是凭自己的实力来开抽水机的。"

"实力？我有什么实力？"成林一副直直的眼神。

辛小婷看着成林，若有所思地说："看来你真的有实力，也真是凭着自己的实力。"

听着辛小婷的话，成林思考着，回想着自己两年来的经历。

"文化大革命"期间高考取消，大学招生是从工农兵当中选拔学员。中学毕业后，接受两年贫下中农的再教育，也成了选拔学员的前提条件。

成林高中毕业两年后，几经周折也报了选拔工农兵大学生的名。可就在他出门后，报名表就被人扔进了垃圾篓。到了取生的时候，他还去看自己的推荐情况，受到了在场人的嘲笑。他的父亲赵顺德突然醒悟，办这样的大事，要找个大人物，开个大"后门"。人物找到了，交际拙劣的成林走不通，撞了南墙。

在这个山旮里，没有人关注大学招生，这是被大学遗忘的地方。可成林想上大学的事，还是有那么三两个人关注的。其中就有中旮村的支书赵开德。

赵开德做生意出身，解放后回村当了干部。他掌管村子二十几年，把村里的事处理得不错，也把家事处置得尽善尽美。两个初中未毕业的女儿在县城做合同制工人，去年高中毕业的儿子到公社当了通讯员。他对民办教师不屑一顾，因为民办教师是挣生产队的工分，而他的子女尽管还没成为吃商品粮的"国家人"，但都是挣工资的。每当他用小车推着粮食去公社粮管所给子女们换粮票时，心里都颇感自豪。

赵开德做这一村之主得心应手，能让他心里添堵的就是赵成林父子了。他与赵顺德一块长大，彼此了解甚深。解放初期他当村长时，赵顺德当了粮秣员。赵顺德为人秉直，做事认真，他把每年的公粮、土地税都算得清清楚楚，张榜公布，接受监督。赵开德几次暗示他账目不要公布。赵顺德明白他的意思，却一直装不明白。

为这事，两人产生了隔阂。后来成立人民公社，粮秣员改作会计，赵开德借机把赵顺德给换下了。村民们不服，撺掇赵顺德和赵开德争斗一番。赶上哥哥从东北回来，赵顺德向哥哥谈了这事。哥哥说：本村本族的不要过不去。正直做人，好好种地，教育好下一代就行了。但要不卑不亢，不要让人觉得谁还怕谁。赵顺德听了哥哥的话，成了虎龙夼里的地道农民。

可这并没让赵开德舒心。赵顺德有点文化，乐于助人，村里人需要写写画画的事都找他帮忙，他从不推辞，就是有的家庭吵架闹火，也都找他说和一下。赵顺德在村民的心里和他平起平坐。他时常想，村里能跟他抗衡的只有赵顺德。他不和自己争斗，不捅乱子也就行了，自己也别故意和他过不去。

可赵顺德也确实叫人生气。你有事过来说一声嘛！你儿子想当兵、想当民办教师，你来说一声不就完了嘛！特别是当民办教师的事，贫管主任来说，初中校长来要，说你儿子学习好，做事扎实，让他教书不会误了咱们的后代。我心里都同意了，就等你一句话了，可你就是不来。你扎的哪份穷刚强？你刚强吧，我就不放你儿子离开生产队，看倒霉的是谁。

近一年的新发现，更让赵开德心里添堵。成林继承了他父亲的秉直和人缘，可头上长了角，身上多了刺。如果他入了党，三年内把自己赶下去，是完全可能的事。他高中一毕业就写了入党申请书，党员评议全票通过。幸亏听说他的姑父在“文化大革命”中被人揭发有历史问题，才借这个事由把他给卡住了。这次卡住了，以后还能卡住吗？

他从公社文教助理员刁立奎那里得知，赵成林想当工农兵大学生。他心里很复杂，当上了吧，赵顺德的儿子胜过了自己的儿子，没了脸面。当不上吧，这条祸根还埋在村里。当不当得上他心里都不舒服。当得知成林上学无望时，他也不知这是喜还是忧。

一年前村里买了脱粒机，村里管机器的人愣是“叫不开门”。是成林这个看热闹的，对照着使用说明书把机器的各个间隙调好，机器才得以正常使用。迫于压力和村里的需求，赵开德让成林在村里管起了机器。他一干就得心应手，把村里的机器管理得井井有条。成林在村里的地位迅速提高，有了让他当生产队长的呼声。他当生产队长该是把好手，可一旦他当上了也就到了与自己抗衡的时候了，距离赶自己下台也就不远了。赵开德觉得“狼”真的来了，应当把这只“狼”赶出去。他经常在公社大院转悠，急切地寻找着适合成林的差事。

秋收过后，战山河兵团开工了。今年开的是大工程，工地上排水能否得到保障，关系到工程能否顺利进行。原来工地上开抽水机的人技术水平差，领导对他不满意，要重新物色个称职的人。赵开德得知此事心中一动，这最适合成林。开抽水机的人常年住在战山河，借此让成林离开村子，正好除去自己的心病。他极力推荐，这事很快办成了。就这样，成林来到战山河开起了抽水机。

这些事不是成林所关注的。辛小婷这一提醒，他回想着近一年来赵开德对他态度的变化，皱着眉头说：“是村支书把我送到了这个位置。但这不符合你要的说辞，因为我没有这样的请求！”

“这就是实力！”辛小婷两眼放光，把右手拍向左手里拿着的书，响亮地说道。

“也许吧，我不想考虑这些。”成林想撇开这个话题。

可辛小婷却在兴致上，继续说：“凭你的实力，你不应当在这里开抽水机。”

“那我还能干什么？”成林惊奇地问。

“你应当有更体面的工作，譬如做教师，或……上大学！”

“那需要的不是实力，是势力！我的辛大小姐！”成林瞪大眼睛。

辛小婷不介意成林对她的态度，平静地问：“成林，你高中毕业两年多了，你的同学还都在农村吗？”

“同学有就业的、参军的，还有上大学的。这与我有关系吗？”

“有关系！我敢断定，他们不如你有实力，也不一定有势力。但他们在向势力靠拢，成全自己！你呢？”辛小婷看着成林。

“我？”成林一愣，又低下头。“我也想啊！可撞得我头破血流，忘掉它吧！”

“别欺骗自己，你没有忘掉，也不想忘掉。”辛小婷把手里的书向成林面前擎了擎说。

“也许你说得对，可还是别提了。”

“不！ 成林，我的生活环境优越，性格开朗。 在别人眼里我很阳光，你也是这样看我的吧！”成林不语。 辛小婷接着说：“可我也有自己孤独的一面。”

成林看得出，公社、战山河的领导都在恭维辛小婷，她对此却表示反感。“我理解你。”成林说。

“你环境比我差，可在战山河里也算是个风光的人物了。 你也有自己孤独的一面，有着无处诉说的苦衷。”

“谢谢你理解我。”

“如果你信任我，咱们就敞开心扉，驱除孤独。”

成林看着辛小婷，点点头。

“把藏在你心里的事说出来吧！ 有利于身心，我也很想知道。”

“好吧，给我时间，把你想知道的都告诉你。”

“谢谢你对我的信任！”辛小婷站起来伸出了右手。

成林也站起来伸出手。 辛小婷使劲地握成林的手，笑着说：“你可别用力啊，我受不了！”她想起了来战山河和成林的第一次握手。

成林缓缓地用着力。 辛小婷觉得，成林的力度把握得恰到好处。

这时于晓明从工棚后侧面走过来。 他目光转向工棚，又迅速收回来，要拐弯的脚步，改成了直行。

看着他的背影，辛小婷朝成林吐了吐舌头。

第四章

成林上大学的梦想是单纯的，它引导着成林度过了学生生活。高中毕业后，他重新审视这个梦想。这个梦想是美好的，它不仅能满足自己对知识的渴望，还能让自己从这个山沟里走出去。他没出过远门，没见过大世面。可随着自己的成长，他知道外面的世界很大。与大哥的长期通信得知，大哥在工厂里造机器。自己就甘心在山沟里造粮食吗？他曾狂想着，就是造粮食也不应当拿着镢头、锄头，也应当开着机器去造粮食。当然，这样的想法也让自己付之一笑。

“文化大革命”中高考取消，选拔优秀的工农兵进大学深造。他高中毕业回到生产队，拼命地劳动着。脏活、累活抢在前面，他想争取贫下中农给他个好评，推荐他上大学。后来他又发现，光干活不行，想上大学还得“找关系”。可成林觉得还是有希望的，因为他的堂叔赵修德在县革委会工作，并答应帮助他上大学。当成林需要叔叔时，叔叔却被送进了“五七干校”。成林去看过他，从他的叹息中，成林明白这条路断了。

成林不甘心就这样放弃，还是按照叔叔的意思，在大学招生报名的前夕，去了一趟公社文教助理员刁立奎的家。

成林准备了礼品，上了去刁立奎家的路。刚出村碰见刘大朋骑着挂满大包小包的自行车从后边赶过来。两年来，成林经常看到上夼村的两位同学刘大朋和赵明生在中夼村前路上往返。赵明生做什么，成林知道。刘大朋走得这么频繁，让他纳闷。

成林躲不过就与他打招呼:“大朋，到哪里去?”

刘大朋不太情愿地下了自行车，说:“我去表叔家。”

“你表叔是哪里的?”

“他住在县城。”成林看得出，他说话有点慌张。

刚说着又见赵明生从后面赶过来，成林与他打招呼。刘大朋见状忙说:“你们说着，我先走了。”他跨上自行车，做贼一样地跑了。

赵明生对成林说:“樱桃快熟了，今天县城大集，我去看一下樱桃的行情和市集管理情况。咱们这家家有樱桃树，舍不得吃又卖不出去。我想去看看能否贩卖一下。”

“你怎么不和大朋一块走?”成林问。

“他? 油头滑脑的，和咱不是一路人，说不上话。”

“我看你也油头滑脑的。”

“不一样。我油头滑脑的是去骗那些当官的脑袋，他油头滑脑的是去舔那些当官的屁股。”

“怎么说?”

“你没听说他在县教育局认了个干爹? 跑了两年了。大学快要招生了，他跑得更勤了。你看他大包小包的，干爹也得送! 看这架势，他今年能上个工农兵学员。哎，还听说迟芳梅也在教育局认了个干爹，去年已经破格上大学了。”

“哦。”成林思索着。赵明生继续说:“成林，你是个好学的人，是块学习的料，你也该想法跑一下。”

“我也想跑，可没地方跑啊。”成林很无奈地说。

“是啊，这年头上大学不是凭优秀、凭学习成绩，而是凭爹、凭谁的脑袋尖。咱们这样的人只能望洋兴叹。”赵明生叹息道。

“听说工农兵学员的文化素质很低，入学后还要补习初中的课程。”成林说。

“你也太高看他们了，我看应当从小学的分数讲起。别人咱不知道，就咱这位刘大朋同学，他要能会做分数加减法的题，我剥个手指头盖去。迟芳梅上大学还有点说服力，能让人心服。”赵明生说。

赵明生走了，成林也上了路。进了刁立奎家所在的村，找到了他的家。刚敲了一下门，一只两耳直立、伸着长舌头的大黑狗狂吠着从门缝里把头伸出来，把成林吓了一跳。成林不害怕狗，但也没法进去，只好站着等待主人。

出来的中年男子尖嘴巴、高颧骨，一对滴溜溜的眼睛。他喝住了狗，看了一眼成林，就把眼睛投到成林手中提的包裹上。他笑嘻嘻地问:“你是……”他的声音沙哑。

“我叫赵成林，是中夼村的……”

没等成林说完，他忙把话接了过去:“噢，是赵修德的侄子吧!快，快进屋。”

他边走边接过成林手中的包裹，说:“我昨天刚崴了脚脖子，你今天就来看我，真是个懂事的孩子。”

成林这才发现他走起路来一歪一斜的。进屋坐下，刁立奎的脚成了今天说话的主题。成林附和着，自己准备的话毫无用处。他心里想:自己怎么变成看望病号了?叔叔说过，来后根据说话情况，适时提一下上学的事。可这来的意思变味了，还怎么提?放弃吧。坐了一会儿成林提出要回去，刁立奎迅速起身，嘴里说着:“谢谢你来看望我，欢迎再来!”说着把成林送出了家门。

成林用余光对他的走相和脚进行了掩饰性的认真观察，始终没有得出他的脚脖子是真崴了还是假崴了的结论。

成林这趟没有白去，报名时让他填了一张报名表。叔叔说过，能报上名就常去看一下。如果公社能推荐上，他再想办法找找县里的人。可是报上名后就如石沉大海，推荐情况一无所知。近两个月过去了，怎么办?心神不定的成林还是决定去一趟公社文教办公室。

屋子里有很多人，都在议论着大学招生的话题。沙哑的声音占据主导地位。成林不愿意在人多的时候进去，可人们没有走的迹象。他决定勇敢一次，踏了进去。

“你是干什么的?”成林刚踏进办公室，沙哑的声音就响起来了。

“刁助理员，我来看看……”

“你是哪里的?”

“我是中夼村的，叫赵成林。”

“是你，你没被推荐上，没事了。 走、走、走！”

成林转身就向外走，脚还没出门，后面那沙哑的声音又响起：“上次来给他张表填填就够给面子了，还来，真是没数。 是人不是人还想上大学?”

随之而来的就是哄堂大笑。 沙哑的声音在哄笑中高出八度。 这声音让成林的脑袋都要炸开了。 他蒙蒙地回到家，一场罕见的大雨把他浇得像只落汤鸡，他倒好像没有察觉。

“是人不是人还想上大学”的话深深地刺痛了成林的心。 他迷迷糊糊地在炕上躺着，三天了。 妈妈按捺不住心中的疼痛，一遍又一遍地唠叨：“林林，发生天大的事你也要吃饭啊！ 你不能这样作践自己。”

成林总是像没听见一样。 爸爸在院子里转了一圈又一圈，突然走到炕前，怒视着成林说道：“你这个孬种！”

爸爸在骂人? 成林抬起头，当父子四目相对，确定爸爸是在骂自己的时候，他心中一震，又躺下了。 爸爸或许觉得自己说话有点过分，再没言语，就下地去了。

爸爸从来不骂人。 长了这么大，受过爸爸的训斥、挨过他打屁股，还从来没有挨骂。“孬种?”爸爸一句骂人的话再次刺痛了成林的心。 他意识到：人，不怕别人拿你不当人，就怕自己拿自己不当人！ 他起床了。

晚饭，三人相对无语。 饭后，妈妈收拾着，爸爸佝偻着腰蹲在炕头上，手拿着纸条卷着旱烟。 成林手捧着后脑袋倚在被子上，他端详着爸爸，觉得几天的时间他苍老了许多。 几天来，他折磨着自己，也是在折磨着父母啊！ 他内心产生了愧疚。 爸爸叹息了一声说：“林林，是爸爸耽搁了你，这两年你是有机会离开这山沟的。 一次是当兵，一次是当民办教师。 从表面上看，都是赵开德在卡着你。 但爸爸心里像明镜一样清楚，他就等我向他服服软，说句求他的话。 当兵，爸妈就你一个孩子，舍不得你远离也就算了。 可当民办教师这次是万万不该错过的。”说着爸爸哽咽了，两只卷烟的手也在颤抖。

这两次机会成林都知道，没有去成并没给他多大打击。 这次，自己的追求无望，又蒙受了他人的嘲笑时，他才真正意识到了现实的残酷，自己以往的想法是多么幼稚可笑。

停了一会，爸爸又接着说：“爸爸刚强了一辈子，也老实了一辈子。可刚强没刚强在地方，老实也没老实在地方。既不去求人家，也不和他争斗，就这样把你给耽搁了，还不知好歹地骂你孬种。”

他流出了浑浊的眼泪，妈妈也提起了衣襟擦着眼睛。

成林长这么大，从来没有见爸爸流过泪。他慌了神，不知所措。他坐起来，去扶着爸爸。过了一会，爸爸擦了擦眼睛，又拿起烟管箩卷起了旱烟。爸爸抽着旱烟提了提精神说：“以前耽搁就耽搁了，可不能再耽搁下去了。”

妈妈用期盼的眼光看向爸爸，成林也想不出爸爸有了什么新招。爸爸接着说：“这年头要办成事，就要攀上一个。你毕业后咱们家境也变得好些了，有能力送了。一定要攀上一个，让你从这山沟里走出去。”

“攀上谁？送给谁？”成林不解地问。

“赵开德那好办，给他赔个笑脸服服软，有事他不卡咱就行。看来拜托你修德叔叔也不行了，可他知道谁行。你明天就去趟县城，让你修德叔叔引引道。”爸爸说。

“送礼我可不会。再说，咱们辛辛苦苦一年收获的那点东西、挣的那点钱，送出去不觉得窝囊吗？”成林说。

“窝囊也得送，不会送就学着，不能像以前那样穷刚强了。事情就这么定了，找好了人选，按年节去跑。板栗和大枣就要下来了，送这些东西能省钱，城里人还喜欢。”爸爸说得很坚定。

爸爸来了个一百八十度大转弯。尽管成林并不赞成，可面对这样的处境又能怎么办呢？

成林按照爸爸的意愿要去一趟县城。刚上路，又见到大包小包挂了自行车的刘大朋。成林问：“大朋，又要去你表叔家吗？”

“是啊，你去哪？”刘大朋问。

成林撒了个谎，又问：“大朋，今年上大学没有问题了吧？”

刘大朋犹豫了一下说：“应该没有问题，可心里着急。今天就是去看入学通知书到了没有。”

“能上什么学校?”

“如果没有意外的话该去地区师专。”

刘大朋觉得自己的问题解决了，一些事情就没有必要再背着成林了。他说:“成林，咱们是同学，又是老亲，话透不出去，我就实情告诉你。我上大学，全是用礼品攻出来的。我知道你也想上大学，你也要送啊！不送是上不了大学的。”

“我没有地方送。”成林说。

“这不要紧，能找人引荐认识一个有能力保障我们上大学的人就行。认识了常去跑，没有不吃腥的猫。一开始少带点，慢慢增多，有一年的时间就把他放倒了。这也是攻坚战，要把酒瓶当成手榴弹，把烟、礼品当成炸药包，猛往上送、往上甩，到了关键时候再给他来包多管小火箭。”

“什么是多管小火箭?”成林不解地问。

刘大朋解释说:“弄一包香烟打开，把烟支取出来，把钱卷起来当烟支装上，再装上两支真烟封好。到了他家后，从兜里拿出来打开，取出两支真烟，你和他各点上一支，再把烟盒朝他的方位扔去。动作要夸张一点，引起他的注意。要不这盒烟让别人看见可就不好了。你再去他家，他不提这盒烟的事，说明事情成了。再就是要观察他喜好什么，要投其所好。要是他能跟你要什么，那就更好了。说明事情成了，就等着上大学吧。”

他停了一会又说:“不要舍不得。不管送多少，也不管他把我们送到什么学校，能把我们变成吃商品粮的‘国家人’，就改变了我们的命运。要不就要在这山沟里待一辈子。迟芳梅为了个社来社去的名额，把身子都搭上了。你掂量掂量吧。”

成林一愣。稍停刘大朋又说:“我知道你是个倔强的人，这事倔强不得。你站在他们的角度想想，一句话改变一个人的命运，得不到回报他们心里能平衡吗? 除了直系亲属都要送。不沾亲带故的更好办，这样他们好意思收礼啊！今年取生已经结束了，为明年做准备还不晚。注意两点，一要选对了人，二要舍得送。成林，你想想办法吧。”

成林没想到自己被一个学习大落给教育了一番，而且说得很老到。也许爸爸的想法是正确的，适者生存嘛!

成林在农场的玉米地里找到了叔叔，并说明了来意。叔叔坐在水渠埂的一块石头上，忧愁地抽着纸烟。他看了一下周围没人就说:“大学招生，每年全县只有一百多个名额。尽管看上去是基层推荐，可从推荐到取生，都逐级带上了帽，剩余的名额也就不多了。所以这事很难办成啊!”

叔叔想了很长时间，说:“县革委会副主任辛若东，兼任政治部主任。他是个实力派，也是个正直踏实的人。如果他答应帮忙，应该没有问题。”叔叔沉思着叹息道:“那些歪头斜脑的人难求，正直的人也难求啊!”叔叔把辛若东的情况向成林介绍了一番。

成林想，正直的人尽管不好求，可和这样的人打交道该不会感到受辱吧，就说:“那就去求辛主任吧!”

叔叔从衣服兜里掏出笔和一张纸，画了个县机关家属院的简图，标出了辛若东家住的位置，递给成林说:“辛主任个性很强，和他说话要谨慎些。我还没有‘解放’，没法去引荐，你自己去闯一下吧，也是个历练。”

成林告别叔叔，来到县机关家属院，找到了辛若东居住的位置。他四周观察了一下，确定记住了，就走开了。

第二天，他带上礼品，踏上了攀高的路。

第五章

成林一手提着一包板栗，一手提着一包大红枣，做贼一样地站在辛若东的街门外。他费着劲用一只手提着两个包，腾出一只手去敲那个上面没有门楼的铁制街门。

成林听说，当下去领导家，用脚踢门，门会开得更及时。因为家里人会由此判断出，来者手里提着东西，没法用手去敲门，只好用脚踢。成林没有这样做。来开门的是一位男子，魁梧的身材，国字脸，短平的头发有点花白，看上去是五十岁左右的人。根据叔叔的描述，他该是辛若东了。成林忙说："辛主任您好！"

"你是谁？"辛若东问，并站在门口中间，没有让成林进去的意思。

成林感到了瞬间的尴尬，急忙说："我叫赵成林，是县革委会赵修德的侄子。"

听了这话，辛若东打量了一下成林和成林手中提的东西，转过身向院子里走。成林用肩膀关上街门，跟着进去了。

他住的是三间平房。中间一间南北隔开，一进门的半间是客厅，北边半间像是厨房。客厅两边放着一套很旧的沙发，中间偏一侧放着木制茶几。东墙上挂着一幅八骏图，西墙上挂着一幅字：《难得糊涂》。东西两间房门的玻璃上挂着帘子，给人一种神秘的感觉。

进了屋，辛若东说："你坐。"

成林把两个包放到墙角，见辛若东坐下了，也拘谨地坐在了他对面的沙发上。

“你拿的是什么?”辛若东看着成林带来的两个包问。

成林脸上堆着笑说:“这是自家产的板栗和大枣，带点给辛主任，哦，该称呼您叔叔吧，让您尝尝鲜。”

“你为什么要送给我?”

“没什么叔叔，都是自家产的，也不值几个钱，叔叔不嫌弃就行。”成林谨慎地说着。

“你来有什么事?”他拿起茶几上的香烟，抽出一支，在烟盒上磕了一下，划了火柴点上。

“没什么事，是我叔叔让我来的，让我以后经常来看望您。”

“年轻人，别学得油嘴滑舌的，为什么就说什么。”

辛若东的话把成林逼到了炕沿上。从叔叔那里知道，辛主任是个正直坦率的人，没想到直率到这个程度，他事前准备的话没了用场，也找不出更好的话来应承，他用期盼的眼光看着辛若东，拘谨地说:“辛主任，我从小有一个上大学的愿望，有求知的欲望。我高中毕业已经两年多了，为这事来请求您帮忙。至于拿的东西您别介意。”

“年轻人，你有上进心、想上大学是件好事。但你应当走正道，你拿着礼品往领导家里跑，这是走歪门邪道，不是正直人的行为。”

成林望着辛若东，又不知该怎样回答。停顿一会他说:“辛主任，这条路我没走通，所以来求您，想得到您的帮助。”

“那是因为你还不够优秀吧?”辛若东吸了一口烟说。

“辛主任，你对大学招生的现状应该是了解的。”

“了解，选拔优秀的工农兵送进大学深造。每年工厂、机关、学校，都在推荐优秀青年供组织选拔。”

“可我们农村青年没有这样的路走。”

“农村青年到公社报名，由公社贫下中农管理学校委员会向上推荐。你这还不知道吗?”

“我知道。可基层农民如果没有关系，不送礼，连名也报不上，更谈不上向上推荐。就是送上礼品、报上名，也是做陪衬的。”

“年轻人，自己不优秀就老老实实承认，不要凭想象来说话!”

“辛主任，还非让我来证明某某人是怎样的不优秀，又是通过什么渠道进入大学的吗？这有意义吗？大街上流传着：‘扳倒个公社领导，上个中专技校；扳倒个县级领导，上个大专院校；扳倒个地区领导，上个大学军校；扳倒个省级领导，全国大学尽你挑。’这样的传言真的是空穴来风吗？”对话使成林忘记了叔叔曾经的嘱咐，话语也变得激动。

“放肆！你别拿自己偏激的观点来否定一切！自己拿不出点真东西来，就别在这里无理取闹，胡搅蛮缠！”辛若东把手里的烟在茶几上的烟灰缸里捻灭。

“辛主任，我高中毕业只能回到生产队。农忙时在地里割小麦、锄地、收玉米，农闲时在战山河里挥镐头、推小车。这样的环境，我除了积极肯干，还能拿出点什么真东西来？”

“说得好！人才就是要在逆境中脱颖而出。随遇而安、随波逐流的人，就是平庸，就不应当进入大学深造！如果能拿出事实来证明你是个脱颖而出的人才，你不用拿礼品，我来帮你！”

成林呆呆地望着辛若东。辛若东看着成林无话可说的样子，又拿起了茶几上的香烟，抽出支点上，并观察着成林。

成林皱皱眉低下了头。过了好长一会又抬起头说：“辛主任，我现在确实不能向你证明什么。你不给我开后门，也许我这一辈子就与大学无缘了。不过，总有一天——三年、五年或许是十年，我会向你证明，我这样的人，就是该送进大学深造的人！到那个时候，辛主任，你该怎样面对这样的人？”

“到那个时候，我照样保送你进大学深造！”

“五年、十年。人生有几个五年十年？人生要先拿出黄金时期的五年十年来证明自己，你不觉得这是一种悲哀吗？”

“那也不能靠口出狂言、强词夺理来证明自己！”

“我没有狂言，我会说到做到！我也相信你辛主任是个说到做到的人。可你不觉得这样选拔人是对人才的刻薄，甚至是对人才的摧残吗？人说‘知识就是力量’。在我看来，知识就是战士手中的武器！战士需要拿起武器去战斗，你却让战士赤手空拳去战斗一番来证明自己，再给他去拿武器的机会。而这时，有人把武器发给了不想去战斗的人，或是根本就拿不起武器的人！”

“住嘴！ 用不着你来教训我！”辛若东再次把手里的香烟捻灭在烟灰缸里。

“辛主任，怎么是我教训你呢，是你对这现实不承认！”

成林异常激动，以至于忘记了自己的身份和谈话对象，声调也随着辛若东的语气步步升高。 辛若东无法接受，他怒气冲冲地指着门外：“你给我出去！”

成林站起来，平复了一下心情说：“辛主任，不用你赶，我会出去。但我想告诉你，我进来的时候，在心里不亚于是爬着进来的，因为我怀着祈求的心态。 现在这心态没有了，我要堂堂正正地走出去！”他说完转身就要走。

“站住！ 把你拿的东西带走！”

成林转过身，说：“辛主任，到了某些人家里，他们不会满足我的愿望，可会心安理得地收礼，还让你无话可说。 在这里，你让我把心里话说出来了。 谢谢你！ 我把它放在这。”

“你还没完没了你？ 带走！”

“放不放在这是我的决定，收不收是你的决定。 你不收可以把它扔到垃圾桶里！”成林说完夺门而出。 那只握着门边要狠狠摔上去的手突然减速，当门边碰到门框时，还是轻轻地合上了。

成林出了门，“咔嚓”一声蹬开自行车，头也不回，骑上就走。

辛若东气呼呼地坐在沙发上，又点上了一支烟。 辛小婷从卧室里走出来，向爸爸的杯子里倒着水说：“爸爸你别生气，喝点水，少抽支烟。”

“我心里憋气！ 这个野小子，找上家门来撒野！”他长长地吐了一口烟气。

“人家是来求你的，你不答应人家也就罢了，还上起了政治课。 人家能不急嘛！”辛小婷说着，坐到爸爸的对面。

“我本想点拨他一下，不知好歹的东西，还跟我较上了劲。”

“向来都是你咋呼别人，今天被一个后生给咋呼了。 心里不服是不是？ 有句话说，后生可畏！”辛小婷和爸爸半开着玩笑，缓和着气氛。

片刻她又说："可我听着他是个有追求、有志向的人。"

爸爸吐了一口烟气，略有所思地说："这是个有个性的人。要是在部队上，好好理顺一下，该是块好料。"

"在部队上是块好料，在地方上就不是好料了？你现在是这里的官员，你要对这里的百姓负责。"

"你要说什么？你要我为他开后门上大学？"

"既然你承认他是块好料，又有什么不可以？我要是说了算啊，就让这样有血性的人上大学！"

"就凭他瞎咋呼一番，你就相信他了？"

"至少我已经相信了他一半。"

"借着权力，走歪门邪道的事我不做。"

"爸爸你错了。你不给该上大学的人开后门，就是把名额让给了那些不该进的人。你开个后门，选择几个优秀的人进大学，这是对人才的负责，对工作的负责，对社会的负责。否则，看起来你是堂堂的正人君子，实际却是不作为。"

"你怎么和他一样，教训起我来了？"

"不是教训你，这是事实。我也高中毕业一年了，明年也想上大学，我问你，你怎样把我送进大学？"

"我通过正当渠道把你送进大学，如果不合格就别去！"

"只要你说我想上大学，就不会有人说我不合格，就会顺利地上大学。但不管我走的是正道还是邪道，在别人眼里都是邪道，都是借助你的权势。事实也就是这样，试问，我如果是农民的女儿，我能上大学吗？比我优秀的农民的子女多了去了。"

"你真想让我把他找回来，保送他上大学？"

"爸爸，你千万不要生气，我没有这个意思。咱们与他素不相识，没有这个必要。只是我听他说了几句实话，我也说几句实话。看来实话确实是好说难听啊！"

爸爸望着墙上的字，叹息了一声说："真是难得糊涂啊！"

赵顺德老汉一下午都在院子里转悠。他盼着能遇到一个贵人，让儿子走出山沟，舍上几年的劳动所得是值得的。他一会站在门口眺望成林是否回来，一会站在猪圈旁看着那头正在呼呼睡觉的猪，心里想着：猪啊，你快点长，儿子的未来里该有你的一份功劳。

直到太阳要落山时，赵顺德才看见成林空着自行车回来了。他心里一阵高兴，终于送上了，找到门就不愁了。成林进了院子，一脸不快。顺德问："怎么了？"

成林说："以后我不送礼了，永远也不送礼了！"

"为什么？"

"想给的他不要，想要的我还不给！"

"那东西哪里去了？"

"就算是让我扔了！"

"你这个混蛋！要气死我？好容易找到个大门路，怎么能由着性子来？"赵顺德急眼了。

成林平静了一下心情说："爸爸，你不要生气，儿子以前没抱怨过你，现在也不抱怨你，以后永远也不会抱怨你。从小你就教着儿子怎样做人，现在还能再教回来吗？我的事情以后你就不要操心了。你把儿子骂醒了，儿子不会做孬种，就是一辈子待在这山沟里也不会做孬种！"

赵顺德老汉流着泪、抱着头蹲下了，嘴里喃喃地说着："儿子长大了，由不得做爹的了。"

第六章

辛小婷来工地已有三个月了，时间也到了 1977 年春节前夕。 西北风总是与雪花同行，吹到工地上，让这近千人有序的劳动场面显得更加壮观。 大喇叭也总是响着为民工鼓劲的呐喊声。

管理机械抽水的这几个人的工作更是有序，工作做得有条不紊，也最大限度地保证工地上少积水，为工地创造了很好的施工条件。 领导对他们是很满意的。

辛小婷见成林收拾完机器走过来，提起柴油桶就要去提柴油。 于晓明见天气太冷，就对辛小婷说：“我去提吧。”辛小婷把油桶给了他。成林见状冲辛小婷做了个鬼脸。 辛小婷白了成林一眼，也做了个鬼脸。

成林进了工棚，辛小婷也跟着进来。 成林坐在简易床上，手里拿着书。 辛小婷跺跺脚，又紧紧地裹了裹棉衣，坐在成林对面的木墩上。 成林说：“临近春节了，天也到了最冷的时候了。 你就早几天回家吧，春节过后再回来。”

“刚来时，我也觉得自己是多余的。 现在我又觉得工地上也需要我了。”辛小婷说。

“你走吧，我们两个人能应付的。”成林说。

“可我还觉得，我也需要这工地了。”辛小婷说。

两人目光相遇，辛小婷有点不好意思地微微一笑，脸上泛起红晕。成林看着辛小婷，一副感激的神态也浮现在脸上。 她的到来，给这里增添了朝气。他们之间的谈话在逐步融洽，两人交流着自己的内心世界，自己的心态在逐步改变。近来他还感到自己进取的欲望更强了。尽管没有目标，看不到机会，可坚持学习的脚步更踏实了。他感谢辛小婷这位不速之客的到来。

"成林，在你身上还有我不解的东西。"辛小婷看着成林，及时打破了沉默，转移了话题。

"什么东西?"成林问。

"你从小就有志向。可咱们这拨人，从上学到毕业，没有认真学习文化课的氛围。大学招收工农兵学员，你又没有可利用的资源。这样的环境，这么长的时间，你的志向为什么没有枯萎?"

"每当它要枯萎时，就会有人给它浇水，包括你。"

"别胡乱说，我是认真的。是谁这样关切你?"

"我的导师，宫老师。"

"好大的口气。没听说小学、中学里有导师。听说在大学里也只有研究生称自己的老师是'导师'。"

"也许我不是他的合格学生，他却是一位合格的导师。"

"向我介绍一下宫老师吧，我也听过他的课，可我不了解他。"

"好吧。"成林深沉地向辛小婷说起了宫老师。

动荡年代的一次批斗大会，被押上台来的是宫老师。他戴着一米高的纸帽子，上面写着：资产阶级知识分子，反动的资产阶级教育权威。批斗大会上，发言的人们怒吼着，咆哮着，群情激昂，不时地让宫老师低头弯腰认罪，大有要把宫老师置于死地的气势。宫老师一声不语，任人摆布。

宫老师是五十年代的大学毕业生，曾是教育战线上又红又专的标兵，后来被打成右派，从县直高中下放地方，安排在下夼村高小任教。宫老师的右派身份，让老师、同学都和他保持着距离。成林也想对宫老师敬而远之，可有一股吸引力使他不断向宫老师靠近。学校外出活动，成林总是想法和宫老师走在一块儿，宫老师上厕所，他都会跟着去。他想和宫老师多说几句话，多问几个问题。他觉得宫老师无所不知，肚子里有他想知道的一切。

他向宫老师问过，天为什么会打雷下雨，一年为什么会有四季；他向宫老师问过，月亮为什么会有圆有缺，大海为什么会有潮涨潮落……他问的问题，有的有条有理，有的幼稚可笑，可宫老师从未厌烦，总是认真地给予回答、讲解。宫老师的知识吸引着成林，成林的好学进取感动着宫老师。他们建立起了友谊，成了忘年交。

批斗大会结束了，人们散去。低头弯腰了几个小时的宫老师慢慢走下台来。没走几步他两腿一软，栽倒在地上。成林见状迅速走过去，拉住宫老师的胳膊，要扶他起来。这时后面传来了怒吼声："你这个资产阶级反动权威的小走狗！"

这时，不知宫老师哪里来那么大的力量，他挣脱了成林，伸开手掌，用力向成林推去。成林一个趔趄向后退了几步，还是没有站住，坐在了地上。他眼泪汪汪，呆呆地看着宫老师。这一幕，成林终生难忘。

一次去生产队地里拔草回来的路上，成林和宫老师走在最后面。他问宫老师："他们为什么要批斗你？"

"我也不知道。"宫老师回答。

"是因为你是大学生吗？是因为你认真给我们讲课吗？"

"都不是。"

"宫老师，我也想上大学，敢去吗？听说现在没有高考了，我还能上大学吗？"

"敢去！也一定能去！"宫老师坚定地说。

看着成林迷茫的表情，看着处在人生成长关口的这个初中生，宫老师沉默了许久。他凑近成林小声而沉重地说："成林啊，知识是人类几千年生产活动的总结，是人类智慧的结晶。人类为这些成果付出了多少辛劳和代价，是我们无法想象的。它在改变着世界，也能改变我们自己。知识是无价之宝啊！见到了知识不学，比见到了金子不捡更可惜、更愚蠢！"

停了一会，宫老师又说："不要受任何情形的影响，坚持好好学习，永不放弃，大学在等着你。"

成林深深地点了点头，说："我一定会的。"成林相信宫老师，记住了他的话。

宫老师的话激励着成林，使他扎扎实实读完了初中和高中。高中毕业两年了，宫老师的话并没有成为现实，他无奈地踏上了求人的路。从辛若东家里出来，他的情绪再次跌到谷底。他觉得自己冲动，说了大话。可也到了考虑自己的路该怎么走的时候了。

成林在县城的大街上东倒西歪地骑着自行车，几次要撞到人，招来人们的怒目而视。

"成林！"成林听到有人喊，转头一看是宫老师。只见他从教育局里走出来。成林站下，宫老师推着自行车走过来。

"你好宫老师，今天也来县城了？"成林问。

"来县城了。"宫老师答应着，面部也是一副深沉的表情。

"事情办完了吗？咱们一块回家？"成林问。

"办完了，你也要回去咱们就一块走吧。"宫老师说。

他们上了路，两人无语，走得很慢。走了一段路宫老师说："我右派摘帽了，今天来办了手续。教育局说要调我到鲁村高中任教。"他看了成林一眼又问："你今天来什么事？"

"我？求人，碰壁。"成林迟缓地说着。

宫老师了解成林，简单的回话让他明白了一切。他说："性情决定了自己的路，但我不认为这是错的。"

两人沉默了一会儿，宫老师又说："成林，我们要的是知识，上大学的目的就是求知。上大学是求知的最佳途径，但绝不是唯一途径。"

"我现在的处境怎么学知识？学什么？学了又有什么用？"

"人生的可悲不是你学了知识没用上，而是到了用知识的时候你没有知识可用。成林，我送你一句话：学以致用，持之以恒。"

他们走着，成林突然停下，宫老师也跟着停下。成林说："宫老师，你的话我听懂了，记住了，也会坚定不移地走下去！"

"你现在管理农业机械，我看这不失为一个很好的突破口。"

"我也这样想。宫老师你先走吧，我要返回县城，去趟书店。"

"你等一下。"宫老师把所有的衣兜掏了个遍，凑了十元钱。他递给成林说：“有用的书多买点。”

“不用宫老师，钱不够我以后再来买。”

“别，你拿着！”

成林接过钱，握着宫老师的手说：“谢谢，恩师！”

说完，他转身骑上自行车向县城方向奔去。

冬天的太阳总是懒散，工地对面不远处的初级中学放学时，它已藏在了西山的背后。山头上那一片云变成了火红色。

工地收工了。成林停了机器，上了一个小坡，呆呆地看着从校门涌出来的学生和这所学校。

辛小婷和于晓明收拾完毕，锁上工棚，工地上已经没人了。于晓明望望成林，又看看辛小婷。辛小婷说：“今天下午我们一起谈论宫老师，看来又让他想起了这所学校。你先走吧，我等他一下。”于晓明要扛着那个小工具箱，辛小婷说：“你放这，等我们抬着。”

于晓明走了。她看着一动不动的成林，也站下望着那所学校。直到她感到两脚被冻得发木时才发现天已经很黑了。她走过去说：“天黑了，也冷了，该回去了。”

成林转过身走下来，两人抬起工具箱往回走。成林说：“没想到你在等着我，真不好意思。”

“没什么。我知道，下午的谈话让你想起了学校。你感染了我，我觉得那也是我的母校，我对她也有感情。”

“你在那里的经历是短暂的，能有什么感情？”

“在这里认识了我佩服和羡慕的人。”

“这话从何说起？”

“我羡慕他从小就有自己的理想，羡慕始终有人对他栽培，佩服他有不屈不挠的意志。”

“条件优越的人，羡慕苦苦挣扎的人，不合常规。”

“你怎么还这样说话？你明白的，把人联系到一起的是观念和志向，不是地位。你为什么非要用处境的不同，把咱们的关系拉远？”

“对不起！不过你还是过奖了，我还是做过竹篮打水的蠢事。”

"别这样想。 竹篮没打着水，但接受了洗礼，走向了成熟。"

"别取笑我。"

"我坚信，你也应当坚信，机会永远留给有准备的人。"

……

两人抬着工具箱，说着话，在夜幕下走着。

他们进入战山河大院，向伙房望去，那里已经熄灯了。 成林正在考虑吃饭的问题，这时听到马文胜喊："你们的饭我给拿到办公室了，你们过来吃吧！"成林觉得太阳从西边出来了。

他们到了办公室，见上夼村的刘海明和从港城市上山下乡来的"知青"李建勇也在那里，他们在浏览报纸。 成林和辛小婷各自取了自己的饭吃了起来。 马文胜从抽屉里抓出一把炒花生递给辛小婷。 辛小婷没有客气，接过递给了成林。 成林接过又递给了刘海明和李建勇。 马文胜又抓出一把递给辛小婷。 辛小婷接过又递向成林，成林接了一半。 马文胜再次给辛小婷时她说："谢谢，这些可以了。"

成林和辛小婷吃着饭，刘海明和李建勇看着报纸吃花生。 马文胜吃着花生，眼睛不离辛小婷。 从吃相看出她很饿了，马文胜就说："进工地辛苦你了。"

"还好。"辛小婷答应着。

"来到工地你有啥体会？"马文胜问。

"我感悟到农民很苦。"辛小婷思索了一下说。

李建勇看了一眼辛小婷，说："的确是这样，也许我的感悟比你更深。"

马文胜接过话茬说："那可不一定。 感悟的深度与人的思维高度、境界水平有很大关系，与时间的关联倒并不一定大。"他知道李建勇下乡已经三年了。 一块来的人都陆续返城了，他还在这里。

李建勇瞥了他一眼，没有回话，继续看报纸。

刘海明说："成林哥，你说农民会一直这么苦吗？"

"不会的。"成林边吃饭边说。

"辛苦与不辛苦是相对的，社会分工不同是绝对的。 现在是社会主义社会，各尽所能按劳分配。 即便到了共产主义社会，消灭了三大差别，按需分配了，还是要各尽所能。该做工的要做工，该种地的还是要种地。”马文胜说。

“男耕女织延续了几千年。男人要种地，生产粮食和棉花，女人要纺纱织布做衣服。现在科学技术进步了，化学纤维在逐步取代棉花，种棉花的也就少了。听说在日本，化纤产品比棉花产品还要便宜。也许有一天农民不需要种地，人们也能吃上粮食。”成林说。

李建勇、刘海明、辛小婷三人都惊奇地把目光转向成林。李建勇说：“大胆的想象！”

“这是幻想、狂想！”马文胜说。

辛小婷看着成林，心想：他会说出，是爱迪生的狂想，让他成了发明家；是莱特兄弟的幻想，发明出了飞机。可成林默不作声了。她忍不住了说：“就是幻想、狂想，也要加上‘科学’两个字！”

马文胜看着辛小婷，张了两下嘴，把要说的话又咽了回去。

刘海明又翻起了报纸，他看了一会说：“咱们现在干的工程被《港城日报》报道了。”

马文胜紧接着说：“我们这个工程，是目前全县最大的水利工程，在全地区也是数得着的。这个工程完工，将满足半个公社的灌溉用水。县领导很关心这个工程，这样的工程怎能不报道？这个工程计划两年完成，目前领导对我们的进度不满意。就要过年了，公社领导说了，过年只停工六天，正月初六就开工。”

“这报道是你写的吧？”李建勇问。

“是我写的。”马文胜答。

“怎么署名不是你？”

“我把报道稿送到了县委通讯报道组，他们又投到了港城日报社，这样就没签我的名字。”

“这是不是有点欺负人？”

“没什么，签谁的名都一样。”马文胜说。

“这不是埋没人才了吗？”李建勇又说。

“是人才，永远埋没不了。像成林，抽水机开得好，在全公社有名气，就到了全公社抽水最重要的位置。没有埋没人才吧！成林，你同学刘大朋今年上大学了吧？ 他就是个上大学的人才。 成林，你怎么没去上大学？”

“按你的话说，我就不是个上大学的人才。”成林瞟了他一眼。

“上学、就业的政策在基层被扭曲，正当的渠道很难走通。难啊！”李建勇颇有感触地说。

“你这么说不对。 不管走什么渠道，都是人的能力的体现。 没有条件可以去创造条件，这才是人才。 人才是从全方位体现出来的，不是仅仅局限在某个方面。”马文胜说。

“那些靠老子上学就业的人，也是他能力的体现吗？”刘海明愤愤地说。

“那当然，这说明他从上辈子就开始有能力了。 有些人自己的愿望不能实现，不去考虑自己的水平和能力，去抱怨这不公平那不公平，这才是典型的无能表现。”马文胜说。

辛小婷看了看马文胜，瞄了成林一眼。

“你是有水平有能力的人，再过半年你就要上大学了吧？”刘海明问。

“还不能这么说。 我和辛小婷，噢，还有你，高中毕业还不到两年，没有报名资格。 到了两年，用事实才能验证我们是不是上大学的人才。 有的人高中毕业两三年了，过了上大学的时机，就证明他不是个上大学的人才。”马文胜说。

辛小婷又瞄了成林一眼。

马文胜见辛小婷已吃完饭，提起暖水瓶过来给她倒水。 辛小婷说：“我自己能倒。”她接过暖水瓶，见成林也已吃完，就先给成林倒，成林拿起饭碗接着，倒了半碗，辛小婷又给自己倒了半碗。 她边倒水，边用眼瞄着成林，心里在愤愤地说：“你在我爸爸面前伶牙俐齿，在损你的人面前怎么哑口无声了？”

成林没有看辛小婷，他明白她的心思。 他边用筷子搅动着饭碗里的水边说：“马文胜说得很对，每个人的路，都是用自己的脚走出来的，不应当抱怨任何人。 我说个故事。 两个人为三八是二十四还是二十一吵了一天，没出结果，闹到县衙。 县官问明了情况说：‘把那个说三八是二十四的人拉出去打二十大板！’说三八是二十四的人说：‘大老爷，本来是他愚蠢，为什么要打我？’县官大怒：‘你能跟说三八是二十一的人吵一天，还敢说你不愚蠢？ 打！’”

马文胜接过话说：“说得好！ 说三八是二十四的人就知道三八是二十四，还知道什么？ 典型的书呆子。‘文化大革命’前的高考，就是选择这样的书呆子进行培养。‘文化大革命’后，选择政治思想好、综合素质高的工农兵进行培养，这样的人培养出来才是人才。”

辛小婷接过话：“我怎么听着这故事是说，你有十张嘴也说不过一张胡说的嘴！ 在胡说的人面前只能保持沉默。 不保持沉默，受伤害的将是自己！”

辛小婷说完，看着成林没好气地说：“走！ 该休息了。”

辛小婷和成林走了。 李建勇和刘海明相视笑了笑，也走了。 马文胜的表情很尴尬，本想设计一个场面，在辛小婷面前损成林一顿，场面有了，损也损了，最后感觉损到的是自己。

第七章

春节过后，正月初六战山河工地就开工了。民工们抱怨年还没有过完，辛小婷却按时来到工地。

辛小婷到工地的当天就来到成林宿舍。她从背包里取出个小闹钟，放到成林的桌子上说：“这是我的小闹钟，放在这里你给我看管着，弄丢了你可要照价赔偿啊！”

成林看着辛小婷，温馨地笑了。他知道，自己是无法拒绝她的，就顺手把小闹钟摆在了桌子的正中间。辛小婷看着成林的举动，也开心地笑了。她又从背包里拿出一本书，放到成林的床上。成林拿起一看，是本《机械原理》。

辛小婷每次回家都会到新华书店去转一下，寻找适合成林看的书。农业机械方面的书都买全了，这次她看到了一本《机械原理》。听销售员介绍，这是专业学校的教学课程用书，一般人看不懂。她没有犹豫，把它买下了。成林喜欢机械，机械方面的书都要买。辛小婷每次把书送到成林手里，他都会拿出钱来给辛小婷，她每次都是坚定地不收，还风趣地说：“傻帽儿，我这是帮你搭梯子，帮忙怎么能收钱呢？”成林则陷入了两难的境地：他经不住这些书的诱惑，又不想欠辛小婷的。

这本书让成林的视野大开。以往看到一台机器，他想到的是怎样使用。看了这本书后，首先想到的是它的工作原理，甚至还在想着怎样改进一下会使它的工作更可靠，效率更高。不管走到哪里，只要看到自己没见过的机器，他都会走过去端详一番，大有弄不明白就不想走开的意思。书籍在改变着他的思维和行为方式。

辛小婷落落大方的举止成了战山河里靓丽的一景。辛小婷和成林用木棍抬着柴油向工地上走，成林要把油桶放到靠自己的一侧，她不依，硬把油桶放在中间。他们的举止让施工的人群传出声声口哨。成林说:“接触基层民众，感受到了他们的粗野了吧?”辛小婷想了想说:“用‘淳朴’应当更确切一些。”“笑星”王三喜看见他们走来，岔开了双腿，把镐头立在胸前，双手搭在镐把上，板着脸大声嚷着:“小婷!要得会，就得跟着师傅睡。成林是你的师傅，跟着他睡了吗?不睡是学不到手艺的!”

工地上响起民工的哄笑声。成林瞥了王三喜一眼。王三喜接着说:“成林你看，李娜娜在追马文胜，马文胜在追辛小婷，辛小婷在追你。到你这卡住了，走不动了。要是你再追李娜娜，就圆起来了。比赛一下谁跑得快，这样才是一台好戏。一台好戏让你给卡住了，真可惜!”

辛小婷转过头看了王三喜一眼。王三喜抓住不放:“怎么，大小姐生气了?别生气，有没有本事都是在赛场上见分晓。成林，加把油，跑快些，给咱山里人争口气!”

辛小婷偷偷地看了成林一眼，微红着脸，诡秘地一笑。

马文胜怎么也弄不明白，辛小婷为什么愿意和个土老帽、犟眼子交往，还眉来眼去，窃窃私语。他在工地上巡视着，听着民工们的调侃，嫉妒心让他像头斗败了的公牛，“呼哧呼哧”地喘着气。他想出恭，去工地上搭起的简易茅厕，忍不住绕着道在辛小婷身旁走过。成林在修理水泵，辛小婷在默契地递着工具。他见辛小婷一手的油渍，拉着领导腔嬉笑着说:“小婷，这样脏的活你就别干了，到办公室洗洗手，休息一会。”

辛小婷头也不抬，说:“谢谢大秘书，你看我们整天就是和水打交道，要洗手还用去办公室?”

马文胜自讨没趣，怏怏不乐地走开了。挥舞着镐头的张山说:“这个见了驴上树都不会笑的家伙，见了女人倒会笑了。”

王三喜说：“谁说他不会笑？等他回来我让他笑个给你们看看。”

马文胜慢悠悠地走回来。张山望了他一眼说：“去急急忙忙，回来磨磨蹭蹭，是拉了一泡。”

王三喜把镐头立在胸前，两手搭在镐把上，习惯性地岔开了双腿，高声对着马文胜说：“马大秘，你停一下，我说个笑话你听。”

以往这种情况，马文胜会板着脸，说些“少说话快干活”之类的话，然后走开。今天辛小婷也在这，他也想在这里多待一会，就站下了。

王三喜清了清嗓子，一本正经地说开了：“话说一个染匠，推着后货架子上捆着收来的白布和染好了要送出去的青布、蓝布的自行车来到村头。他把尺子插在脖子后的衣领里，一手推着自行车，一手摇着货郎鼓要进村。见村头有两个老头在倒粪，内急的他有了办法，说：‘大爷，帮我看一下自行车，我去拉泡屎。’他把货郎鼓挂到车把上，就进了村头的玉米地。一会他回来了，他拿起货郎鼓，又摸摸后脖子说：‘拉了泡屎忘了尺。’说着转身就向回走。老大爷头也不抬说：‘忘了吃回去另吃。’染匠一站，忙说：‘大爷，是量布尺。’老大爷又说：‘凉不吃再拉泡热的。’”

王三喜打住了。片刻，人们大笑了起来，马文胜“扑哧”一笑又立刻打住了，板起了脸说：“说什么笑话，快干活！”

王三喜一直没笑，一本正经地站在那等待着。见马文胜生气了，又说：“我说马大秘你不要生气，这说不着你。尽管你们都是拉了泡屎，但有本质的区别。他是染匠，有尺，所以能忘了尺。你是大秘，没有尺，也就忘不了尺。”

又是一阵捧腹大笑。辛小婷笑得上不来气，两手捂着脸、转过身蹲下了。王三喜还是没有笑，他看着辛小婷笑的样子又一本正经地说：“哎！辛大小姐，你可别这样笑，笑尿了裤子可就不雅观了。”

辛小婷没有介意王三喜对她的开涮。马文胜则脸变青、眼变蓝，愤愤而又无奈地离开了。

辛小婷和成林的交往，在战山河引起了不小的轰动。一时间闹得沸沸扬扬。

在成林看来，领导干部的女儿和农民的儿子谈情说爱，这是天大的玩笑。目前他们相处得不错，这是在特定的时期和环境下，与有共同语言的人多接触了一下而已。随着时间的推移，她下乡时间一到，一走了之。自己千万不能当真，给人留下不知天高地厚、去追求干部女儿的笑柄。

可在他的灵魂深处，也有着另一番感觉。以往他对“国家人”的不良看法在辛小婷身上找不到了，他们在平等地相处着。她心细朴实，善解人意，留给他很好的印象，甚至产生出一些莫名其妙的想法，与她一起生活该是幸福的。他更看出辛小婷由刚来时的平等相处，到心灵的交流，再到对他的关注，现在已有了超越同事界限、像恋人一样的感情。他相信辛小婷的情感是真实的。可这种情感会遇到一堵墙，他也看出辛小婷在无视这堵墙，这是她的冲动。她可以冲动，自己决不能冲动。要扎紧这篱笆，把握住分寸，保持适当距离。

自春节过后，辛小婷的脑海一直荡漾不平。四年前她对成林就有了印象。不可否认，那时的成林在她脑海里，头上还戴着“山里孩子”的“帽子”。她从小就听人们议论，农村贫穷，孩子们不讲卫生、不懂礼貌，山里的孩子更是粗野。来战山河见到成林，他时常穿着带补丁的衣服。可他衣服上的补丁是平整和谐、针脚均匀的。他总是把很旧的衣服洗得干干净净，叠好压平，穿在身上都能看到折叠的痕迹。他的工作服都干净整洁。不像有些人，满身的油渍，沾着浮土，连指甲缝隙都是黑的，唯恐别人不知道他是个摆弄机器的。他说话没有粗鲁的语言，就是山里那些土语也很少带出。他做什么像什么，责任感在他身上体现得淋漓尽致。他书本不离手，有空就看起来。很少见他和一些人凑到一起做无谓的闲聊。他的追求没有被所处逆境制约，他在脚踏实地地走着自己的路。

他将有一个什么样的未来？辛小婷敢断言他是个有作为的人。如果有优越环境，他的未来又会是怎样……

应当帮助成林，让他走进大学，踏上顺畅的求知路。怎样帮他？

自己出面帮忙，无论怎样做都有扯爸爸大旗的嫌疑。爸爸的秉性不会容忍这样的行为。做工作让爸爸出面来帮他？爸爸那副耿直脾气，他才不会做求人或以权压人的事。

该怎么办？这个问题一直盘旋在她的脑海中。时间的紧迫不允许她继续拖下去，必须尽早做出抉择。

晚饭后，辛小婷向成林宿舍走去，他不在。她出了战山河的大院，见东面小山包半腰上走着一个人，看着像成林。她快速走过去。

成林吃完晚饭，想出来走一走。他沿着山间小路，迎着升起的月亮向虎龙夼咽喉处的小山包走去。辛小婷几次约他饭后出来走一走，都被他找借口推脱了。今天他撇开辛小婷自己出来了。

成林走着，回头看见后面有人走上来。他正纳闷天要黑了怎么还会有人到山里来。——“成林！”

他听出这是辛小婷的声音。想不到她跟来了，他站下等着她。

辛小婷气喘吁吁地走过来。成林说：“你天胆，一个女孩子家天黑了来闯这荒山野岭？”

“没有，我带着个保镖！”辛小婷气喘吁吁地到了成林面前。

“在哪？”成林惊奇地问。

“你这个傻帽儿！”她说着拍了成林肩膀一把，“这么一个强壮的保镖站在这，你就看不见？”

辛小婷经常这样称呼他。他觉得她每次这样称呼他时，都有点道理，所以，他并不介意她对自己的这个专用称呼。

“你怎么知道我到这了？”

“我知道，只要你不在看书，就会出来欣赏你的虎龙夼。”

“知我者……”成林不小心说出了这样半句话。他停下了，不想再说下去了。

辛小婷见成林停顿，接上去说：“辛小婷也！”两人笑了。

“在这里可以看到虎龙夼的全景吧？”辛小婷望着东北方向那被山岚笼罩着的隐隐约约的群山问。

“可以，但这里不是最佳观赏点。”

“等白天我一定要来这里或更高的山头，来看看你整天炫耀的虎龙夼究竟有多美。”她稍停了一下又说：“假如你又能陪着我？”

成林本想说这是山沟，不是县城，成双成对闯荒山野岭，可要敢担当流言蜚语的压力。可他还是改口说：“有机会我一定陪你走遍虎龙夼。”

“一言为定！”辛小婷高兴地伸出小拇指，去拉成林的小拇指。

他们来到山顶，在岩石上静坐着。成林折下一段松枝，撕扯着松针。辛小婷注视着远处某一个地方。

“成林，人的一生有多条路可走，但要选择最佳的路。道路决定效率甚至是成败。我觉得你没有为寻找最佳的路付出应有的努力。”辛小婷说。

“你知道的，我努力的结果是一个接一个的无奈。”成林说。

“考虑过问题出在哪里吗？”

成林无语，辛小婷认真起来：“我想，你问题出在自视清高，心态与社会状态产生冲突，才导致了你的碰壁和无奈。你能不能转换一下角度，放下抱怨，用自己的智慧去借助外力，敲开大学的校门？”

辛小婷见成林还没有回话，又接着说：“马文胜说的那些话也有可取的道理，你应当借鉴。”

“你们有共同的观点，你应当和他多交流。”

辛小婷板起了脸，说：“你这个傻帽儿，我真想踹你一脚！”

成林见辛小婷真的生气了，就说：“想踹就踹吧，别憋着气，我受得了。”

辛小婷没有踹他，她挪了挪身子靠近成林，两人静坐着。

“也许你说得对，可我父母没给我生那副骨头。我还是按照自己的方式，用这笨方法走路吧。”沉默许久后成林说。

“路漫漫其修远兮，吾将上下而求索。”

“别把名人名句用在我身上，我没有那么高远的志向，也就是不愿意面朝黄土背朝天而已。”成林抬头望着满天的星星。

“我不这么看，你也别欺骗自己。如果是这么简单的要求，你没有必要为自己设计那么艰苦的路。”

成林转过身，两人相视。“我是在走自己的路，可这条路能走到哪里，我自己也不知道。”成林说。

“这已经够了。”辛小婷说。

他们静坐着。

“成林，你信任我吗？”

“这话从何说起？”

“咱们相处近半年了，你怎么就没问过我是谁？”

“你是辛小婷啊！”

辛小婷“扑哧”一笑，又说：“你去过的辛主任家是谁家？”

“是辛若东主任家啊！”

“你为什么就不把这窗户纸捅破？”

“不捅破咱们相处得不是挺好吗！”

“你让我说你什么好呢？ 在你脑子里，是不是始终在想着咱们之间那堵墙？”

“别说了，你很关心我，我很感谢你。 希望咱们就这样交往下去。”

“能不能再密切一些？”

成林站起来，看看天上的月亮说：“咱们该回去了。”

辛小婷在前，成林在后，沿着小路向前走。 早春，尽管白天太阳晒得暖洋洋的，晚上还是寒气逼人。 成林见小婷穿得单薄，就把外衣脱下来，披在了她肩上。

“你不冷吗？”辛小婷从衣服上感到了成林的体温，暖暖的。

“我穿得多，再说我比你抗冻。”

辛小婷觉得不好意思，要拿下来还给成林。

“嫌有味吗？”成林问。

“能有什么味？”

“汗臭味、柴油味。”

“没有，都没有。 不过还真有一种味。”辛小婷把鼻子贴到成林的衣服上，“是种什么味呢？ 说不出来，反正闻着不难闻。”

看着辛小婷的举动，成林笑了。

“你笑什么？ 我说的是真话。”

成林还在笑。辛小婷觉得成林有取笑她的意思，她握起拳头，照着成林胸上不轻不重地捶："叫你再笑……"

成林再次把衣服披在辛小婷身上，说："好了，咱们走吧。"

他们向前走着，借着月光，成林见前面有个人影在晃动。他减慢了脚步说："前面有鬼！"

辛小婷笑着说："没想到我们的大成林还相信鬼神。你不用吓唬我，我不信鬼。"

"你看前面是不是有个人影在晃动？"成林说。

辛小婷顺着成林指的方向望去，她看到了。她稍有紧张地说："会不会是狼？这虎龙夼里有没有狼？"

"至少没有群狼。孤狼不可怕，我也不怕。"

成林的话给辛小婷壮了胆，她说："那就好，我不怕鬼，你不怕狼，咱们就大胆地走吧。"

晃动的人影走得挺快，但始终没有逃出两人的视线。人影很快到了战山河驻地，溜进战山河的大院。辛小婷心中一震："看来还真的有鬼！"

"该不是你带的保镖吧？"

辛小婷转过身，又把拳头不轻不重地打在成林的胸膛上。她想了想又说："你该防着他点。"

"没什么，我不介意他。"

"不，以小人之心度君子之腹不可怕，以君子之心度小人之腹太可怕。"

第二天晚饭后，辛小婷拿着一封信，推门进了成林的宿舍。辛小婷把信扔到成林床上说："这里有一封信，你看一下。"

成林拿起来一看，是一封完整没有启封的信。封面上工整地写着：辛小婷亲启。他把信放下，说："这是给你的信，我怎么能看呢？"

"是我要让你看的！"辛小婷望着成林坚定地说。

"就是你让我看，我也不能看，尤其上面写着"亲启"的字样。看别人的信件，是窥视别人的隐私。"

“我在你面前没有隐私。”辛小婷随口说道。

成林抬起头看一眼辛小婷。四目相对，辛小婷这才意识到自己的话过于冒失。她微红着脸不好意思地一笑，又认真地说：“我是说这件事对你不保密，而且还应当让你知道。既然你不想看，那就让它作废了吧！”说着她拿起信，略带愤怒地拦腰一撕两半，扔到成林床对面的三抽桌上。成林无语，尴尬地看着辛小婷。

辛小婷冷静了一下说：“傻帽儿，你怎么就不问个为什么？”

“看来我不看信，你也要把事情告诉我了？”

“是的，这是追求我的人给我写的信！”

“哦。”成林眼睛低垂，说：“敢追求你的人，一定很优秀。”

“中学时期的同学，人长得帅，又聪明。他父亲还是县生产指挥部的主任——县级领导。”

“看来你们是般配的。祝贺你们！”一丝微弱的伤感和失落渗透在他的语调里。

“谈情说爱是双方自愿的事。这里没有丝毫谦让、迁就的余地，否则只能自讨苦吃。”辛小婷接着说。

成林没有接话，他不想再谈这敏感的话题。辛小婷也没再说下去，就转移了话题。辛小婷要离开，成林见被撕成两半的信还放在桌子上，急忙喊住刚出门的她：“你的信！”

辛小婷又转身走回来，说：“我是送来让你看的，你不看我还要它做什么？”

“你先看一下，适不适合我看。”成林退让了一步说。

“不，我就是要你先看，我再看。否则我就不看了，废了它！”

成林无奈地从两块信封里取出信笺，对在一起看了起来。

小婷你好！

几次去信都没有见到你的回信，我知道你在疏远我。可你能否解释一下这是为什么？几年相处的情感，我觉得很珍贵，不是说放下就能放下的。

咱们进行一次坦诚的交谈吧，我会尊重你的。

本周末，老时间，老地点。我等你，不见不散。

永远爱着你的李闵

成林把信递给了辛小婷，她接过信看了起来，看完了笑嘻嘻地对成林说：“过几天我就要去赴约啦！”

“祝贺你们！”成林真诚地说。

辛小婷看着面无表情的成林，心想，到了该下决心的时候了。她诡秘地一笑说：“我想听到你说‘祝贺咱们’。”说完，转身跑出成林宿舍。

成林茫然地看着辛小婷的背影，沉思着。桌子上的小闹钟在“滴滴答答”地响着。

第八章

“赵成林！ 你老婆来了，在你宿舍门口等你。 听到广播后，速回来一趟！”李娜娜扯着嗓子在高音喇叭里嚷着。 工地上的民工好奇地朝忙碌着的成林看，悄悄议论着。

成林听到了喊声，知道是芹芹姐来了。 他洗了手，向宿舍走去。

芹芹挎着篮子刚进战山河大院，就迎面碰上马文胜从办公室里走出来。 没等芹芹打招呼，马文胜就说：“哎，你是来找成林吧！ 他在工地上，你在这里等着，我让人用大喇叭喊他一下。”说着就走回办公室。

“不用，我自己去找他就行了。”芹芹说着也往外走。 芹芹是给成林来送饭的，当然也不是第一次来，她知道怎样能找到成林。 可她刚出大门就听到了大喇叭的喊声。 马文胜从办公室里出来，看着她笑了笑。 芹芹想向前和他理论几句，可他已骑上自行车走了。

成林走过来，看见芹芹的脸憋得通红。 她见了成林就委屈地说：“成林，不是我让她这样广播的，是那个马什么胜叫广播的。”

“芹姐，我知道，由他们随便说去吧！”成林微笑着说。

“这不会对你有什么不好的影响吧？”芹芹担心地望着成林问。

“你放心，不会的。”成林说。

“亲妈让我给你送几个玉米饼子，我又给你煮了几个鸡蛋。 在这里吃不好，饿了就再吃点，别伤着身子骨。”芹芹从小就这样称呼成林的母亲。

对于芹姐的关心，成林从来都不推辞。 他接过篮子放回宿舍，看着芹姐那副还没有消气的面孔，好言安慰着把她送上了通往虎龙夼的弯曲小路。

成林家与芹芹家是世交。芹芹家姓周，父亲叫周明仁。在成林的爷爷病逝后，是芹芹的爷爷领着周明仁和成林的父亲赵顺德种着两家的地。可赵顺德家地里产的粮食他从来没往自己家里拿一粒。他见顺德聪明好学，冬闲时还凑点钱让他去上冬学。这把赵顺德感动得痛哭流涕。赵顺德长大成人后，把他老两口看成自己的父母，把周明仁当成自己的哥哥，和周明仁一道服侍着两位老人，直到他们去世。两家的关系成了虎龙夼里的一段佳话。

孩子们也挺有灵气，不用大人教，也走得挺近乎。特别是小成林，自小就跟着比自己大两岁的芹芹转，整天姐姐长姐姐短的。芹芹把小成林看成了亲弟弟，整天领着、护着。大人们看着也挺高兴。

就这样，成林从小就有个关心他、爱护他的姐姐。

要上小学的前几天，爸爸给他起了个大名叫赵成林，他高兴地跑去告诉芹芹。见芹芹已经放学，拿着篮子要去南山坡拔野菜喂猪时，小成林突然像长大了似的拿着篮子跟着她，走到村前河边又碰到了牛子哥，三人一块儿向河南边的山坡上走去。

“姐姐，上了学，学什么啊?”小成林问。

“学语文，学算术。”

“什么是语文? 什么是算术?”

“语文就是学识字，学写文章。算术就是学加法、减法。”

……

小成林没心思拔菜，眼睛也没用在找菜上，只是紧跟着芹芹和牛子问学校的这、学校的那。

他们走着走着，牛子突然说:“站住，都别动!”说着从衣兜里掏出弹弓。原来是一群归宿的小鸟，落在了对面的樱桃树上。小成林也迅速掏出了自己的弹弓准备打。

牛子打了一弹弓，没打着，一群小鸟飞走了。牛子见小成林也有弹弓就说:“我看看你的弹弓。”

小成林不情愿地把弹弓递给他。牛子仔细端详了小成林的弹弓，又捡了个石子装上试了一下，说：“你的弹弓是新的，皮子紧，你拉不动，咱俩换换吧。”

说着就把小成林的弹弓套在了自己的脖子上，把自己的弹弓扔给了小成林。小成林一看急了：“不换，我不换！”

芹芹看见了，迅速走过去握住小成林的弹弓叉使劲地拽，把牛子勒得“嗷嗷”叫。牛子顺势一低头，弹弓落到了芹芹的手里。芹芹边把弹弓送给小成林边对牛子说：“欺负小孩，你也不知害臊。亏了你比人家还大几岁。”

牛子知道自己理亏，不好意思地捡起自己的弹弓，提着篮子朝另一条地堰走去，边走边说：“还护得挺紧，你是他的什么人？你是他的小媳妇？”

“小媳妇就小媳妇，关你屁事！”芹芹回敬道。

牛子走远了，芹芹说：“天要黑了，咱们回家吧。”说着两人就下了堤坡，上了小路。芹芹看看小成林的篮子，说：“你都干什么去了？看你篮子里有几棵菜？”

小成林看着芹芹满满的一篮子野菜，再看看自己近乎空着的篮子，不好意思地傻笑起来。芹芹说着把自己篮子里的野菜抓了一大把放到小成林的篮子里。小成林见状急忙说：“我不要，你拔的菜还要喂你家的猪呢。再说，妈妈不会说我的。”

“你妈妈不说你，别人见了还不笑话你？”芹芹板着面孔说。小成林无奈，只好听姐姐的。

边走着小成林又问：“姐姐，什么是小媳妇？”

“小媳妇就是两个人长大了搬到一块过。”芹芹想了想又接着说：“再到大山沟里捡个孩子养活着，三个人过。”

小成林心想，如果姐姐做自己的小媳妇是不错，便说：“等咱们长大了，你就做我的小媳妇，咱俩一块过。再到大山沟里捡个孩子养活着。”

“不许乱说。”芹芹说。

“以后不说了。”小成林说。姐姐的话是要听的。

儿时的一幕，深深地烙在他们的心里。

成林高中毕业了，想着工农兵大学生的事，芹芹也在关注着。弟弟上了大学，那才是扬眉吐气，她走到哪里也会跟着自豪。成林想上大学泡汤了的那段日子里，她也跟着难受。几天后，看成林心情有好转，上山干活了，她也跟着心情平静了。可这一平静，埋在心里的另一个念头开始萌动。

劳作了一天，要收工了，人们纷纷拿起锄头下山。芹芹还在地里磨磨蹭蹭。成林不会让姐姐在天黑的时候一个人走在后面，他在等着她。芹芹走过来，成林说："芹姐快点走，天要黑了。"

芹芹在前，成林在后，顺着崎岖的山路走着。芹芹还是走得很慢，见人都走远了，她说："成林，不能上大学也不要太难过。咱们山里人能走出去的有几个？还是在村里的多。"

停了一会她又接着说："再说了，咱们这山村也在变。咱小时候出夼的路，就像这山道。看现在，都能跑拖拉机了。"

"是啊，"成林接过了芹芹的话："咱们这条夼，有清清的河水、起伏的群山；有茂密的森林、美丽的果园；有层层的梯田、古老的庙宇。特别是登上南山顶，向北看着美丽的层层山峦，向南看着广阔的茫茫大海，真是美极了。说不定有一天，城里人要到这里来，还得求着咱们呢。"

芹芹听了成林的话激动地说："就是，就是！咱这里以后肯定会变得更好。就凭你的身板、你的文化知识和机灵的脑瓜，咱们的日子肯定不会比别人差！"

咱们？这个字眼说得很重，让成林一震，陷入了深思。芹姐的身影就在他的脑海里。她丰满匀称，利利爽爽，整天处在太阳底下的脸黑里透红，配上那双会说话的眼睛，衬上一头秀发，显现出山里姑娘特有的美，让城里姑娘也惊叹不已。她心地善良，善解人意，里里外外拿得起放得下。她是这虎龙夼里的眼睫毛啊！芹姐，多少人在盯着你、惦记着你。谁娶了你做媳妇，那可是前世修来的福！可咱们一旦谈婚论嫁，我就会一辈子定格在这山沟里，弟弟心不甘啊！姐姐，你对我的好，我一辈子不会忘记。

儿时的一幕又在成林的脑海里出现。那是饥饿的年代。天很冷，小成林听到芹芹在门外喊他，他出来，俩人来到避风的墙下。芹芹说：“我妈妈分给我们姊妹们每人十个花生仁，给了我十二个。”

“你怎么多两个？”

“可能是因为我小吧，咱俩分开，给你六个。”

“那是分给你的，我不要。”小成林的眼睛盯着花生仁。

“就是我的，我才给你。”

“那就给我四个吧。”

“也好。”芹芹想了想说。

她给了小成林四个花生仁，小成林接过，放到嘴里就吃。芹芹生气地说：“怎么现在就吃了？你这个小馋猫。”小成林不好意思地傻笑着。

芹芹看看自己的花生仁，又拿出了四个，说：“再给你四个，记着！要留在最最饿的时候再吃。”

“我不能再要了。”小成林止住笑，低下了头说。

“拿着！”芹芹坚定地说。

小成林含着泪水接住了。这四个花生仁，在他兜里装了很长时间。他时常用手去握着它们，直至磨没了皮、变了质。这四个花生仁，最终没吃到嘴里，但却永远装在了他的心里。

成林心中叹息：芹姐，这辈子你是我的好姐姐，我就做你的好弟弟吧！

芹芹也在想着自己的心事。成林，从小我就看你聪明秀气。姐姐的眼力没有错，看，现在一个大小伙子就站在人们面前。高高的个子、健壮的身板，端正的面孔、大大的眼睛，浓浓的眉毛、直直的鼻梁。你的一切已清晰地印在姐姐的脑子里，可姐姐还是想看一遍，再看一遍！姐姐不会说，但知道你身上的男人味十足。不论在哪里，只要有你在，姐姐的心就踏实。成林啊！姐姐做梦都在想做你的小媳妇。你说句话啊！只要有你一句话，姐姐等你三年五年，就是十年八年姐姐也等啊！这一年来，那些提亲的人踏破了门槛，磨破了嘴皮，真是叫人烦。

成林啊！就让那些提亲的人靠边站去吧。没有你的话，姐姐也要等。就是等撸了，姐姐也不后悔！

一个陡坡处，芹芹差点滑倒。成林快速扶住她，她紧紧抓住成林的胳臂。

刘大朋骑着自行车过来了，看见成林站在路口，就下了自行车，说：“脚踏两只船不容易啊，愁得在这里发呆？”

“别油嘴滑舌的。怎么回来了？”成林问。

刘大朋站下了说：“好了，和你说正经的。我回来到公社里有点事，刚才在公社大院遇到了马文胜。他在那里说你是个色徒。从小就在村里定了娃娃亲，上小学时就亲热上了。上高中时，跟一个女同学谈上了，要把村里那个甩掉。高中毕业后你让人家给甩了，又和村里那个好上了，都人流两次了。来到战山河又和一个知青谈上了，经常深更半夜领着人家转山沟、钻草垛。又要把村里那个甩掉，结果人家不放，都找到战山河里来了。具体情况我不知道，不过这些话在公社院里传开了。马文胜这个人咱们都了解，你可要小心点。”说完他骑上自行车就走了。

成林思索着，马文胜真恶心人。随他去吧，我倒要看看他还能做出什么事。他把这事放到了脑后。

两天后的晚上，成林在宿舍看书，刘海明和李建勇推门进来了。刘海明进来就把门关上，用低低的声音说：“哥，收拾他一下？”

成林明白了，这事在战山河也传开了。他看了刘海明一眼说：“不能胡来！”

刘海明说：“成林哥，看到你和辛小婷好，你不知我们有多高兴。你真为咱山里人争气。那个臭小子想干什么？听了那些话我的拳头直痒痒！”说着，他把拳头攥得“咯咯”响。

成林看着刘海明和李建勇的表情也急了，说：“这是我的事，你们不要掺和，更不能胡来！”

“好吧，我听你的。只要有你一句话，他的脑袋不开花我就不姓刘！”刘海明说。

这些话传到辛小婷耳朵里就更邪乎了。说成林已有了私生子，被寄养到了某某处。辛小婷想，传言把自己也牵扯进去了。难道他真是情场高手，把自己圈进去，自己还在事中迷吗？这不可能，因为自己的头脑始终是清晰的。来到战山河，是自己主动接触成林的。随着时间的推移和对他的深入了解，辛小婷觉着这人可靠、可信，感情也不自觉地在向他靠拢，这是事实。可他们之间没有出格的行为。尤其是成林，连讨好她的语言都没有。他们的关系她是主动面，成林是被动面。另外的事呢？尽管传言有它的恶意，有言过其实的成分，但也可能无风不起浪。

这两天她细致地观察着成林，并投去询问的目光，他还是一副若无其事的表情。他不知道传言？这不可能，他的那些好友还能不告诉他！你能胸怀海量，毫不介意，我可不能。我必须要知道事情的真相。去找人打听一下？不行，那样做不管怎么谨慎，都会产生负面的东西。成林是个坦诚的人，和他直接谈是最恰当的。

她晚饭后来到成林的宿舍。成林倚在铺盖上看书，看着辛小婷带着愁容的面孔，成林知道，她已听到了关于自己的那些流言蜚语。两人无语地坐了一会，辛小婷谨慎地问起：“他们把给你送饭的女子说成是你老婆，真是恶作剧。”

“随便。”成林回答。

“那她是你什么人？”

“我的姐姐。”

“可听说她姓周，叫周芹芹。”

“不是亲姐姐，可胜似亲姐姐。”

“这么说你们关系很好了？”

“当然。”

辛小婷愕然，脱口问道：“你们还在谈恋爱？”

成林白了她一眼，没有回答。他拿起书，把眼睛移到书本上。

辛小婷看着成林，焦急地说：“你能不能把这些事情解释一下？”

“解释什么？”

“解释传言的那些事情是真是假!”

“别人说的话让我去解释? 谁说的话你就让谁解释去!”

“可我相信的是你!”

“相信我，该告诉你的我也都告诉了!”

“你别赌气，咱们心平气和地把这些事情沟通一下。”

“没有必要。”

“对你没有必要，对我这非常重要!”

“我告诉你，没有人会说自己的坏处，包括我!”

“你不站出来澄清一下，是否意味着这些传言是真的?”

辛小婷本想激一下成林，让他不得不说。 没想到他瞪起眼睛坚定地说:“你可以这样认为! 如果怕我玷污你，就离我远点，别在这里无聊!”

从来没有人对辛小婷这么凶过，包括她的父母。 她两眼噙着泪水，委屈地望着成林，说:“你干吗这么凶?”

成林看着辛小婷，觉得自己太过分。 他缓和一下眼光和语气说:“对不起，你看我这没有教养的臭脾气。”

一说到脾气，辛小婷突然想到了李闵。 她从来没有看见李闵这样凶过，他也永远不会对她这样凶。 在温柔的男人面前有幸福感，可还觉得缺少点什么。 她想了想说:“男人就该有点脾气。”

“男人是该有点脾气，可我没有资格向你发脾气。”

她揣摩着成林的话，揩了揩眼泪，扑闪着眼睛想了一会，突然破涕为笑，说:“对谁发脾气，是需要有点资格的，你这个傻帽儿!”

她边说边冲出了成林的宿舍。 成林懵了。

第九章

这几天，辛小婷恍恍惚惚的，和成林一块出入工地都感到不自然了。尽管她知道这些传言是人们用嘴巴升级的结果，也知道这是马文胜的诬陷。可有个女人在恋着成林，这是不争的事实，而成林并不否认这一点。她本已拿定了主意，近期就和成林挑明，把关系定下，堂堂正正、轰轰烈烈地谈上一场。可现在这样的处境该怎么办？她真没了主意。和成林的谈话没有得到满意的结果，可事实也清楚，他们没有确定恋爱关系。爱情是那样的自私，自己爱的人有人爱，心里就酸溜溜的。可一个没有女人爱的男人她会爱吗？尽管她想到了这一点，可心里的滋味还是变不过来。母亲来信让她回去一趟，很长时间没回家了，该回去看看了。她想离开几天，平复一下心情。

早饭后她来到了工地，成林在忙活着。她一改常态，板着脸说："赵班长，我要请几天假，回家一趟。"

成林抬起头，淡淡地看了她一眼说："噢。"

"'噢'是准假还是不准假？"

"你随时都可以走，只要打个招呼。别让人以为你失踪了就行。"

辛小婷品着成林的话，笑了笑说："好吧，我请假三天，第四天不回来就是失踪了。那你可要负责啊！"

"不在这里失踪我不负责。"

她看着成林那副认真相，就无心再和他打趣了，回到宿舍收拾了一下，出了战山河大院的门。

她顺着虎龙河向下走了不远，王三喜从后面赶了过来。他见到辛小婷，没头没脑地又侃上了：“我说辛大小姐，你们这些女孩子怎么一个比一个识货！就成林那块料，怎么走到哪里都有人抢？”

辛小婷一愣。她对王三喜并不反感，尽管他总是一副玩世不恭的样子，凡事就爱调侃。可细细品来，他说的话都在道道上。听口气他也听到了有关成林的传言。他提起了这事，就和他说几句，眼前又只有他俩，他不至于再侃大山吧。她不知道该怎样称呼他。心想，他能把我看成是女孩子，就该称他大叔。她说：“大叔，你说成林的那些传言是真是假？”

王三喜没有站下的意思，又用说书唱戏的声调侃上了：“假作真时真亦假，真作假时假亦真。大水漫不过鸭子背，看！咱辛大小姐多聪明！”说完，跨上自行车头也不回地走了。

辛小婷呆在那里，这说的是什么呀！我怎么聪明了？什么是大水？什么是鸭子？辛小婷啃着这个“大木梨”到了鲁村，上了客车，到了县城。

出了车站，辛小婷低头走着。“小婷，你回来了！”

辛小婷抬头一看，是李闵妈。她一手提着用小绳系着鳃的两条黄花鱼，一手提着装满蔬菜的兜子走过来。

辛小婷和李闵上中学时总是同出同归，李闵妈看着高兴。高中毕业后下乡了，这一景没了。特别是近半年，辛小婷很少回来，就是回来也不和李闵往一块凑。这让她很不爽，像缺少了点什么。今天见辛小婷回来了，李闵妈就急忙上前打招呼。

“回来了刘姨，您买菜去了？”辛小婷不喜欢李闵妈，这位凡事都要抢风头的刘姨。

“副食品店刚从水山站拉来鱼，很新鲜。李闵也回来了，天也快晌了，到我家吃鱼去！”她边说边扬起手中泛着金黄光泽的鱼。

“不了刘姨，我刚下车，还没见着我妈呢。”

“屋前屋后的，见了你妈再去也不晚。”

“我真的不去了刘姨，我身体有点不适。”辛小婷找理由推托。

“不舒服？用不用到医院看一下？”李闵妈关切地问。

“不用不用，只是不适，我回家休息一下就好了。”

“那就好。傻孩子，听说你都下工地了？可别做那傻事。咱们下去不就是为了熬过这两年，免得别人说闲话吗？挂个名在那就行了，多在家里休息。再说，山沟旮旯里的人野蛮，在那里还要注意安全。”

“谢谢刘姨，我知道了。”

“那就早点回去休息吧，我还要到单位报个到再回家。”说着她也离开了。

辛小婷和李闵是邻居。从辛小婷转学过来他俩就是同班同学，几年来一直相处得不错。李闵对小婷眉目传情，几次向她书包里塞纸条，她都装作没看见。毕业后，李闵加紧了对她的追求，频频给她写信，还经常邀请她去他家里吃饭，她拗不过他的纠缠，去过一次。这时她突然又想起了成林，这么优秀的人还能没有人追他？成林是个理智的人，不会因为有人追求而做出出格的事，这一点她应当坚信。何况成林是个有理想的人，他绝不会甘愿待在这山沟里，过农村生活。

辛小婷突然把那个“大木梨”给啃开了。她豁然开朗：我就是那渺小的鸭子。谣言任你传，大水任你涌，改变不了我的主见。谢谢你，王三喜。

辛小婷再次把成林和李闵摆到一起比较。两人社会地位的不平衡是显而易见的，一个是农民的儿子，一个是县级领导的儿子。李闵是优秀的。他长得帅气，聪明好学，又会细心照料别人。这些他都不比成林差，可为什么在他身上找不到那种感觉呢？成林魔幻般地吸引着她。是什么东西让他有着这样的魅力？

她回想与成林做同学一个月的耳闻目睹，回想着成林和父亲像对簿公堂一样的谈话，回想着来战山河的所见……成林不畏权势，不畏邪恶，敢于担当。他骨子里的底蕴是十足的阳刚气！相比之下，李闵的优秀显得平庸。女人需要什么样的归宿？骨气，成了成林身上重重的砝码。

答案找到了，她踏实地吃进了这颗“秤砣”，铁了心要走自己的路。她回到家住了一宿，第二天就返回了战山河。

辛小婷想把和成林的关系再拉近一步。早上上工她晚到一会，把成林的早餐带到工地上。下午收工她早走一步，当成林回来时，她已把晚饭放到了成林的桌子上。她的举止招来了更多的调侃。然而她毫不介意，坦然地接受着她的所作所为带来的一切。

成林觉得有条无形的绳索在把他们向一起捆。可是，理智在一次又一次地告诫他：不能这样想，更不能往这条道上走。他们之间的鸿沟不是两人能填平的。他几次提醒辛小婷，要注意自己的举止。可辛小婷就和没听见一样，这让他心里慌慌的。

吃了“秤砣”的辛小婷做出了决定——今生要托付的人就是他了。通过细致的观察，她敢断言成林是爱她的。但事情必须挑明，确定关系，要把事情做得干净利落。只要成林也真心爱她，那什么力量也不能把他们分开。她就会像他所说的“按照自己的方式”把问题解决。她充满着信心。

她一次又一次地闭上眼睛，想象着成林向她表白的情景：他把胳膊搭在她的背上，有力的大手扶着她的肩膀，亲吻着她的额头、脸颊……她幸福、陶醉地依偎在他宽厚的胸膛上……可不管她怎样暗示，成林就是无动于衷。她为自己的爱情没有一个浪漫的开始感到遗憾。

好吧，这美好的爱情就由我来导演吧！她这样想着。性格开朗的她，要表白自己最真挚的情感。尽管难以启齿，可必须要做，而且还要快。距离夏季大学招生只有几个月的时间，不加快进度会误事的！

她脑海里想象着美好的未来。今年让成林上大学，明年她再上大学。如果能上一个学校……一对情侣散步在大学的校园里……假期一块去旅游……

晚饭过后，小婷来到成林宿舍。她心“扑扑”直跳，微红着脸坐在成林给她搬来的凳子上。成林坐在床边跟她说着话，她有心无心地应答着。成林看着她反常的表情，用疑惑的目光看着她问：“你怎么了，有什么事情吗？”

“我要向你请教个问题。”她借题开口了。

“你说，什么问题把你愁成这样。”

“你说……青年人找对象的标准该是什么？”她看着成林。

成林一怔，说："我现在不考虑婚姻问题，也没考虑对象的标准。"

"不说你，通常该是什么标准?"

"这自古就是门当户对，郎才女貌。现在人们又流行什么'一见钟情'。你知道的该比我多。"

"我看你说的这些都不对。"她稍停又说："我认为找对象，对女人来说，是要找座靠山，可以一生踏踏实实依赖的靠山。对男人来说，是要找个爱你、懂你、理解你的知己。"

"你说得很新颖，也许还很有道理。"

"既然你认为有道理，就该照着去做。"

"我说过，我现在不考虑找对象的问题。"

"找对象可能是容易的事，什么时间考虑都行。知己却是可遇不可求的，遇到了可千万别错过。"

成林不想再说下去。他随手拿起一本书，无心地翻着。

"你有知己了吗?"辛小婷问。成林不语。她接着说："如果没有我给你介绍一位。"辛小婷说着站起来，看着窗户，找到了自己该站的位置。

"你要给我介绍谁啊?"成林好奇地问。

"就是她!"辛小婷指着窗户。

"外面有人?"成林吓了一跳，迅速向窗户望去。夜很黑，灯光一照，窗户玻璃上映出了小婷的面容。辛小婷在羞涩地笑着。

"也许你真是我的知己。"成林低声说着。

"成林，既然你觉得我是你的知己，咱们就别躲躲闪闪的了。把关系确定下来吧!"她看着成林，红着脸，说完又低下了头。

成林一惊，顿时觉得脸火辣辣的，心也在"扑扑"直跳。他冷静了一下说："你和李闵……"

"你说什么呀? 不就是有人追求过我嘛! 一个大男人惦记着这点事，说出来也不怕别人笑话。"辛小婷打断成林的话，急切地说。

"别误解，我不是这个意思。"

辛小婷望着成林说："我知道你不是这个意思，原谅我快言快语。不过，以后不要再提他了，他与咱们没有关系。"

成林从床边站起来，在房间里走着，辛小婷不时地扫视着他。成林说：“小婷，咱们可以成为好朋友、成为知己，但不能谈婚论嫁。家庭地位、个人身份和未来的路……”

“你别说了。这些我都知道，你该懂我，我没有把外在环境和世俗观念放在眼里。我不介意这些，你也别介意，就当不存在。”

“我理解你。可这现实不在于你我介意不介意，这种世俗隔阂是咱们无法逾越的！小婷，你要理性地看待这些问题，不要任性。”

“我没有任性。这是我经过深思熟虑，理智地做出的选择。婚姻是咱们自己的事，不要去看别人的脸色。只要咱们两人真心相爱。”

成林还在来回走着，辛小婷看着他。成林走到辛小婷面前说：“小婷，咱们年龄都不大，就这样交往着。再过两年、三年，你就业了，看看我是否有点出息了，到那时再定。”

“不行！必须现在定下。”

“为什么？”

“我要帮助你。”

“这有关系吗？”

“有！你不是说现实吗？你是我的未婚夫，就会有人把你送进大学，不是，你就上不了大学，这就是现实！”

成林转过身又走了起来，转了几圈他站下说：“就算是这样，也不能把关系定下来。”

“为什么？”辛小婷问。

“从上大学到毕业需要几年的时间。在这么长的时间里，可能有很多变数。你不要为了我，赌上你的人生大事。”

“可能有变数，或许有很多的变数。可咱们之间的婚恋关系永远没有变数！这不是赌，这是咱们情感走到了这一步，是我应该做的事。”辛小婷看着成林说。

“谢谢你，也谢谢你对我的信任。”成林说。

成林还在踱步，辛小婷在不时地看着他。长时间的等待让辛小婷沉不住气了。她望着成林郑重地说：“说了半天，该不是你心中根本就没有我，是我在这里自作多情吧？”

“不！”成林脱口而出，自己也察觉到声音都有点变。他站住冷静了一下，看着辛小婷，向她走近两步。辛小婷迎上来，抬起双臂。成林急忙用两手握住她的两只下臂，郑重地说：“小婷，你理解我，懂我。我能想象出咱们一块生活会是多么融洽，你又会怎样坚定地支持我做事情。你身为领导干部子女，不嫌弃我地位卑微，做出这样的抉择，这让我很感动。这本该是我不敢想的事情，你主动提出，我应当高兴接受才是。可冷静想想，我觉得这不合时宜，现在抉择有点为时过早。”

“这是你的真实想法吗？”辛小婷笑着问。

“是的。”成林诚恳地回答。

“好了，别再说了，有你这几句话就够了。我就是一贴狗皮膏药贴到你身上了。合不合时宜就让它靠边站去吧！”辛小婷兴奋地说。

“怎么这样比喻？”

“怎么比喻？要文明的？好，非你不嫁！”

“不许胡说！”

“我没有胡说。”她双手放在成林的肩上，踮起脚，偷袭似的照着成林脸颊上就是一口。

成林呆若木鸡地站在那里。

“你这个傻帽儿，傻得真可爱。”她笑盈盈地看着成林，一副幸福和获胜的表情。

和成林谈定了，就该向父母交底了。第二天，辛小婷带着喜悦和自信回家了。

母亲注意到了小婷的变化。刚下乡时，她隔三岔五就往家里跑，还常常赖着不走，都是爸爸催促她及时返回。可这半年多来小婷却很少回家，回来也是匆匆就走。今天女儿主动回来了，还去菜市场买了菜，做了丰盛的一桌。辛小婷看着饭菜想：话题一打开，恐怕这丰盛的一桌就没人搭理了。她忍耐着把话题留在了饭后。

吃完了饭，爸爸坐在沙发上点上了烟，小婷给爸爸倒了杯水。还没等妈妈收拾完饭桌，她就急不可耐地开口了：“爸爸、妈妈，我要向你们宣布我的一件重大事情！”

妈妈一惊，再一看小婷脸上堆的是笑容，知道没什么大事。就说：“有什么话直说，干什么弄得一惊一乍的。”

小婷稍做停顿说：“我要谈恋爱了！”

爸爸、妈妈都没感到震惊，爸爸吸了口烟，一副老道的样子说：“你现在才多大，就急着谈恋爱？”

“那你和我妈妈结婚时我妈妈多大？”

“时代不同了，现在提倡晚婚。”

“我说是谈恋爱，没说要结婚。结婚可能要推到四五年以后，或更远。”小婷思索着说。

“那也不行！你在下乡，还没有就业。这个时期有很多的不确定因素。等工作稳定下来再谈恋爱。”

“你爸爸说得对，你们现在好好交往着就行了。等都工作了，再确定关系。”妈妈收拾完饭桌，也坐在沙发上说。

“不，我就是要现在把关系确定下来！”小婷很执拗。

妈妈沉思着，李闵这孩子确实也不错，也算是她从小看着长大的。每当听到邻居们说李闵和小婷是天生的一对时，她心里总是美滋滋的。孩子们毕业了，下乡了，她期待着他们快些就业，等合适的时候就成全他们，了却他们做父母的心愿。没想到小婷比她还急。她打破了沉默，望着老伴说：“要是小婷坚持，就先把关系确定下来吧。李闵这孩子……”

“这是什么跟什么呀！怎么乱点鸳鸯谱？”辛小婷睁大眼睛，打断了妈妈的话。

“那你要跟谁谈恋爱？”妈妈急忙问。

“战山河里的一个民工，开抽水机的！”辛小婷赌气地说。

一枚重磅炸弹扔给了父母。老两口惊得相互看了一下，又同时看向小婷。“你要跟一个农民谈恋爱？”父母几乎同声问道。

“爸爸，妈妈，他是个农民。可我把这个人详细给你们说一下，我相信，你们会同意我的选择。”辛小婷平静了一下心情说。

“他是农民，父母也是农民，他在农村长大？”妈妈问。

“是这样。”辛小婷答道。

“这就够了。你们成长的环境不同，受过的教育不同，导致你们有很多差异，这不合适。”爸爸说。

“找对象是人生大事，要讲点门当户对。门不当户不对的，会有很多别扭的事情。”妈妈说。

“你们不要用这些老观念来否定这件事情。他的处境是很差，可他从小就有自己崇高的理想，从没放弃过。他现在还在努力地践行着自己的追求。”

“一个农民，追求又能追求到哪里去？开上柴油机就不知道自己多大小了。把你追晕了吧？”爸爸说。

“不是他追我！是我在追他！”

“是你追他？你去追求一个农民？叫你下乡好好劳动，接受贫下中农的再教育。你倒好，小小的年纪跑下去谈恋爱了……”爸爸喘息着，把手里的烟头捻灭在茶几上的烟灰缸里。

“爸爸，你别急，把我的话听完。他的追求……”

“农村孩子的追求就是吃商品粮。有个职业就感到满足了！”

“爸爸，你不应当用这句话来否定农村的孩子。他们和我们是一样的人，只是处境不同。处境让他们很无奈，这样的追求本无可厚非。可他的追求点不是设定在这里。他凭着自己的追求，放下了锄头，开起了机器。他能走到哪里，我也看不清。但他绝不是个有点成绩、有点地位就会满足的人！”

“我问你，他不满足又能走到哪里？”

“爸爸，我们可以助他一把，保送他上大学。让他有更大的发展空间，相信他一定会是个有作为的人。”

“绕了半天走到这里来了，这就是他的目的吧？”

“不是，他对咱没有任何要求！这是我的想法。”

“就是这样，也不能消除你们之间的差别。”

“为什么？”

“表面的差别可以消除，这骨子里的东西能消除吗？”

“什么骨子里的东西？”小婷惊奇地问。

“你从小看到的是父辈们怎样做事当干部，接受的是有理想有道德的教育。他看到的是什么？他看到的是夏至割麦子、立秋种大白菜、立冬收萝卜！接受的是勤俭持家、别饿着肚皮的教育！”

“爸爸，接受这样的教育不好吗？你从小不就是接受着这样的教育吗？”

“你想让我们家倒退三十年？”

“爸爸，这不是倒退。你管干部，知道人才优不优秀不在于他的出身。有些事情是可遇不可求的。我看准了他，欣赏他。他需要帮助，我们也应该帮助他！”

“凭借别人的势力走进大学，这就是你看准的人才？”

“不！退一万步讲，就是他当一辈子农民，也一定是个出类拔萃的农民。绝不是等闲之辈！”

“即便他是你所说的人才，也要等一等。过两三年看看他的发展趋势再定。”

“爸爸，我是你的女儿，应当听你的话。可是我已经长大了，有自己的见解，有自己的情感。你不应当剥夺我应有的自由！”

“什么情感？情感是两个人在共同生活中建立起来的，不是靠你们这些青年人的一时冲动建立起来的！”

“我没有冲动。经过半年多时间的认真观察，发现他正直负责，进取心强。我们产生共鸣，心灵相融。在这样的基础上我们建立起了感情，不是你想象的一时冲动、草率决定。”

“你别跟我说这些空洞的理论，你才二十刚出头，还嫩了点。婚姻是一辈子的大事，要慎之又慎。”

“爸爸！我没有在跟你谈空洞的理论，我是在跟你谈一个实实在在的人！我要把他细细地介绍给你们听。我相信，你们了解了他，就能接受他！”

“没有必要，可以适当进行社会交往，但不能谈恋爱，更不能确定婚恋关系。就这样定了，以后再谈。”爸爸说完起身回卧室去了。

小婷了解爸爸的性格，就是再谈下去也谈不出结果。爸爸说的道理是对的，可很多事情稍纵即逝。现在与心心相印的人失之交臂，可能永远也无法挽回。她再次坚定信心：绝不能失去成林。她思考了一会，眨巴着眼说：“好吧，那就走着看吧。”

妈妈赶紧把话接过来说：“好婷婷，你真懂事。先别急，走着看看，过上一段时间或几年，根据发展情况再定。”

她是这样理解女儿“走着看”的。可辛小婷的“走着看”是：我把生米做成熟饭，看你这一县之三把手能不能看着自己的女婿在农村当农民。到那时你不管，想管的人也能排成队！

第十章

成林有三四天没见到辛小婷了。这几天，成林是在恍惚中度过的。他怎么也没想到，她会以这样坚定、泼辣的方式和他私订终身。他更没想到，告诫了自己一千遍到头来竟答应了她。

这就是爱情？尽管他对辛小婷的心思早有察觉，可还是觉得来得太突然。他还从来没有把一个女人和自己的妻子、爱人联系到一起。想到了婚姻，他又想到了芹姐。生活在这山沟里选择伴侣，芹姐是最佳的人选，她始终给人一种踏实的感觉。可他不想在这山沟里待一辈子。辛小婷出身干部家庭，视野开阔，性格开朗，可身上也有着朴实、细腻的一面。和她相处，心相印，息相通，是那样的和谐。他们心灵处得很近，可现实生活又把他们拉得很远。辛小婷不顾这些，这是否有点太浪漫了？世俗的观念，社会、家庭的压力，你扛得住吗？成林感到心里发毛。

成林吃罢晚饭躺在床上，手里拿着书，却没有心思看下去。他说不清楚自己这是兴奋还是心慌。有人敲了一下门，还没等到他去开门，辛小婷就一头闯进来。看来她走得很急，气喘吁吁，一副很兴奋的表情。成林问："你这几天去哪了？走也不打个招呼，让人着急。"说着就去找杯子给她倒水。

辛小婷说："不用找杯子，用你的就行，以后咱们就不要客气了。"说着把背兜向成林床上一放，拿起成林的杯子就喝起水来，弄得成林不知所措。

辛小婷喝完水说：“我回了一趟家，把咱们的事和父母说了一下。把要办的事办完，就赶了回来。我知道你会着急的。”说着，就坐到成林床上，并拍拍自己身边的位置，示意成林也坐下。

成林有点激动，有点紧张，怯生生地坐在了辛小婷身旁。成林望着她说：“你父母同意吗？”

辛小婷犹豫了一下说：“他们要有个转弯的过程，我想最终他们会尊重我的选择。这些事你不要管，我会妥善处理的。”稍停她又说：“你上大学的事我也做了工作。今年把你送进大学，明年我再去。还要争取咱俩进同一所大学。”

她说得很兴奋，并把身子又向成林这边靠了靠。成林不自觉地把身子向另一边挪了挪。小婷看了成林一眼，又跟着向成林那边挪了挪。她耸耸肩，等待着成林把胳膊搭上去。可成林没有这样做，她无奈地拉起成林的手，说：“成林，咱俩能走到一块，你不要感到惊讶，也不要拘谨。这是咱们的缘分，是上天的安排。”

“这话怎么讲？”成林问。

“我在下夼初中借读时，你给我留下了深刻的印象。可那时咱们还小，就擦肩而过。你到我家和我爸爸谈话，我就在隔壁，全听到了，你让我佩服。可当时我不知道这个谈话的人是谁，这又让咱们擦肩而过。我来到战山河，你也来到战山河了。你知道我来战山河只是为个名分，本该也要擦肩而过。是马文胜不怀好意，嘲笑你不知天高地厚，跑到县领导家撒野，让我想到了你。我来到战山河，和你走到了一起。想起这些我就激动。你说，这不是上天的安排，是什么？”

“从情感上讲，我和你有同感。可看看现实，我像被架到了空中，有种脚踏不到地的恐慌感。”成林说。

“不要怕，我搂住你。”辛小婷转身拥抱了一下成林。她又坐好，闭着眼睛，等待成林吻她的额头。许久，她睁开眼睛，见成林在呆呆地看着她，她摇了摇头说：“你真是个傻帽儿！”说着，转身扶着成林的肩膀，在他脸颊上吻了一下。成林壮着胆子借势抱住了她，辛小婷扑到成林怀里，两人紧紧地抱着。小婷把头靠在成林的肩窝里，嘴对着他的耳朵，喃喃地说着：“有你，真好！记住，你是我的，我也是你的。永远！”

成林体验着一种从来没有过的激动，也有一种不安的感觉。玻璃窗，没有窗帘，这样的举止无疑有点过分。他警惕的眼神不时地向窗外扫视着。他看见外面有个人影在晃动，对小婷说：“外面有人，还在向我们看！”

辛小婷抬头看了看，又把头埋进成林的肩窝里，更紧地抱着成林说：“我不怕别人看见。我还要向所有人宣布，咱们相爱了！”说着闭上了眼睛。

时间在他们心灵中凝固，可桌子上的小闹钟，依旧在滴滴答答地跑着。许久，成林听到窗外有轻微的脚步声，他扫视窗外，又发现了那个人影。他感到人影的可怕，想到了问题的严重性。他松开手说：“外面真的有人在看！”

“随他们的便，与咱们无关。”她不想松开抱着成林的手。

成林双手抓住辛小婷的双肩，向外一推，又抖了一下说：“小婷，我们要自尊、自重、自爱！”

辛小婷一惊，两手握着成林的双臂，说：“你说我不自尊、不自重、不自爱？”

成林无言以对。他看着辛小婷一眨也不眨的眼睛里，两颗豆大的泪珠正顺着她长长的睫毛滴下来。成林松开一只手，要把胳膊搭在她的肩上。她向外一推，握着双拳就往成林胸上捶。成林侧身抱住她的双臂说：“别这样，窗外真的有人！”

就在这时，外面传来了尖叫般的喊声：“抓流氓！抓流氓！”紧接着就听到了骚乱的脚步声和警车的鸣笛声。

他们站起来，抓流氓的喊声不时响起。成林不知所措，站在门口等待着。辛小婷倒显得平静了，她擦干了眼泪，整理了一下衣服，向前一步，把成林挡在身后。接着就是重重的敲门声。辛小婷打开了门，看见站在最前面的是马文胜，后面跟着一群看热闹的人。一辆警车也闪烁着警灯停了下来。

辛小婷怒视着马文胜问：“谁是流氓？”

“他，赵成林是流氓！”他指着辛小婷身后的成林说。

“他怎么是流氓?”

“我看见他在抱着你!”

“抱着怎么了? 抱着就是犯罪、就是犯法吗? 如果是犯罪、犯法，那也是我抱着他! 你把我铐起来吧!”辛小婷怒吼着。

“我看到他欺负你了。”

“他怎么欺负我了?”

“我看见你哭了。”

“我愿意哭就哭，愿意笑就笑，关你什么事?!”辛小婷声嘶力竭地吼着。与此同时，她抡起右臂狠狠地在马文胜脸上掴了一巴掌。马文胜捂着脸，后退了两步。

辛小婷又狠狠地说:“呸! 你卑鄙!”她朝马文胜脸上吐了一口，就转身向自己宿舍跑去。

马文胜呆在那里了。站在后面的派出所所长和王明仁把一切看得清楚，听得明白。所长愤怒地望了马文胜一眼，转身走向办公室。进了办公室所长说:“只要没有强迫行为，就不是犯罪。这些生活作风问题就由你们单位处理吧。”

成林一夜没睡。天蒙蒙亮时见有个人影在窗外晃动，他急忙穿上衣服打开门。是辛小婷站在那里，她的身旁是一辆后货架上捆着行李的自行车。成林走过来，辛小婷望着成林说:“成林，你能原谅我吗?”

成林说:“谢谢你，没有你的话，他们足以把我拷到派出所。”

辛小婷继续看着成林，等待着她想听到的话。片刻，成林又说:“作为一个男人，让一个女子在前面做挡箭牌，我感到无地自容。”

辛小婷对成林的回答并不满意，她为没听到想听的话感到失望。她再次看着成林说:“我说，你能原谅我吗?”

成林一手扶着她的肩，一手放在她扶着自行车的手上，说:“你没有错。”

辛小婷笑了。她转过身推起自行车就离开了。成林肃立在那里，望着她的身影消失在晨雾中。

马文胜抓住自认为绝好的机会，导演了让赵成林出丑的一幕。他成功了，映照出来的却是自己的丑态。领导对他不满意了，就连把成林赶出战山河这一最低目标也没有达到，他感到沮丧。

工地上议论纷纷。“笑星”王三喜没有笑起来，只是在人们议论马文胜脸皮再厚也没法见人时，他说：“他能见人，因为他没有脸皮。”

辛若东走在白沙河下游的河堤上。他素有早上散步的习惯，作为县城里的高级干部，散步自然会选择比较僻静的地方，以便回避熟人。再说，在这小小的县城里，农村气息占主导地位，早上散步这种时尚的运动还没有成为多数人的习惯。他每天都会早早起来，在这僻静的河堤上走一走，活动一下身体、整理一下大脑、考虑一下一天的工作，也很少遇到熟人。今天特别，刚踏上河堤他就见教育局局长王炳龙在前面似走非走地转悠着。辛若东本想打个招呼就过去了，可王炳龙和他打了招呼后，就比他慢半步一块走了起来。简单的恭维寒暄之后，王炳龙说：“恭喜您了，辛主任！”

“我有什么喜事让你恭喜？”他纳闷地问。

“恭喜你喜得乘龙快婿。”

辛若东一脸的惊讶：“你说什么呢？我还不知道的事你倒来道喜了？”

王炳龙后悔自己说话太冒失，可能人家现在还不想公开这事。尽管如此，下面的话还是不能不说。他迟疑一下又说：“对不起辛主任，别误会，没有人知道，我也不会告诉任何人。你让我办的事我会尽最大的努力，争取办到最佳。”

辛若东又是一愣，转过头看着王炳龙说：“我让你办什么事了？”

“这、这……”王炳龙一头雾水，不知该怎么回答。

“别吞吞吐吐，把实情说出来！”辛若东严肃地说。

王炳龙说：“小婷前几天找过我，说她谈了个对象，关系已经定下来了，让我帮忙保送他今年上大学。”

前几天小婷说过要和战山河里的小子谈恋爱，私下里还在找人保送他上大学？他有点意外。他缓和下口气说：“只是谈个恋爱，不知道以后会是怎么回事，就忙着保送他上大学？你也敢给他办？”

王炳龙说："辛主任你别生气，我这不是在向你汇报嘛。再说，小婷把他们的关系说得很铁，说那是她的未婚夫，父亲会同意她这样做的。"

"什么?"辛若东气得要跳起来。真是无法无天，胆大妄为。私订终身还打着我的旗号乱用权力。他冷静了一下对王炳龙说："这事你不能办，坚决不能办！要是办了我拿你是问。"

王炳龙惊奇地看着辛若东，诺诺地说："是，是，我听您的。"

王炳龙庆幸自己及时和领导沟通，要不出了力、办了事还可能成为罪人。可他心里还是觉得不太舒坦，本来今天是为讨好领导而来的，没想到变成了挨训。

辛若东憋着一肚子气回到家，早饭也没吃就上班去了。让他更想不到的是，就在这天，县委家属院里在悄悄传播着一条爆炸性的新闻：辛小婷在战山河和山沟里的一个土包子好上了，而且被人捉奸在床。

辛小婷的妈妈和往常一样，吃罢早饭收拾一下就提着篮子去买菜。出门就见胡同头上聚着一堆家属院里的女人们在议论着什么。她也想快走几步，去听个热闹。没等她走近，这些人都不说话了。有的斜眼看她一眼就走开了，有几位实在回避不了也和她打着不冷不热的招呼。她看了看自己的上衣、裤子，又摸摸后身、头发，没有什么异常。她很纳闷，今天这是怎么了？她不愉快地去市场买了菜，就往家走。半路遇到了李闵的妈妈。李闵妈把她叫到了个僻静的地方说："院里传谣咱小婷的事你听说了？"

"什么事?"小婷妈惊讶地问。

"你还没听说？说得难听死了，可咱不信。打倒'四人帮'，咱当权派上台了，那些造反派被挤下去了，就到处造谣生事，伺机报复。咱可不能上当，小婷是个好孩子，绝不会做出那种事。就是他们把舌头嚼烂了咱也不能相信。"

"他们都说什么了?"小婷妈惊慌地问。

李闵的妈妈把嘴对到她的耳朵上小声地说着，听得她的脸先变红，再变白，后变青。

辛小婷从战山河回到家，在家里躺了两天。她在等待家里的一场暴风骤雨的到来。她知道王炳龙不会悄悄地为她办事，一定会去讨好父亲。马文胜导演的闹剧也很快会传到县城，传到父母的耳中。她做好了应对的准备。今天见父母的脸色都不对，就知道这场暴风雨要来了。

辛若东早上的气还没消，中午就从老婆嘴里得知了街头巷尾的传言，也让他惊出了一身冷汗。为了慎重起见，他下午给鲁村公社战山河的王明仁打了个电话，问了一下情况。王明仁做了解释，那些有关女儿的传言是某些人嘴巴加工的结果，大有言过其实的成分。被人捉奸，也是有人在恶作剧。但这不能表明事态的不严重。不听父母的劝阻，私订终身，还拉大旗扯虎皮，为一个穷小子操办上大学的事情，已到了不管不行的地步。

吃罢晚饭小婷起身想走，爸爸叫住了她说："先别走，说说是怎么回事！"

"不就是干部子女和山沟里的孩子谈恋爱嘛！有什么大不了的事，又不是没告诉你们。"辛小婷冷冷地说。

妈妈接着说："你不知道街上传得有多难听，让你爸妈这两张老脸都没处放了！"

"能有多难听？"小婷想听听。

"他们说你打着干部子女的旗号，无法无天，什么事都敢做。整天和那个穷小子在一起鬼混，还被人捉奸在床。是你拿你爸爸来压他们才了了此事。"妈妈说。

辛小婷一愣，她没想到会有人这样小题大做，借机进行人身攻击。拿舌头杀人？我不怕，有这样的效果更好，这样才能把难题甩给父亲。

"这是真的还是假的？"爸爸问。

"你相信就是真的，不相信就是假的。"辛小婷冷着脸回答。

"那你打着我的旗号，找王局长保送他上大学该是真的吧？"

"这是真的，也是被你逼出来的。我问你爸爸，有多少工农兵大学生是裙带关系上去的？我们保送一个有志气的优秀青年上大学，又有什么不可以？"

辛主任被气得手直哆嗦，他拍打着茶几说："真是无法无天了，我告诉你，你就死了这条心吧！ 我已告诉王局长，这事不能办！ 从今天起你就别下乡了，老老实实待在家里。 再过两三个月，安排你就业！"

辛小婷心中一惊，眼泪流了下来。 她眼睛盯着爸爸，沉重地说："爸爸，你这也是在行使特权！"

"管理自己的女儿，我有特权！"他说完愤怒地离开了。

辛小婷躺在床上流泪，她知道爸爸的脾气，也是个说到做到的人。她本想把生米做成熟饭，让父母接受这一切。 可没想到饭还没做熟，遇到了釜底抽薪的人，生米做成了夹生饭。 难道真像成林所说，这是不可逾越的吗? 事情搞砸了，臭名也出去了，怎么办? 只要成林爱着她，只要能让成林上大学，什么样的黑锅、什么样的骂名，她都愿意背。 别说捉奸在床……

辛小婷像想起了什么。 好！ 人说夹生饭难做熟，我就不信。 加大火，再加大火，我就不信做不熟它！ 敢爱，就要敢为之奉献！

吃了秤砣的辛小婷，敢把天作下来。

第十一章

辛小婷按照爸爸的要求，老老实实待在家里，一个多月来她很少出门。可妈妈最近有个新发现，这个发现让她惊出了一身冷汗。随着天气的转暖，衣服的减少，她见女儿的小腹有点微微凸起。是她待在家里变胖了？不对，胖了还只能胖小腹？她进行详细的观察，见她走起路来屁股还一扭一扭的。这非同小可！几天的观察让她感到确凿无疑，就悄悄告诉了老伴。这也让辛若东大为惊讶。

吃过晚饭，辛小婷起身扭动着屁股要回自己的房间。妈妈叫住了她，指着她的小腹小心地问："这是怎么回事？"

"不是让人捉奸在床了嘛。"辛小婷轻描淡写地说着。

"这……这么说，你……你……"

"怀上了。"辛小婷把妈妈没法说出口的话说出来了。

妈妈的脸霎时间变白，差点背过气去。她一腚坐到椅子上，双手捂着脸哭了起来。

辛小婷就想要这效果。可当这效果真的出现在她的面前时，她心里一阵难受。她急忙走过去扶着妈妈，一起坐到沙发上。她眼泪也禁不住流了下来。心里说：妈妈，真对不起！渡过这一关，女儿一定好好孝顺你。爸爸听后叹着气，吸着烟。几分钟过后妈妈说："我的女儿，你打算怎么办？"

辛小婷说："我去找他，我们领了结婚证吧。"

"什么？你真要嫁给那个小子？你真要跑到那个山沟里去？"爸爸

发怒了。

“那还有什么办法?”辛小婷低声回答着。

“不行，坚决不行! 你马上去做掉。”

“我去做掉，你保送他上大学。 他大学毕业了，我们再结婚吧。”

“那也不行!”

“如果这样也不行，我的名声你们也知道了，可真没法再嫁人了，也只有现在嫁给他了。”

辛若东越听越生气，骂了一句:“你这个不孝女!”又指着老伴说:“都是你从小把她娇惯的，看现在，把天都作下来了吧! 把我们祖祖辈辈的脸都丢尽了!”

妈妈叹了口气，说:“惯也惯了，事情到了这个地步，也只有你来帮她圆场了，要不就更惨了。 就依着小婷，把那小子的事给办了吧。”她望着老伴继续说:“说不定，他是个有出息的孩子。 上了大学，将来能出人头地，也是咱小婷的福气。”

爸爸叹着气，母女俩依偎着流着泪。

一刻钟过后，爸爸站起来，走到客厅北边写字台前，按住了电话摇了两圈，拿起话筒说:“告诉教育局王局长，让他尽快给我回个电话。”没多长时间，电话铃响了。 爸爸拿起电话，唉了一声，有气无力地说:“王局长，小婷找你的事情你就给办了吧。”辛小婷清晰地听到了对方的回话:“请辛主任放心，我一定尽最大的努力，把事情办好!”

辛小婷脸上微微一笑，心里笑得更灿烂。 一幅美妙的画面在她脑海里出现。 她亲手把大学入学通知书送到成林手中，她亲自把他送进大学。 暑假、寒假时与他形影不离，潇洒地走在大街上，人们投来羡慕的目光。

听完了爸爸的电话，妈妈说:“你爸爸出面，事情会办好的，你就放心吧。 明天妈妈陪你去医院。”

“这样的事哪有妈妈陪着去的?”

“那谁陪你去?”

“我自己去吧。”

“妈妈不放心啊!”

“没事，我去找我表姐。”辛小婷的表姐刘秋兰在县妇幼保健院工作，是妇产科主治医师。

“那好，找自己的人还能保住密。小婷，这事千万不能让外人知道，这关系到你的一生啊！”

“妈妈，女儿知道。”看着妈妈焦虑的面容，小婷再次流下泪水。

刘秋兰从手术室里回来，见小婷坐在她办公室里。她很喜欢这位表妹，从小就把她看成是亲妹妹。她边脱工作服边说：“很长时间没见到你了，是什么风把你吹来了？”

辛小婷拍拍自己的小腹说：“是这股风把我吹来了。”

她看着辛小婷微凸的小腹，心中一惊，急忙把办公室的门反锁上了。有关辛小婷在战山河里的传言她已听说过，她不信。她知道小婷是个开朗大方、性格外向的女孩。更了解她是个做事有主见、能够把握自己的人，她不会做出失格的事。但事实到了面前，又由不得她不信。她看着辛小婷问：“要做掉？”

“是啊。”刘秋兰不理解辛小婷说话会如此轻松。

“这事你找表姐就对了，我能为你保住密。”

“正因为你是个善于保密的人，所以我才来找你。”辛小婷笑嘻嘻地说。

刘秋兰稍考虑一下说：“你就在这里待着，别出去让人看见。我去安排一下值中午班，等人都走完了我给你处理一下。天知地知，你知我知。”

“问题并不那么简单。”

“怎么不简单？”刘秋兰不解地问。

“你按一下。”辛小婷站起来，把小腹挺到表姐面前。

刘秋兰按了一下，又吃了一惊：“假的？”

“是的，假的。”

“你，你……这是怎么回事？”刘秋兰惊得说不上话来。

辛小婷坐下，把事情的来龙去脉全盘端出。

“你疯了！你这是自残！你这是毁容！你这是拿自己一生的名誉

开玩笑！”刘秋兰发怒了。

“我知道，我清楚，也有充分的思想准备。”

“别人都是往自己身上贴金，你是在往自己身上抹黑！ 别人给你抹的黑可以擦掉，自己给自己抹的黑是无法擦掉的！”

“我也没想擦。”

“如果他上了大学把你甩了怎么办？ 如果你做得太真，又传到他的耳朵里，以为你真的怀孕了，他不会傻到认为这是他的孩子吧？”

“不会的，他是个聪明人。 当有人通知他去填表、体检，当我亲手把入学通知书送到他手里的时候，他会明白一切的。”辛小婷说得很动情。

“可不可以把实情告诉他，解除以后可能产生的误会？”

“没有必要。 那样就失去了风趣，失去了浪漫，失去了一个美好的故事。 再说，没有人知道，他也不会知道。”

刘秋兰注视着辛小婷：“他是个什么样的人物，值得你为他这样付出？”

“他不是个什么人物，但我觉得值！”

“爱情啊！ 害死人的爱情！”

“不！ 爱情是高尚的，是纯洁的，是美好的！”

“可你把它搅成了一滩污泥浊水，而且置身于其中！”

“只要心灵纯洁，就不怕身在污浊之中。”

“我的傻妹妹，生活是实实在在的生活，你不是生活在真空中，不是生活在想象之中！”

“好了，别跟我高谈阔论了，就说这个忙你帮不帮吧？！”

刘秋兰沉思了良久说：“好，我帮，但要做到只有姨妈姨父误认为你怀孕了，咱们俩知道事情真相就行了，绝不能再有任何人知道。”

“这样对。 可是，如果平平稳稳地过去了，让父母看出破绽，那可就前功尽弃了。”

“我的傻妹妹，你究竟要干什么？ 你还要跑到大街上去说你怀孕了、人流了？ 你知道你下的赌注有多大吗？”

“我知道，但还是要起点浪头，只是要考虑得更周全些。”辛小婷说得很认真。

“好吧，我陪你回家，你演得像一些，我再向姨妈谈一下。她信任我，也就不会起疑心了。”

“好，就这样吧。”

过了一会刘秋兰突然变卦，说：“不行，还要停两天，再给你两天时间，认真考虑一下。”

辛小婷也只有接受表姐的建议，再考虑两天。

辛小婷打开街门，一进院子就扭动起了屁股。妈妈迎上来，把她接进家。进家后担心地问：“怎么样？”

“表姐说再过两天是星期天，她值班再做。”辛小婷说。

“这样也好，千万别让人碰见！”妈妈担忧地说。

关注辛小婷的，不只有她爸爸妈妈，还有另外一个人。

两天后，辛小婷再次走进表姐办公室时，刘秋兰已坐在自己的位置上等着她。辛小婷一进门，刘秋兰沉着脸问：“你考虑得怎么样了？”

“我的决定没有变。走上了这条路，就没有回头的路。表姐，你该明白的。”辛小婷说。桌子上的不倒翁戴着草帽，伸出头，睁一只眼，闭一只眼，在向辛小婷做着鬼脸。

“你究竟是真怀孕，还是假怀孕？”刘秋兰问。

“表姐你是怎么了？前天不是说得很明白了吗？你看看这里面是什么吧。”辛小婷转身去把门反锁上。她边解腰带边说：“为了演得像一点，你不知道我费了多少心思去观察孕妇的肚型和走相。”

“那你就拿出来吧，省得我做手术了。”

说着小婷已从下腹拿出了个心形布袋。她扎好腰带，小心地折叠着那个布袋说：“为了它，我费尽了心思。既怕做得不像，又怕被妈妈碰见，让我担惊受怕。”她把布袋紧紧地握在手里。

“你不会是和成林真的睡到一块了吧？”

“你这个臭表姐，可臊死我了。你就这样看待你表妹？”

“那你不是给了成林一个大黑锅背着？”

“就该让他背！”

“说不定他还以为，你是给了他一个绿帽子戴着。”

“不会的，这是我们将来美好的回忆。”

趁小婷不注意，刘秋兰伸手要去夺她手里的那个布袋。辛小婷惊慌地夺回，说：“你要干什么？”

“好吧，我明白这是你的宝贝，别人动不得。这事就这样定了吧，我听你的安排，把戏演下去吧。”刘秋兰说着，伸手把不倒翁伸出的头按了下去，只听“咔嚓”一声。

辛小婷一惊：“你在录音？”

“是的。”刘秋兰把不倒翁锁到了抽屉里，接着说：“这是证明你清白的证据。”

“我不需要这样的证据！”

“你不需要我需要。”

“你要把这事搞黄？你知道事情走到这一步是多么珍贵，又是多么不容易吗？”辛小婷急了。

“我理解你，也成全你。可我反复考虑，这事我做得太缺德。妹妹，就让我保存着它吧，这也是对我良心的安慰。”

她们相互注视着，突然同时站起来抱在一起，情不自禁地流下了泪水。

辛小婷的风波确实让李闵的妈妈心里添堵。尽管谣言有虚的成分，可她与山沟里的小子谈上了，这是不争的事实。那个农民跟我儿子有可比性吗？你辛小婷脑子里缺的是哪根筋？再说了，我儿子比你哪点差？当老子的都是县级领导，你们不就是排位比我们靠前几名嘛！这就看不起我们了，要去找山沟里的孩子？

听说她父母坚决反对这事，把她关在家里，不让出门。就凭她爸爸那脾气，只要他不同意，他们是成不了的。近几年来，看着辛小婷优秀可爱，与儿子又是同学，交往得不错，李闵妈就尽力拉近两家的关系，争取把她娶过来。现在该怎么办？是前功尽弃还是撺掇她父母把小婷拉回来？李闵的妈妈真是犯了愁。她进而想，尽管传言不可全信，但也不能不谨慎点。这事不能草率，要进行观察访听，了解了真相再定。

她正在心里嘀咕，李闵回来了。李闵妈说：“辛小婷在乡下的那些事，你听说了没有？”

“妈妈，你怎么也跟着瞎起哄？”李闵说。

“怎么起哄了，这事还能假了吗？就是没上床，他们在谈恋爱可是真的吧？”

“那是人家的自由，你管得着吗？”

“我们这几年的投入、你的追求就这样白费了？”

“她并没有说要和我谈恋爱，更没确定婚恋关系。”

“这事要好好打听一下。要是她真的和那小子混到了一起，就是她要跟着咱，咱也不要了。”

“妈妈，你就少操点心吧！”

“少操心？这还不是为你在操心？你要是有本事，早早把她圈拢住，还会发生这样的事？还用妈妈为你操心？”

“妈妈，你就别烦人了。”他说着进了自己的房间。

“看你那份出息劲儿！”妈妈看着他的背影说。

李闵妈为观察辛小婷的情况可谓费尽了心机。她家在辛小婷家的前排房，正好两家前后相对。透过后窗，越过胡同和低矮的院墙，可以把辛小婷家的院子看得清清楚楚。她时常踏着板凳向后院窥视。一个多月过去了，很少见辛小婷出门。这天她听到辛小婷家街门的开启声，她踏上板凳，见辛小婷扭动着身子走了进来。她一惊：她这走相有点不对劲！又见她妈妈迎出来，把她接回家。她听不到她们说话，急得团团转。为了加紧对她们的窥视，她干脆不出门了。在家里不管做什么，都时时注意着后屋那铁制街门的开启声。为了不错过时机，她还在后窗上吊了镜子，调好角度，随时都可以看一眼他们院子里的情况。两天后，接近中午时分，她正在做饭，听到了后屋街门的吱吆声。她快速放下手中的家什，站在了她早已放在窗下的凳子上。只见辛小婷穿着与季节不相符的厚衣服，头戴一顶帽子，在刘秋兰的搀扶下进了门。她母亲快速走来，搀起她的另一只胳膊进了屋。她认识刘秋兰，也知道她是干什么的。确凿无疑，千真万确，百分之百！她怀孕了，人流了！这个骚货，这只破鞋，这个没良心的妖精！她想把所有能解气的词都找出来，扣到她们母女身上。

辛小婷和山沟里的穷小子鬼混到了一起，怀孕了、人流了的消息在县机关家属院里悄悄地传播着。而在鲁村公社战山河兵团却成了爆炸性的新闻。辛小婷要的小浪头变成了大浪头。

成林怎么也弄不明白这是怎么回事。他没有生育方面的知识，但还不至于傻到相信和她隔着衣服拥抱了一下，就能使她怀孕的地步。她是真的要和我谈恋爱吗？如果是真的，她就不可能怀孕，传言是假的！可传言有鼻子有眼：某月某日某时，在某地某手术室某人给她做的人流刮宫。某人陪她回家，穿的什么衣服，戴的什么帽子，怎样被人搀扶着，说得天衣无缝，编是不会编得这么细致具体的。这就是说和我是假恋爱了？是使她怀孕的人她没法说，利用假恋爱甚至把我送进大学的代价，来把黑锅扣到我头上？她要借此来解决什么问题呢？成林满头雾水，找不到北了。

在民工中成林成了大英雄。工地上的“笑星”王三喜挥舞着镐头，自编自演着节目：

话说赵成林啊，人小志气大，不经师、不学徒，机器见他笑啪啪！

话说赵成林啊，人土魅力大，干部女儿见了他，追到肚子大！

话说赵成林啊，年轻度量大，小丑在他面前，只能瞎蹦哒！

话说赵成林啊，……

这时，马文胜走到这里，听见王三喜的表演，就气不打一处来。他严厉地说：“瞎叫唤什么？快干活！”

王三喜停下挥镐，叉开双腿，手扶着镐把说：“我说马大秘，以前还有个宣传队来鼓舞士气，现在没有了，我义务给大家娱乐一下，你怎么还找碴？”

“你不服从管理是不是？我扣掉你一天的工分！”马文胜气急败坏地说。

王三喜把镐头往两腿之间一放，又用上了他双手扣在镐把上的习惯姿势，说：“我说马大秘，你有本事像成林那样，把劲使到干部子女身上。你照着我这个土包子撒野，算什么本事？看你那点出息！”

马文胜的脸青一块紫一块地离开了。

收工了，成林收拾完了机器，最后离开了工地。走着走着，有人在他肩上拍了一把。回头一看是王三喜，他一改玩世不恭的神态，很正经地说:“成林，背黑锅了吧！别怕，这样的黑锅我们背，还嫌小了呢。管住嘴巴，静观其变！”

成林用感激的目光看了他一眼，点了点头。

辛小婷怀孕人流的消息传到工地，把王明仁吓坏了。捉奸闹剧发生后，辛若东曾来过电话落实真伪。他打着包票说这是有人在恶作剧，传言也是存心不良的人在造谣。现在又传来了辛小婷怀孕的消息，难道她真的和成林混到一起了？辛小婷的真实身份在鲁村镇只有一把手和他知道。辛若东曾告诉他，要严格要求她。他虽没有严格要求她，倒也非常照顾她。现在该怎样向辛若东解释？他像热锅上的蚂蚁，又如惊弓之鸟。电话铃一响，他的心就扑扑直跳，电话也成了他心中的恶神。

赵成林！王明仁恨得牙根痛。你找什么样的女子不行，怎么偏偏往这有是非的女子身上找？你就不怕烫手？

现在该怎样对待成林？他真想把他痛打一顿，把他赶出战山河。可不敢，若将来成林真成了辛若东的乘龙快婿，那不是又惹祸了？对成林好一点？也不敢，要是辛若东不认可这件事，会不会认为这事是他纵容的？他不知道该怎么办，有一种大祸临头的感觉。

第十二章

每年七月都是教育界最活跃的季节。一群铆足了劲想上大学的人，用尽手段忙碌了一年，到了这杀马靠槽的时候，谁不把眼睛瞪得溜圆！今年，辛小婷的妈妈和李闵的妈妈也加入了这个行列。

辛小婷的妈妈在为成林奔波。尽管她不擅长做求人的事情，但还是要放下脸面，竭尽全力。小婷闹出这样的局面，成林上不了大学，将无法收场。她三番五次去找王炳龙，王炳龙怎敢怠慢，每次都拍着胸脯打包票，让她放心。

王炳龙跟县里领导的关系都不错，就是这铁面辛若东始终软硬不吃。去年提拔他当局长时，就辛若东一个人投了反对票，还真差点没提成。他想，这不，到了你求我的时候了吧？我一定给你好好办，有了这把柄，我就不信绑架不住你！绑架了你，我就还能再升！他暗暗地高兴着。

李闵的妈妈不仅为儿子精心运作，还和辛小婷的妈妈较上了劲。这让王炳龙很烦恼。保送李闵上大学，这当然没有问题，可你怎么还要有这有那的附加条件——不让赵成林上大学，至少要让赵成林上的大学比李闵上的大学差！你们两家有过节，那是你们的事，怎能跑到我这里来滋事？辛若东在县里分管干部，我得罪得起吗？他一句话就能摘掉我的乌纱帽。好不容易盼到拿住他的机会，能因为你而放弃吗？历年的潜规则是戴帽的按职位高低排序，送礼的按礼份轻重排序。这个规则能变吗？要是变了，会不会有人来砸我的锅？可老李家好惹吗? 他老婆身上有着浓浓的小市民和官宦妻室的混合气息，舌头能呼风唤雨，占不到上风，她绝不心甘，要对付我一个局长还不是绰绰有余。每次想到这里，他都心神不宁。几年来行使自如的特权，今年变得如此棘手。

日子一天天过去，大学招生的事情不顾众人的急切，稳稳地沉寂在那里。这时，传来了小道消息：今年大学的招生方式改成推荐加考试。王炳龙松了一口气，我把你们都推荐上，考上考不上，考好考不好那就是你们的事了。辛小婷也高兴了一阵子：这样最好！妈妈做工作把成林推荐上，他有实力考上大学！这样既解决了成林上学的问题，又能在父母面前证明成林的水平和自己的判断能力。可是这消息很快就石沉大海。

沉寂，长时间的沉寂。

1977 年 10 月 21 日，国家教育部宣布恢复中断了十年的大学招生考试制度：自愿报名、统一考试、择优录取。这消息就如一声惊雷，在全国迅速传开。

这个新闻让辛小婷感觉一下子陷入泥淖，难以自拔。

辛小婷躺在自己的房间里，打开收音机，一遍又一遍地听着中央人民广播电台的声音。她为成林感到高兴：成林，束缚你的绳子解开了，你不需要别人托举了。毫无疑问你将脱颖而出，祝贺你，成林！可我怎么办? 我怎么办啊，成林！

她打开藏着自己秘密的箱子，拿出了保存在里面的心形布袋。布袋用缎面做成，系带用了彩色的绸子，里面装的是丝棉。这些日子里，她把它系在腰间，附在小腹上，每天向里面加一点丝棉。每加一次她就笑一次，笑得很灿烂。这是她的杰作，这是她将来和成林共同欣赏的艺术品；这是她精心设计的，能够创造美好未来的动人故事。可现在它还有用吗? 看着它，她笑不起来了，只有眼泪在往下流。

有人敲门！她来不及把它装进箱子里，就顺手掖到了褥子底下。是愁容满面的妈妈推门进来了。她从女儿惊慌失措的动作和满面的泪水中看出这里有问题。她掀开褥子，看见了那个布袋。小婷抢不过妈妈，就索性放了手。妈妈把它拿在手中抖落着，睁大了眼睛看了一遍又一遍，惊讶地问：“这是什么？ 这是什么？”

“你已经看到了，还问什么。”小婷回答。

“你回答我，这究竟是怎么回事？”妈妈又急又怒地问。

“你看到了，也就该明白了，别问了。”小婷又流泪了。

妈妈抖落着那个心形布袋，手在发抖，嘴唇也在发抖：“闹了半天你是在骗我？”

小婷低头无语。

“骗我也就算了，为什么要闹得满城风雨，把自己的名誉、全家的名誉全都搭进去？ 为什么？ 为什么？”妈妈声嘶力竭，“我们家祖祖辈辈品行端正，洁身自好，你要是一时糊涂，真的做了出格的事也就罢了，可你为什么要挖起臭屎往自己洁净的身子上抹啊！”

妈妈趴在小婷的床上哭了起来。 她突然停止了哭泣，站起来说：“这事不能就这么算了，我要去找你表姐，让她给我说个清楚！”

“妈妈，不关她的事，这全是女儿的主意。”小婷想拦住妈妈，可她已夺门而出。 当她打开街门时，撞见刘秋兰就站在门外。

刘秋兰听到了恢复高考的消息，立刻感到自己闯了大祸。 她不知所措地向辛小婷家里赶。 走到门外刚要敲门，见怒气冲冲的姨妈打开了门。 姨妈见她就你、你地说不上话来。 她扶着姨妈说：“姨妈，你别急，咱们进屋里说。”

在辛小婷的房间里，妈妈指着那个布袋对两人说：“你们说说，你们两人合伙干的是什么事？”

刘秋兰说：“姨妈，真对不起！ 我和小婷合伙骗你和姨父，为的就是让姨父保送赵成林上大学，维系他们两人的关系。 我本不同意用这种极端的方式，无奈被小婷的真诚打动，帮她做出了这种愚蠢的事。更没想到的是高考会恢复，让小婷陷于窘境。”她说着给姨妈跪下了。

“那也罢了，可你们为什么要四处张扬？”

“我们没有四处张扬，这事只有我和小婷知道。”

“本来满街传谣说小婷被捉奸，你扶着她，戴着帽子，穿着不合时宜的厚衣服在大街上走过，谁看到还不会往这方面想？ 还用你张开嘴巴去张扬吗？”

“没有姨妈，那天我们回来走到门口，看了一下四处没人，才让小婷戴上帽子，穿上衣服进家的。”

“那外面怎么把这事传响了？”

“我也不知道。”刘秋兰说。

小婷妈妈想了一会，转动着眼珠望向南屋：“是那骚货干的！近几个月我经常见她抻长脖子向我们院子里望，气死我了！”辛小婷的妈妈双肩一上一下地抖动。

过了片刻她又说：“要是那小子考不上大学怎么办？要是那小子考上大学又把你甩了，我的女儿，你可怎么再嫁人？还我女儿的清白！还我女儿的清白！”她说着又放声哭了起来。

“姨妈，我能证明小婷是清白的。”刘秋兰说。

“你有什么办法，就快说出来！”小婷妈妈停止了哭泣，两眼期盼地望着刘秋兰。

辛小婷急了：“你们怎么证明？你们把这布袋挂到大街上说我是假怀孕？你们拿着录音机在大街上播放说我是假人流？那才叫丢人，我丢不起那人！我是清白的，身正不怕影子斜。嘴巴长在他们脸上，谁愿意怎么说就怎么说去吧！”

“我的傻女儿，人言可畏啊！”辛小婷妈妈说。

刘秋兰嘴里念叨着：“真真假假，假假真真，把我们给绕进去了，该怎么办啊！”

“我自己做事自己当，你们就不要操心了。我不后悔自己所做的一切！”辛小婷坚定地说。

过了几分钟，妈妈说：“那你也应该和那小子解释清楚。”

“我怎么解释？近半年没理人家了，臭名在身了，眼见恢复高考了，人家有前途了，又找上来了？我没脸去。”辛小婷说。

“不对表妹，你应当去见他。有接触，才有沟通的机会，总比等他考上了大学再去找他好。再说了，尽管我们的假做得很真，传得很响，但假的毕竟是假的。或许成林会……”

“我了解他，他是个正直的人，也是传统观念很强的人，还有点一根筋。”小婷有点失落地说。

“同时他也是个聪明人。”刘秋兰补充说。

“别说了表姐，我找机会去见他就是了。”辛小婷伤感地说。

妈妈和表姐离开了，小婷躺在床上，把那个布袋盖在脸上：成林，我懂你理解你，可你懂我理解我吗？ 你知道我经历的这些风风雨雨吗？ 我想扑到你怀里撒一次娇，也想狠狠地揍你一顿，痛痛快快地流一次泪！ 可我知道，你不会来的。 她的泪水浸进了那个布袋。

李闵的妈妈没有停止对辛小婷家的关注。 今天刘秋兰来辛小婷家，她及时看到了，尽管她把耳朵贴到后窗上也没听清楚他们在说什么，可她从辛小婷妈妈的一次次高高的声调和嚎啕声中获得了快感。她幸灾乐祸地想着：想让那小子上大学？ 没门！ 不用我再去费心捣鼓了，老天爷就不给你开这个门。 恢复高考了，要看真本事了，我就不信一个山沟里的穷小子还能考上大学！ 看我的儿子吧，保送上大学是铁蒂把，动真格的考试照样是铁蒂把。 你后悔了吧？ 可是来不及了，你求上门来我们也不要你了。 你就哭去吧！ 这是对你瞧不起我们的报应。 我还要看看，你能不能把女儿嫁到山沟里去！

李闵妈美滋滋地坐在沙发上，直想笑。 这时李闵进来了，他看见后窗下面的大板凳上摞着的小板凳，不快地说：“妈，你这又是干什么？ 你就不怕摔着？”

李闵妈板起了脸说：“这不关你的事，从今天起，你就在家里好好复习功课。 我已经和一中的校长联系好了，他很快就会把全套复习资料送过来，每天晚上派个老师来给你辅导。”

“妈，我会抓紧复习功课的，有问题也会去学校向老师请教。 你闹得兴师动众，搞这么大的排场干什么？”

“我就要和后屋那对骚货、那个山沟里的穷小子较个劲，出出这口恶气。”她稍停顿又说：“这关键还是你，条件我给你创造好了，你可一定要争气！”

“妈，我会努力的，可为什么非要和谁谁比？ 这有意思吗？”

“你少啰嗦，快回屋里看书去！”

李闵没好气地回到了自己的屋，使劲地把门摔上。

恢复高考的消息让成林兴奋得一夜没睡。大学的门敞开了，给了自己去竞争的机会。冷静下来他又看到残酷的现实，这是十年的学子同堂较量啊！成林对考生进行分析：老三届的学生尽管年龄偏大，可他们系统扎实地学过中学知识；在校的应届生和近几年毕业的学生，尽管原有基础差，可学习环境、课程设置已不像“文化大革命”中期那样混乱了。特别是“四人帮”倒台的一年多来，敏感的人们已经嗅到了气味，学校的教育抓紧了；还有一群从毕业就没离开教育、文化环境的人。像自己这些自进入高小就没正经学习过的人本来就肚子空空，恢复高考时又在田间地头劳作——把知识忘得干干净净的人，拿什么去参与竞争？

大学和中专是分开考的，是否现实一些，去考中专学校？他觉得和初中生竞争，还是有优势的。他想起了宫老师，自己现在迫切需要他的指点。报名那天，成林到了学校先去了宫老师的办公室。

宫老师摘掉右派帽子后，到了公社高中任教，今年又被任命为教导主任。成林见到了宫老师，只见他衣着整洁、精神焕发，显得年轻了许多。宫老师见到成林高兴得合不拢嘴，话没说几句就转向了正题。

“成林啊，在准备高考吧？”宫老师问道。

“是在准备，宫老师。可我在想，是不是去报考中专？”

“什么？什么？什么？”宫老师瞪圆了眼睛。

“我毕业已经三年多了，知识也忘得差不多了……”成林想解释一番，被宫老师打断了。

“行了，你别说了，你想说的我都知道。成林啊，你不能把考大学的座位让给别人，这不是发扬风格的事情，这是公平竞争！”

宫老师看着茫然的成林，继续说：“成林啊，难道你连证明一下自己的勇气都没有吗？”

这话让成林一愣，他突然醒悟：我怎么糊涂了，想了十几年的大学，到了考大学的时候要放弃？成林立刻说道：“宫老师，我听您的！尽管我没有优势，但我还是要走进考场去证明一下自己，绝不留下终生的遗憾！”

“不！你有优势。”成林又是一愣，宫老师接着说：“知识从来就不是孤立存在的。尽管你几年没有接触中学教育的知识，可你的自学不用到语文知识吗？你钻研机械不涉及数理化吗？再说，高考不仅是对考生各学科学习状况的测试，还是对考生综合素质的考察。你不仅应当有勇气去证明自己，还应当非常自信，相信自己一定能考上一所理想的大学！”

成林看着宫老师，用力地点了点头。

停了一会，宫老师又说：“当然，高考主要考中学知识，这需要你抓紧时间复习。注意不要去攻难题，更不要像有些人那样去估题。要把功夫用在掌握最基本的基础知识上！”

有人来找宫老师，他看了看表说：“成林，我还有事儿，你时间也很宝贵，快点去报上名，早早回去吧。记住，排除杂念，认真扎实地去准备！”

成林握着宫老师的手，眼圈湿润。他心里念叨：恩师啊！我求知路上的每个节点，都是你在指引！

成林去报名处报上了考大学的名，就离开了学校，快速向战山河走去。人生能有几回搏，破釜沉舟，背水一战……这些激励人心的词语，一遍又一遍在脑海里出现。他要去找王明仁请假，全力以赴准备高考。

成林到了战山河兵团，径直向王明仁的办公室走去。成林一见面就说：“王主任，我要请假。”

“什么事？”王明仁问。

“我要参加高考，请假复习功课。”

“你要考大学？”王明仁瞄了成林一眼。

“是的。”成林坚定地回答。

“请假多长时间？”

“一个月吧，考试结束马上回来。”

成林在急切地等待着王明仁的答复，可王明仁并不着急。他岔开话题，说着无关紧要的事情。过了好长时间他才说：“成林，我们目前开挖的这个坪塘，是战山河兵团成立以来承接的最大、最艰巨的工程。

公社党委已向县委做了保证，也向我们下达了命令，今年冬天一定要把这个坪塘开挖出来。开挖坪塘，你们机械班是重要的一环，没有你们抽水的保证，任务是不可能完成的。你要考大学，这是你个人的事，你可不能因为个人的事，而影响全公社的大事啊！”

“王主任，可以找人来接替我的！”成林急切地说。

“这么短的时间，到哪里去找个让人放心的人呢？”王明仁说。稍停了一会，他又接着说：“成林，你一来战山河就向临时党支部递交了入党申请书，党支部也正在考虑你的入党问题，你可不能因参加高考而影响你的政治进步啊！”

成林怔怔地望着王明仁。

战山河开挖的坪塘直径一百米，计划挖深十到十五米。这样的工程全靠人工用镐头、铁锨和小车来完成，确实是个浩大的工程了。然而，在这人定胜天的年代里，人们无所畏惧。工地上写着硕大的标语：拦住虎龙河，造福全公社！今年夏季雨水特别多，地下水丰沛，一台大马力抽水机刚刚能平衡快速涌出来的地下水，另有两台中型抽水机在起着调节水位的作用。要保证施工，昼夜不能停机。工地需要成林。

成林请假没有得到批准，可很快得到了一个绰号：背书包的人。他把书本装在书包里随身背着，到处都是他的课堂，就是到厕所拉泡屎的时间他都用上了。

他义无反顾的劲头招来了嘘声，当然，也有喝彩声。

第十三章

鲁村公社中学，考生考务大会。

六七百名考生陆续来到这里，挤在只能容下三四百人的体育室里。早来的坐在室内摆好的长条凳上，后来的沿着室内四周的墙壁站着，再后来的就只有站在窗户和门口的外面了。

成林安排于晓明看好机器，自己找了个到鲁村买机器配件的理由来参加会议。他来得晚，还好，占到了个窗口的位置，能看到听到室内外的一切。

成林身边站着个女人，怀里抱着一个用小被子紧紧包裹着的看上去未满周岁的孩子，有一男子与她相对站着。成林诧异地看着他们。他们看上去已有三十岁了，像是一对夫妇。成林诧异的目光变成了敬佩。

北风夹杂着清雪扑面而来，给人以刺脸的感觉。这对夫妇有点担心孩子，男子试探着说：“要不你抱着孩子找个屋子暖和一下，我在这里听听，回头就告诉你？”女子抱紧了孩子，不好意思地笑了笑，说：“我也想听听。 男子解开身上那破了边、露出棉絮的旧大衣扣了，接过了孩子，用大衣襟使劲地裹了裹。女子又把自己头上的围巾解下来，盖到孩子的头上。他们相视着笑了笑，很甜。

成林观察了一下参考人员的结构。从相貌和装束上看出，有学生、工人、农民，有下乡知青、干部、转业军人。还有民办教师领着自己的学生，这是近几年出现的奇特现象。他们在共同努力，想把师生关系转变成同学关系。室内前边坐着一群脸蛋稚嫩的学生，这是从高中二年级选拔出来的优秀生。他们本应明年参加高考，为了抢占先机或多一次练兵的机会，他们要提前上考场了。后面坐的是应届生，室内外站着的是“社会青年”——往届毕业生，直至老三届。考生中年龄最大的很可能是前边坐着的学生年龄的两倍。

室内外人声鼎沸。公社文教助理员刁立奎、高中校长和宫老师拨开人群，侧着身子来到室内最东边摆放的一张课桌前。刁立奎用他沙哑的嗓子喊着：“别吵了，静一静！”

除了他身边的人停止了说话，其他的人就好像没听见。他抬起手狠狠地向桌子拍去，拍桌子的声音没有镇住嘈杂声，倒把他的手痛得直哆嗦。他低下头在地上寻找着，见墙角有条断凳子腿，他拿起来照着课桌狠狠地拍打着。这一招管用，场面很快平静下来。刁立奎说：“吵什么吵？有什么了不起？能报名、能参加考试就能上大学吗？大学一年能招几个学生？你们来这么多人报名，能有几个考上大学？告诉你们，能考上的不过百分之一，这是真正的百里挑一！你们一个个都忘记了自己姓什么是不是？还吵个没完呢！”

他的话比用断凳子腿敲桌子更管用，像是给沸腾的锅里倒了一瓢凉水，全场顿时静了下来，只有微弱的叽叽喳喳声。

赵明生、刘海明和成林站在一起。听了这话，赵明生说：“说的也是，我真不该来报名。”

刘海明的脸憋得通红，瞪着眼睛说：“狗嘴里吐不出象牙来，听他信口雌黄！”成林则不自觉地把拳头攥得紧紧的。

刁立奎为自己能镇住全场而沾沾自喜，他清了一下嗓子准备说话。这时，坐在窗台上的一个小伙子开口了，他说：“有什么了不起？没什么了不起。我们可能考不上，但有权利来报名了，也有权利进考场去试试了。”他稍稍停顿又说：“阎王把关小鬼挡道的时代过去喽！小鬼们靠边站去吧！”

墙角里蹦出了一声：“好！”接着又断断续续地蹦出了几个“好”。刁立奎的脸顿时变成了熟透了的橙子皮，他沙哑着嗓子叫着：“一群低素质的烂货，你骂谁？”

小伙子不紧不慢地说：“我没骂谁。要是有的小鬼沉不住气，自己要跳出来，那可不关我的事。”

刁立奎不顾手痛，又狠狠地拍了一下桌子，指着小伙子声嘶力竭地说：“你叫什么名字？我取消你的考试资格！”

小伙子索性站起来，说：“我说小鬼要靠边站了，你没听明白？老子行不更名，站不改姓，我叫王德海！告诉你，你敢取消我的考试资格，如果没有人制裁你，我就来制裁你！”

“说得好，刁猴头滚出去！”不知谁喊了一声。伴随而来的是哄堂大笑和阵阵尖叫。

刁立奎那大大的喉结上下滑动了几下，嘴张了几下，两腿一软瘫倒在地上。

成林并不想看到这混乱的场面，他盼着会议早开早结束。如果耽误时间太长，回去太晚，让王明仁知道了可不是件好事。要是工地上有事，他没有及时返回处理，更会有麻烦。可小伙子的话让他心里感到很痛快，成林佩服这个小伙子敢说敢为，一吐为快。他觉得小伙子有点面熟，在哪里见过？他闭着眼，摸着头……想起来了，是一年前，去公社文教办公室报名推荐上大学时见过他。

一年前的夏季，大学招生的季节。成林在报名这天来到公社文教办公室门前。他向室内望去，北边两张写字台围着七八个男女青年，他们都拿着几张纸，写着、说着、笑着。主座上是一位女子，她不时地起身看看这个写的，听听那个问的，并解释指点着。成林看到刘大朋也在里面，他谈笑风生，像是这里的主人。

南边靠窗两张写字台上围坐着七八个中年男子。桌子上摆满了茶杯和水果。他们不时地掏出自己兜里的香烟，先递给主座上的那位一支，再分给其他人。他们说着笑着，恭维的眼神总是送向主座的那位。他们该是陪着子女来报名的，主座上的那位就是刁立奎。

室内的气氛一边是快乐洋溢，一边是阿谀奉承。成林看着这场面，觉得自己是另类，无法进入他们的行列。他怀着沉闷的心情在外面转悠，他盼望着他们尽早离去。可只有来的，没有走的，来的人手里都会提着一些东西，进门就和刁立奎握手寒暄。这时，一个年轻人从外面走来，径直进入了文教办公室。

“你是干什么的?”年轻人进门还没站稳，刁立奎就问。

“我是来报名推荐上大学的。”年轻人回答。

“你是哪里的? 叫什么名字?”

“我是王家庄的，叫王德海。”

刁立奎抹搭下眼皮思索了一会，又打开抽屉拿出了一个小本子翻了一会。他合上本子说:“这里是填表的地方，贫下中农没有推荐你，你走吧。”

“不是先报名再推荐吗?”

“你这个人啰嗦什么? 你找贫下中农报上名，他们推荐了你，你再到这里来填表。”

“我到哪里去报名?”

“你连到哪里去报名都不知道，还上的什么大学? 出去，出去!”

“你怎么这样? 你该回答我的问题!”

“不识时务的小子，你知道这是什么地方? 这是国家机关，是办公务的地方! 你要再无理取闹影响办公，我可要报警了!”

“吓唬谁? 我来报名，不明白问一下就是犯法了?”

“看来你是不见棺材不落泪。”他边说边扯起桌子上那根连着电话的粗粗黑线，把电话拖过来。他一手按话筒，一手抓住摇把，呜呜地摇了三圈，抓起了话筒说:“给我接派出所!”

不到五分钟，两名警员紧张兮兮地来到了文教办公室。其中高个子的问道:“刁助理员，什么事?”

“这小子在这里寻衅滋事，影响办公，你们把他给我请出去!”

年轻人看警员真要动手，盯了刁立奎一眼，无奈地转过身，边走边说:“这是什么鬼地方!”

高个警员拍了拍他的肩膀说:“小伙子，说话注意点。要是说出反动言论，可真要把你铐起来，还能给你定罪。”

这个叫王德海的年轻人在警员的陪同下离开了文教办公室。

刁立奎喝了一口水，向椅子的靠背上一仰，又点上一支香烟。屋里的人向他投来敬畏的目光。

成林看着这场面想，我进去会是怎样？ 刘大朋在里面，至少要等到里面没有熟人时再进去。 他索性向大门外走去，下午再来，今天鲁村赶集。

下午，成林来到文教办公室，得到了一张表。 表格并不复杂，在女子的指导下，成林很快就填写完了。 女子收起填写好的表，放到写字台的角上。 成林想问点什么，还没来得及开口刁立奎就说：“好了，填完表就没有你的事了，回去吧。”

成林蒙头蒙脑地出了办公室，走起来脚步都乱了套。 这是被赶出来了，还是报上了上大学的名？

校长和宫老师把刁立奎扶到凳子上。 宫老师说：“同学们，全体考生们！ 恢复高考了，展示我们才能的时候到了！ 大家静一下，让我告诉大家展示自己才能的程序和步骤。”

一句话，全场死一样的静。 宫老师详细地讲了这次高考的各项日程安排、考生们应当遵守的纪律和注意事项。 他讲话时，有人咳嗽一声都用双手捂着嘴。

他讲完了具体事宜后说：“同学们，考生们！ 相信大家有志气、有能力，一定会考出自己的最好成绩，上一所自己理想的大学！”

掌声起。 这掌声冲出窗户，传向远方。

成林觉得两腿变轻，告别赵明生和刘海明，他背着书包向战山河走去。

第十四章

捉奸和怀孕人流两个事件的风波不仅没有击倒辛小婷，反而使她精神状态更好了。她暗自为自己成功迫使父亲保送成林上大学而高兴。这些事情当然也没有影响她的就业，她很快就到县妇联上班了，当上了干部。她对那些异样的目光不屑一顾，甚至笑脸相迎。

恢复高考把她从美好的憧憬中拉了回来，使她再也无法每天晚上笑眯眯地进入梦乡。她想了一千个办法来解决这个棘手的问题，可没有一个能令她满意。怎么办？母亲、表姐几次催她去见成林，可见到他又能怎样解释？

她两脚像灌了铅，无精打采地朝汽车站走着。一个想法跟着一个否定，压得她喘不上气来，以至于后面跟上来的李闵喊了她三次，直到走到她跟前她才听到。

“恢复高考了。”两人站定，李闵说。

“我知道了。”辛小婷说。稍停她又说：“我知道你的实力。”

“我不是这个意思。”李闵说。

“哦，我已经就业了，工作挺满意，高考我准备放弃。”

“我也不是这个意思。”李闵有点急。

“那你是什么意思？”辛小婷望了李闵一眼。

他吞吞吐吐地说：“我是说……如果不恢复高考，辛叔叔能把成林送进一所不错的大学。恢复高考了……”

他的实力远在你之上！这句差点脱口而出的话，让她生生地咽了回去，她狠狠地看了李闵一眼。

辛小婷慢慢向前走着，李闵默默地跟着。李闵说：“有关你们的那些传言，我从来就没有相信过。”

这句话让她想起了李闵妈，又是一句让她生生咽回去的话：有鼻子有眼，亲眼所见，有什么不相信的？她想了想，还是冷冷地说：“相不相信是你的事，与我无关。”

“不，有关系……”辛小婷看到了李闵那期盼的目光。

辛小婷慢慢地说：“几年来，我们一直是相处不错的同学。既然你信任我，就让我们一如既往地保持好这种关系。不要谈别的，别影响我们的友谊，好吗？”

李闵失望地看着辛小婷。

他们分手了，辛小婷打起了精神，坚定地向汽车站走去。

在鲁村下了车，她没有走大道，沿着山路朝战山河工地走去。隔着两三里路，她就听到了李娜娜那刺耳的声音。透过声音，她感到了成林的危机。她没有进战山河工地，远远地站在对面的山坡上，望着工地上那乱哄哄的景象。

这天上午，成林做完了该做的一切，机器在正常运转。他对于晓明说，三角带有点破损了，你去趟鲁村，买一副回来备用。于晓明走后，成林进了工棚。他坐着小木墩，把简易床当成了课桌，开始了学习。

工棚外，红旗招展，标语醒目，机器轰鸣。近千名民工聚集在坪塘内，顶着夹杂着雪花的呼呼北风，在排长、连长的催促下干得热火朝天。大喇叭回响着李娜娜“与天斗其乐无穷，与地斗其乐无穷，与人斗其乐无穷”的铿锵有力的播报声。

公社领导陪着县里领导在视察现场。王明仁跑前跑后地指划着，说着，平日那庄重的表情不见了，兴奋得像个受到了老师表扬的小学生。

送走领导们，王明仁又摆起四楞步，要回办公室。没走几步，他听到隆隆的机鸣声停止了。他向抽水机看去，那里没有人，便向跟随在身后的马文胜说：“快去看一下，怎么回事！”

马文胜一会回来说:“成林不知道去哪了,他的自行车就在小棚边,看来没有走远,于晓明去鲁村了。”

“成林是不是在工棚里?”

“不可能,在工棚里机器停了他还会听不到?”

看着塘底的水位开始上涨,王明仁着急了,对马文胜说:“快去叫李娜娜在喇叭里喊一下,让成林快点回来处理!”

马文胜快速向办公室跑去,一会大喇叭里传出了李娜娜方言和普通话的混合语:“通知! 通知! 工地上机器已经停止转动,赵成林听到通知后,立刻返回工地,进行抢修!”她把喇叭的声音调到最大,又用上了自己的最高音,连播了三遍。滑稽的声音足以传出几公里远,逗得工地上的民工发出一阵笑声和嘘声。

充足的地下水在快速向坪塘底部集聚,水位在以每分钟两厘米的速度上升。十几分钟后,民工们已无法作业了,他们陆续停工,向塘外走,可还是没见到成林。王明仁急得团团转,没好气地告诉马文胜:“快安排人去鲁村找于晓明,如果找不到就到农机站找个人来!”

近两个小时过去了,水位已上涨了一米多,原来火热的劳动场面变成了一片汪洋。

于晓明被找回来了。他放下手中的三角带就到小工棚找工具,打开工棚的门一下子惊呆了:成林就坐在里面,手里拿着书。他急促地说道:“成林,你在这里?”

“怎么了?”成林问。

“抽水机停了,你没听到?”

成林这才发现没有了机器的轰鸣声。他冲出工棚看到满满的一坪塘水时傻了眼,知道自己闯祸了。

他不知道为什么会停机。当走到机器旁,看到加油桶里装着满满的柴油还原封不动地放在机器旁时,他明白了。是他提来了柴油,忘记倒进机器的油箱里,机器因没有了燃油而停机。成林熟练地加上油,发动着机器。不到十分钟,工地上的三台机器全部启动了。抽水机抽出的水像河一样往外流,可塘内的水位却在缓慢地下移。

王明仁走过来。“什么时候能把水抽干?”他严厉地问。

成林看看满满的一塘水，看看已近中午的天，答道：“大概要到接近天黑的时候。”

王明仁瞪着发怒的眼睛问道：“你在小棚里为什么不出来？”

“我没有听到机器停了。”

“高音喇叭那样喊你，你也没听到吗？”

成林语塞，低下头。

“他怎么能听不到？ 他是特意不出来！”跟随过来的马文胜说。

“你今天的行为导致了近千人停工一天，这个损失怎么补？”王明仁说。

“扣掉他一年的工分，就是扣掉一年的工分也补不回今天的损失！”马文胜说。

“成林啊，你要考大学，我不反对，但你不能以牺牲集体的利益、人民群众的利益为代价。”王明仁说。

“这是他的私心、私欲在作怪，是典型的资产阶级思想在工作上的表现！”马文胜补充着。

“这件事，你要写出检查，要在大会上作检讨。”王明仁说。

“建议召开批判大会，对成林这种玩忽职守的行为，进行彻底的批判！ 我们要和资产阶级思想作坚决的斗争！”马文胜说。

停了片刻，王明仁说：“现在已经没法干活了，招呼全体人员向这里聚一聚，一块儿讲一下。”

马文胜通过连长、排长们把大家聚到了一块。 民工们蹲在地上，坐在镐把、小车上，倚在树上，卷着、抽着自己的螺旋烟，嘻嘻哈哈地说笑着，享受着停工给他们带来的喜悦。

王明仁讲了开挖修建这个坪塘的伟大意义，上级领导如何重视，工程的进度安排以及紧迫感。 他又讲了今天发生的事，对成林进行了严厉的批评。 接着他又说，大家就今天发生的事讨论一下，以便引起足够的重视，确保各个环节都不出现问题，使工程顺利进行，确保按时完成任务。

马文胜首先发言：“成林要考大学，这是个人主义、名利主义，是自私自利！ 在他的灵魂深处，资产阶级思想占了主导地位。 正是这种思想作怪，使他消极怠工，以致发生了今天的事情，给战山河兵团造成了巨大的损失，影响了公社及县里的工作大局。这样的人就是考上大学，培养出来也是资产阶级知识分子，不会为无产阶级政治服务。是可忍孰不可忍！”他把一摞书两手擎到头顶上，继续说：“我建议，把成林的这些书烧掉！并把今天的事情上报公社党委，建议取消成林考大学的资格！”他把擎在头顶上的书狠狠地摔到地上。

这是成林好容易才找齐的近年高中课本，是他唯一的复习用书。人们没有注意到马文胜什么时候溜进工棚，拿出了成林的书。成林知道今天自己的失误给战山河带来了损失，他感到愧疚。自发动好机器后，他就一直站在那里，低着头。对于领导的批评，甚至一些人的过激语言他都认了。可当看到把他的书摔到地上，听到要烧掉他的书，要取消他考大学的资格时，他愤怒了。他握紧了双拳，两只喷火的眼睛在盯着马文胜。

马文胜结束了自己的表演，把眼光扫向成林。他顿时不寒而栗，像泄了气的胶皮人，顷刻间软了下来。他捡起地上的书，溜到了工棚，给成林整齐地放好。人群中发出阵阵笑声和嘘声。

成林思索着今天事件的发生过程，他悔恨着自己的粗心。辛小婷的身影又在他脑海里浮现：她在该多好啊！她是个细心的人，她在就不会有这种事情发生。

辛小婷就在对面不远的山坡上，注视着这里发生的事情。她听不到王明仁、马文胜在说什么，但她想象得出他们会说什么。她久久地站着，泪眼婆娑。她默默地说道：“这个傻帽儿，看来没有人护着你还真不行！”

会议结束了，人们按班组把饭从伙房里领回来，聚在一起议论着：“以前那个开机器的，因抽水不及时而耽误施工是常有的事，可从来没有人过问。成林这可是第一次，为什么非要不依不饶，把人家往死胡同里逼？”

“成林是凭本事吃饭，以前那个人凭什么吃饭？一样吗？”

“要考学，这不是自私自利、个人主义，不是资产阶级思想，这才是有志向的人。”

“那个小丑越来越像黑桃五了。他今天怎么说着说着又哑巴了?”马文胜有两个绰号，小丑和黑桃五。

“你没看见成林的眼睛和拳头? 他还敢说吗! 把书给人拿出来摔了，再捡起来送回去。唉，小丑中的小丑。”

“要能看到成林收拾他一顿，那才叫过瘾。”

“成林啊，考上学云消雾散。考不上日子可就没法过喽!”

“有什么了不起? 大不了离开战山河，回生产队。还非要吊死在这棵树上?”

……

成林不放心今天发生的事，担心马文胜作梗。他晚上给宫老师写了封信，第二天找了个事由打发于晓明去鲁村，顺便把信送给宫老师。于晓明回来又带来了宫老师的信，说一切事情由他处理，让成林放心，抓紧复习功课。

宫老师和校长一块去了公社。公社真接到了战山河送来的报告，建议取消成林的高考资格。宫老师和校长千说万说才解除了成林这一劫。交谈中他们发现，还有人在为成林说情。

两天后，成林接到一封信。他回到宿舍打开了信。

信的第一页是一幅漫画：漫天的乌云，空中飘着蒙蒙细雨；一只雄鹰站在岩石上，两只利爪牢牢抓住岩石，弯弯的鹰嘴敏捷锐利；翅膀和羽毛紧贴在身上，在滴着水。它伸长脖子，用惆怅的眼光向远处张望。活灵活现的一只落汤鸡。不，是落汤鹰!

下面写着几个字：落汤鹰也是鹰!

第二页还是一幅漫画：东方，一朵祥云托着太阳高高升起，西边的乌云在消退。还是那只鹰，它迎着东方，拍打着翅膀，借助阳光晾晒着自己的羽毛。炯炯有神的眼睛显示出跃跃欲试的自信。

下面也写着几个字：是鹰就不是鸡。

第三页写着：送成林。辛小婷。

成林看着信，看着桌子上“嗒嗒”响着的小闹钟，眼窝发热：辛小婷，我的红颜知己，你的所作所为究竟是怎么回事? 你能不能向我解释一下?

第十五章

赵明生和刘海明在工地上找到了成林。

进了工棚，赵明生说："成林，你说咱们应该怎样复习？ 咱们手中除了学过的课本外，什么资料也没有。"

"我也不知道。 宫老师说，认真看课本做习题就行了。"成林说。

"可我们用过的课本和现行的课本有很大差别，有很多知识我们没有学过。 现在要去找套现行的课本都很难。"赵明生说。

成林语塞。 刘海明又说："听说王家庄我们的一些同学凑到一起复习得不错。 还听说他们从县里弄到了复习资料，还有老师帮着估题呢。"

"这可能吗？"成林说。

"我们来就是想约你一块去看看。"刘海明说。

其实，成林也想出去看看别人是怎样复习功课的，可他不能离开，工地离不开他，还有人在盯着他呢。 他只有一种选择，在开好机器，保证工地抽水的情况下，抽时间复习功课。 他复习功课时遇到的难题，都难得有机会去向老师请教。"我不能离开，还是你们俩去看一下吧。"成林无奈地说。

他们两人离开了工棚。 成林望着他们离去的背影，想起了赵明生的故事。

赵明生和成林初中高中都是同班同学，他们是最要好的朋友。 高中毕业后的一天，赵明生约成林一块去马丁港买虾。把虾磨成酱做咸菜是这一带人的生活习惯。每到春秋捕捞海虾的季节，几乎家家户户都会去趟马丁港，买回二三十斤海虾，磨成酱，腌制起来，能吃一年。

成林与赵明生一块来到了马丁港。买虾的人排成了长龙，在等待着沿海村生产队的渔民顺潮返回。他们把打来的鱼虾交给港上国营水产站，水产站再把这些鱼虾卖给前来买鱼虾的人。天已近中午，可按往常经验估计还要等一个小时。赵明生说："成林，咱们来一趟马丁港要走五十多里路，买点虾就很不容易。你说，从咱们那里再向北五十里路，他们能来买虾吗？"

"是啊，他们要吃点虾酱比咱更难。好在虾酱也不是非吃不可的东西。"成林说。

"如果咱把买的虾再向北送五十里，能卖多少钱？"

成林想了想说："大概要涨五分钱。"

"这可是个好买卖！"赵明生眼睛一亮。

"可这是投机倒把，工商所会抓的。再说了，咱最多能买三十斤虾，把它向北送五十里路涨五分钱有意义吗？"

赵明生沉思了一会说："你在这排着队，我出去看一下。"

赵明生来到水产站办公室门前转悠，见里面有两个人相对坐在办公桌前，他听到两个人在对话。

一个说："王站长说今天回来，就要上货了，他怎么还没来？"

另一个说："天就要晌了，现在没来到，看来今天就不来了。"

"看风向，今天潮流不错，能上不少虾。他不在，怎么个卖法？"

"今天来的人也多，每人二十斤就行了。剩下的就加盐入池，我们现在的存量也不多了。"

听了这话，赵明生心中一动。他平静了一下心情就进去了，说："请问我叔叔在吗？"

"你叔叔是谁？"坐在东边的一位问。

"是王站长啊。"赵明生竭力抑制着自己紧张的心情。

"你是谁？找他干什么？"那人继续问。

"他是我亲叔叔。他今天早上告诉我，说他赶晌就到了，让我先来等着，带点虾。”

“你要买多少？”那人的问话有点客气了。

“我要买一百斤。”

“怎么买这么多？”

“给我姑姑、姨姨捎着，我婶子还要点呢。”

“最多能给你五十斤。”

“那就等我叔叔来了再说吧。”他说完就门里门外地走着，眼睛里外扫视着。他心怦怦直跳，太怕那位“叔叔”出现。可在别人眼里，他却是一副标准的等待叔叔的架势。

一会儿就听两人又在嘀咕：“按常规，亲戚来了给五十斤。王站长的亲戚来了，他又不在，怎么办？”

“别管，就给他一百斤。站长的亲戚来了多给了，咱们的亲戚来了多给他也没话说。”

“好，就这样。”

坐在东边的那位打开了抽屉，拿出了一张纸条，又拿起笔在上面写了一行字，从抽屉里拿出大印盖了一下，把赵明生喊过来，说：“你拿着这条子，开卖时把它给过秤的。你叔叔今天没来，回去别忘了告诉他一声。”

赵明生极力控制着自己的手，别让它颤抖。他接过了纸条说：“好嘞，我一定告诉我叔叔。”这时他又想到了成林，便说：“我还有个同学一块来了，能不能多给他点？”

“他不行，最多给三十斤。”说着，那人又写了一张条子盖上印，递给了赵明生。

赵明生不敢再啰嗦，接过条子就出来了。直到买好了虾，绑好了自行车，骑出了三里地，赵明生的手和脑门才停止了出汗。他兴奋地说：“成林，今晚咱们就把虾磨成酱，明天带上向北走五十里，把它卖掉！”

成林说：“总共才一百三十斤虾，去两个人不合算，你自己去吧。”

赵明生说：“也好，我先去探一下路，要行咱俩一块干！”

“要小心，别被工商所抓到。”

“没事，我绕开公社驻地和市集，全走小路，到北边山沟里的村子去卖。”

第二天傍晚，成林收工回到家，见卖完了虾酱的赵明生已坐在他家的炕沿上。他兴奋地对成林说：“成林，这事真行，咱们干吧！”他控制不住自己激动的情绪，不管成林是否在听，不停歇地说着：“我到了那些偏僻的山村，没有遇到工商所的人。那里的人很喜欢虾酱，可他们没有钱，一家只买一两斤。有很多人买，很快就卖完了。我再把账算给你听，一百斤虾花了五块钱，加了二十五斤在田庄买来的私盐，是九毛钱。去了亏耗我今天卖出了一百二十斤虾酱，每斤一毛钱，卖了十二块钱。除去五块九毛钱的本钱，赚了六块一毛钱。回来路上，我到饭店里吃了一个馒头和一碗汤菜，花了两毛钱，今天净赚五块九毛钱。五块九毛钱啊！相当于我在生产队干十天的活，还不知道年底是否能拿回家！”

“你能总买到那么多虾吗？”成林问。

“能，一定能！就以今天为例，再拿出九毛钱，还赚五块钱。这九毛钱买几盒香烟给那个‘叔叔’，不愁他不给咱货，我就不信他不吃腥。再说，咱也不能总做这一样买卖。”

“这可是投机倒把，是资本主义尾巴。从公社到村里都是有人管的，能干成吗？”

“这不是犯法，不会抓去蹲监狱的。就凭咱们这脑袋，还斗不过他们？白猫黑猫的理论，用在咱们身上最合适，能挣着钱就行，管那些呢！”

成林听着赵明生的话，又想起了刚上高小时的一次经历。

中夼上夼两村的学生上高级小学，要到下夼村。上学路上要经过下夼村的果园。果园里成熟的果子总是吸引着学生们。每当放学、上学经过这里时，总是有些同学四处张望一下，没人就跳进果园，摘上三五个边走边吃。成林从来不摘，因为爸爸早就告诉过他，不是自己的东西不能拿。

一天下午放了学，成林和几个比他高一年级的男同学一块儿走。他们对到果园摘果子吃的事情议论开了，都在以谁大胆、吃得多为荣。

成林似乎成了另类，他感到孤独，默不作声。

他们议论了一气，又把话题转向了成林。

“成林，你可一次也没摘吧?”

“没有。”成林回答。

“你不摘是想向老师去告发我们吧?”

“我没有这样想，不会的。”

“不行！ 你也得去一次，证明你也摘过，就不会告发我们了。”

“我不去。”

“不行！ 就今天，走到那里如果没有人，咱们就去摘糖梨。”

成林默许了，心里还是在默默祈祷：但愿今天有人，以后再也不和你们一块走了。

走到果园处，还真是没人。 成林在其他同学的簇拥下，走向了一棵糖梨树。 到了树下，他们一窝蜂地拉下树枝就摘。 成林还没来得及摘，就听到一个老汉的吆喝声。 其他人拔腿就跑，成林却呆呆地站在那里。 老汉从桑田里跑出来，成林被捉了。

成林哭着回到家。 爸爸收工回来，见成林那副样子就问：“怎么回事?”成林不敢撒谎，就把事情告诉了爸爸。

“原来是偷糖梨被人家抓起来了。”爸爸把“偷”和“抓”两字说得很重。

“他们都跑了，我没跑。”成林呜呜地哭起来。

“没跑被抓起来了，就是没偷?”爸爸语气严厉。

“我就摘了这一次！”成林感到委屈，哭的声音更大了。

“一次? 一次就不可以被抓吗?”爸爸的语气更严厉了。

停了一会儿爸爸又说：“记住，不应当做的事情一次也不能做，这是准则，这是原则！”成林边哭边答应，并使劲地点了点头。

这件事深深地触动了成林。 爸爸没有打屁股，但他的话比打屁股更管用。 这年成林十二岁。

成林想着往事，想着现状：干这事是保不住密的，是社会不能容忍的。 不参加生产队劳动，队长会找，村干部会找，还有人会向上举报。 外出贩卖工商所抓，派出所抓。 干这一行用不了多久就会臭名昭著，这样的例子是有的。成林谢绝了赵明生的邀请。

赵明生却一发而不可收。他从南海边向北山区贩卖鲜鱼鲜虾、干鱼干虾，从西部产稻区向东部山区贩卖大米、棉花。农民们手里没有钱，就让他们用粮食换，他再把粮食倒成钱。他很快成了村里和公社里的管制对象。公社要求村里对他进行二十四小时看管，强制他参加生产队劳动。可是，看管他的人晚上和他坐在一起，第二天早上到他家找他上工时，他已骑着自行车走出了上百里路。他兜里总是揣上三两盒香烟，遇到麻烦他就递上一支，一支不行就递上一盒。可这不能完全解决问题，还真有不吃腥的。被抓起来是要罚款的，不交是要搜身的。他把钱藏到内裤上缝制的小兜里，藏到衣领里、手套里、袜筒里，藏到自行车车座里、车把的铁管里，甚至还藏到自行车的轮胎里。就是这样也有失手的时候。可他总是想：湾里打鱼湾里出，在哪里失手就要在哪里赚回来。逆反抗拒的心理一再给他鼓劲。他几次被派出所抓起来一关就是几天，几次在全公社批判资产阶级思想、割资本主义尾巴、打击投机倒把的大会上受批斗。

一次批斗大会结束，赵明生头戴着纸扎的高帽子，胸前挂着牌子，从批斗台上走下来。成林迎上去说：“这样整治你，你还干?”赵明生见周围没有人就悄悄对成林说：“没事，权当休息几天。”又把嘴对到成林耳朵上说：“我们这一行是臭豆腐，闻起来臭，吃起来香!”说完还诡秘地一笑。

接近中午时分，赵明生和刘海明从王家庄回来了。一进成林的工棚，赵明生就没好气地说：“这群蠢货，他们要能考上大学，我就能考进联合国!”

“怎么回事?”成林问。

他又喋喋不休地说开了：“他们和咱一样，什么资料也没有，也没有复习的方向。我们去了，他们还煞有介事地说与我们切磋一下。我说先来政治，你问我几个问题吧，他问我《毛主席在延安文艺座谈会上的讲话》是哪年哪月哪日发表的，我说不知道。他又问我‘辨别香花毒草的五个标准’是什么，我说不知道。他们用蔑视的眼光看我。我想，政治说不清楚，就谈一下数学吧。他们问我 π 等于几，我说三点一四，他说继续说，我说不知道了，他说至少要记十到二十位。又问我根三、根二等于几，我们觉得太无聊就走开了。他们还用轻蔑的眼神和嘲笑声欢送我们呢。我不知道高考会怎样出题，但绝对不会这样出题。”

成林说：“我们这群人，就像无头的苍蝇，都在到处乱碰。”

刘海明说：“老虎咬天，没处下口啊！”

“老虎咬天？说大了，这是老鼠在咬天！”赵明生愤愤地说。

“还是宫老师说得对，扎扎实实从基础学起吧。”成林思索着说。

他们沉默了一会，赵明生说：“成林，你说咱们非要去挤这独木桥吗？那个刁立奎虽不是个东西，可说的也不无道理。大学能招多少生？咱们能考上吗？”

成林说：“不要放弃，要尽最大的努力。咱们不应当甘心在生产队、战山河干一辈子，也不应当像你这样，整天偷偷摸摸、躲躲藏藏地干。”

“不对，形势在变。今年工商所、派出所明显地管得松了，公社也没有批斗我的意思了。”

刘海明慢腾腾地说：“独木桥也要挤，挤上去就成了国家干部。”

他们坐了一会要走，成林把他们送出了工地。

成林刚往回走，就听有人喊：“出事了！出大事了！”

成林顺着声音望去，见一个人躺在从塘底向外推泥沙的坡道上。成林急忙跑过去，一看是李建勇。

李建勇推着一辆装满砂石的小车，一个民工拉着，从塘底向外推。为了省劲，他们用冲坡的办法，沿着通道铆足了劲向上跑。跑到最陡处，李建勇脚下一滑，摔倒在地上，可偏偏这时拉车的绳子又断了，车子瞬间失控，压过李建勇的身体，滑到塘底。

成林快速在工棚里找来一块残篷布，几个人一起把他挪到上面，又抓着篷布，把他抬上了平板车，拉着送向公社医院。

经公社医院简单处理，李建勇神志清醒了。经过检查和询问，医生还是不敢断定是否有内伤或骨折。公社医院设备简陋，又转向了县医院。经县医院检查，没有内伤和骨折。腿和胳膊受了外伤，脚脖子崴得很重，从脚趾肿到了小腿。确诊后，李建勇又被转回了公社医院。

和李建勇一块下乡的知青都陆续返城了，剩下他一个人。住在村里要自己起灶做饭。所以，只要出民工，村里就会首先考虑他。这样，他年年都在战山河里干，过着迷茫的生活。恢复高考，李建勇看到了出路，决意一拼。他几次去找王明仁请假，都没得到批准，他感到绝望。

王明仁不会准他的假。坪塘必须在春节前开挖结束，春节后砌坡，争取明年雨季到来之前完工。否则，雨季到来，大水有可能把两年的劳动成果一冲而走。在这关键时刻，他舍不得放走一个人。更何况放走一个，可能会带来几个甚至是十几个人请假。战山河里要参加高考的确实大有人在，这其中就包括马文胜和李娜娜。这些人既抱着去试试的侥幸心理，又怕得罪领导。他们偷偷地报名，悄悄地复习。战山河里公开说自己要参加高考的，只有成林和李建勇两个人。

白天推一天小车，全身的骨头像散了架子。晚上和民工们一块打地铺，睡在空旷的房子里，自己的小煤油灯让众人反感。李建勇真正体会到了头悬梁、锥刺股的紧迫感。怎么办？这个问题时时在他脑海里盘旋。

李建勇转回公社医院的当天晚上，成林去看望他。成林一进门，李建勇急忙坐起来，迫不及待地说：“可把你盼来了！你帮我把我铺盖卷下面的书送来，还缺一册高中数学课本，你能不能帮我找一下？”

成林说：“没有问题，明天送到。”

李建勇好像是放了心，又躺了回去。他像是自言自语地说：“我没打算摔这么重，可……”他觉得自己说话失言，急忙停住，紧张地看着成林。

在百般无奈的情况下，李建勇毅然决然地选择了这一极端方式。可他有点后怕，没想到自己特意摔倒的那一刻，拉车的绳子也断了，真是太危险了！他庆幸自己没有受到更大的伤害。

成林一怔，瞬间也明白了一切。李建勇用祈求的目光看着成林说:“成林，你能为我保密吗?”

“你相信我吗?”成林反问。

“当然相信你。”李建勇急忙说。

“那你就放心吧，隔墙有耳，不要多说了。”李建勇转过身来握住成林的手。

李建勇说:“刘海明被战山河开除了，多好啊! 怎么就不开除我?”刘海明是一个月前和马文胜打架，被战山河开除的。

“你这样做也太冒险了吧!”成林说。

“可我又有什么办法? 现在担心的就是这脚脖子。”李建勇想翻个身，抱着那条受伤的腿，痛得龇牙咧嘴。

“还有一个月的时间，你好好养着，应该没有问题。不要多想，要抓紧复习功课。”成林安慰着他。

马文胜几次到医院从门缝里窥视李建勇，每次都见他在聚精会神地看书。他觉得自己对李建勇这次工伤的质疑得到了证实。他装作探视，推门进去了。他瞄着李建勇说:“建勇，伤势怎么样?”

“胳膊腿没伤着骨头，很快会好的。就是这脚脖子不知什么时候能好。”他看着被抹得紫紫红红的脚脖子说。

“不会耽误复习功课吧? 医院里的伙食也比战山河里好吧?”马文胜不冷不热地问着。

李建勇听出马文胜话里有话，就说:“我参加高考就是去碰碰运气。我这水平复习也没有用，不像你，聪明有才，是有出息的人。”他心里在祈祷着:求你少给我找麻烦。

马文胜回到战山河找到王明仁说:“王主任，李建勇受伤是假摔，是你不准他请假复习功课，他才特意摔倒的。他现在正在高兴地复习功课呢，战山河还要给他付着医疗费和生活费。这是严重欺诈组织的行为。”

王明仁把事情的前后思量了一下，觉得马文胜说的有道理。可细想想，一个从城市来到乡下的孩子，在这人生的关键时刻，也真难为他了。自己的做法也不近人情，这事还是无声无息地放下为好。

马文胜见王明仁不吱声，又说:“这事公社里和战山河里的人都是明白的，如果不管，恐怕不好吧?”

王明仁又突然觉得马文胜是个多事的人。你不去找碴又有谁知道? 你这一吵吵，让公社领导知道了还真是件麻烦事。他觉得自己被马文胜绑架了。在马文胜的几次谗言下，他不得不做出对李建勇停止公费治疗的决定。李建勇被人用平板车拖着，送到了他下乡所在的村庄。

但这样的结局，李建勇觉得很值。

第十六章

考生们还没有从复习中理出头绪来，高考就开始了。他们匆匆走向考场。

鲁村公社高考的考场设在公社中学。警车开到了学校门口，校内还有两个穿着白大褂的医生，坐在放着医疗箱的桌子旁。学校大门口正中摆放着一张桌子，前面坐着两位工作人员，进校门者必须得到他们的验证。旁边两个警察在机警地巡视着。门外有稀稀落落来陪考的人。考场内外的工作人员紧张而有序地忙碌着，面孔庄重而谨慎。

考生们早早来到学校，凭准考证进入学校的大门，对照准考证的号码，来到自己所在考场的门口。

开考时间就要到了。每个考场的监考老师都在按序号念着考生的名字，检验他们的准考证件。一个考场门前，监考老师在呼唤着："赵成林，赵成林！"呼唤了三遍，没人答应。监考老师无奈地摇了摇头，继续念下去。

宫老师认为成林今天会早早来到学校，也能到他办公室去一趟。他想了好多话，要在成林入场前再嘱咐几句。时间就要到了，成林没有来。他来到了成林的考场前，当听到监考老师也找不到成林时，他急了。他紧盯着学校的大门，搓着双手，着急地转来转去。

入场结束。考卷送进考场，开考的钟声响了。成林还是没到。宫老师双手拍着大腿："成林啊，成林！你这是要干什么？"

成林正骑着自行车在路上疯一样地向前奔。当他走到中学西院墙外时，校内那棵古槐树上挂着的铜钟突然响起。这钟声敲得他的心发颤。他急速拐过了墙角，向学校的大门冲去。

成林扫视了学校门口一眼，没有下车，向里冲去。两位工作人员吆喝着，急忙上前拽住了他的自行车，他弃车就向里跑。两位警察反应敏捷，迅速冲过来，一人擒住他的一只胳膊，把他按倒在地。他的脸被磕在地上，嘴里含着沙子和血，他大声喊着："我是考生，来晚了！快让我进去！"

警察严厉地说："准考证件？"

警察松开了他的一只手，他迅速用沾满油渍的手从衣服兜里掏出准考证。工作人员仔细验证准考证的真伪，对照着照片反复看了他几遍，说："他是考生。"警察才松了手，他从地上爬起来向考场跑去。

成林见到了在急切等待他的宫老师，他跟随宫老师向考场跑去。宫老师边跑边说："成林，别急，一定要放松！成林，别慌，一定要把心平静下来！"

到了考场，监考老师再次仔细验证，才把他领到了他该坐的位置上。成林迟到了五分钟。

考场里极其安静。成林听着自己的心跳，铺开了卷子。他认真审阅着卷面，扎实地回答着每一个问题，钢笔在他手里流畅地书写着……

作文题目《难忘的一天》打破了他平静的心。难忘的一天，是哪一天？

今天？今天就是难忘的一天！

昨天傍晚，成林收拾了一下准备回家。就在这时，王明仁来了。他对成林说："你回家晚上也是睡觉，在这里晚上让于晓明他们值班，你好好睡一觉。从这里去鲁村，比你从家里去近十里路，你就宿在这里吧，这样更方便些。"

成林明白，他嘴上说的是为自己着想，实际是对工程不放心。随着工程的进展，坪塘已挖到了六七米深，水泵的吸水扬程也达到了七米。这么高的吸程，导致抽水机时常出现故障。成林几次建议下移抽水机，可由于各种原因均未实现。好在又增加了两台抽水机，又给成林配备了一名助手，能倒出时间及时排除故障，保证不耽误施工。工程进入了关键期，王明仁天天靠在工地上，成林也成了关键人物。他无奈，只好答应宿在工地。

早上，成林吃了饭、锁上门推起自行车准备上路时，听到有人喊："成林！有两台抽水机不上水了，王主任让你快去处理！"

成林皱着眉头，转身隔着窗户看了一眼桌子上的小闹钟。他骑上自行车快速向工地奔去。他停了机，利索地打开水泵的轴向填料压盖，清除已干结的填料，快速向轴上缠绕蘸了大黄油的石棉线。缠完了又快速压上填料压盖，上着螺丝。他边干边告诉于晓明和另一个助手："吸程太高，这里是关键，一定要把松紧度把握好！"

这样的工作状况，成林往往都不能一次把握得准，需要观察处理，两个助手更是难以处理好。

成林处理完两台抽水机，把手在衣服上抹了两把，跨上自行车疯一样地向鲁村中学奔去。

成林刚要下笔，又感到了问题的严重性。不能感情用事，犯下无法纠正的错误。他思索片刻又提起了笔。

> 九月九日，噩耗从天而降……
>
> 伟大的领袖和导师，您领导着全国人民推翻了半殖民地半封建社会；您扭转乾坤，改变了中国的历史走向，建立了中华人民共和国；您让伟大的中华民族屹立于世界民族之林，让中国人民从此站了起来，做了国家的主人。没有您就没有新中国，您的丰功伟绩与史共存……
>
> 您逝世的这一天，举国同悲，全国人民都沉浸在无比的悲痛之中……
>
> 人们都在以不同的方式表达着对您的哀思、对您的悼念。这一天难忘啊！这一天，全国人民永远都不会忘记！

文章结束了。激动的成林又画蛇添足，飞笔写下了如下一段：

> 然而今天，等待了十年的学子同堂竞技，为自己的梦想而努力，

为祖国的繁荣强大而奋斗，为祖国的未来而拼搏。这一天容易忘吗？

这一天拨正了祖国教育事业的航向，把优秀的学子选拔出来送进高校深造；这一天为祖国强大的引擎筛选着优质燃料，为民族的富强、国家的发展、人民的幸福注入强劲的动力；这一天学子们拿起笔接受祖国的选拔，为自己的理想、祖国的需要而挥笔疾书！这一天，祖国迎来了教育的春天！

这也是学子们难忘的一天啊！

上午考试结束收卷时，成林才发现坐在他左边的是马文胜。他惊奇地看了他一眼，马文胜向他友好地一笑。

午饭时间，考生们一伙一团地凑到房檐下，打开自带午餐，舀上一碗学校伙房供给的热水，吃着饭议论考试情况。成林在吃着饭，马文胜走过来。他手里拿着一个馒头和两根油条，他对成林说："我吃不完，给你一根油条。"成林说："我带的饭够了，不用。"马文胜还是强塞给他。马文胜问："考得怎么样？"成林答："不知道。你呢？"马文胜说："还可以吧！"

成林本不想理他，可看着他的虔诚相又坦然了一些：人要大度一点，不要抓住过去不放。

下午考试入场时，马文胜喊着成林，让他站在自己的前面。入座时又搬开自己的凳子，让成林先坐下，自己再坐。成林用疑惑的目光看了他一眼。试卷发完，考场里又静得只能听到笔尖与纸的摩擦声。成林紧张地答着试卷，他感到有东西在触碰他的左脚，他下意识地将左脚向右移了一下。可接二连三的触碰对他是一种干扰，这引起了他的注意。他向左瞥了一眼，见马文胜满脸焦虑，两眼找不到地方放。成林明白了，马文胜在向他乞求。成林抬头望了一眼监考老师，见监考老师两眼锐利，不时地向这里扫视着。成林知道了，监考老师比他更早地注意到了马文胜。他把按住卷子的左手向下移了五厘米，这样既不影响自己书写，又能让答卷进入马文胜的视野。

成林没听说马文胜要参加高考。冤家路窄，他来了，还坐在同一张考桌上。把左手下移的瞬间，成林脑海里一闪：马文胜，这也是你

"能力"的体现，你也是在抬着脚走自己的路。

一九七七年的春天，是马文胜最得意的时候。领导亲口答应今年保送他上大学。他兴奋不已，两年的努力该有回报了。李娜娜知道这事，整天跟在马文胜的屁股后面转，时常备一盒烟或一点好吃的来讨好他，还殷勤地给他洗鞋袜、洗衣服。只有他俩在办公室时，她还会有意而装作无意地敞开衣襟，挺着胸脯往马文胜眼前凑。这当然给了马文胜一时的快感，可马文胜不买她的账。他心想，一个土得掉渣渣、想洋气又洋不起来的蠢货，还妄想高攀未来的大学生？真不知道是什么理由让你来当播音员。马文胜想，如果是辛小婷这样对他该多好！可辛小婷从来没有把他看在眼里。弄了个捉奸事件也把她得罪了。要上大学了，她该另眼相看了吧！要尽快和她取得联系，解释清楚，她会原谅他的。他时常这样想。

到了夏季，他就得意不起来了。大学招生的各种传言一个接一个地打击着他。恢复高考的消息传来，他变成了丧家之犬。他愤愤不平，暗暗叫苦，可还是抱着一丝希望。"自愿报名，统一考试，择优录取。"这个优指什么？还能光指考试分数？那些带着资产阶级思想的人上了大学，培养出来不还是资产阶级知识分子吗？这个优，应当包括政治思想。那么，就应当经组织推荐、领导批准，选拔根子正、思想红、政治合格的人参加高考。可这一步已经不存在了。报名已经开始，这真叫自愿报名，除了年龄之外没有任何限制。能不能通过考试选取一部分人，再从这部分人当中选取根正苗红的人上大学呢？这个方法也是危险的，自己能不能考进这个圈子还是个大大的问号。如果通过单位推荐、领导评议，给考生们在政治思想上打出分数，再和考试分数加到一块作为录取的依据，他想，领导给自己的分数不会低。他带着这种想法和王明仁交谈过，王明仁觉得马文胜痴心得可怜。可是，吃了人家的嘴短，拿了人家的手短，他还是顺应着马文胜的思路说，如果领导打分有用的话，我们会给你打出最高分数。马文胜带着一丝希望，偷偷地报上了名。

他找出了自己学过的课本，老师教的时候就没学会，现在翻来翻去就像老头啃花生饼，梦想和现实差距太大。绝望步步向他逼近，让他的心灵变得扭曲，找机会对成林、李建勇进行嫉妒性发难。

紧张的考场上，成林在翻卷面时向前扫视了一眼。见坐在前面的刘海明抓着袄袖擦拭额头，把两手在衣服上搓了又搓。成林明白，刘海明答卷遇到障碍了。他用铺卷面的几秒钟时间为海明祈祷：刘海明，这是攻坚战，谁也帮不了你。挺住，坚决不能退缩！

成林知道，刘海明的求学欲望并不比自己弱。刘海明是比成林低一级的学生，高中毕业来到了战山河。一条夼的人感觉亲切，他们相互照应着。李娜娜看管的大喇叭是工地上的一景，它转播广播电台消息、放唱片、发布领导的指示。有时李娜娜会播报马文胜编写的通讯稿。刘海明有上进心，觉得自己也应该写，写得也不会比马文胜差。晚上他找来笔和纸，围绕工地景象写了一篇散文，第二天给了李娜娜。李娜娜一看觉得很好，就在大喇叭里加上自己的感情色彩连读了三遍，也让自己过了一把瘾。

这天领导不在，马文胜也溜出去转悠了一会。没想到就这一会儿，就有人抢了他的阵地。他听着那才华高过他的稿子感到心慌。公社、县里的通讯员来了？他急忙回到办公室。问明情况后，气愤和恼怒一下子涌上心头。这是我的领地，刘海明竟敢来挑战，真还反了他了！他气急败坏地找到刘海明，不敢当众质问，就把他叫到了办公室，没好气地说：“谁让你写稿子了？”

“写稿子还要经过谁批准吗？”刘海明反问。

“写不用谁批，要在喇叭里广播，是要经过我批准的！”

“那是李娜娜的事，你找她别找我。”

“怎么不找你？你写起稿子来应该先送给我！”

“广不广播是你的事，要送给谁这是我的事，你管不着。你去管你该管的事吧！”刘海明也火了。

马文胜理屈词穷，气急败坏地说：“一个连爹都不认识的主，还能生出个好崽子来！”

刘海明一怔，瞪圆了眼睛扑向马文胜。马文胜还没有反应过来脸上就挨了重重的一拳，血从鼻孔和嘴角流了出来。马文胜抓起桌子上的杯子向刘海明的头上砸去，刘海明一闪，杯子砸到了墙上。他又抓起一把椅子砸向刘海明，刘海明也顺手抓起椅子相应。两把椅子重重地砸到一起。两人正打得不可开交时王明仁进来了，在他的吆喝中两人住了手。

“你们要干什么?”王明仁喝问。

马文胜说:“他嫌活太累，跑到这里来撒气。摔杯子，砸椅子，我制止他，他还打了我。”说着把擦在手上的血给王明仁看。

听了这话，刘海明气得两手发抖。要不是王明仁在，他的拳头肯定又飞到了马文胜的脑袋上。

王明仁见刘海明不说话，就说:“你不好好干活，跑到这里来撒的什么野?扣掉你今天的工分，损坏的公物要照价赔偿。你先回去干活，等待处理。”

刘海明凝视了王明仁一眼，委屈地流下了眼泪。他跑着离开了办公室。马文胜望着刘海明的背影，擦着嘴角上的血，笑了。

第二天，王明仁利用吃中午饭的工夫召开了战山河全体人员会议，并找来了上夼村的村干部参加，宣布开除刘海明，让村干部把刘海明带回去，另找个人来顶替他。

刘海明背着铺盖卷回到家，父亲见了问:“你怎么回来了?”

“被人家开除了。”刘海明说。

“为什么?”父亲又急切地问。

“和人家打架。”

“你这个畜生!出去不好好干活，怎么和人家打架?”

刘老汉把能进战山河也看得很重。他觉得这里面有一丝丝走出山夼的希望或是起点。尽管他明白这是出民工，还是在生产队记工分。但为了能让儿子进战山河，他让老婆几次给支书送去自己舍不得吃的白面馒头和鸡蛋。儿子与人家打架被开除了，让他火蹿头顶。见儿子又不回话，气得他脱下鞋，拿起来照着儿子腚上就要打。

刘海明站着不动，说道:“谁敢侮辱咱们家，我就敢揍谁!”

儿子一句话让刘老汉明白了打架的缘由，也深深刺痛他的心，擎得高高的鞋子又慢慢放下了。

不认识自己爹的故事就发生在刘老汉身上，那是他四五岁的时候。父亲每天天不亮就上山，中午带点饭或由母亲去送饭，下午天不黑不回来。家里从不舍得点油灯，晚上都是摸着黑吃饭或做点事。天天如此，年年如此，以致一个四五岁的孩子，对自己父亲的轮廓没有一个清晰的认识。有一天，天还没黑父亲从山里回来了，他站在街门口，看见有人向家里走来。他看了好一会儿，似识非识，最终也没有反应过来这就是他的父亲。他怕陌生人进他家，就把门关上了。外人看见了，不认识爹的笑话就由此传了出去。

这本来是生活艰辛的写照，可随着时间的推移和人们的演绎，却成为一顶愚蠢的帽子戴到了他们家的头上。

刘老汉双手抱着头蹲下了，浑浊的泪水流了下来，他憋屈地说："儿子，我从来没有跟你说过，他们说的是事实，这事就发生在我身上。现在是人民公社、生产队了，用不着天不亮就上山、天不黑不回家了，不至于让你认不出我了，可咱还是待在这山沟里。这不是咱们家的耻辱，人家要怎么说就让人家说吧，要忍啊！我咬着牙供你把高中读完，就是盼望着你有了文化，找机会走出山沟，变变咱们的家。你没听说书唱戏的说吗？小不忍则乱大谋啊！"

刘海明怔怔地看着父亲。姐姐读了几年小学就下学了，聪明伶俐的妹妹也只读了几年小学。父亲说她们能认识几个字、会算算账就行了，只有自己读完了高中。可读完了高中又能怎么样啊！他也抱头痛哭起来。

恢复高考了，刘老汉对刘海明说："儿子，你爹的一辈子你看到了。过去咱无路可走，现在出现了一条路，你就看着办吧。走好了改变你，改变咱们家，走不好你还跟你爹一样！"

听着父亲的话，刘海明咬着牙，点了点头。

这场考试结束，成林急忙问刘海明："怎么样？"

刘海明说："每道题我都看着似会非会，拿不准怎样做，我又急又气。成林，三科考过了，我考砸了两科，你说我还有希望吗？"

成林说："就是考砸了四科，剩下最后一科，也不能放弃！"

"我的好成林哥！"刘海明感激地说。

走在后面的马文胜听到了他们的对话，一副幸灾乐祸的表情。

第十七章

“成林——你真棒！”

这是最后一场考试，成林走出了考场，如释重负。就这水平了，你们看着判吧。成林去宫老师办公室，和宫老师道了别，就要回战山河。刚出校门就听到有人喊他。成林转过身，见一位洒脱的姑娘跑过来。要不是从声音上辨别，成林怎么也不会认出这就是四年前那个头发像个大大的高粱根的姑娘。

四年前有过一次短暂的“修正主义教育路线回潮”。在这短暂的时间里，学校举办了一次数学竞赛和一次作文竞赛。数学竞赛成林获得了级部第一名，在领奖台上成林认识了她，她叫迟芳梅。一件肩头上就要露出棉絮了的红底黑花棉袄，一条膝盖上打着补丁的蓝色小机布做的裤子，让这个窈窕的姑娘看上去跟其他普通的农村女孩没什么两样。要不是这短暂的“修正主义教育路线回潮”，要不是这次竞赛，在这个学校里没有多少人知道她的存在。

她是第二名，就站在成林身旁。成林用赞赏的目光扫视着她，她也不时地仰起头望着成林。相遇的目光让她稚嫩的脸蛋阵阵泛红。

更让成林吃惊的是，作文竞赛她获得级部第一。成林则差点名落孙山，取前五名，他得了个第五名。从此，成林认识了她。在下课、课间操、吃午饭时那混乱的人群中，成林总能一眼看到她的存在。成林每次看到她时，总觉得她也在向自己这边望。

在竞赛结束后的一天，成林走出校门口，听到她喊："成林——你真棒！"

成林转过身，见她喊着跑过来。

"怎么我真棒，应当说你真棒。"成林说。

"不，我不如你，真的！"

"那怎么对，我的平均名次是一加五除以二等于三，你的平均名次是一加二除以二等于一点五，怎么能说你不如我？"

"哎，作文是软学科，数理化才是硬头货。"

"那也不能第二说第一真棒，应当是兄弟水平。"

"不是这样的。老师说了，那道几何题你的解法和老师准备的答案不一样。你的解法更简洁，都出乎了老师的意料。"

"这有什么，都是解决问题，思路、方法不一样而已。"

"我不这样理解。我真的很佩服你！"

"快别说了，要是让人家听见第一和第二在这里相互吹捧，要出笑话了。"

"呀呀！呀呀！呀呀呀……"她兴奋地跺着脚，做着鬼脸，像个五年级的小学生。

这是成林第一次与她说话。第二次是毕业离校时，成林刚出校门就碰到了她。她说："成林，咱们的学生生活就这样结束了？"成林无法回答她。她接着说："我真舍不得离开学校，觉得越学越爱学，就是让我当一辈子学生我也愿意。"她停了一会又说，听说过工农兵大学生，可从来没有听说怎样推荐、怎样选拔，也不知道推荐选拔的标准是什么。她叹息着。

成林觉得他们之间并不了解，她怎么毫不避讳自己的想法，敞开了心扉和他说话呢？成林不解地看着她。她却像没看见一样继续说着自己的想法。从那天以后，成林只听说过她，再也没有见过她。

成林转过身看到了她，她边跑边喊，大有要扑向成林的姿态。几年没见到她了，她身段丰满、衣服整洁，长长的秀发在跑动中飘起，成了一位美丽而成熟的女性。成林感到惊奇，她怎么会在这个时间、这个地方出现?

到了成林面前，她气喘吁吁地说:“成林，祝贺你!”

“祝贺我什么?”成林问。

“上大学啊!”

“刚考完呢，还不知道能不能考上呢。”

“别跟我说客套话，别人不了解你，我还不了解你? 恢复高考了，大学的门宽敞了，你迈着大步走进去，多豪迈啊!”她羡慕地说。

“过奖了，我还羡慕你呢。 你都大学毕业了，我才在这里考呢，大问号还在等着我。”

“千万别提我，提起来让人扫兴!”她的脸立刻板了起来。 成林一愣，不解地看着她。

正说得热乎，忽然听到有人喊成林，两人转过身，只见于晓明跑了过来。 他说:“工地上机器出现故障，王主任叫你速回去处理。”

他们的眼神无奈地对视了一下。 于晓明感到尴尬，说:“我不是故意的，机器真的停了，我也真的处理不了了……”

成林说:“咱们改天再谈?”

“好吧，再见!”说着她转身走了。

迟芳梅高中毕业回到家里的那天，刚进院子就从窗户上看到炕上坐着两个人，不认识。 从那板正的衣服、发亮的头发上看出，他们不是农民。 她进屋，问正在忙乎的母亲:“哪里来的客人?”母亲答:“是县上和公社里的工作组，今天轮到咱管饭。 你快帮忙，先把水给他们端过去，再帮我下面条。”

迟芳梅向茶壶里放上从别人家借来的茶叶，倒上水，用茶盘把茶壶和几个杯子端过去。 她向杯子里倒着水说:“两位叔叔请喝水!”

这两位是公社里的刁立奎助理员和县招生办主任王炳龙。 迟芳梅在倒水的时候，王炳龙两眼带着钩子看她。 当迟芳梅下去后他说:“一个尤物用破布包着，要是换换装头，堪比电影明星。”

“王主任眼力真煞底，也有欣赏水平。 一般人的眼力，就让她的包装给挡住了。”刁立奎说。

“你看她的五官和身段，让她长全了。”

刁立奎看着王炳龙的贪婪相，眼珠子转了几转说：“拿下她吧，我助你一下。”王炳龙的嘴角向外嗤，认可的表情露在脸上。

迟芳梅的父亲从地里回来，洗了手就过来和他们打招呼，并上炕陪着他们。迟芳梅又过来倒水，刁立奎问：“姑娘叫什么名字？”

“我叫迟芳梅。”

“还上学吗？”

“这不，今天高中毕业嘛！”

“想不想上大学啊？”

迟芳梅心中一动，羞涩地抿着嘴，低下了头。

刁立奎说：“想上大学就认王主任做干爹吧，他是县招生办主任。”

听了这话，迟芳梅的父亲激动地说：“闺女，快叫干爹！”

迟芳梅红着脸，弯腰给王炳龙鞠躬，说：“干爹。”

王炳龙忙抬抬身子，说：“好了，好了！天上给我掉下来个这么好的女儿，高兴煞我了！”

“有这样的干爹，就是一只脚跨进了大学的校门。另一只脚就看你自己了。”刁立奎又对迟芳梅说。

迟芳梅微笑着说：“我一定不会辜负干爹期望。”

迟老汉慌忙地说：“老婆子，先别下面条，我这就下去杀鸡。”又对女儿说：“闺女，你去商店买瓶酒，再买几个罐头，庆贺咱们有了干亲，你有了干爹！”

就这样，迟芳梅有了一个有权有势的干爹。

从此她经常按年节时令带着礼品去看望干爹。开始干妈对她很亲热，后来对她很冷淡，并对她说以后不要再来了，这样两下都好。其实干妈是对的，她发现了王炳龙对迟芳梅的举止已超越了干爹和干女儿之间的界限，需早早防范。就像热恋中的青年男女智商会变低一样，迟芳梅求知的渴望、农民的女儿对国家干部的信任，让她也放松了警惕。她把王炳龙的过分举止看成是对女儿的亲昵。她问干爹，干妈怎么了？他说她神经质，你以后来就到我办公室，也不要带东西了。

在王炳龙的办公室里，他给了她一个装满东西的手提袋。她打开一看，里面装着一双高跟鞋和一些女人用的那些小玩意。 她红着脸说：“干爹，这些用品在农村是穿戴不出去的。”

“那你就在进县城见干爹的时候再穿戴。”

“干爹，你心真细！”她羞涩地说。

迟芳梅再进县城时，身板变得挺拔了，被压平的胸脯变得丰满了，头发飘逸了，眼睛有神了。 她自己都觉得活脱脱地变了一个人。 她有点不自然，可干爹却赞不绝口，眼不离她的身影。

迟芳梅在生产队努力地劳动着，等待高中毕业后两年的推荐。 可一年后，王炳龙对她说：“我在省师范学院要了几个社来社去的委培名额，送你去学习，回来当教师怎么样？”

“我不懂，全听干爹安排。”迟芳梅说。

“这就对了。 社来社去不参加统一分配，不会远离他乡。 回来后干爹把你安排在县城，离干爹近些，也对你有个照应。 再说，这样你也可早离开农村一年。”

“干爹想得真周到。”

她填表、体检、政审各关顺利。 一个月后她接到了王炳龙的信，星期天的下午，她来到了他的办公室。 只有他一人在，她兴奋而又急切地问：“干爹，入学通知书到了吗？”

王炳龙说：“急什么，有干爹在，你还不放心？”说着就扶着她的肩膀坐到连椅上。

“干爹真好。”她话还没说完，他的手变成了魔爪。

她惊慌地说：“干爹，你要干什么？”

“干爹喜欢你！”说着把她往怀里抱。

“不要这样干爹，我求求你！”她奋力挣脱着。

他以为她和某些女人一样，半推半就，这样才刺激。 没想到她真的很用力，是真的在抗拒。 他觉得这是自己栽的一棵桃树，桃子熟了，想摘就摘，没想到摘桃子扎手。

他放开了她，阴沉着脸，眼睛变成三角形，说：“入学通知书就在抽屉里。 上大学当教师，还是当农民去螃土块，就在你一念之间！”他说着，走到了套间的门口，打开了门，里面有一张床。

迟芳梅哆嗦着，用祈求的眼光看着王炳龙说：“干爹，我想上大学。”

她微笑着，流着眼泪，走进了套间，也由此走进了大学的校门。

成林路过公社医院门口，看见于亚萍穿着白大褂从医院里走出来。她看见成林就笑嘻嘻地迎上来，热情地打着招呼，说：“成林，考试结束了？”

“结束了。”成林回答。成林这位高小时期的同学，初中没读就退学了，退学两年后又进了县卫校，成了“国家人”。他们之间的关系也疏远了。几年来他们经常见面，见面也只是淡淡地打个招呼。今天，她的热情让成林感到意外。

于亚萍说：“咱们从小就认识，你聪明好学，恢复高考了，你就要成为大学生了。”

“鬼才知道我能不能成为大学生。哪能和你比，你已经大学毕业四五年了吧？”成林说。

于亚萍红了脸说：“成林，别挖苦我。我初中没读完，上了两年卫校，怎么敢称是大学生？就是找了份职业，我知道自己几斤几两。”

成林觉得自己说话有点过，略带歉意地微笑了一下说：“你过奖了，我参加了考试，能考出个什么水平还不知道。愿望是有的，但人争不过命。”

于亚萍两眼放光，边伸出右手边说：“别这样说，你肯定能考上。等接到入学通知书请客时，可千万别忘了我！”她使劲地握成林的手。

成林回到战山河工地，处理完了抽水机刚进宿舍，李娜娜跟着进来了。她匆匆而又热情地问：“成林，考得怎么样？”成林回答不知道。她倒是打开了话匣子，不管成林是否愿意听，滔滔不绝地说着自己某科某题是怎么做的。有时对自己的做法自我欣赏，有时又感觉遗憾。其说话的亲热程度和姿态，就像同一个战壕里走出来的战友。她说完了又煞有介事地说：“成林，我看你能考上，我够呛。没有几个人知道我参加了考试，你也别告诉别人，考不上让人笑话。”

以后的一个多月里，李娜娜向马文胜的示好举止又转移到了成林身上。有事无事往成林身边凑，让成林既感到好笑，又感到无奈。

尽管马文胜不看好李娜娜，可她的情谊转移还是让马文胜感到失落。他心里暗暗地骂着：狗食！

第十八章

高考初选结果公布，全公社被选上的只有十几个人，全县也不过二百人。人们凑到一起就议论某村某人考上了大学。几天前还不为人知的这些人，突然变成了人们口口相传的精英。

成林和李建勇头上的乌云瞬间被驱散，人们对他们的态度来了个一百八十度的大转弯。王明仁找到成林乐呵呵地说：“你考上大学，是咱们战山河的骄傲，给咱争了光。明后天填表、体检，你早早去，好好探讨一下，上个好大学。工地上的事，让于晓明和农机站的人担当就行了。”

这片祥云也降到了李闵母子头上。母亲的高兴程度要远胜过儿子，她手舞足蹈，拍着儿子的肩膀说：“好儿子，这才是我的儿子！”可她的高兴劲没过一天就减去了一半，因为她关心的那个人也被初选上了。他俩人哪个考得好？这还不确定。再说，不知道成绩的位次，报志愿也是个大难题。她急忙拨通了教育局局长王炳龙的电话：“王局长，能不能查到考生的分数？”

“我也急得团团转，查不到。”王炳龙说。

“向上问啊！”

“地区招生办说没公布下来，省招生办都是些一般工作人员接电话，也说不知道。”

“省招生办主任你不是认识嘛！”

“认识，可他不接我的电话，我又有什么办法？”

“他知道吗?”

“他当然知道。今年是省里统一出题,统一阅卷。省招生办主任怎么会不知道?”

她无奈地放下了电话,心神不宁地坐了一会又把电话拨了回去:“王局长,我去趟省城找他,你看行不行?”

“只要你能找到他,他愿意见你,肯定行。”

“报志愿的时间只有两天,我回不来那不是耽误报志愿了吗?”

“这没有问题,县局要求公社两天报完,交上来在县局里还能压两天。李闵现在该怎么报就怎么报,你回来根据分数位次情况,到县局改报志愿就行了。”

“好,就这么定了。我三四天内一定能回来。”

三天后,李闵妈像泄了气的皮球从省城回来了。一进门见了李闵劈头盖脸就骂:“你这个蠢货!”

李闵被骂愣了:“妈,这几天我走在街上,周围都是赞赏的目光,你怎么还来骂我?”

“那个穷小子考得比你高五十多分,他能报个很好的大学。你赶快去把志愿改个大专吧,等服从分配还不知道把你甩到哪里去了。”

“他真棒!”李闵点着头说。

“小点声,别让后屋听见。让那个穷小子像头瞎驴一样乱闯去吧!”

考生的体检在县一中的教室里进行。成林坐在测量血压的女医生面前,他的心在怦怦直跳。因为他听说很多考生的血压都高,这让本来就感到紧张的他更加紧张。量完了血压,女医生解着血压计的袖带说:“血压偏高,你感到紧张吧?出去放松一下,回来再量一次。”

成林出了体检室,沿着一排办公室向前走着。这里比较僻静,容易让心情平静下来。他走着走着,听到一间办公室里传出了两个人像吵架一样的谈话,成林好奇地听着。

“四肢健全,少一个指头叫不健全,多一个指头也叫不健全吗?”

“健全的标准是四肢无异常,异常就是不健全。”

“崴了脚脖子，这也是四肢不健全吗?”

“得说清楚他是真崴了，或是先天性跛足? 还是已经成残疾了?”

“单位能证明他的受伤过程，医院出具他的治疗病历，不就明白了吗?”

对方停顿了一下说:“那好吧，让他的工作单位出具负伤证明，就诊的医院出具诊断证明以及治疗病历，附在体检表上。”

“再一个血压问题。十年了，第一次高考，那些考上大学的孩子，特别是那些农村孩子，哪个能不激动? 哪个能不紧张? 你们作为医生，不知道人在激动紧张时血压会升高吗?”

“知道，但医学上没有规定激动紧张时血压多少是正常值，上级也没提到这个问题。”

“我真不理解你们为什么要这么死板!”

“上级开会要求得非常严格，说我们国家的教育资源有限，培养出来的人要能为党和国家工作三十年。我们要对上级负责，不敢自行放宽体检标准。”

“你们这是在扼杀我们县的精英! 现在有百分之五十的考生血压偏高，你说该怎么办?”

对方一阵低低的声音，又接着说:“你可不能说是我说的。”

“这样明天让血压高的考生来复查总可以吧?”

“你同意了，我们再回去商量一下，应该行。”

“好，就这样定了。”

成林听着他们的对话，感动得眼泪就要掉下来。他突然觉得有个声音很耳熟，他向里面看去。魁梧的身材，国字脸，花白短平的头发，就是他! 社会上有刁立奎那样的坏人，也有像辛若东这样的好人。成林回到体检室，坐在医生的对面，心情还是不能平静，再次测试结果血压还是高。

带队体检的宫老师通知本公社考生:“血压高的同学明天来复查。记住，回去每人准备一斤醋，明早从家走时喝上半斤，在检查血压前十五分钟再喝上半斤!”

一个女生说:“宫老师，这能喝下去吗?”

“喝不下去也得喝！”宫老师瞪圆了眼睛，像一个将军在给自己的士兵下达冲锋命令。

第二天，成林又坐在那位测量血压的女医生面前，他的心情平静了，因为有一斤醋在为他垫底。测量完了，医生边解血压计的袖带边说：“七十、一百零五。”

成林的心又怦怦跳起来，他听说正常值是八十、一百二。他看着拿起笔就要写的医生急忙说：“大夫，你先别写，是不是量错了？”

女大夫不满意地瞥了他一眼。

“你没有量错，可能是疏忽……你没有疏忽……是我……大夫还是请你给我再量一遍吧！”

女医生板着脸，不情愿地把血压计的袖带又扎到了成林的胳膊上。量完了她又笑了，她拿下听诊器，解着袖带说：“正常，八十、一百二。机灵的年轻人，怨不得能考上大学。”成林亲眼看着她把这个数值填写到了表格里。

成林抑制着内心的兴奋，谢了医生，从体检室里走出来。他看见西南墙角处有两个人，一个男人穿着破旧的大衣，怀里裹着一个孩子。一个女人趴在墙上，双肩在抖动着。成林认出了这就是报名时见到的那对夫妇。成林走过去问：“大哥，大姐哭什么？”

“她心脏早搏，体检被拿下了。”

成林站了一会走近她，说：“大姐，不要哭了，证明了自己就够了。自己不能主宰的事情就放下吧。”

她停止了哭泣，擦了擦眼泪问：“你是哪里的？叫什么名字？”

“我是中夼村的，叫赵成林。”

她看着成林说：“哦，是你，听我弟弟说过，宫老师的得意门生。他总是用你来教育他的学生们。

“你弟弟是谁？”

“他正在跟着宫老师读书呢。”

成林看见李建勇一瘸一拐地走过来，成林忙问：“你怎么样了？”

“真感谢宫老师，他为我的事找到了县领导，又帮我开了两份证明，总算过关了。”他说着掏出了手帕，擦了一下眼睛。

“马文胜没再捣蛋?”成林问。

“他蔫蔫了。”李建勇说。

成林说:“咱们到门外走一走，等一下其他同学吧。”

成林他们要走，那女子眼里含着泪水，招着手说:“祝福你们!”

成林大学毕业后听说，这女子当年被聘用为民办教师。 后来考上了地区民师班转正了。 再后来，她成了全县赫赫有名的特级教师。

他们刚出校门，见一个人疯一样地从学校里跑出来，跑到大街中间倒地滚了几个滚，躺在那里，嘴里大声喊着:“快来汽车压死我! 我是个废人! 我是个废人!”

几个人追上来护住他。 成林向前问怎么回事，追他的人说，他高考成绩很好，体检被刷了下来。

为什么? 成林问。 那人回答，他十二个脚指头。

成林与李建勇没走多远就听后面有人喊。 他回头一看是迟芳梅跑过来了。 李建勇见是一位漂亮潇洒的姑娘就问:“这是谁?”

“高中同学。”成林答。

“那好，你们一块走一走吧，我该回避。”

“用不着，只是一般的同学关系。”

“过去一般，现在可能就要不一般了，再见!”说着他转身走了。

迟芳梅跑过来说:“成林，体检没问题了吧!”

成林用疑惑的目光看着她，说道:“没问题了，感谢你的关心。”

“祝贺你，成林!”她说着高高擎起双手，和成林击掌。

她亲切地和成林说着话，引领着成林向县城东边的白沙河走去。

数九寒天，白沙河封冻了。 没有了潺潺流水，河草枯得发黄。 河堤上的柳树上没有了叶子，一阵北风吹来，一群麻雀凄凉地叫着，从树上落到地面。 这里没有了散步的人。

她端详着成林，说:“你们这些凭着真才实学，理直气壮地走进大学校门的人，真令人羡慕啊!”

“你也是大学生嘛，而且我相信你在大学里还是高材生。”

“是啊，高材生。 和那些初中生、小学生甚至白痴凑到一块能不是高材生吗? 哪能像你们，十年的精英，个个神奇。 我相信你在这些精英里面还是高材生。”她停了停，自言自语地说：“我后悔啊，要是知道有这一天，我会老老实实待在家里当农民。现在堂堂正正地去考大学，那样该多好啊！”

“你不要这样想，咱们的目的是求知，能学到知识就够了。我要是有机会上学，我也不会放弃，也不会等到现在。”

“可我的代价太大了，也太荒唐了。”

“是啊，家中所有稍好一点的东西都舍不得吃，还要赔着笑脸送给他们。”

“我说的不是这些。”

“就是这样，他们还要研究研究，再研究研究。这一‘烟酒烟酒’，父母辛劳一年喂的那头大肥猪就不翼而飞了。”

“我说成林，你怎么就听不懂我的话呢？我已经变成女人了！”

“你从生下来就是女孩，就是女的，怎么还变成了女人？”成林直愣怔地问。

“傻成林，你傻得真叫人亲，傻得真叫人爱。几年前我像你一样傻，傻得真幸福。”她说着，就往成林怀里依偎。

成林心中一怔，也想起了两年前刘大朋当上工农兵大学生时对他说的话。

迟芳梅带着耻辱感进了省师范学院。她用极其投入的学习冲淡自己的回忆，用知识挤出脑海里的痛苦，也当然成了学校里的高材生。毕业前夕，系领导找她谈话，征求意见让她留校。她感到高兴和欣慰，因为她害怕回到那个让她憎恶的地方。她预感到那只狼还在等着她。当接到报到证书时，她大吃一惊，跑着去找系领导。系领导说，学校里很想留下你。可你是县里推荐来学习的委培生，县里非让你回去，我们毫无办法。她无奈地回到了本县，去了教育局。接待她的还是那个王炳龙，可他现在已经是局长了。两人坐定后王炳龙说：“累了吧，咱们休息一下？”说着把眼瞥向那个套间。

她说：“王局长，是你把我送进了大学，我很感激你，也应当报答你，可我不想用这种方式报答。”

“你想用哪种方式报答？换个方式比你阔绰大方的有的是，犯不上找你！你就是只忘恩负义的白眼狼！还想着跳出我的手心？别忘了，你只不过是只小猴子！”自从她上了大学，王炳龙再也没有见到她，为此他耿耿于怀。

她哭了，哭得很伤心。

停了一会他又说：“还是两个选择，最好的地方和最差的地方。”

她擦了擦眼泪坚定地说：“我选择后者。”

“你可别后悔！”他狠狠地说。

他出去了，一会就回来了，把报到证放在她面前。她一看，是去本县一所边缘的山村小学，还加了脚注：只能教一年级。她拿起报到证就走，有一种如释重负的感觉。

暑假过后开学了，她上任了。同事们都用异样的目光看她，她觉得不意外。大学毕业来山村小学教一年级，能没有疑问吗？她愿意接受这些。课堂上几个小学生凑到一起说话，她制止不住就叫起了一个女孩问：“你们在说什么？”

稚嫩的女孩说：“老师，他们说你这个大学生是用笔换来的。老师，换个大学生要几只笔啊？”

她一怔，呆在了那里，两手下垂，手中的书和粉笔同时掉在了地面上，发出了清脆的声音。教室里安静了，只有风吹动书页的声音。孩子们看到老师的两只眼睛都不会转了。女孩吓坏了，哭着说：“老师，你怎么了？”

孩子的哭声把她惊醒。她走过去擦掉女孩的泪水说：“小同学，别害怕，不哭了，老师好好的。”

她安抚住了孩子就出了教室，进了校长室。她的脸蜡黄：“校长，你安排人接我的课，别耽误了孩子们。我要请长假！”她不管校长是否回话，转身出了校长室，疯一样地跑出学校。

她很坦然地把一切告诉了成林，最后说：“我欲哭无泪，我的身子已经不值钱了。如果你想用，随时都可以拿过去用，那可是对我的奖赏……”

“你……你……你在胡说什么?”成林惊得说不上话来。

“是啊，肮脏的心灵、肮脏的躯体，是正直、洁净的人所不齿的。”

“你不要这样自责，是那些卑鄙无耻的人利用了你的求知欲望和幼稚的心灵!”

“不，我为什么不能刚强正直? 为什么不能在淫威面前说不? 是因为我跟他们一样卑鄙、无耻!”

“不，你已经觉醒了，你已经刚强了!”

“晚了，太晚了。”

“不晚，你是一块玉，一块很有价值的玉，只是被黑手抓住肆意摔打，又扔进了粪坑。玉就是玉，脱离了黑手，洗净了脏物，抹平了创伤，照样还是美丽发光、价值很高的玉!”

“时光能倒流吗? 存在就意味着永恒，不会因你的忽略而消失。”

“芳梅，你要坚强、再坚强! 你要相信，正义或许会迟到，但绝不会缺席!”

“我相信。正义、公平已经开始到来，更相信他们总有一天会得到报应。”

“芳梅，你哭吧，你放声痛痛快快哭一场吧!”成林看着她蜡黄色的脸说。

“我不哭。成林，很对不起，打扰你了。谢谢你倾听了我的诉说，让我幸福了一次。真的很感谢你，成林!”她的眼睛要流泪，可她擦了擦又昂起了头。

成林说:“你有什么事尽管对我说，还要向我保证，有什么事情、有什么决定，一定要告诉我!”

“谢谢，谢谢!”她说着。

在回家的路上，成林感到害怕，预感着有大事要发生。要帮她，怎么帮? 成林要约赵明生一块去看望迟芳梅。两天后，成林找到赵明生，没等成林开口，他阴沉着脸先说话了:“咱们的同学迟芳梅自杀了。”成林一惊。他接着说:“她父母哭得都撞破了头。自从恢复高考，她偷偷地去看考生们报名，看考生们考试，看考生们体检。关于她自杀的原因，传说她在上大学期间染上了艾滋病，心理上无法承受，精神失常，就自杀了。”

“你相信吗?”成林问。

“只要还有一个脚趾头，就不会相信!”赵明生答道。

第十九章

一九七八年的春节，成林一家是在快乐祥和的气氛中度过的。

大年初一，来成林家拜年问候的人较往年多一些。人们在拜年的同时总是忘不了对成林赞赏一番。这使成林的父母感到心里美滋滋的，他们不时地拿着糖块和香烟向人们道谢。成林去他人家拜年，也会得到同样的关切和赞美。

今年的春节，村里也有着微妙的变化。中断了多年的传统礼仪又悄然兴起。不少村民或明或暗地在家里摆起了供品，以祭奠祖上、孝敬财神、祭告天地等。也有人在村后那座古庙偷偷摆上了简易香炉，时常会看到从那里飘出缕缕青烟。这些举动没有人大张旗鼓地去做，可也没有人前来制止了。节日的气氛祥和了许多。

春节过后，成林接到了公社中心初中的一封信，信是这样写的：

赵成林同学：

经公社教育支部提议，公社党委和县教育局批准决定：本次高考初选上的同学，如果未被录取，在本人同意的情况下，将被录用为民办教师，全公社统一调配使用。望你根据自己的情况斟酌是否同意，并适时给予回复。

鲁村公社教育总支部

一九七八年二月十四日

高校招生改革了，中小学教育紧跟而上，师资当然是最重要的一环。以往用人的方式迅速被打破，教育界不失时机地筛选人才。之后，成林又接到了宫老师托人捎来的信。

成林：

公社高中决定举办社会青年高考复习班。招收数量不能满足社会需求，我已为你报了名。你不要焦虑，如果未被录取就回来复习。七八年高考可能在七月份进行，时间也很紧张。

不多说了，代问你父母好！

老师：宫

一九七八年二月十六日

看着这两封信，成林心中激动。看来走出虎龙夼、离开战山河已成定局。

战山河开挖的坪塘由于设计不合理已暂时搁置，民工们已解散回到村里。成林也因没事做，暂时回村了。

成林的现状让村支书赵开德心里有说不出的滋味。以往有人要从村子里走出去，都要经过他这一关。利益、自我价值感，都让他感到满足。可成林这次……他知道成林就要离开村子了，这也不是他能左右的事情。他预感到，时代在变，一村之主怕是越来越不好当了。他莫名其妙地有点悲切。

春耕春灌的事情该准备一下了。赵开德放下架子，找到成林说，你就要上大学了，帮着村里把机器再检修一遍吧，也带带那些不争气的东西。他这样称呼接替成林管理农机的人。

机器检修一遍，有些易损件该换了。成林要自己去鲁村买配件，想借机会打听一些消息。到了大学下入学通知书的时候了，他的心提到了嗓子眼上。

成林买好了机器配件，出门就听到后面有人喊他。成林回头一看，是一块体检、报志愿认识的一个考生。他走过来，兴奋而急促地说："成林，我拿到入学通知书了，取在省轻工业学院。"他把手里的大信封擎给成林看，又接着说："听说本科录取通知书今天都到了，你考得比我好，我被录取了，你一定也被录取了，快去看看吧！"

“到哪里看?”成林问。

“到公社文教办公室。”他指指公社大院接着说:“离入学就剩下五六天了,还有很多事情要准备。我要回家了,咱们假期联系,再见!”说完,急匆匆地骑上自行车走了。

公社文教办公室,这是成林忌讳的地方。进去看到被录取了,就可以在那里、在刁立奎面前洗刷一下自己的耻辱。如果没被录取,再听到那句“是人不是人还想上大学”的话,还有资格感到愤慨吗?没有了,有的只是无地自容。

犹豫的成林决定不去了,是我的谁也拿不走。他骑上自行车飞快地回家了。

晚上,一家人坐在炕上等待县里有线广播的结束。这是公社下通知的时刻。越是着急,时间越显漫长。县里的播音结束了,传来了下通知人员拍打话筒的扑扑声,他们侧起了耳朵,成林的心在怦怦直跳。

“下列参加高考的同学请注意,你们已被大学录取,录取通知书在公社文教办公室,请明天及时来取。”下通知的人员连说了两遍才开始报被录取学生的村名和姓名。

全公社通知了七八名,可没听到成林的名字。父亲叹了口气,又拿起了烟笸箩。母亲从炕上下来,无声无息地到了另一间。成林沮丧地捧起后脑袋,往炕上一躺,闭上了眼睛。他庆幸今天没有去公社文教办公室。

为什么没取?是自己对考试成绩判断有误吗?这不可能。宫老师组织同学填报志愿时,一块议论过答题情况,宫老师判断,成林的成绩应当在全公社前五名。是自己的志愿报得太高了吗?这有可能,可最后一个志愿栏里,他填写的是服从分配啊!成林一夜没睡好,第二天向曹村中学奔去。

宫老师昨晚也听了广播通知,没听到通知成林,还以为成林已经把入学通知书拿走了呢。

宫老师也琢磨不出问题出在哪里。坐了一会,他起身去了教导处,拨通了县教育局招生办的电话,得到的答复是——成林的入学通知书已到了县局,但县局接到了一封检举信,说成林的姑父有历史问题,成林有隐瞒亲属政治问题的行为。这种情况怎么处理，已向县领导和地区教育局做了请示，也发出了函调，还没明确答复，需要等待。

宫老师回来急切地问成林：“你姑父有历史问题？”

“我不知道，只听说他在‘文化大革命’中挨斗时，有人揭发他有历史问题。”成林说。

“你填表时填上了吗？”

“没填，他有什么问题，没有人知道，我怎么填？”

“他在哪里？做什么工作？”

“他在东北，具体工作单位我填写了。”

情况明了了。宫老师紧锁眉头，静静地坐着。

成林眼含着泪，看着宫老师说：“宫老师，我真的与大学无缘吗？”

“你与大学有缘，你一定能上大学！”

停了一会，宫老师又说：“成林，现在形势在变，政治气氛也在变。一般说来，就是你姑父有问题，也不应该影响你上大学。就是影响了，你也不要气馁，赶快通过组织把你姑父的事情搞清楚。你参加复习班也可，去当民办教师也好，抓紧复习功课。再过几个月，参加明年高考。”

宫老师留成林吃了中午饭，好好安慰了他一番。

高考过程中，每场考试结束，马文胜都会问成林考得怎么样，成林的回答都是不知道。

他没有时间知道，几乎每场下来都是刚刚答完题，收卷的钟声就响了，根本没有时间检查。成林叹息，再有五分钟检查一遍，成绩肯定会再上一个档次。

马文胜有时间知道。语文、政治胡乱打满了卷面，数理化可连三分之一的题也没做上。他自己明白，就算做了的题全做对了，又能得几分？他有时间对全场的考试情况进行观察，他见成林飞快地书写心里那个妒忌。他想偷看成林的，可一向监考老师望去，他们的目光就会相遇。他焦躁不安，歪头斜视，成了这个考场的重点监视对象。

考试结束后，他还在妒忌地想着：别看你都做了，做错了和没做一个样。考试初选结果一公布他傻了眼，自己被甩到什么位置不知道，成林可是选上了，听说成绩还很好。

马文胜在公社大院里转悠，来到镇委办公室，见到了公社通讯员赵成武，两人聊开了。

“你们村那个赵成林，傻里傻气的，这次高考让他知了猴赶上雨后晴天，出尽了风头。”马文胜说。

“听说他上学时，就把知识学得很扎实。”

“唉，十年河东，十年河西。十年河东我们还没来得及赶上，又把我们甩到了河西。本来是我们上大学，他站在边上看。现在他要上大学，我们站在边上看。气人啊！”

“到哪山，砍哪柴吧。”

“这小子，在战山河还想入党？尽管我说了不算，还是让我搅得他没有入成。”停了一会又问：“哎，成林在村里怎么没有入党？”

“听说是因为他姑父有历史问题。”

“他姑父有什么问题？”

“听人们议论，他曾是三青团员。”

“他姑父有问题，上大学政审会被拿下吧？”

“不可能，他不会填写的。”

“他敢不填写？”

“只是传言他在‘文化大革命’中被批斗时，有人这样揭发他。没有证据，还填写什么？”

马文胜的眼睛一亮，他很快离开了镇委办公室。

一封检举成林隐瞒亲属历史问题，想欺骗组织、蒙混过关的匿名信，很快到了县教育局。

辛小婷无时不在关注着成林，以至于忘记了自己的尴尬处境。那次去找成林，遇到了停机事件。她怕马文胜作梗，在单位给鲁村公社妇女主任打了个电话，让她关注一下。得知事情已妥善处理，她放心了，也放弃了再去找成林。她怕找到成林会影响他复习功课，她怕见到成林提起桩桩事件，会影响他的心情，甚至影响他考试。她只给他去了一封信，给他鼓劲。

当得知成林高考已被初选上，而且成绩很好时，她长长地舒了一口气——这是再正常不过的事了。

她还在关注着成林取在什么学校。当得知成林的入学通知书被卡在教育局时她急了，想到县教育局去问个明白。可又一想，这样的事情爸爸应当知道，还是向爸爸问一下情况再说。爸爸该下班了，她快速向家里走去。

辛若东下班回到家，坐在沙发上吸着烟。辛小婷进门就问："爸爸，教育局是不是卡住了一个考生的入学通知书？"

"有这事。"辛若东回答。

教育局接到入学通知书，都会及时下发。可这份入学通知书没到，就已经有人检举它的主人了。教育局没当回事，寻思着被检举的人能否被录取还是个问号。没想到入学通知书还真的来了，他们拿不准该怎样做，向县里请示。辛若东指示：快速函调，并向上级业务部门请示。

"那为什么不及时发给他？"辛小婷问。

"有封匿名信，检举他亲属有历史问题，曾是三青团员。"

"有依据吗？本人是怎样填写的？"

"没有依据，本人也没有填写。"

"一个匿名人你们相信，本人填写的你们就不相信？"

"正因为本人没有填写，就要严肃对待。如果是有意欺瞒组织，问题就更严重。"

辛小婷给爸爸倒了一杯水，坐在爸爸对面说："爸爸，检举人拿出真凭实据，这才是对组织负责。可他拿不出依据，连自己的名字都不敢说。如果他是个编造谎言、成心捣乱的人怎么办？"稍停小婷又说："爸爸，一张纸、一个信封，加八分钱就能毁掉一个人的前程，甚至是一个人才的前程啊！这样的事例还少吗？"

爸爸喝着水，眉间一皱一皱的。

停了一会辛小婷问："爸爸，你们就想这样把他卡住？"

"不，已经发去了函调，还没有回复，也向上级汇报了这一情况，也还没有得到答复。”

“爸爸，大学招生改革了，你们还拿着那本老执照小题大做？”

父女俩对坐在沙发上说着话，妈妈在向饭桌上端饭，听着父女的对话就说：“我听着小婷说得挺在理，考上个大学不容易，你们可别做伤天害理的事。”说着就叫他们过来吃饭。

父女走向饭桌，辛若东说：“这事可以再考虑。”

辛小婷像突然想起了什么，急切地问：“那封匿名信能不能让我看一下？”

“不行，政策对检举人是要保护的。”

“实名检举的是应该保护，但对这种不敢担当的人也要保护？”

“至少现在的政策是这样，你是局外人，不要去掺和。”爸爸一怔，又说：“这事与你有什么关系？”

辛小婷没有回答爸爸的话，她握着拳头自言自语地说：“要是那个黑桃五干的，我非让成林砸扁他的脑袋不可！”

爸爸一惊：“你说成林？ 卡住的那份入学通知书是赵成林的？ 就是你要和他谈恋爱的那个小子？”

“对，就是他！”辛小婷又指着沙发说：“还是敢坐在这里，和你像对簿公堂一样的撒野，被你驱赶出去的那个山沟里的野小子！”她又转向母亲：“还是那个冒着大雨把我送回家，你让我不要忘记人家的那个初中同学！”

“是他！”辛若东夫妇俩一惊，呆坐在凳子上。

许久妈妈说：“我的女儿，你真不该不把这些早早告诉爸爸妈妈。”

“你们也真不该这样不相信自己的女儿！”辛小婷哭了。

“你和他联系了吗？ 你们之间的误解消除了吗？”爸爸问。

“没有啊！”小婷伤心地说。

“为了他，你背了那么大的黑锅，这黑锅不能白背。”小婷妈说。

“这黑锅与人家有关系吗？ 这是我自己出的难题啊！ 让我怎么向他解释？”辛小婷悲切地说。

爸爸妈妈叹息着。辛小婷突然问：“爸爸，你问这话是什么意思？”爸爸没有回话，辛小婷接着说：“爸爸，你千万别让女儿看不起你!”

“不会的，爸爸不是小人。”辛若东回答。

三个人坐在饭桌前，看着饭渐渐变凉。

李闵的妈妈在关心自己儿子的同时，也在关注着成林。从入学通知书陆续到达县招生办开始，她每天都要去一趟招生办。通知书都是从好学校开始下发的，当看到成林被取在本省最高学府时，她的情绪低落到了极点。当拿到儿子的通知书时，发现成林的通知书还在那里。她问王炳龙：这个通知书怎么还没下发？王炳龙告诉她，由于接到了一封检举成林亲属有历史问题的信，暂且搁置下了。

“那就把他卡住嘛!”李闵妈说。

“今年的政审要求没有那么严，直系亲属没问题就都放行了。”

“上级有文件通知吗?”

“没有，但好像是一种趋势。”

“准备发给他?”

“这不是因为有检举信嘛，正在向上级请示和函调。县领导的意思是，既然学校发来了入学通知书，就应当发给本人。至于问题可以发函给学校，再由学校处理。”

“那怎么能行，这不是对组织不负责任吗?”

“形势在变，别惹祸了，还是听领导的吧!”

李闵妈离开了教育局。心中想着：我要给他一枪两眼。她明白王炳龙说的县领导是谁。

李闵妈回到家，把通知书递给李闵说：“你看看吧，把要做的事情做好，准备上学。”她又瞄了后屋一眼说：“别高兴得太早，有你们好看的。”

李闵看了妈妈一眼，不解地问：“妈，你在说什么?”

“那个野小子又遇上麻烦了，被人告了。”

“我也听说过，不过领导已经答复，不会影响他上学的。”

“你也听说过？为什么不告诉我?”

“这事与咱们有关系吗?”

“怎么没关系？ 看你那副没出息相！”

“妈，你要干什么？”

“没有你的事，你给我闪远点。”她说着就离开了。

李闵难过地望着妈妈的背影。

县委秘书把一封匿名信送到县委书记办公室。

“看过了吗？ 什么内容？”书记问。

“看过了，关于一个被录取考生的政审问题。”

“那就把它送给辛主任处理吧。”

他见秘书不乐意退出，就接过来看了一下。原来是告辛若东违背组织原则，放弃阶级立场，袒护一个考生——自己未来的女婿，隐瞒亲属历史问题，要帮其蒙混过关进入大学。他摇了摇头，让秘书找来辛若东，让他看了一下。

辛若东看完了问：“一个学生的政审问题，我答复算不算越权？”

“不算。”书记回答。

“好，我原来还在犹豫，现在不犹豫了。放行，没有任何条件的放行！ 这件事情出现任何问题，都由我个人负责！”

说完，他拿起书记办公桌上的电话，拨通了教育局。

第二十章

成林一家在受着煎熬。三天过去了，毫无消息。

晚上，爸爸守着烟笸箩，一袋又一袋地吸着旱烟。妈妈戴着老花镜，有心无心地做着针线活。成林靠在被子上，两手捧着后脑袋。广播喇叭在播放着歌剧《白毛女》，喜儿那凄惨的哭声让人揪心。

九点，有线广播结束，喇叭里又传来了拍打话筒的声音，一家人又紧张了起来。拍打结束后，传来了下通知人员的声音：

“中夼村赵成林同学，你已被大学录取。通知书在公社文教办公室，望明天及时来取。”连播了三遍。

妈妈放下手中的活，抬起头说着：“我没有听错，是林林的名字，我没有听错。”她边说边笑，边用手去擦眼睛。

成林抑制着自己的激动，对妈妈说：“妈妈，你没有听错，是我的名字。”

爸爸是个喜怒不形于色的人，此时，他也不自觉地在炕上站了起来，长长地舒了一口气，又坐下拿起了烟笸箩。

这天，他们很晚才睡下。

第二天，成林早早就来到了公社文教办公室。屋里比较冷清，还是那两个人。刁立奎一手叼着烟，一手托着腮，抹搭着眼皮斜坐在写字台前。成林踏进办公室，刁立奎抬起了头，看见成林立刻变成了另外一个人，他起身说：“你是——赵成林吧？”

“刁助理员，我是赵成林。”成林回答。

刁立奎满脸堆笑，他起身把对面的椅子搬到了他的椅子旁边，说：“成林你坐，你坐！”说着又去找杯子。

他边倒水泡茶，边说开了：“你们这些人真了不起，这才是真材实料的大学生，是人才。可不像那些工农兵大学生，狗屁不是……”

成林觉得恶心，可他还是喋喋不休地说着：“你们这些人，有志气，有能力，有作为，有前途……”

刁立奎忙碌了一番，把准备的台词都说完了，才磨磨蹭蹭地打开抽屉，拿出写着“赵成林 收”的大信封。他站了起来，双手递过，看着成林笑嘻嘻地说：“你是优中之优，在咱们公社里，你上的大学最好。祝贺你！”

成林看着他的举止想笑。他双手接过，不卑不亢地说：“谢谢，谢谢刁助理员。”又转向北边的女士说了声谢谢，转身走出办公室。

成林本想走快些，可后面沙哑的声音又让他放慢了脚步：“有什么了不起，考上大学就了不起了？来拿通知书连盒烟也不拿，连块糖也不带，一看就是个书呆子。培养几年，也还是个书呆子……”

这次成林没有生气，他加快了脚步，心里想：就让你为我们这些书呆子上大学而愤愤不平去吧！

成林到了中学，推开了宫老师办公室的门。宫老师看见成林手里拿着的大信封，一下就明白了。他一反常态，兴奋地拥抱了一下成林说：“祝贺！祝贺！”

他们打开了这个大信封，成林被取在省城重点大学机械系。宫老师端详着入学通知书，思索着说道：“这是你的，这是十年前就为你填写好的。它等待着你去拿，你今天拿到了，没有什么力量能阻止你拿到它！”

望着宫老师，儿时的一幕又在成林脑海里浮现。

“爸爸，什么是大学啊？”

“大学就是最高学府，上了大学就成为最有文化的人了。”

“我长大了也要上最高学府，成为最有文化的人！”

……

“宫老师，我也想上大学，我敢去吗？现在没有高考了，我还能上大学吗？”

“敢去！ 也一定能去！”

十几年的大学梦，今天实现了。 成林看着像导师又像父亲的宫老师，眼睛湿润了。 他们谈了有一个多小时，宫老师向他介绍了大学生活的一些常识和需要注意的问题，介绍了大学里的学习方法与中学时期的不同之处。 这使成林受益匪浅。

要分别了，宫老师告诉成林：“你接通知太晚，但不要着急。 你们报到的时间是三天，最后一天到也可以，留一点时间在家多陪陪爸爸、妈妈。”

成林感动地说：“宫老师，您多保重，假期我会来看望您的。”

成林告别宫老师，快速向家里走去。 爸爸、妈妈在家里等着呢！

走到公社门口见到李建勇，他是来办理户口等手续的。 李建勇急切地问成林：“接到通知书了没有？”

“接到了。”成林回答。

“这几天了，真急死人。”

两人正说着，见马文胜从公社大院里走过来。 李建勇说：“收拾他一下？”

“看他也挺可怜的，放他一马吧。”成林思索着说。

马文胜见到他俩，本想讨好地迎上去握手。 可走了一半，他感觉到这两人的眼神不对。 他后悔了，站住了。 随着两人的逼近，他哆嗦了。 他颤抖着嘴唇说：“你们要干什么？”

成林看着他的窘态说：“我们没有要干什么，你这是怎么了？”

他这才意识到是一场虚惊，就振作了一下说：“祝贺你们，祝贺你们！”他刚要走，又突然站下说：“成林，战山河里有你的一封信，你稍候，我去给你拿。”说着小跑似的走了。 看着他的背影，两人笑了。

成林和李建勇分手后，打开了马文胜拿来的那封信。 他先看了一下写信人，是李闵。 这让他好奇，急忙看起来。

赵成林你好！

首先祝贺你考上了大学！可能你还没有接到入学通知书吧，不过没有问题，相信你很快就会收到的。

尽管咱们没有见过面，但我还是发自肺腑地钦佩你。论咱们成长的环境和教育的资源，我远远地优越于你。但高考你却把我远远地甩到了后面。可见你的进取心和毅力是多么让人惊叹！

辛小婷是个很有眼光的人。在没有任何保证的情况下，她敢以身相许一个山里的青年人，就足以证明了这一点，也证明了她的胆识和赤诚之心。

我爱辛小婷，但婚恋是双方的事，不能勉强。我尊重她的选择。

辛小婷是位开朗大方、品行优秀的执着姑娘。珍惜她吧！我真诚地祝福你们，也拜托了！

李闵

成林看着信，心里很不是滋味。她给我戴绿帽子，你还过来给我正一正？无聊。他想把信撕掉，可觉得撕碎了扔在这大街上也不合适。他折起来，装进衣兜。

路过下夼村，刚走到村头，就听到有人喊："大学生！大学生！"

成林回头一看，是于海孟。他乐呵呵地走过来，说："成林，我现在喊你大学生，你总不该再揍我了吧？"他也是昨天晚上在广播喇叭里听到成林考上大学的。

"什么大学——生，是大——学生，大人要当学生啦。"成林说。

"不，不，不！大学生就是大学生，而且是真材实料的。我是在想咱俩那次打架……"

"说话不揭短嘛，你不要记恨我就行了。"成林打断了他的话。

"不，不！要说不对，也是我捉弄人太过火，该打。可让我一直弄不明白的是，就凭我这打架高手，怎么就被你这个不会打架的人给打懵了呢？"成林语塞。他接着说："从当时你打架的架势，就看出你是个高手。现在回想起来还历历在目，你令我口服心服。高手干什么都是高手，打架是高手，考大学也照样是高手。祝贺你！"

于海孟说着伸出两只手掌，高高地向成林击来。成林伸手一接，一个响亮的击掌声。两人说了再见，成林又上路了。

成林到了家，爸爸没有上山，在家等候着。爸爸看着入学通知书，爱不释手，特别是入学须知，他看了三遍，唯恐有遗漏的地方。

妈妈不识字，在旁边笑嘻嘻地等着。

爸爸看够了说："你在家就能住三天了，明天咱们推着粮食去公社粮管所换粮票，你把户口关系、粮食关系、团员关系一块办了。后天，你去看看你的老师同学，走走亲戚。剩下一天你就在家里帮你妈妈准备一下被褥、衣服和你自己要准备的东西吧。"

爸爸想得真细，这些事情要抓紧办，多留点时间在家里陪陪爸爸妈妈。二十多岁了，从来没有离开过父母。这要走了，尽管是件高兴的事，父母还是舍不得啊！

成林端详着父母。白发已爬上他们的额头，黝黑的脸膛已布满皱纹，结实的身板也变得驼背。这些都是你们为儿子操劳的印记啊！你们已年近花甲，是需要儿子的时候了，可儿子为了求知，却要离开了。成林看着爸爸妈妈那慈祥、高兴的面容，心里内疚不已。他在心里默默地想着：爸爸，妈妈，儿子不在身边，你们一定要好好保重。儿子学成归来，一定会好好孝敬你们。

晚上，赵明生和刘海明来到了成林家。赵明生说："成林，祝贺你！你就是这块料，令人敬佩！我不是这块料，准备放弃。"

成林说："上大学当然不是唯一出路，可要想办法，不能总这样偷偷摸摸地干。"

赵明生："办法已经想好了。村里看管了我几年，已经厌烦了，春节后村书记找我谈了，让我以集体的名义干，还给我配备了两个人。我把村里的东西销售出去，收入归村，队里给我记工分，还可以顺便自己倒腾点，赚的钱与村里五五分成。这正中我的下怀，这样就不用偷偷摸摸地干了，是正大光明的集体经济了。我一定要干出个样给他们看看。"

"这是你的强项，你一定能成功！"成林说。

赵明生拿出了十元钱，说："成林，一点心意，别客气。"

"这怎么能行？挣分钱不容易，你的心意我领了。"

"看不起老同学？"

"好，我收下，感谢老同学对我的资助！"

"资助？你还要记着报恩？这哪里像自己人说的话！"

“好了，你给我就接，什么话也没有！”

“这就对了。”

他们要告辞了。一直坐在旁边默默无语的刘海明站起来，说：“成林哥，你就是我的榜样，我就是从一年级重新学起，我也要考上大学！”

成林说：“我相信你！”二人告辞了。

他们二人都没有食言。三年后，赵明生以全县第一批万元户的身份，戴着大红花登上了领奖台。刘海明则以当下新兴名称——新三届的身份步入了大学。接到入学通知书那天晚上，他父亲在正堂挂起了家谱，他领着儿子给祖上磕了三个头，又让刘海明坐在他事前准备的凳子上。他跪在了儿子面前，说：“儿子，我给你跪下了，你给咱老刘家光宗耀祖了！”他又转向正堂：“祖上！原谅我给儿子下跪，是他领着咱老刘家，走出这儿子不认识爹的山沟啊！他为咱老刘家洗刷了耻辱啊！”

刘海明“扑通”跪下，抱着父亲大哭了一场。

成林办完了手续，便开始走亲戚。每到一家，亲人们都高兴得合不拢嘴，把家中的农产品拿出一些给成林带上。成林不想要，可看着他们的执着劲，也就收下了。邻居也有送这送那的，家里收了一大堆。妈妈告诉成林，走时要全带上。成林笑着说：“妈妈，我要去开商店呀？”

去姑姑家要翻过虎龙夼的北岭。成林特意留在了最后的下午，他要在回来的路上，登上北岭的最高峰，再看一眼生他养他的虎龙夼。

早春，大地还没有复苏，但这丝毫影响不了虎龙夼的壮观与秀丽。成片或零散的松树给山峦披着美丽的彩衣，奇峰怪石显尽了它们的独特雄姿；层层梯田给山峦画着等高线；虎龙河三弯六转，像一条要舞爪腾飞的巨龙。三座村庄，三座古刹，更是给这山夼增添了灵气。美哉啊！我的家乡，我的小山村！要离开它的时候，成林觉得它更加可爱。

天已黄昏，成林下了山。快走到古刹时，成林心想，也进去看看它吧。尽管自己不信佛，可这也是虎龙夼很珍贵的一部分。还没走近，就见一个身影从里面走了出来。太远，看不清是谁，但身影很熟，是谁?“芹姐?”成林喊了一声。

人影站住了，成林快速向她走去。

这几天晚上，芹芹也像成林一样，在等待、期盼着广播喇叭下通知的声音。当她听到让成林到公社领取入学通知书时，高兴地跳起来。她躺在炕上，兴奋得难以入眠。

可第二天一醒，一股巨大的失落感向她袭来。她与成林一块长大，从来没有分开过，姐姐、弟弟叫得那个甜。自长大以后，她在亲昵的基础上又多出了一种新的感觉。是信赖? 是依靠? 是爱慕? 是暗恋? 她说不清楚，只觉得难舍难分。特别是近两年，一天见不到成林就觉得缺少点什么。成林要走了，他这次走意味着很多很多……

天近黄昏的时候，她拿着香火来到了古刹。她站在佛前，观世音菩萨在慈祥地看着她。她划着火柴点上了香，虔诚地插进简易香炉。她后退两步，双手合十，上下摆动几下，就双膝跪到那冰冷而坚硬的地砖上。她双手按地，把头深深地叩下去。一下，两下，当第三次叩下，她的头久久没有抬起，空气像是凝固了。

她在向菩萨祈祷，祈祷成林一个人出门在外要知冷热，要知饥饱，要……她在祈祷自己……她的眼泪刷刷地往下流。

她抬起头，站起来，再次双手合十，上下摆动……

她缓缓地出了古庙，没想到让成林给撞见了。她擦擦眼泪，不想让成林看到自己哭了。

成林走过来，看到了她的泪痕。他靠近芹芹，两人慢慢地向前走着。当看到芹芹的心情有所平静时，成林说:“芹姐，自小你就是我的好姐姐，以后也是我的好姐姐，我也会永远做你的好弟弟!”

芹芹默默地听着，说:“林林，一个人在外面不容易，要细心些，照顾好自己。岁数也不小了，碰见喜欢你的女同学，就谈一个，也相互有个照应。姐姐就不做你的小媳妇了……”

“姐姐!”成林心中一震，两手扶住芹芹的双肩。

儿时那清晰的声音在成林脑海回荡……

“姐姐，什么是小媳妇?”

“小媳妇就是两人长大了，搬到一块……再上大山沟里捡个孩子养活着，三个人过。”

“等咱们长大了，你就做我的小媳妇。”

芹芹哭出了声。她抖动着双肩说：“林林，别忘了姐姐亲过你一场，也爱过你一场啊!”

成林两手紧紧地扶着芹芹……

早上，成林带上行李和爸爸一块出了门，爸爸要送他到鲁村坐车。街上站了很多人，有牛子哥那些儿时的伙伴们，有街坊邻居们……村里出了第一个大学生，全村人都很高兴。成林环视着人群，没见到芹姐。成林向叔叔伯伯、婶子大妈和儿时的伙伴们一一道别后，就上路了。

出了村，成林远远看见前面站着一个人。是芹姐！他快速向前走去。芹芹手里提着个大提包，这是她买来布自己缝制的。当成林走近时，她把大提包递过来说：“这里面装了点你爱吃的花生、核桃和干枣，你到学校里再吃。上面有几个刚煮的鸡蛋，你路上吃。”说着又递上一个小包：“这是姐姐给你织的背心和绣的几副鞋垫，你拿着用吧。”

成林接过，很重，他感到提不动。这时爸爸也走过来了，芹芹转身就走，头也没回。看着芹芹的背影，成林心里酸酸的。爸爸叹息了一声，说：“多好的闺女!”

成林到了鲁村，坐上了赶往县城火车站的汽车。到了火车站，成林下车就见辛小婷站在对面。他一怔，快速迎上去，两人双手握到了一起。辛小婷带着委屈的声调说：“你怎么才到?”说着泪水流了下来。成林用手擦了擦她脸上的泪水，她笑了，笑得很灿烂。车站工作人员把成林的行李从汽车顶上卸下来了，她转身就去接。成林也赶过去，两人抬着行李向火车站的售票处走去。辛小婷看着行李，成林很快买到了车票。辛小婷接过成林手中的车票看了一下，离火车开动的时间只有半个小时了。她和成林抬着行李进了候车室，并排坐在连椅上。

候车室的人很多。辛小婷看看周围的人，再看看成林，极力控制着想伸开的双臂。她向成林靠近点，再靠近点。沉默着，再沉默着。

解释一下？不能，绝对不能！这不是此地无银三百两吗？成林，你问啊，你问啊！我有多少心里话在等待着向你说，我有多少委屈的泪水在等待着向你流！

她不时地用鼓励、期待的目光望着成林。

问一下吗？不能问，绝对不能问！这样的事情是女人最大的隐私。问这样的事情，比当众抽她的脸更卑劣。你解释一下，你解释一下啊！你说过，你在我面前没有隐私，不管你说什么我都会相信！

候车室里很嘈杂，可两人只能听到检票口上方挂钟的咔咔声。这声音在敲击着两颗绷紧了的心。

成林抬头看了一下挂钟，再不说就没有时间了。他鼓了鼓勇气说："李闵取在哪个学校？"

"不知道！"辛小婷很不耐烦地回答。

成林看了她一眼接着说："他很优秀，也很爱你，珍重他吧！我真诚地祝福你们！"

辛小婷呼地站起来，两眼直直地注视着成林。成林不知所措，刚想站起来扶她坐下，只听她哇的一声，转身哭着向外面跑去，成林起身就追。这时，身后传来了车站广播的声音："乘坐536次列车的旅客请注意，列车就要进站了，请到一号检票口检票上车……"

成林无奈地停住了脚步，拖着沉重的行李向检票口走去。列车启动了，成林坐在列车上，茫然地向外望着。列车出站了，他见远处山坡上站着一个人，像是辛小婷，他把手伸到窗外，用力摆动……

那是辛小婷。她站在车站外面的山坡上，满面的泪水，目送着列车远去。

她在心里默默地说着：成林，咱们没有完！我不会食言，我说到做到！

下篇

第二十一章

下午快下班的时候，成林从企业里出来，向镇政府大院走去。忽听后面有人喊：“成林！”

成林回头一看，吃了一惊，是辛小婷！成林看着她向这里走来，就站下了，心扑扑直跳。十年来，他想见到她，又怕见到她。上大学时，辛小婷到火车站送他的场面，在他心中留下谜团。毕业回来后，听说她已经有对象了，也就放心了，自己也找对象结婚了。可后来听说她一直没有结婚，谜团又摆在了他的面前。

一九八二年早春，成林大学毕业，回到了自己的家乡——山海县，进入了县机械厂工作。

工作了，婚姻问题提到了日程上。父母和芹芹对他的婚事可真着了急，见了成林就催促，还四处托媒。成林虽不像他们那样着急，但也觉得到了谈婚论嫁的年龄了。

芹芹在成林上大学一年后便结了婚，丈夫就是本村的牛子。牛子文化水平不高，却是一个明事理的人，又是庄稼地里的一把好手。芹芹嫁给他是情理之中的事。自他们进入青春期，牛子就开始追求芹芹，芹芹总是对他爱理不理，托媒人说了几次也是白搭。牛子硬是穷追不舍，从没放弃。直到成林上了大学，芹芹才答应了他，并很快结了婚。婚后他们生活甜蜜，生了个女儿，取名思思。成林毕业，思思一岁半了，会喊人了。按照宗族关系，思思应喊成林叔叔。可芹芹不依，非让思思喊成林舅舅不可，成林听着这个称呼，感到很亲切。

一九七七级大学毕业生在谈婚论嫁上个个都是香饽饽。成林一进厂就引起了人们的关注。当人们得知他还是孑然一身时，说亲的人接踵而来。本厂活泼大方的女青年时常向他抛飞眼，投来温柔的目光。

是辛小婷身上的谜团，挡住了前来做媒的人。上学后，成林曾想给辛小婷写信，可是，一件件让人困惑的事情使他不知道该怎样下笔。加上极其投入的学习，让他把这事放了下来，这一放就是四年。成林觉得，在谜团揭开之前，自己是不应该谈论婚事的。

同在技术科的王志刚找到成林，说要给他介绍个对象，名字叫辛小婷。她在公社里当妇女主任，家住在县城，并把家庭等各方面情况向他介绍了一番，约个时间见见面。经他的介绍，成林确认了这里没有重名的失误。他想，这是辛小婷委托王志刚找上来了，还是他不知内情？不管怎样，以这样的方式接触，揭开谜团，是可以接受的。成林答应了他。几天后，王志刚又找到成林，说："真遗憾，你们真该是天生的一对，可她已经有对象了。"

成林一惊。他把四年前的事情前前后后细细思量了一番，又觉得心里踏实了。心里想：谢谢你辛小婷曾经对我的关心，这谜团就不要揭了，这黑锅我为你背了。

技术科副科长刘明章找到成林，说他爱人要给他介绍个对象，休息日在他家见个面，成林答应了。

春天的太阳显得悠闲，成林下班吃完晚饭，它还蹲在西山上。他出了厂门，信步走到了白沙河的长堤上，河面上在修建拦河闸。过去那种一面石头一面土的河堤被扳倒，正在重新修建沿河公园。

成林沿着河堤向前走着，抬头看到前面走着一个女子，细看了一下，这是芹姐。她怎么会在黄昏的时候来到这里？成林没有多想，喊着："芹姐，芹姐！"就快步走了过去。她没回头，当成林到了她的背后，又喊了声芹姐时，她才转过身来。成林愣怔半晌才回过神来，原来不是芹姐。

女子环顾了一下四周，并无他人。她才确定这个人是在喊自己。

成林觉得尴尬，说道："对不起，我认错人了。"

女子本想走开，看着成林那无所适从的样子，觉得他并无恶意。她打量了一下成林说：“我就那么像你的芹姐，以致我转过身来你还呆呆地看？”

“你们确实太像了。不光身段像，面容也像。不止说你们像亲姐妹，哪怕说你们是孪生姐妹也会有人信。”

“原来是这样。”她略停顿又说：“看你把芹姐叫得那个甜，看来不是一般的姐姐。”

“是不一般，是一位很好的姐姐。”

“大姐比母，人有个关心自己的好姐姐，是一种幸福。”

他们并排走了一段路，她姗姗的脚步和扑闪的大眼睛在告诉成林，她不想与陌生人一块走下去。成林加快了脚步，与女子拉开了距离。走了一段路，成林回过头来，见女子已转头向后走去。成林也不由自主地转过了身，端详着她的身影。方正的身板穿着朴实，显得别具风韵；端正的五官给人以善良、祥和的感觉。下了河堤，女子向县医院的方向走去。她在成林的脑海里留下了深刻的印象。

休息日，刘明章把成林带到家里，爱人也把女方领来了。他们一见面竟异口同声：“是你？”

刘明章的妻子问：“你们认识？”

“不认识。”又是异口同声。

刘明章的妻子是个开朗大方的人，她看着两人放光的眼神，高兴地哈哈大笑，说：“你们一见面，还没进行语言沟通，心灵就已经沟通上了，而且还配合默契。看来这事有门道，今天中午我请客！”

她给两人让了座又接着说：“看来也不用我介绍了，你们吃点水果、喝点水，就出去遛街吧！别忘了及时回来吃饭就行了。”

他们俩散步在县城北边的山坡上。成林问：“那天，你是不是以为我是个有意找碴的小地痞？”

“开始是这样想，可看着也不像。”

“所以你就赶我走？”

“谁赶你了？是你自己要走。”

“你当时的眼神说得很清楚，现在又想否认？”

女方嘻嘻地笑着：“你真是个细心的人。”

“为了证明我的清白，我会尽快让你见到我的芹姐。”

“不用了，我很相信迟大夫，经她介绍，我也就相信你了。”迟大夫是刘明章的爱人，她是县医院里的医生。

“不急也行，反正你们早晚会见面的。”

他们信步走着，成林又说：“那天你给我留下的最大遗憾是不知道你姓什么，叫什么，在什么单位上班。”

“你为什么不问？”

“我不敢啊，要是问了，还不招来你的骂声？”

女方再次嘻嘻地笑着。那天的邂逅成了他们的美好回忆，也由此为他们的交往开了个好头。他们很谈得来，时间不知不觉地溜走了。当他们想起该去迟大夫家吃饭时，已是下午一点了。两人都不好意思地笑了。成林为是否回去吃饭感到为难。女方看出了成林的心思就说：“咱们别回去了，这事由我向迟大夫解释。”

这天的事情成了迟大夫逗他们的话柄。当然，迟大夫并没有生气，而是为他们一接触就融洽得忘了时间感到高兴。但他俩还是很不好意思。

几次相处下来，成林发现她不仅体态像芹姐，就连说话做事也很像。尽管她比芹姐小四岁，可也有一副大姐姐相，成林喜欢她。她叫李淑君，也是农村出身的孩子，一九七八年考上了地区卫校，毕业后来到县医院做检验员。第一次邂逅，成林的帅气并没有打动她，她不是那种新潮、浪漫的姑娘。几次相处让她感到成林身上有着山里人的淳朴，也有着见过世面人的大气，她爱上了他。

机械厂与县医院之间不足千米，下班后他们就会不自觉地走到一块，漫步在白沙河的河堤上、县城北边的山坡上。

休息日，成林回家，把这事告诉了父母和芹姐。芹姐说：“下周你就把她带回来让大叔、亲妈和我看看。如果不把她带来，你可别抱怨我跑到县城里去找她。”

又到休息日，他俩骑上自行车准备到海边去。刚上路，成林想起了芹姐的话，就说：“我的芹姐还急着见你呢。”

“那就去见见她嘛！”淑君紧跟着成林的话说。

成林本意是随便说说，没想到她这样回答。成林想了想说：“去虎龙夼往返一百多里路，骑着自行车你受得了？”

“你不都是这样回家嘛！”她说完了，转头看向远方。

成林看着她的表情说：“改道，去虎龙夼？”

李淑君转过头，微笑着说：“好啊！”

路上成林提出买点菜，别给父母难为，淑君坚决不依，说：“我就是要尝尝你们家原汁原味的饭菜。”成林无奈，只有依了她。

成林没想到，芹姐还真在村头等他们，家里还真准备了饭菜。进了家，父母和芹姐仔细端详着淑君，乐得合不拢嘴。淑君看着慈祥的父母和热情的芹姐，心里也美滋滋的。芹姐要做饭，淑君要帮忙，芹姐不依，几番推让。饭后大家都坐在炕上，芹姐拿来了日历牌，边翻动着边说：“淑君妹妹，下星期天你领着成林回家给你爸爸妈妈看看，再下星期天你们去把结婚证领了，再下个星期天是……十八，就是要发财的意思。吉祥的日子，就把这天择成你们成亲的日子吧！”

淑君和成林同时惊讶地看了一眼芹姐，又对视了一眼。淑君微红着脸，低下头。成林说：“这也太仓促了吧？”

“不仓促，你结婚的用品早已准备好了，你们抽时间买身新衣服就行了。有半个月的时间我会把洞房收拾得漂漂亮亮，你们就等着双对入住吧！”说完，她又看着淑君说：“妹妹，你看这样行不行？”淑君抿嘴笑了笑。

“这也太草率了吧？”成林又说。

“都是一家人了，还说什么草率不草率？”芹姐瞄了成林一眼，又看着淑君说：“你说呢，妹妹？”

淑君还是微笑着，低头不语。

淑君要出去一下，成林借着淑君不在急忙说：“芹姐，你这是要逼婚啊？”

“傻成林，你就傻去吧！一点不懂女人的心思。她笑了，就是同意了，她红着脸，羞羞答答的就是……就是迫切期待了。你都二十七岁的人了，这么好的媳妇还不赶紧娶到炕头上，你傻呀？她也是二十五岁的人了，遇到你这么踏实的人，她还不想赶快把亲成了？她心里肯定感激着我呢！”

成林的爸爸乐呵呵的，用感激的目光看着芹芹。妈妈则板着脸说：“你从小就听你芹姐的话，现在也得听！”

回来的路上，成林觉得很不好意思，谨慎地说：“真没想到会出现这样的局面。”

淑君说：“真是一位可亲可爱的好姐姐。”

到了约定的日子，成林和淑君请了三天假，回到了虎龙夼。他们按照民俗，敬拜了祖上和父母，请了亲戚朋友、邻居吃了顿喜酒，他们的婚事就算办完了。

他们没有嫁妆，没有新衣，洞房简易。成林觉得对不起淑君，说：“咱们结婚，没给你买新衣、嫁妆，就连个订婚戒指都没送给你，你也不要，是生气了吧？”

“你人都是我的了，其余的东西还用要吗？”淑君风趣地说。

成林使劲地抱了抱淑君：“你真是个好老婆。”

淑君半推半就、羞羞答答地说：“你也是个好老公。”

一切都是芹姐操办的。忙碌了一天，到了晚上她还是没有忘记去闹洞房。她几次把李淑君逗个大红脸。可淑君还是看着酷似自己的芹姐，心中感激：我的好姐姐，有你真好！芹芹端详着文雅的淑君，想着成林，心中赞叹：一对幸福的人啊！

三天后，他们把喜糖、喜烟、花生分给同事们时，人们都感到惊奇：闪婚？！

王志刚是休息日去辛小婷家的。辛小婷对这位远房表哥挺反感，他表面一副老成相，骨子里是个善用心计和善于钻营的人。他当初要当工农兵学员时，就常常拉着爸爸的大旗，闹得两家不欢。可他还是厚着脸皮常来往。他来到辛小婷家见她在，就兴致勃勃地说：“小婷，我给你介绍个对象，是我们厂今年分配来的大学生，叫赵成林。”辛小婷一怔。王志刚继续侃侃谈着：“这个人我了解了一下，有点门不当户不对。可就个人条件来说还是很不错的，恢复高考后的第一届大学生，人长得不错，工作一上手，就有点出手不凡……”

“你告诉他了吗？他怎么说？”辛小婷打断他的话。

“告诉了，他同意和你见面。能否谈成这还要看你，我觉得这人可以，建议你和他谈谈看看。”辛小婷的那场风波王志刚听说过，那时他在上大学，不知道成林这个名字，更不认识他。

“哦，表哥，谢谢你的关心，我的婚姻问题你就不用操心了。”辛小婷不想让这位好事的表哥介入她与成林的纠葛中。

“怎么，谈上了？”辛小婷没有回答。王志刚接着说：“即便是有了目标，也要都了解一下，进行比较，要优中选优。”

辛小婷没好气地对王志刚说：“你烦不烦啊！我告诉你，我的事不用你操心了，你怎么还说？”

王志刚语塞，很尴尬。在洗刷间洗衣服的妈妈听不下去了，也高声说道：“小婷，你怎么这么不懂事，你表哥是在关心你，你怎么这么个态度？”她显然没听清楚赵成林这个名字。

“妈妈，你怎么也跟着烦人？我的事以后都不用你们管。”说着小婷走进了自己的房间，“砰”的一声把门关上了。向来温顺的小婷今天是怎么了？两人莫名其妙。

王志刚碰了一鼻子灰，闷闷不乐地走了。

得知成林回到了县机械厂，还没有对象，给他介绍自己他又答应见面，辛小婷很激动。四年来一直想给他写信，可提起笔就没了主意，没法写啊！她理解成林，知道他也有困惑，也很难提笔，可还是抱怨成林，你没法写就写几个字，报个平安也行啊！可一直没接到他的来信，她一度对成林的人品产生怀疑。王志刚的到来让她明白了成林在等她，她兴奋不已，我没有看错人！到了云消雾散的时候了，她想象着真相露出水面后两人的兴奋场面。可怎样解释？着实让她犯了难她白天在想，晚上也在想。恍恍惚惚地度过了一个月。

妈妈注意到了小婷近来的神态。她思索着，是从王志刚来给她提亲后才有了变化，她像想起了什么。中午，辛小婷一进门妈妈就问：“那天你表哥给你提到的那个人叫什么名字？”

“是成林。”辛小婷回答。

“成林回来了？ 你怎么不去找他？”妈妈又惊讶，又高兴。

“我们之间的误会还没有解除，我不知道该怎样去找他。”

“我的傻女儿，你快去找他，再不找怕晚了。 你们的误会是能够解除的！”她说着就拿起了电话，打通王志刚又打给刘秋兰，让他们马上过来一趟。

两人几乎是同时进了辛小婷的家。 王志刚一进门小婷妈就劈头盖脸地问：“你前些日子给小婷介绍的那个人叫成林？ 是虎龙夼里的赵成林吗？”

“是啊，怎么了？”王志刚问。

“那你为什么不早说？”辛小婷妈妈说。

“我说得晚吗？ 是小婷不答应这事。”

“你今天下午马上就告诉他，小婷要见他！”刘秋兰说。

看着这紧张气氛，王志刚丈二和尚摸不着头脑，问：“怎么回事？”

“别管怎么回事，你今天一定要把他叫来！”刘秋兰说。

“现在没法找他了。”

“为什么？”刘秋兰问。

“他已经谈恋爱了。”

“那也不行，谈恋爱了也要把他叫来！”

“他已经领到结婚证了，本周末结婚。”王志刚说完，小婷妈、刘秋兰、辛小婷一惊。

“他有了对象你为什么还来介绍小婷？”辛小婷妈妈问。

“那时候他还没有对象。”

“你是怎样跟他谈的？”刘秋兰问。

“我和他约好了，找时间两人见个面。 他都同意了，可小婷不答应。”王志刚说。

“你又是怎样回复他的？”

“我说小婷已经有对象了。”

“小婷明明没有对象，你为什么要说有？”

“小婷不答应，我也只有这样推脱了。”

“你这个蠢货！”刘秋兰发怒了。

王志刚试探地问："他就是和小婷谈过恋爱的那个人？"

"就是他！"刘秋兰说。

妈妈、辛小婷瘫坐在沙发上。刘秋兰说："那也不行，我去找他！"说着站起来就要走。

"你站住！"辛小婷说。

"妹妹，你要干什么？"

辛小婷平静了下，问王志刚："他谈的对象你认识吗？"

"不认识，是我同事的爱人介绍的，只知道她在县医院检验科工作，叫李淑君。"王志刚说。

"是她？"刘秋兰一惊。

"你认识？"辛小婷问刘秋兰。

"我认识，她卫校毕业，来县医院一年多了。我们业务联系比较多，经常见面。"

"她人怎么样？"

"这与你有关系吗？"

"有关系，表姐，你一定要跟我说实话。"辛小婷诚恳地说。

"她是个贤淑的姑娘。"刘秋兰思索着回答。

"你能肯定地做出这样的结论吗？"

"能做出这样的结论。"

辛小婷认真地说："这就够了，就让他过上平静的日子吧！"

"你要放弃？"刘秋兰问。

"是该放弃。他一路坎坷，走到今天不容易，有位好姑娘与他相伴，我们就不要给他添乱了。"

"不行！你这黑……"

"你住嘴！"辛小婷对表姐吼着。

刘秋兰被震住了，她想了想，知道小婷是不愿意让这个好事的王志刚知道内幕，又改口说："你为他付出太多，不能这样不了了之。"

"是他让我付出的吗？我的付出对他起过作用吗？他的现在，是用自己的双脚走出来的，与我们没有任何关系！"

"那也不行！我的好妹妹，你的一片爱心、一片痴情就这样稀里糊涂地扔掉吗？ 你能放弃，我不能放弃！”刘秋兰说着又要走。

“你站住！”小婷顺手拿起放在茶几上的剪刀，对着自己的胸膛，说：“他已经领了结婚证，就要结婚，你现在去找他，你让他怎么办？这和大闹婚场有什么区别？ 这事怨不着人家，他知道我已经有对象才开始谈恋爱的。 他心里有我，我高兴啊！ 我没有看错他。 对这样的好人，你们敢去闹腾，我就死给你们看！”

小婷妈妈吓坏了：“好女儿，你放下剪刀，别吓唬妈妈！”

“赵成林，你等着！”王志刚说。

“表哥，你敢把我和他的纠葛说出去，你敢难为他，我跟你没完！”辛小婷怒视着王志刚说。

王志刚知道这位表妹的性格，他惹不起她。

妈妈哭了，刘秋兰哭了，王志刚呆在那里。

辛小婷两手捂着脸：成林，我的心上人，这黑锅我为你背了。 祝你幸福！

第二十二章

辛小婷走过来，成林迎上去说："小婷你好！ 怎么在这里见到你？"

他们握了一下手，辛小婷说："怎么在这里见到我？ 我天天都在这里，都快一年了，怎么不会在这里见到我？"

"我来半个月了，怎么没见到你？"

"我去党校学习了半个月，今天刚回来。 不过这不是你不知道我在这里的理由。"

成林心想，这确实不应该是他不知道辛小婷在这里的理由。 参加工作后，只知道她在乡镇当妇女主任，再也没有打听过她的去向，了解一下她的情况。 成林心里感到一丝歉意，无言以对。

小婷接着说："你除了知道干工作，还知道什么？"成林觉得尴尬，可辛小婷还是不依不饶，继续说着："在机械厂干得好好的，让人给撵出来了是不是？ 想当副主任被人踢开了是不是？ 想下海又被人卡住了是不是？ 这不，给了你一个好大的官——副镇长，让你来过过官瘾是不是？"

"好了，好了，让你见笑了，就别奚落我了。"成林说。

"不奚落你奚落谁？ 傻里傻气的，就该奚落。"辛小婷一副较真的面孔。

这番话解除了成林害怕出现的尴尬场面，让他的面色也自然多了。她在这里是什么职务？ 成林不知道，也不好意思问。 这时，对面来了一个人，喊她辛镇长，给成林解了围。这里的镇长是孙学军，喊她镇长肯定是副镇长了。成林也想让自己适应一下她的说话气氛，问道："辛镇长，你在这里分管什么工作？"

辛小婷说："先回答你的问题，我在这里分管计划生育、文教卫生工作。可我怎么听着你的话酸溜溜的。还辛镇长呢，你就不嫌绕口？听着都别扭。"

"你就是镇长，别人不是在这样喊你吗？"

"别人是别人，你是你！要是他们对我直呼其名，我还有意见呢。"她一副煞有介事的表情。

"好吧，公开场合我喊你辛镇长，没人时，我还叫你小婷。"

"这还差不多。"

"那你怎样喊我？"成林反问。

"你想让我喊你赵镇长？美得你，就是等到守着你孙子，我还是喊你成林。"说着两人哈哈大笑。

笑完了辛小婷问："马文胜也在这里，你见过他没有？"

"没见过，他在这做什么工作？"

"派出所副所长。农村实行联产承包责任制，战山河兵团解散了，他到鲁村镇派出所当了合同民警。努力了几年转正了。又是几年的努力，调到这里来当副所长了。他正在努力向县城里调呢。"

"十几年没见了，我都把他忘记了。"

"马文胜这个人……"辛小婷沉思了一下，她怕议论起马文胜，就会牵出桩桩往事，又把话咽了回去。

他们说着，走到了镇党委办公室。里面坐着很多人，孙学军镇长也在。县里新建的汽车站明天开业，孙学军要去参加开业典礼。秘书去买了个贝雕横匾作为开业礼物相送。上面要写贺词，写什么呢？人们在七嘴八舌地议论着。每个人说出一句，都会笑着看向孙学军，他也会评论一番。人们在恭维他，等待他定夺。孙学军笑嘻嘻地坐在那里，一脸自信的表情。就在这时成林和辛小婷踏进了办公室。有人说："赵镇长，您有什么高见？你可是咱们这学历最高的人。"

成林知道了原委就说："车站开业，写个路路畅通，车车平安，好不好?”

孙学军皱着眉头想了想，没有给予评论。人们看着镇长不说话，觉得自己更没有评论的资格。这个话题就这样结束了。过了一会孙学军起身就走，秘书急了。明天要用，今晚要写好，不定下来怎么行?他追上去问:“孙镇长，怎么写?”

孙学军头也没回，没好气地说:“就那么写吧!”

下班了，人们散去。吃过晚饭，辛小婷来到成林住处。见了面就认真地说:“成林，这么多年了，你的棱角怎么就没磨掉一点呢? 你要知道，棱角是会伤人的。”

“伤人?”成林不解，“我伤着谁了?”

“你今天下午不就伤着孙镇长了嘛!”

“我怎么伤着他了?”

“你说的词句他无法否定，你没看见他一脸不高兴地离开了?”

成林想了想，是这样的一个过程。要不是辛小婷提醒，他还真没留意孙学军的表情。成林说:“我说的不是绝句，完全可以改。比如‘路路畅通行千里，车车平安送客归’会更好些。”

“你认为不是绝句，可在他那里就成了绝句。他不想拿出更好的句子来压着你?”辛小婷见成林不语又说:“你不能这样言者无心，说话要考虑场合和对方的水平。否则，就会无意中伤了别人的自尊，给自己埋下祸根。”

成林看着辛小婷诚恳的目光，点了点头。辛小婷看着成林能够接受自己的话，也感到欣慰。她笑了笑说:“成林，你比我大，可我看着你就像个弟弟。以后你不准叫我小婷，要叫我婷姐!”

“是姐是妹是由年龄决定的，不是由水平决定的。”成林也做出较真的表情。

“咱俩不行，谁叫你凡事都要等着我提醒呢? 以后就叫我婷姐，我听着舒心。”她边说边笑着离开了。

短暂的接触让成林觉得辛小婷的精神状态是好的，心情是愉悦的，这让他有了一丝宽慰。谜团就以谜团的方式存在着吧，就不要去触碰它了。成林这样想着。

改革开放初期，乡镇企业像雨后春笋般迅速崛起，势头之猛、声势之大可谓空前，一时间竟占据了一些地方工业的半壁江山。农民变成了工人，生产队长变成了企业的厂长，这是一次跳跃。然而，他们的跳跃是缺乏经验的，成了惊险的跳跃。在社会商品短缺的时期，这些企业显示出了强大的活力。但是当市场由卖方市场转向买方市场时，企业便出现了滞销、停工停产甚至倒闭现象。1990年，成林在这样的形势下，出任了山头镇分管工业的副镇长。

山头镇是个大镇，十几年来跟着形势上了大大小小十几个企业。而近几年，这些企业一个接一个地倒下了，停产的、关闭的、留下三五个人看门的占了多数，现在只有四个企业还在运转。这些倒下的企业留着一大堆乱账，管理企业的镇经委耗费很大精力处理这些企业的各种纠纷、债务。还在运转的企业得不到正常管理，也在走下坡路。

成林上任后，与镇长孙学军交换看法。当成林提到是否可以进行企业改制时，孙学军说："赵镇长，我们在这里都干不了几年，把企业破光了、卖光了还光彩吗？你刚来还不了解情况，你先摸一下底，拿出工作方案，咱们再研究一下。"

成林同意孙学军的看法。

孙学军是借本镇党委书记参加省委党校干部培训班、离职学习三年的机会，挤上了在本镇主持工作的位置。

成林对镇里的企业进行了解、作了分析后，找到孙学军。他提出了自己的观点："我们已停产的企业已资不抵债，其产品也已被市场淘汰，要启动无异于新上企业，还带着沉重的包袱，应当让其进入破产程序。对还在运转的四个企业，建议进行一次审计。孙学军觉得自己刚主持工作，来了个成林帮他把包袱甩掉，是件好事。这个时候对运转企业进行一次审计，也是必要的。他接受了成林的建议，并在党委会上作了通报，获得通过。

成林安排了经委会计孙显波等人组织有关企业上报申请破产。他又组织了审计组对运转的四个企业进行审计。有些关键数据、账目成林亲自过目，同时根据审计情况对企业进行分析。

审计结束后，成林把审计报告送给孙学军，说：“孙镇长，你先看一下审计情况，找时间咱们交流下看法。”

成林走后，孙学军把报告看了一遍，感到惊讶和不解。这些每年上报盈利十几万元的企业，没有一个是不亏损的。第二天他找到成林。

孙学军说：“审计结果可靠吗？”

“审计是严谨的。”成林回答。

“这样的结果报出去，是否会影响我们镇的形象？再说咱俩都接任不久，是否会影响前后任之间的关系？”

“我们这是内部审计，没有必要对外公布结果。审计的目的是找出问题，针对问题找出解决办法。”

“审计结束了，找出了什么问题？”

“这四个企业，行业不同，却有着共性的问题。一是企业内部管理不严谨。尤其是财务，乱报发票随意支出，违反财务纪律现象严重，导致资金流失严重并带来一系列负面影响。二是企业生产效率低下，产品质量得不到保证，成本居高不下，致使产品在市场上失去了竞争力。这些问题致使企业发展步步下滑。”

孙学军对成林的这番话并不满意。尤其是成林说到的财政纪律，这是一个敏感的话题。表面上看，镇办企业的财务管理是按政策进行运作，实际上镇办企业是镇级政府的“自留地”。他不满地看了成林一眼说：“那你考虑用什么办法解决？”

“我认为，解决问题的最佳办法是对企业进行改制。”成林说。

“怎么改？县里提倡找大企业搞横向联合，可谁愿意到这山区里来？拍卖，除非你把企业当废铜烂铁卖掉，否则是没有人要的。”

“就企业的现状，我也不同意拍卖。对外搞联合，这需要时机，不能等。现在可以推行承包经营责任制。”

“县里也在搞承包经营责任制，搞得一塌糊涂，你也想拿咱们的企业来做试验田吗？”

“我没有拿企业做试验田的想法。企业不改制，就不会有发展，这已经是自上而下都看清了的事情。县里的第一轮承包是失败的，但取得了经验，正在进行完善改进，为第二轮承包做准备。 我们可以在县属企业改制的基础上再次进行探讨，进一步完善，争取达到预期效果。”

“县里对镇办企业改制没有硬性指标，只是提倡，我们没有必要出这风头、冒这风险。 我知道你是搞企业的好手，你把企业理顺一下，使其不再下滑，就是很好的政绩。”孙学军看着成林说。

“孙镇长，我不同意你的观点。 我不认为这是出风头，这是在针对企业现状来解决问题。”成林也看着孙学军。

“咱俩意见分歧，看来也很难达成一致。 那就在党委会上表决一下吧，正好下午要开党委会。”孙学军耷拉下眼皮说。

成林紧皱着眉头。

下午，党委会完成预定程序后，孙学军说：“赵镇长上任后，提出了对资不抵债、停产的企业进行破产处理，党委会通过了，正在操作。现在，他又提出对剩下的四个企业进行承包经营。 今天就这一问题进行表决，同意进行承包经营的请举手！”

成林举起了手。 孙学军没有举手，他扫视着在座的党委会成员。辛小婷看看成林，又看看孙学军，扫视了全场，想举起的手又放下了。片刻后孙学军说：“只有一票赞成，这事不能通过，就不要再表决下去了。 赵镇长，你还有话要说吗？”

成林说：“企业改制是大势所趋，但没有成熟的经验可循。 怎么改，这里面有大量的工作要做。 我想近期到县体改办探讨一下，拿个初步方案出来，征求在座各位和企业的意见，集众人的智慧形成较完善的改制方案。 我建议，到那时还要经过充分酝酿，再进行表决。”

孙学军瞟了成林一眼，说：“行了，散会。”

孙学军回到办公室，心里很不爽。 他想：成林来到这里只有两个月，已经表现出与以往分管工业镇长的不同。 他有自己独特的见解，不把领导放到眼里。 主持工作以来，孙学军把全镇的权力牢牢地掌握到了自己手中。 来了个赵成林，要让他权力失控？ 赵成林是什么来头？ 他心里发毛。 他拿起电话拨通了县检察院的王志刚，约好明天见面。

孙学军认为，在官场上混，就要结识方方面面的人。在检察院里他结识了王志刚。他们一拍即合，成了铁哥们。

见到了王志刚，孙学军说：“你以前提到的那个赵成林，来我们山头镇任副镇长，分管工业。他有什么来头？”

“孙镇长，成林是恢复高考从山沟里爬出来的。在这个县城里，除了在工作上接触的人外，恐怕就再没有认识的人。从工作上说，他是有水平有能力的，又是个工作狂。就他的个性来说，还是一匹难以驾驭的野马。”

“听说他是刘县长亲自点将，安排下来的。”

“是这样的，他要下海，刘县长怕人才流失，就把他卡住了，组织部也就不得不安排。”

“这么说在工作上他是把好手，并得到县长认可？”

“可以这么说，不过他确实没有社会背景。在机械厂，他接任厂长该是铁定的，让人给踢出去了；在外经委该提副主任，又让人给挤下去了；想下海又被刘县长卡住了。这些事谁出来替他说过话？他自己也不识时务，就这样被人推来搡去。”

孙学军思索了一会说：“在机械厂技术科长的事情上，你怎么没争过他？”

“这不是冒出了个江振海嘛！要不是那个老滑头作梗，成林落到我手下，我会让他累死都不知道是怎么死的！”

“按你的意思我应该用他一下？”

“我看可以。”

“可他的工作路子让我觉得权力在失控。更害怕失控到一定程度，会对我的仕途造成负面影响。”

“这在于你自己的把握。要让他的能力在这里出成果，又要把政绩进行转移。出现不可控的苗头就把他踢出去。”

“好吧，只要他没有靠山，只是只野猴子就好办。”

“我相信，在你的手里，他跳不出去。”

王志刚虽然话这样说，可回想起与成林共事的一年，还是让他心有余悸。

第二十三章

成林进入机械厂技术科，负责的第一项工作是给企业现有产品制定装配工艺。以往厂里的装配过程没有技术指导文件，也没有标准。这是厂里的缺项，没有人搞过，也没有经验可借鉴。成林接受了这项工作。他对现有的装配过程进行整理，有不懂的地方就向技术员、老工人请教，并对存在的问题进行商讨。历时两个月，他完成了装配工艺的制定。

成林进厂后第一次独立完成一项工作，心里很高兴，但也觉得没底。他把稿件送给了技术科长。经科长和分管技术的高厂长两关审阅，高厂长签了字：同意复制，送生产科、装配车间实施。

成林想："能实施就行。我密切关注，发现问题及时改进，形成对实际生产有指导意义的技术文件，争取把装配水平提高一个档次。"

成林接受的第二项工作是制定装配工时定额文件。工时定额是工厂给工人发放工资和奖金的依据，直接关系到工人的切身利益和企业整体的运行质量。这样的工作一般是由实践经验丰富的技术人员来承担。

工作难有十全十美，稍有不慎就会引出麻烦。这天，成林一进厂就见到这样的一幕——一个工人和一个技术员在吵架，工人指着技术员的鼻子说："我把老婆孩子送到你家，你给我养活着吧！"事后成林才知道，厂方按工时定额计发工资，这个工人本月的工资和其他人相差悬殊，他恼怒地来到技术科，找到了制定工时定额的技术员。

成林心里忐忑。但他还是接了这项工作。他整日待在车间，细心观察、详细记录。他还亲手操作，暗中掐表计时。这可不是可以和工人师傅请教的事，因为这涉及他们的切身利益。

成林忘我地工作着，两个多月后完成了这项工作，把文件送给了技术科长。

科长谨慎地审阅后，又送到了高厂长的办公室。高厂长在审阅着，王志刚进来了。

王志刚是三年前来到机械厂的。在这个技术人才青黄不接的时期，他这个工农兵学员成了工作主力，是个风光的人物。本来这装配工时定额，科长是想让他制定的，可他不愿意做这种只有过、没有功的事情。他顺应着工作情况说道："装配工艺是赵成林搞的，对工艺熟悉了，直接再把工时定额搞出来不是很好吗！"

科长本来觉得成林没有实践经验，这么重要的工作还不能安排给他。可又觉得王志刚说的也在理。就这样，这项工作转到了成林头上。

王志刚认为，成林根本就不敢接这项工作。成林推辞了他再接，这样可以贬低一下成林。如果成林不知深浅地接了，他肯定做不好，这样会砸得他更厉害，给他这个初出茅庐的大学生一个下马威。没想到成林不仅接了，而且做得还不错。这让他的如意算盘落了空，心中也留下了这样的印象：成林不是等闲之辈！

王志刚当官的欲望很强。他首先瞄准了技术科长这个位置，他各方面都打理好了，可苦于腾不出位置，就这样等待着。他近来发现不能再等了。如果今年选拔科长，成林不会对他形成威胁。成林来厂不到一年，没有人敢用处在实习期的人来担当如此重任。如果再拖一年，事情就很难预料了。

他本想把辛小婷介绍给他，攀上亲戚。如果成了亲戚，成林就成了他的膀臂。他想象着，成林独当一面地担负着厂里的硬性工作，自己把上下左右的事情处理好，两人一定能称雄于这个企业，最后管控这个企业。可总是事与愿违，介绍对象的事情没办成，倒把自己办成了罪人。在工作上，本意想给成林挖个坑，让他跳下去，没想到这个坑变成了体现成林水平和能力的机会。这让他心里很不爽，他想来想去最后下了决心：今年一定要拿下技术科长这个位置。

他正想着，又看到科长把成林制定的工时定额文件送给了高厂长。他也就在适当的时候踏进了高厂长的办公室。

高厂长在仔细地审阅着这份技术文件，王志刚在他对面坐下问：“高厂长，赵成林没有实践经验，他制定的工时定额能实施吗？”

“我也是这么想，可这是审阅第二遍了，并没看出明显的问题，他虽然经验不多，但思路还挺清晰，做得很扎实。”高厂长边看边说。

过了一会儿高厂长又说：“看来赵成林是把好手。”

听着高厂长的话，王志刚更坚定了自己的想法。他离开了高厂长的办公室。

高厂长审阅完这份技术文件后，在上面签了字：同意复制，送生产科、财务科、装配车间试实施。

成林见到高厂长的签字，心情舒展了：“试实施也行。只要是实施，就会发现问题，及时调整就能整理成有利于操作和调动工人积极性的技术文件。”此后，成林密切关注着这两个技术文件的实施，并及时改进，使其逐步完善。

临近元旦，一年一度的厂级领导干部调整开始了。厂里一把手调离了，原工业局生产科科长江振海担任机械厂党总支书记兼厂长。同时调走的还有技术科科长。

江振海四十岁左右。他身材魁梧，脸膛黝黑，长着浓浓的眉毛和一双眼白偏大的眼睛。他两年前从部队转业到地方。他的到来引起颇多议论。他在部队是赫赫有名的营长，带有传奇色彩。可人们想象不出一个没搞过企业又有着火爆脾气的人怎样才能管理好这个厂子。但有一点可以肯定，厂子里的人再也不能平平稳稳地过日子了。

近一个月过去了，江振海除了报到那天在全厂职工大会上作了次敷衍性的讲话外，就没有在大的场合露过面。人们纷纷揣测着无声沉默里面蕴藏着的秘密。

茶余饭后，人们议论的话题还有技术科科长的人选问题。科长调走了，留下空缺。副科长刘明章为人老实，不善争强，他陪了几任技术科长。王志刚任技术科长是顺理成章的事。

下午刚上班，成林接到厂办公室的通知，两点半到厂部小会议室参加生产调度会。生产调度会是每旬一次的生产例会，是由科长参加的。科长调走了该由副科长参加，今天副科长也不在，于是找人代替。就是代替也轮不到自己头上，自己来厂时间短，不如他人了解情况。成林不解。

会议由新任厂长江振海主持。生产调度会有点程式化，各科室、车间按序汇报上旬生产计划完成情况以及对下旬生产计划安排的看法，有话则长无话则短。轮到技术科汇报，成林敷衍了几句。由于是代替副科长来开会的，本科室又没有明显的问题，领导也没有多问。

会议较顺利。各车间、科室都汇报完毕，生产计划科作了简单的总结后，该是厂长说话的时候了。

江振海瞪着大眼睛巡视了一下会场，声音有点浑厚："我们厂目前存在的主要问题，是劳动效率低下。"他稍做停顿接着说："大锅饭没有被打破，工人劳动热情不高，上班普遍存在靠钟点、熬时间的现象，形成了强大的惰性，影响着企业的效益。"

他停顿了一下，又说："先说装配车间，偌大一个车间，几十个工人，一个月怎么只组装七八台单机？这个问题要马上着手解决。首先由技术科压缩工时定额，生产科查找一下在科室、车间的衔接上是否存在问题，装配车间分析一下车间管理。要切实找出问题，在短时间内解决。技术科说一下，压缩调整工时定额需要多长时间？"

成林这才明白，为什么叫他来参加生产调度会。他略加思考说："装配工时定额是我搞的，我心中有数。就现在而言，没有调整的空间，也没有调整的必要。"

"这么说你制定的工时定额是完美无缺的？是不可变的？"江振海瞪圆眼睛，看着成林。

"不，工时定额是一种动态管理，它会随工艺的改进而变动，也不排除随时调整工序之间的差异和填补缺漏。但工时定额有它的现实性和合理性，不是说调就调的事。"成林说。

江振海拿起笔，点着桌子说道："我们现在是要提高劳动效率，你看装配车间那懒散的样子，可照样拿全工资、拿奖金。这不是工时定额定得太宽松了是什么？”

成林说：“提高劳动效率要从管理入手。技术要从改进工艺入手，变手工作业为机械作业，甚至是自动化作业。提高劳动效率不能以增加工人的劳动强度为代价。”成林稍停又说：“我按照现行的工时定额和车间现有的工人人数、工作工时进行核校过，装配车间每月应当组装十二至十三台单机，绝不是七到八台。这说明装配车间或厂里的某些环节存在管理问题。你不能把管理的问题强加到技术头上，更不能用技术手段来解决管理问题！”

江振海猝不及防，被噎得说不上话来。他没有想到自己施政迈出的第一步就“撞了车”。他的两只眼睛在滴溜溜地乱转，习惯玩转钢笔的手都不知道往哪里放。会议气氛变得紧张起来，人们的目光在江振海与成林的脸上来回交换。有人想，赵成林你这初生牛犊涉世太浅，你会撞墙的！他们为成林捏了一把汗。也有人想，新来的厂长，你出手的第一招就镇不住一个初出茅庐的小子，以后的工作怎么干？他们为厂长捏了一把汗。还有人在幸灾乐祸地想，都不是善茬，好戏来了。

江振海的大脑在快速地运转着，他看看会场，再看看成林。他觉得成林身上有股霸气。他突然醒悟，瞬间做出了大胆的决定。他调整了一下神态，认真严肃地说：“好！整顿企业就从装配车间开始。明天，抽调技术科、生产科、装配车间有关人员联合办公，技术科赵成林参加，查找问题所在，就地解决！要动真格的，如果你们不动真格的，可别怪我对你们动真格的！散会！”

会议结束了。已过了下班时间，工厂内人员不多了，只听到车间里的机器发出各种不同的声音。

第二天上班，人们都用异样的目光看着成林，好像他突然变成了陌生人。上午临近下班时，办公室下发通知：下午一点半召开全厂职工大会。

大会如期召开，江振海主持并讲话。他分析了企业的现状、存在的问题，提出了一年的工作打算和年终要实现的目标。他的讲话体现出了军人的作风，干净利落，不拖泥带水。可这些没有人愿意听，因为他们听惯了这些空话、套话。他们关心的是实际性的问题，是自己的切身利益。开会前人们听说，这次会议要公布中层领导、科室人员和非生产性人员的调整，这才是人们关注的焦点。

江振海讲完了他的施政方案，便开始公布人员调整情况。人们静静地听着。当公布技术科科长的任命时，所有人都大吃一惊："技术科科长，赵成林。"

成林听到自己任技术科科长，不敢相信自己的耳朵。当看到众人向他投来的目光时，才确认自己没有听错。

自己能否胜任技术科科长？他考虑了一夜，还是心中无底。他想找厂长谈谈，第二天他走进了江振海的办公室。

"赵科长，你坐。"成林一进门还没开口，江振海就先打招呼。"有什么事？"他看着材料问。

"江厂长，让我当技术科科长……"

"有什么问题或困难吗？说说看。"

"我来厂时间还短，人员和工作都还不熟悉……"

"怕有人不服，给你出难题吗？"

成林一怔，说："我没想这些。我是在想，自己的水平和能力能不能做好技术科长的工作，怕做不好给厂里造成损失。"

"好！"听了这话，江振海抬起了头，他看了一眼成林，接着说："不要有任何想法，要排除杂念，认真地当技术科科长。一些具体事情还要找时间和你谈。"

成林知道这是送客的话，可觉得还有话没有说出来，还在犹豫着。江振海看了看成林又说："既然你来了，我就先吹几句风，想工作要有大手笔，干工作要敢做大动作，不能畏畏缩缩。"

成林不自觉地点了点头。

不敢相信自己耳朵的还有一个人，就是王志刚。当他听到技术科科长是赵成林时，都愣在那里了。这怎么可能呢？为了今年能坐上科长的位子，他用手段、动人情，把科长调走，并把上下领导打点好了。一个月的沉寂也让他有过担心，两天前他还找过工业局长。副厂长们也向他透露过，没有问题。怎么会出现这样的意外？他一头雾水，找不着北了。

成林任技术科长是江振海的大胆举措。江振海一进厂首先做的工作就是中层领导和非生产性人员的调整。这是个老厂，多年的遗留问题导致机构臃肿，非生产人员过多；中层领导不得力，厂里人浮于事现象严重。他要把这个局面扭转过来，把庸人拉下去，把能人提上来，提高全厂的整体运作水平。对于技术科这个重要科室，他一直没找到合适的人选担任科长。经过众人的推荐和领导的建议，他准备任命王志刚担任技术科科长。

本来，在开生产调度会那天的上午，人事变动事宜已全部确定，已安排办公室整理打印，准备第二天召开全厂职工大会公布。可下午的生产调度会上，成林把江振海噎得喘不上气来。等江振海回过味来，惊喜涌向他的心头：这不正是我要找的人吗？工时定额工作的胸有成竹，显示出他严谨的工作态度；语言和眼神显示出他性情的刚毅与处事的果断。开拓新的工作局面，需要的就是这样的人。

散会后，江振海告诉办公室，推迟召开全厂职工大会。为了稳妥，他又考虑了一晚上。第二天上午召开厂级领导会议，他提出让赵成林担任技术科科长，没有人同意，且理由充分：让处在实习期的人接此重任有风险。还有拿不上台面的理由：他们在保王志刚。江振海拉开了架势，执着坚持，以他的魄力说服了众人。为防止意外变故，会议结束立即通知下午召开全厂职工大会。就这样，赵成林走上了科长的位置，王志刚这个科长还没上任就被拉了下来。

几个月后，王志刚愤愤不平地离开了机械厂。

接下来的三年，更让王志刚大跌眼镜。

第二十四章

成林接任技术科长后，组织科室人员对现行生产工艺进行改进，批量上了工装胎具和专机，大幅度提高了生产效率和产品质量。对没有人敢变动的苏联“老大哥”的产品图纸进行改进，提高了产品的性能，降低了生产成本。他与母校联系，请他们协助厂里引进了最新的工程机械产品，且当年试制成功，下半年就投入批量生产。

这一年，全厂上下协调，工作紧张有序。年终报表显示：各项经济指标均比上年翻了一番。

年终厂级领导干部调整，江振海力推赵成林担任技术副厂长，得到主管部门批准，成林顺利接任。在成林的推荐下，一九七八级大学毕业生刘绍朋接任了技术科科长职务。

成林接任技术副厂长后，提出建议：企业要有大的发展，就必须对本厂进行大规模的技术改造。淘汰十几年、几十年前的陈旧设备，引进先进的生产手段，组建生产流水线。厂部研究后，迅速向上级有关部门打出了申请报告。项目得到批准，并很快进入实施阶段。

这一年，生产流水线安装建成，上半年开发的新产品实现了批量生产，又开始了新一轮产品试制，下半年便可投入批量生产。

大量的新产品开发、投产和先进生产设备的引进，带来的突出问题是技术力量不足，特别是技术工人匮乏。为解决这一问题，厂方与地区技校联系，把成班的学生招进厂，并与学校签订了技术指导协议。厂方还与成林的母校、省机械研究所建立了实质性的技术合作、新产品开发合作，使厂方的技术力量、新产品开发得到了充分保障。

年终，报表显示：各项经济指标较上年又翻了一番。

又到一年一度调整领导班子的时候了，分管生产的副厂长调走了。江振海同主管部门商量，局里就不要安排分管生产的厂长了，由厂内自行调节领导分工。上级同意了他的建议。

一天下午刚上班，成林听人在议论，说江厂长要让成林兼任生产副厂长。他听后放下了手中的工作，去了江振海的办公室。

江振海在看材料，不时地用笔在上面划着。见成林进来，他放下手中的笔，站起来客气地说："赵厂长，你坐。"

成林没有坐，而是急促地问："江厂长，听说你想让我兼任生产副厂长？"

"是这样打算的。"江振海平静地回答。

"你知道今年生产和技术的工作量有多大吗？"成林有点急。

"说说看。"江振海一点也不急，说着又坐下了。

"我们的生产流水线尽管调试成功，但要想正常运转还有大量的工作要做。"

"对！"

"我们投产的新产品，还有大量的东西需要去完善、改进。我们今年还要投产一个新产品，还要抽出精力去试制下一个新产品。"

"对！"

"我就不一一列举了，总之今年生产、技术方面都有着大量的工作要做。而这些工作还随时都会有突发事件发生，生产、技术都在顶着巨大的压力！"

"对！"

成林看着江振海那轻松的表情和轻描淡写的回答，认为他远没有认识到问题的严重性，又继续说："江厂长，咱们的企业远没有达到正常运营的水平，而是处在发展的重要关口甚至是危险时期。就像一个登山运动员，登到了山的最陡处，是大气都不敢喘一口的时候！"

"说得好，说得太好了！"江厂长兴奋得要站起来，可一抬身子又坐下了。

"既然您知道，为什么要把两副重担都压在我一个人身上?"

"怎么了?"江厂长一改一贯严肃的面孔，变得有点嬉皮笑脸。

"你打算把我分成几瓣?"

"谁也没打算把你分成几瓣。"

"那这么多的工作谁去做? 谁去管?"

"那是你的事。"

成林一脸的茫然。江振海若无其事地坐着，又习惯地拿起笔，用三个手指转动着。看着江振海，成林明白了。他转过身，在江振海办公室里来回走着。

这是一副很重的担子，一个极大的挑战! 不仅是工作量大，而且还要担负技术革新和改革生产管理的风险。怎么办?

桌子上有一支香烟，成林随手拿了起来叼在嘴上。江振海见状，从抽屉里拿出打火机扔给了他，他点上了。

看着来回转悠的成林，江厂长又慢悠悠地开口了:"你把工作协调安置好了，能放心地躺在家里睡觉、出去游玩，那才是你的本事。我看着会更高兴。"

成林像没听见一样，还在转悠着。江振海不动声色，他有着足够的耐心。

不知过了多久，成林突然停止了转悠，来到江振海桌前。他左手放在背后，右手伸开五指按在桌子上，严肃地看着江振海，郑重地说:"好吧，江厂长，既然你敢用，到时候可别说我敢干!"

"好!"江振海站起来:"这才是成林说的话，这才是我想听到成林说的话!"江振海第一次对成林直呼其名。"想通了，就不要再晃悠了，来，坐下，咱俩好好谈谈。"

他们谈了很久，以至忘记了吃晚饭。晚上九点了，江振海说:"今天就谈到这里吧。你甩开膀子干，出现任何问题都是我的，天塌下来我顶着!"

他们同时伸出了手，两只有力的手握在了一起。

又到了年终召开总结大会的时候了。厂里没有能容纳六七百人的会议室，会议就在厂子北边的一块开阔地上举行。这块地是刚刚征来要用于扩建新厂房的土地。

正是一年中最寒冷的时候，北风夹杂着雪片在呼呼地刮着。职工们带着小凳按时来到了会场。洋溢着的欢乐气氛像是开庆功会。主席台上方拉上了横幅，写着：山海县机械厂年终总结大会。桌子上放着扩音器。

这是机械厂有史以来最隆重的一次大会，由工业局局长主持，县政府领导参加并讲话，江振海作全面总结。

江振海的讲话情绪高昂，语言有力："我们机械厂，三年三大步，上了三个台阶，从一个只有三百多人的小厂，变成了一个有七百多人的中型企业，产品水平、生产能力步入了全省同行业的前列……"

以往职工们不愿意听什么形势分析、宏伟规划之类的语言，总以为那是不靠谱的空话、套话。而今天，大家认为这些事与自己息息相关。他们忘记了寒风已把他们的脸吹得通红，忘记了冰冷的地面已把他们的脚冻得麻木，都在静静地听着。

"三年来，我们企业的产值、销售收入、企业自有资产、上缴国家税金、实现利润均翻了三番，我们企业的人均工资增长了一倍……"

全场掌声雷动。雪纷纷扬扬的下着，人们喘气说话都会带出一股股白气。但人们似乎感觉不到自己是坐在露天会场，他们的心已融入会议火热的气氛中。

成林兼任分管生产副厂长后，大胆实行了全员劳动定额制和工作岗位责任制。劳动定额不再是一线工人的"专利"，它走进了科室，走进了领导办公室，走到了企业的每一个角落，就连炊事员、门卫、环卫工也不例外。新制度把全厂每个人的利益与企业的效益和发展挂在一起，并且严格按照劳动定额和岗位责任制计酬，做到上不封顶，下不保底。

这一做法招来了社会各方及主管部门的质疑。大家担心搞不好会捅大娄子、出大乱子。其实，成林和厂里的领导比他们更清楚，这是对企业管理者的考验，是自己对自己的挑战。一年来，他们顶住了压力，经受住了考验，战胜了挑战。厂子不但没有乱，反而最大限度地调动了全厂职工的工作积极性。

“三年来，我们不但取得了卓越的成绩，而且还储备了强劲的发展动力，我们的企业已步入了高速发展的快车道……”

是的，当一个企业具备了先进的生产手段，当企业的产品在引导着市场，当企业全体员工的利益与企业的目标捆绑到了一起的时候，你想让它发展得慢一些都难。

江振海的讲话激起了一次又一次的热烈掌声。江振海讲话结束后，县政府领导讲了话。

会议结束后，人们才回过味来，年终总结怎么总结了三年的工作？这里面有蹊跷。这不，第二天就传出小道消息：江振海要调走，到工业局任局长。

对这个小道消息人们并不在意。工业局是本厂的主管部门，江振海去任局长，对自己一手抓起来的企业会关照的。而更重要的是，接任江振海的人非赵成林莫属。这样对企业不会有任何影响。人们心平气和地等待着，他们愿意接受这样的安排。

近一个月过去，临近春节了，其他县属企业的领导班子调整都已结束，可机械厂还是风平浪静。人们猜测，也许这回小道消息是假的。正当人们纳闷的时候，传来了厂级领导调整的正式消息。而这个消息让人们大跌眼镜——

江振海：免去机械厂厂长职务，任工业局局长。

赵成林：免去机械厂副厂长职务，调县外经委，任外商投资科科长。

在机械厂年终总结大会的前两天，江振海就被县领导找去谈话。说明了要提拔他任工业局局长，不再担任厂长职务。江振海则提出由赵成林接替他担任机械厂厂长，但没有得到领导的同意。总结会结束后，又经过两三次磋商，均未达成共识。江振海觉得，赵成林是最合适的人选。不管是从能力还是从企业发展的角度来看，都没有人能取代他。所以江振海犯了牛脾气：不是赵成林接替，他就不离开机械厂。就这样一拖一个月。最后是县领导找他谈话，才化解了此事。

县领导谈话的中心意思是：赵成林是个人才，但有更重要的工作需要他来担当。目前，国家大力提倡外向型经济，发展三资企业，这里更需要人才。机械厂是县里的一个点，而外经委要做的工作是全县的面，不能因小失大，外经委更需要赵成林。

江振海无奈地接受了这一现实。他深深地为成林和企业感到惋惜。

对于这一切，成林全然不知。在公布他离任的第二天，他交接完工作，怀着沉重的心情，上了办公大楼的楼顶露台。

他站在栏杆旁，俯视着一排排整齐的车间，听着里面的各种机器发出不同的声音。他觉得这是一幅美丽的画卷，是一首动听的交响乐。

记得刚来厂时，这座大楼刚建起，是空着的，车间也有一半是闲置的。现在已全部用上了，还远不能满足发展的需要。经批准，厂房又向后扩展了八十亩地。土地已经整平结束，准备在这里建三个大车间，上三条自动化生产线。用不了几年，工厂将成为全省同行业的领先者，产品将销遍全国甚至走向世界。工人们将以自己身着的工作服感到自豪。再把厂子改个响亮的名字，让他们能拍着自己的胸脯说，我是某某机械厂的工人!

他贪婪地看着厂区的每一个角落，转头看见新任厂长向他走来。

新任厂长很早就注意到了成林。他感叹，江振海你有眼力、有胆量也有运气，有这么好的人给你撑着，还能当不好厂长! 可自己来到这个厂，这个人也离开了，他感到惋惜。公布了人事变动后，他还在关注着成林。今天见成林上了楼顶很长时间没有下来，也就跟着上来了。两人握了手，在石凳上坐下了。他说:“赵厂长，这次人事变动你千万不要对我有看法。”

“你多想了，人事变动是组织的安排，我怎么会对你个人有看法呢?”成林说。

沉默了一会他说:“赵厂长，如果你想留下，技术厂长、生产厂长的位置是给你留着的。”

“这话你为什么不在人事变动公布之前说?”

“没有人认为，你会甘愿在这里做二把手。”

成林无奈地摇了摇头。他告别了新任厂长，向楼下走去。他透过楼梯的窗户，看到院子里站了很多人。他不知道发生了什么事情。出了楼梯他才发现，人们都面朝他站着。他站下，抬起手向人们挥了挥。人们也都抬起了手，缓缓地向他挥动着。他转过身，含泪离开了机械厂。

墙角站着两个老工人。一个说："咱们这厂真需要成林啊！"

另一个说："可有人更需要咱们这厂。"

两人摇着头叹息着。

第二十五章

成林在外经委工作了三年后，传来一个消息，要提拔成林当外经委副主任了。尽管是小道消息，可这消息是大有来头的。外经委主任高宏山去县长办公室汇报工作，汇报结束后，刘冰山县长说：“外经委领导层的业务素质太低。赶快物色个业务水平高、工作能力强的人来担任外经委的业务副主任。”

“还用物色吗？现成的不就在那里嘛！”高宏山主任说。

刘冰山知道高宏山说的是成林。他思索了一会说：“这个人尽管在场面应酬上有点欠缺，但业务水平和工作能力还是让人放心的。”

主要领导默认了，事情也就基本定了。这不，没过几天，组织部就派人来外经委专程考察成林的提拔问题了。

成林来到外经委后，参与了县里很多大项目的考察论证和可行性研究。他的分析论证很到位，为领导决策提供了可靠的依据。县里的领导对成林的工作很是肯定，对他的工作态度也很赏识。组织部人员的到来，更让人们觉得提拔成林已成定局。已有人开着玩笑喊他赵主任了。就在这时，成林又承接了一项重要工作，对造纸厂扩建项目进行考察论证。

这天，高宏山主任把成林叫到了办公室说：“刘县长引来了个外商，要投资造纸厂，办合资企业。你们科抓紧考察一下，写出可行性分析报告。”说着就把一堆材料给了成林。里面有外商的投资计划、效益分析和可行性报告等。成林接过材料问：“高主任，什么时候要结果?”

“大概一个月，时间够用吧?”

“差不多。”成林又投入到了紧张的工作中。

造纸厂是20世纪七十年代初县里上的企业，年产量不足千吨。它的位置处在县城与海边旅游区中间，大量废水排到了白沙河下游，流入大海，对沿河两岸及海边旅游区产生了严重污染。沿河居民很有意见，几次闹到县政府。而当前的大形势是国家对环保的要求越来越高。不停吧，两头挤得紧。停了吧，造纸厂的效益可是太诱人了，就目前也是县里的利税大户。造纸厂成了县领导的烫手山芋。扩大规模，解决污染，是最佳的解决方法。这样，县里就加大了造纸厂专项招商引资的力度。

县长招来一个外商，实地考察了造纸厂后，初步决定投资上亿元，把产量提高十几倍，并解决污染问题。这成了县里最大的招商项目，领导高度重视，紧锣密鼓地推进着。

成林加快了考察论证的步伐。他实地考察了造纸厂，又按照外商的投资规模去了省城一家造纸厂进行考察。他跑遍了有关部门，获取了可靠的数据和资料，进行严密、认真地分析。还有拿不准的地方，他又去了趟省城，拜访了有关专家。经过二十多天的工作，他写出了可行性分析报告。结论是：本项目不可行!

高宏山主任坐在办公室里，把成林写的分析报告看了一遍又一遍。他不停地吸着烟，皱着眉，情绪低落。他把成林叫到办公室问：“成林，这项目一点余地也没有吗?”

“高主任，分析是用数据说话的，而且数据的来源是可靠的、客观的。”成林平静地回答。

高主任思考着说：“外商的论证认为是可行的。”

成林说：“他们的分析报告我看过了。我看他们忽视或淡化了两点。一是水源问题。咱们县是贫水县，目前造纸厂用的水是白沙河下游的水，上游就是县城的饮用水源。现在造纸厂的规模小，用水量小，还看不出问题。要是建成了大型造纸厂，势必就要和饮用水源争水，或许近几年还看不出问题，随着县城规模的扩大，这个问题会越来越突出。二是废水排放问题。尽管新建造纸厂的污水处理能达到排放标准。可据考察，处理过的水还是达不到养殖用水标准。这每天几千吨的废水要是排到其他地方是可行的，可白沙河就不同了。根据县城总体规划，县城建设将向海边方向发展，白沙河的下游将成为县城的中心。白沙河贯通县城，延伸到海边。这海边是旅游地，是我们县未来的名片。蜿蜒下行的白沙河，也规划了上万亩的湿地公园。未来，这个公园里没有垂钓的人们，这个美丽的城市中心散发着微微的火碱气味……”

“不要说了。”高宏山仰着头，看看窗外、看看天花板，叹着气说：“这可是县长亲自引来的项目，也是县里最大、效益最好的项目。”

“不管是谁引来的项目，也不管它的效益有多好，都不应该以一个县城的未来为代价，除非另选厂址。”成林说。

“成林，我明天要出差。近几天县里要召开这个项目的论证会，我不在家，你就和魏主任一块去吧。汇报时尽力把话说得婉转些。”

“好吧。”成林答应着。魏主任是分管业务的副主任。

论证会如期召开，会议由刘冰山县长亲自主持，投资外商直接参加。参加会议的有县里的部分领导和相关的业务部门，还聘请了地区有关专家。参加会议的各方都发了言，有给予肯定的，也有含糊其词的，但没有人给予明确地否定。当轮到成林代表综合部门发言时，他用可靠的数据，有理有据地作了分析。他也想把话说得婉转些，可婉转的语言无法掩盖清晰的结论。

会议气氛有点紧张了，刘冰山的脸色明显不悦，只有外商在频频点头。

会议结束了，在回去的路上，魏主任对成林说：“成林啊，真是天不作美，为什么不早不晚，偏偏要在提拔你的时候来论证这个项目呢？”成林听着，无语。

刘冰山县长亲自引进的项目被下属否了，心中不快。他想：赵成林，你思路清晰、分析透彻、高瞻远瞩，可却生生把我的政绩掰掉了一大块，让我在外商面前、在全县人民面前自己打自己的嘴巴。

晚宴上，外商并没表现出对论证会的不满，也没有对刘冰山有不悦的表示。这让刘冰山感到意外和欣慰。外商倒对成林很感兴趣，不时地询问成林的情况。因刘冰山对这件事情心存不悦，就显得话不投机。没几句也就撇开了这个话题，转向了友谊、名酒、干一杯又一杯的酒文化上去了。

时间一天一天过去，成林当外经委副主任的事情也就不了了之。

一九九〇年春节过后的一天，临近下班的时候，办公室的电话铃声急促地响起。成林拿起电话，传来了对方的声音："请问赵成林在吗?"

"我就是，请问哪位?"

"哈哈！老同学你好！我是姜明海。老同学，怎么几年没听到你的消息了，跑到哪里去隐居了?"

"老同学，用词不当。隐居应用在名人身上，我一介平民，怎么能用上隐居这词呢?"

"还平民啊? 前几年，你把咱们系的专业教研室当成你的技术科，把咱们的专业老师、教授当成你的技术员。你这个'平民'，差点把学校搬到你们厂里去了！"

"好了老同学，别哪壶不开提哪壶。你来到港城，咱还没有见面呢。近来还听说你当老总了，有时间咱见一面，给你祝贺一下！"

"是这样，明天王立河、高永正几个同学来我这里。你明天有没有时间，有时间过来，咱们几个同学聚一下。"

"明天是休息日，有时间。我坐早班车去，大约九点半能到。"

"有时间就行，我去接你。"

"我这里到港城车很方便，不需要来接。"

"别说了，你明天早上在家等着，见了面再说。"说着那边扣了电话。

姜明海是成林大学的同学，一个班，又住同一宿舍。姜明海对成林的学习劲头和学习成绩很不服气，他暗中较劲，可还是要比成林略逊一筹。这种不服气逐渐升级。他时常拿着一些难题或根本没有答案的问题来找成林。不管对错，他总要站在成林的对立面进行讨论。他们的讨论往往会发展为争吵。

要吵就别往一块凑，可这不行。好像有根无形的魔绳把他们系在一起，一有时间就凑到一块。他们吵的内容从学习中遇到的难题到学科的发展方向，从做事准则到个人理想，甚至还有一些不着边际的事情。有时他们还吵到老师那里，让老师作评判。老师往往也无法给予他们明确的回答，可老师还是笑着点头：吵得好啊！

成林认为这种争吵是有益的，在争吵中学习、提高，在争吵中发现新的思路。成林从未反感与放弃和他的争吵。有同学见他们时常吵得不可开交，就风趣地说：“你们一个是狗，一个是猫，天生的对头。你们就不该分到一个班，更不该分在一个宿舍。”他们就是在这吵吵闹闹的关系中度过了四年。

要毕业了，姜明海单独找到成林说：“成林，几年来我一直觉得咱们是对手，要分别了，我突然感到最舍不得离开的就是你。”

成林闭着眼，仰起头说：“是啊，我也有同感。几年来，我们两个心灵撞击，志同道合，咱们才是真正的朋友。”

听了成林的话，姜明海兴奋地拦腰抱起成林，快速转了一圈。放下成林后他说：“说得好！要离开你，我就像要丢了一只胳膊，心里很不踏实。要是咱们能分在一个单位，做同样的事情，再继续吵下去该多好啊！可惜啊！我们没有选择的余地。”姜明海又叹息着。

大学毕业后，姜明海被分配在省城西部的一座城市，也进了一家机械厂。工作后两人都时常往母校跑，经常见面。他没有竞争过成林，因为成林有权拍板，他没有。看着成林借着学校的技术力量使自己的企业实现腾飞，他心里憋着一股劲。

成林离开机械厂时，姜明海也离开了自己的企业，来到了港城工程机械厂。他们之间通过信，由于工作忙，一直没有见面。成林近来听说他被聘任为总经理了。

第二天早上七点，成林一家在吃早饭。这时有人敲门，成林开门一看是姜明海。姜明海一见成林就热情地把他抱了起来，又想转上一圈。这一举动又把成林全家人闹得直愣怔，他又不好意思地放下了。

成林稍做介绍就说：“我已经吃完饭了，快来坐一会，喝点水。”说着就把他往客厅里让。

姜明海说:“今天就不坐了，以后有的是机会，同学们还在等着呢。”

成林换好了衣服，他们就出门了。淑君出门相送。姜明海下了一半楼梯又跑了回来，和淑君耳语了几句。成林没听清，也没好意思问。他们上了车，成林一看没有司机，就说:“总经理亲自驾车，真让我受宠若惊。”

姜明海边发动车边说:“猫子狗子相聚还要客气一番?”他的话把成林逗笑了。

去港城并不远，一个多小时的车程。他们很快见到了同学们，简单寒暄几句之后，姜明海就说:“尽管今天是同学聚会，可我还是要先领你们参观一下我们公司。”

他不容分说就把同学们领到了一辆面包车上，向生产区驶去。

他们先到了整机试验场。几台大型挖掘机、装载机、推土机在做着各种测试。姜明海说:“这些产品我们在学校时就见过，可那都是日本生产的，要花高价进口。现在我们自己就能生产出来，目前市场很好。我们有决心把日本的产品从我们的市场上挤出去。”

看完了试验场，他们又来到机械加工区，姜明海指着大片的设备说:“这是自动化生产线。”又指着另一侧说:“这是我们新上的数控坐标镗床、数控铣床。这些精密设备提高了生产效率，保证了产品质量。在校时咱们外出参观，看见到处漏油、满身是浮土的机器，就知道是国产的，通身干净的才是进口的。现在我们也做到了。”

要出加工区时姜明海说:“在校时咱们听说，中国第一汽车制造厂如果在日本，只用五分之一的人，产量却能提高五倍。当时咱们认为这是梦，现在这梦就要在这里实现了。”

成林扫视着车间，车间里还真没有几个人。有人也不是在手忙脚乱地操纵车床，而是在注视着电子显示屏，两手在键盘上操作。车间内井然有序，整洁明亮。成林在不眨眼地看着。

中午吃饭，同学们推杯换盏，叙旧畅饮。而成林像有什么心事，既应酬着同学们，又在思考着。车间的景象不时地在他脑海里浮现。

午宴结束，姜明海说："上午还有没看的地方，再去看一下？"

其他同学不想去了，认为这次是来聚会叙旧的，不是来参观的。可成林还没等其他同学张口就说："好，再看一下。"

就这样他们又上了车。下午五点，同学们谢绝了姜明海的挽留，各自返回。送走了同学，成林说："我也该回去了。"

"你不能走，咱们还没单独聊聊呢。"姜明海说。

"我明天还要上班。"

"这没问题，明天上班前送你到单位。"

"你嫂子不知道，我要不回去还不把她急坏了？"

"问题是嫂子已经知道你不回去了。"

成林看了看姜明海说："原来你是早有预谋？"姜明海笑了。

他们返回了招待所，找了个小房间，姜明海招呼服务员安排好酒菜后，两人就坐下了。成林说今晚不想喝酒，姜明海也不勉强，又要来了椰子汁，两人吃着喝着。

叙了一会旧，姜明海说："成林，今天看了我们公司，动心了吧？"

"说不动心，那是在说假话。"

"动心就来试试吧。"

成林注视了姜明海好长时间，说："你原来是醉翁之意不在酒啊！"

姜明海笑了，成林也跟着笑了。姜明海笑得很开心，他为今天导演的一切达到了预期效果而开心。成林则很快停止了笑。

姜明海说："现在提倡机关干部停薪留职，还制定了优惠政策，很多人都下海了。你现在的工作情况我了解，你这样僵持下去，既是你个人资源的浪费，也是社会资源的浪费，你该走这一步。"

成林没有回答。姜明海给成林倒着水、夹着菜，适时地开口说："咱们在学校时讨论过人生的意义。那时咱们年轻气盛，有点理想化。现在我想，人生的意义无非就是两点，一是满足基本的生活需求，二是做一件或几件事。具体地说，第一点就是照顾好自己的家庭，基本生活条件也应当改善得体面些。你来这里，公司会尽快把嫂子调到港城来，安排三室一厅的房子。"

"不要说这些了。"成林打断了姜明海的话。

“我知道，你来与不来与这些条件没有关系。但我要说，因为这是公司里的政策，要告诉你。有关你的待遇我就不多说了。关于人生意义的第二点，这是个好的平台，这里有你能做和想做的事。”

看着成林思索着的神情，姜明海并不急于说话。

“几年前你跟我说过，你要让你的产品销遍全国，走向世界，你要让工人拍着自己的胸脯自豪地说‘我是某某机械厂的工人’。你没有实现的理想，可以在这里实现。”停了一会姜明海又说。

成林手里拿着筷子，却无心吃菜，心里极不平静。他曾有过这样一番雄心壮志，可事与愿违，他失去了这样的机会。现在又遇到了这样的机会，他该怎么办?

姜明海耐心地陪着成林坐着。他看着成林又说:“你来了，坐副总经理的位置，分管新产品开发或生产管理。”

“我当副总经理你说了算?”成林打断了姜明海的话。

“不是我说了算。我们是合资企业，由投资外商、中方代表和我说了算，现在外商同意了，我同意了，不愁中方代表不同意。”

“外商怎么同意了? 我们连面都没见。”

“你们见过面，他很欣赏你。”

“在哪见过?”

“造纸厂的论证会上。”

外商叫费利克斯，德国人，早期在中国留学。中国改革开放后他捷足先登，在港城投资办了合资企业。他是个中国通，不仅汉语说得好，还认真研究中国的投资政策，就连中国的民间习俗、官场规则他都有深入的研究和了解。刘冰山在一次招商引资会上认识了他，几年来一直保持着联系。造纸厂扩建改造这个项目，是刘冰山找到费利克斯。费利克斯经过考察分析后认为这是个好项目。但他实地考察了厂址后认为这里还有许多不确定因素，他存有疑虑。刘冰山对他的疑虑进行了解释，最后他同意了。论证会上一关一关地通过，当轮到成林代表综合部门发言时，成林一出口的几个数据引起了费利克斯的注意。他认真听了成林的分析，心服口服。他当场就对成林作出这样的结论：这个人工作严谨，性情刚直不阿。会议结束后，费利克斯打听到这个人叫赵成林。

费利克斯回到港城，有人问他：“项目论证得怎样？”

“让一个无名小卒给否了。”他回答。

“无名小卒怎么敢否定县长亲自引进的项目？”。

“这就是无名小卒的伟大之处。他叫赵成林，这小子是块材料。”

姜明海当时也在场，他心里一惊，该不是我的同学赵成林吧？经过打听，这人就是他的同学赵成林。他向费利克斯详细介绍了成林的情况，最后提议让成林来本公司工作。费利克斯兴奋地说：“那太好了，让他做你的助手，当副总经理，再给你插上一只翅膀。”

就这样，姜明海费尽了心机，要把他的另一只翅膀拉过来。

成林考虑了一会说：“你给我副总经理的位子我也不敢坐啊！”

姜明海见成林有所松动，兴奋地说：“成林，是你肚子里有多少水我不知道，还是我肚子里有多少水你不知道？总经理的位置我都敢坐，你连个副总经理的位置都不敢坐？我倒觉得有你在，我做总经理的位子都有点不安。”

成林思索着站起来，在小饭厅里踱步。他见桌子上有一盒烟，就拿起来打开，抽出了一支。姜明海及时把打火机递给他，他点上了。

看着成林，姜明海继续说道：“成林，我们公司现在发展得很好，可我并不满足。在校时，咱们见到进口的三百吨汽车吊，见到进口的载重上百吨的矿车都惊得要命。可现在人家在造上千吨的汽车吊，在造载重几百吨的矿车。我问你，我们为什么不能造！”

成林深深地吸了一口烟，又长长地吐出。

姜明海接着说：“成林，咱们别说什么总经理、副总经理了，就说把咱们两人捆绑到一起的时候，咱们有什么拿不下的！”

成林把烟头按在烟灰缸里，使劲地捻着。他低沉而有力地说：“我的算盘珠，向来是由他人拨动的，这次，我要自己拨动一下自己的算盘珠！”

姜明海高兴地抱起成林就转了一圈。他放下成林，打开了一瓶五粮液，也不管撒到桌子上的比倒到杯子里的还多，咕咚咕咚倒满了两杯。他一手一杯拿起来，走到成林面前：“来，为了我们能在一起痛痛快快地干一场，先痛痛快快地干一杯！”

成林接过一杯，两人把酒杯高高擎过头顶，碰杯，一饮而尽。一杯酒下肚，两人同时说道：“痛快！”

这是成林人生的转折点，他与淑君好好商议了一番。他说，这样又要把这个家全部甩给淑君，他感到内疚和歉意。淑君说，在你事业的背后，永远站着我这个女人。成林没想到淑君会说出这样有魄力的话。他感激得一阵哽咽，心中默默地说：淑君，我不会让你失望，我要让你为此感到自豪！

成林很快写好了停薪留职申请报告，送给了高宏山主任。交上了申请，他感到一身轻松。

成林想，申请批下来怎么也得三五天时间，这几天应当和一些人打一下招呼。他去了县法院，见到了江振海。

江振海在工业局局长的位置上干了一年，又调到了司法局当局长，今年又调到了法院当院长。

江振海见到成林高兴地站起来迎上去，说：“成林啊，我本想找你，有件事要和你谈。正好你来了，现在就谈一下。”

“什么事？老领导。”

“你在科长的位置上干得太久了，尽管干得不错，可耽误了你的仕途。我想，如果你愿意，我找县里领导谈一下，把你调到法院里来。”

“老领导，我来法院也是个外行啊。”

“不，不，好手干什么都是好手。你来法院有不懂的东西可以学。能否干好工作，关键是看人的综合素质和他的责任感，这两方面你都具备。”

“老领导，我今天来就是要向你汇报一下我的工作变动问题。”

“要提拔了？”

“没有，是这样……”成林把要停薪留职去港城工程机械厂的事情详细地说了一遍，江振海仔细认真地听着。

“老领导，你看我这样做对吗？”

“这才是你该去的地方，这才是你的用武之地。你的这个抉择好啊！ 比来法院强。 祝贺你有这样的好机会，我为你高兴！”

“老领导，过奖了。 不过有你的话，我的心就更踏实了。”

高宏山主任接到成林的申请报告吃了一惊。 他没有按正常程序上报批复，先送给了县里分管领导。 两天后，报告批复转给了高宏山。高宏山接过报告一看，又吃了一惊。 他把成林叫到办公室，把报告递给成林。

报告上面有刘冰山的亲笔批示，批示是这样写的：

> 目前市场竞争非常激烈，而最大的竞争，莫过于人才的竞争。对此申请报告我有两点建议：
>
> 一、如果停薪留职为本县企业聘用，或自己在本县做实业，可以考虑。如果是县外聘用，则要卡住。
>
> 二、建议组织部对此人提拔使用。放在适合他、需要他的岗位上。

成林看着县长的批示傻了眼。 怎么会是这样？ 县里、单位里层层召开机关干部会，动员鼓励机关干部下海。 县里的动员大会可是你县长亲自讲的话啊！ 怕人们有后顾之忧，还制定了优惠政策。 县里已办了几批了，有一般干部，也有领导干部，从来没听说有被卡住的事情。可轮到了自己，这是怎么回事？ 成林一时拿不定主意，想静下心来考虑一下该怎么办。 可他的心还没有静下来，两天后就接到了组织部的调令：任命赵成林为山头镇副镇长，分管村镇工业。

成林去了一趟港城，见了姜明海，把事情的经过告诉了他。 姜明海说：“你是个想工作、干工作有大手笔、敢做大动作的人。 为什么在自己的问题上就不能来一次大手笔，做一次大动作？ 辞职又有什么了不起！”

可思想传统的成林无法越过这个坎，他无奈地摇了摇头。 姜明海看着成林，也无奈地摇着头。

第二十六章

成林搜集了企业改制的相关文件，与县企业改制办公室有关人员进行了探讨，回到镇里又做了大量工作，形成了《镇办企业承包经营责任制实施方案》初稿，并打印出来分发给企业、政府等有关人员征求意见，二次成稿后提交给了镇党委。

孙学军把改制方案看了几遍，找到成林。他说：“镇办企业受益人应当是镇政府，按你制定的方案，镇里的收益倒比原来少了？”

成林说：“镇里的收益按照现行政策作了规定，政策以外的砍掉了。我的工作思路是把企业搞上去。企业发展了，效益起来了，镇里的受益也会随着提高。相反，如果企业效益下滑、垮了，一切收益都无从谈起。我们要养鸡下蛋，绝不能杀鸡取蛋。”

孙学军眨巴着眼睛说：“好吧，明天开党委会，在会上表决一下。通过了就实施，通不过再另考虑。”

成林答应着。

党委会上孙学军说：“赵成林镇长把镇办企业改制的实施方案拿出来了，今天表决一下。表决之前有疑议的提一下。”

成林见没有人率先发言，就打破沉默说：“本实施方案各位领导都已看过了，欢迎提出疑议，以便进一步完善。我借这个机会对实施方案做个简要说明。企业原来的经营模式已不适应新形势，导致经营状况步步下滑，这在我们镇里也看得很清楚。所以，改制势在必行。承包经营责任制是改制的一种形式。县属企业第一轮承包的原则是‘包死基数，确保上交，超收多留，歉收自补’。在实施过程中，这个原则暴露出很多弊端。第二轮承包对其进行完善，提出了‘产权清晰，权责分明，政企分开，科学管理’。这些是在宏观条件下提出来的。落实到基层应当怎样做，我首先想到，衡量企业的标准是什么。我想无非三点：一是它的社会效益，也就是为社会解决了多少就业人员。二是它的国家效益，也就是上交了多少税金，给镇里提供了多少收益。三是它的可持续性，也就是企业是否走上了健康发展的道路。企业改制的目的，也就在于此。要把企业搞好，有很多具体措施，但它的根基是企业领导和职工的积极性。基于这个考虑，本实施方案突出了两个重点、一是怎样提高厂长和职工的积极性；二是怎样保证集体资产不缩水、不流失。两个亮点：一是承包人实行年薪制，按企业经营状况考核计发；二是当发现经营者不能很好地履行职责时，镇政府有权单方终止经营合同。我做这几点说明，望各位领导再斟酌一下。”

成林说完，会场又安静了片刻，孙学军说：“还有没有提出疑议的？没有就表决一下。”

见没有人再发言，他说：“同意本实施方案的请举手。”

成林举起了手。辛小婷环视着参会人员，孙学军没有举手。她见有三人举起手时，也快速把手举起。

孙学军说：“五人赞成。反对本方案的请举手。”

没有人举手。孙学军继续说：“弃权的请举手。”他首先把手举起来，紧跟着有三人举起了手。他放下手说：“五票赞成，零票反对，四票弃权，通过。”

他拿起水杯喝了口水，清了清嗓子说：“我投了弃权票，想做一下说明，也算我保留的一点意见。”他转向身边的秘书说：“请记录一下。”又接着说：“目前企业改制，从上到下搞得轰轰烈烈，但没有成功经验可谈，可以说还处在探讨阶段。赵成林镇长拿出的改制方案我详细看了，觉得更是激进。噢，用超前意识更确切些。我个人认为，这样改制风险很大，拿不准它能否取得预期效果。但我也不想做改革开放的消极者，拖改制的后腿。所以，我投了弃权票。既然党委会通过了，我会全力支持这项工作，这一点也请赵镇长放心。会议结束后，改制方案以镇政府文件下发，由赵成林镇长组织实施。”

党委会表决结果是孙学军乐意看到的。他想，如果你赵成林真有本事把企业改制搞好，成了全县的典型，那成绩是党委的。我在这里主持工作，也就成了我的政绩。你就像在机械厂一样，跟着喝点汤吧。如果搞砸了，你这个县长亲自点的将，就自己承担吧，我投的可是弃权票。他还觉得，成林能否把企业改制推行下去都还是个问号。你的改制方案那是把厂长往悬崖边上逼，他们能买你的账吗？推行不下去也好，可以借势杀杀你赵成林的锐气。

企业改制方案在党委会上通过后，成林及时召开了厂长座谈会。会议没有以往开会的活跃气氛，厂长们都往后面坐，脸色低沉。他们心里知道，此刻他们遇到了当厂长以来最严峻的问题。方案一旦实施，就意味着再也没有潇洒的厂长可当了。

坐定后，成林开门见山地说：“企业改制方案党委会已经通过，但具体施行起来可能还会遇到没有考虑周全的地方。今天开座谈会，一是请大家对方案提提意见，以便进一步完善，再就是统一思想。”

会议出现冷场。厂长们翻阅着改制方案。成林继续鼓励道：“各位不要有顾忌，座谈会就是要畅所欲言，说出自己的看法。”

农机厂厂长姜大海说：“赵镇长，你看问题很尖锐，把企业目前的走向、存在的问题看得很准。实施方案我详细看了，我提两个问题：一是从字面上看，这个方案把问题解决了，实际操作真的能到位吗？特别是财务管理问题。能拿着发票到企业报销的，哪个的指头不比我们的腰粗？要是硬顶回去，轻者会莫名其妙地遇到一些麻烦，重者，今天在这当厂长，明天还不知道在哪里晒太阳呢，这样的先例不是没有。二是从方案可以看出，企业是镇里的，责任却压到厂长身上。镇政府要坐享其成？”

成林说：“在以前的企业运行模式下，看起来有很多人在为集体的资产、工人的饭碗负责，而实际上却没有人在真正承担这个责任。改制，就是要找出切实为企业承担责任的人。那么，政府就不管了吗？要管，这个管不仅要体现在监督上，还要体现在服务上。有关你说能不能解决的第一个问题，这不是能不能解决的问题，是必须解决的问题！ 这个问题不能只在承包合同中规定，还要出台相应的配套措施，全方位解除厂长的后顾之忧，确保厂长权力的行使，让厂长全身心地投入到企业的经营中去。”

服装厂厂长李晓波说：“我不同意改制！ 你来了制定一个方案，把责任全推到我们厂长头上，你们站在边上看，拿我们当猴耍？”

成林说：“我先纠正一下你刚才话里的错误。 企业改制方案虽然是我起草的，但也是党委会通过后，以政府文件下发的。 也就是说，改制是政府行为，不是个人行为。 你说的戏耍这不存在，方案中把责、权、利规定得很清楚。 作为厂长，就应当有厂长的权力，负起厂长的责任，享受厂长的利益。 任何一项是不可能独立存在的。 有关改制，不是改不改的问题，而是怎么改的问题。”

“我是说，我不同意你的改制方案。”李晓波说。

“不同意没关系，提出建议，咱们讨论、修改、完善，这也是这次会议的议题。 如果谁能拿出比这个更好的方案，镇里也可采用，把这个方案推翻。”成林说。

会议再次进入冷场，这时有人推门进来，是已进入破产程序的塑料厂的厂长。

孙显波见他进来就说：“你先出去，现在在开会。”

他有赖着不走的意思。 成林见状就说：“你来有什么事就说吧。”

他说：“赵镇长，企业要破产了，我领着两个人在这里看了一年门，没拿到一分钱的工资，你看这钱在哪里出？”

“你当厂长有几年了？”成林问。

“从厂子成立我就在这当厂长，算来该有十年了。”

“当初厂子投资多少钱？”

“是镇上出的厂房，在银行贷了五十万元把厂子干起来了。”

“现在厂子有多少资产？”

“哪还有资产？ 近四五年厂子不景气，银行利息还不上，都滚到一百万元了，对外还欠材料款、工人工资二三十万元。 就剩下厂房了，里面的设备闲置这么多年，只能当废铁卖了。”

“这么说是你领着一伙人，用十年的时间耗掉了五十万元，还欠下近百万元的债。”成林顿了一下接着说，“你还来要工资？”

“赵镇长，你要把责任推到我身上吗？ 这十年，我们是在镇党委和镇经委领导下工作的，我也是最听领导话的厂长。”

“我没有把责任全推到你身上的意思。 可作为厂长，你扪心自问过自己该承担什么样的责任吗？”

塑料厂厂长哭丧着脸转过身，边向外走边说：“勤勤恳恳干了十年，没干出功，倒干出罪来了。”

厂长们都看着他离去的背影。

成林说：“这位厂长回家了。 我们再不能容忍有厂长以这样的方式回家！”厂长们的目光都聚集到成林脸上。

会议没开出结果。 散会时成林说：“企业改制是镇里的大事，也是咱们厂长的大事。 慎重考虑是对的，但要抓紧。 时间的重要性不用我在这里赘述。 三天之后还在这里开会，希望各位到时能拿出建设性意见，加快改制进度。”

成林从会议室出来，见姜大海在慢悠悠地走着，就赶了上来。 姜大海看见成林就说：“赵镇长，改制方案给我们的压力太大了。”

“我也是这么想，你看有没有可以减轻压力的地方？”

“我反复斟酌过，方案很严谨，找不出可减的地方。”

“这就变成了对你们的挑战！”

“是啊，严峻的挑战。”他自言自语着向厂子走去。

会议结束后，李晓波来到孙学军的办公室。 他对孙学军说：“赵镇长很有自己的一套。”

“天上有几个太阳？”孙学军说。

李晓波思索着说：“只有一个。 月亮也会亮，但只要太阳出来，月亮就算还在也没有了光。”

他们相对笑了笑。

成林从经委会议室回到党委大院，见李晓波从孙学军办公室走出来。 他向孙学军办公室望去，见只有他一个人在，也就进去了。 坐定后孙学军说：“我们镇原有十几个企业，倒得就剩下这四个了。 这四位厂长是优秀的，不要太难为他们。 要是他们真撂了挑子，还真找不出合适的人选。”

成林说：“孙镇长，要改革，就会触犯一部分人的利益，这就是改革的阻力所在。企业改制绝不能因有阻力而放弃。要给他们时间考虑，只有解放了思想，统一了意见，改制才能顺利进行，也才能改出成效。”

“道理是对的，可我还要提醒你，具体操作起来……你可要把握好，出了乱子……”

“我会承担的。”成林说。

“好！”孙学军点点头答应着。

三天后座谈会如期召开。冷场过后李晓波说：“我看这个实施方案没有可操作性。一是镇上对企业吃、拿、卡、要的问题由来已久，你一张纸就解决了？你这是在拿我们厂长来做挡箭牌。二是市场瞬息万变，这不是厂长能左右的，你把这个责任也推给了我们。三是工人的劳动积极性是你让他高，他就能高了吗？这样苛刻的方案是在刁难人，我们无法接受。”

成林说：“第一个问题，不再重复，是必须解决的问题。上面有上面的责任，厂长有厂长的责任，各个层面都要担当起自己的责任。第二、第三个问题正是能否胜任厂长的要点。如果厂长不去或没有能力去研究市场，开拓市场，没有能力管理好工人，组织好企业的生产，就是个不合格的厂长。让这样的厂长在职，就是镇政府在拿集体资产和工人的饭碗开玩笑！改制的内容也包括把这样的厂长拉下马，把敢于担当和有能力承担责任的人选拔出来！”

停了一会，成林接着说：“企业改制，就是要改变过去相互扯皮、制约发展的局面。各位厂长要对这次改制作出明确的表态，不能含糊其词。承包方案有问题，提出来，咱们讨论解决。如果既提不出问题，又不作明确表态，我告诉各位，这里通不过！”

成林说完了，见桌子上有一盒烟，他拿出一支烟点上，出去了。他去了趟厕所，踱步向后走。透过窗户，他看到厂长们凑到一起在议论着，当他进来后，他们停止了议论。

会场死一样的静，成林扫视着参加会议的每一个人，耐心地等待着。姜大海突然站起来要说话，成林急忙说："坐下，坐着说就行。"

他没有坐下，站着说："赵镇长，你积极倡导企业改制，这有很强的针对性，也存在很大风险。从怎样对待这些风险中，我们看到了你的胆量、魄力和决心。说句你可能不愿意听的话，这是把我们厂长往炕沿上逼。不放手一搏，挑起这副担子，就得让位，对吧？"

他看着成林，几位厂长也看向成林。成林没回话，只是微微一笑。姜大海接着说："这是对我们的挑战，也是难得的机遇。我今天明确表态，我跟了！我这个厂长也可能会回家。我回家有两种走法，一是不明不白地被谁踢回了家，那我也认了！二是当我不胜任厂长时，我会自动提出辞职，我不会拿集体的资产、工人的饭碗开玩笑！"他稍停又接着说："赵镇长，你是搞企业的行家里手，还望你多多指点。"

"我不会当旁观者。"成林说。

他坐下了，成林满意地拍了一下掌，紧跟着会场响起了掌声。接着又有两位厂长表态，接受改制，同意实施企业承包经营。李晓波看看三位厂长，又看着成林说："那我也跟。"

成林看到这场面很兴奋，他站了起来说："各位厂长，只要咱们统一了思想，心往一块想，劲往一处使，就没有过不去的坎。厂子不景气，先别说给集体、给工人造成损失，就是我们自己走在街上都抬不起头。说句掏心窝子的话，我多么希望你们不管走到哪里，都抬着头、挺着胸，敢拍着自己的胸脯说，我是厂长！"

掌声再次响起。

由于事前对企业做过全面的审计，相当于为企业承包做了大量的前期工作。不到一个月，四个企业的《承包经营合同书》就顺利签订完成。

成林走在车间里，忙碌的工人们见了他都会点头笑一笑。看着紧张而有序的劳动场面，他感到欣慰。

成林走出车间，工人们看着他的背影，一个说："这个新官上任的三把火，烧得叫一个稳、准、狠！"

第二十七章

成林从办公室里出来，看见赵明生匆匆向他走过来。他感到惊奇，急忙打招呼：“大忙人，怎么来这了？到办公室坐坐。”

“你有时间吗？”赵明生不和他客套，面带焦虑地问。

“我没有急事，有事吗？”

“有点事，最好找个僻静的地方谈。”

“那到我宿舍去吧。”成林说。

来到成林宿舍，赵明生还没来得及坐下就说：“前些日子咱虎龙夼发生了一场风波，你听说了？”

“上周回家听淑君说过，说咱虎龙夼的人把县委大院都站满了。你是始作俑者吧？”成林说。

“你别吓唬我，我怎么能有那么大的号召力！这是民意不可违。这件事的来龙去脉你清楚吗？”

“不太清楚。”

“那好，我先把事情的来龙去脉跟你说说。”赵明生向成林叙说了虎龙夼发生的那场风波。

风波是从一个个小道消息开始的。

第一个小道消息说，虎龙夼要申报自然生态保护区。人们感到新奇，这个自古偏远贫穷的地方怎么突然变成宝贝了，还要保护起来？村民们不解。

第二个小道消息是说，这里不仅是保护区，还要建成森林公园或野生动物园。村民们开始议论了:“公园、动物园怎么会这么大？进来一天都走不完，是建旅游区吧。”

“山顶、山底都要修路的，山头之间要修索道，是坐着汽车、坐着缆车看风景的。”

“以后进咱们这条夼是要持证的，没证就要花钱买票。看咱们的山水、看咱们的森林、看咱们的梯田庙宇是要花钱的。”

“这条穷山夼，可有了出头之日。”

这些小道消息和人们的议论是有依据的。近半年来，陌生的车辆和人时常出没在这条夼里。有的人是来看古刹的。他们拿着尺、照相机和人们说不出名字的各种仪器，又量、又测、又照，并记录着。他们还捡起古刹上掉下来的砖头、瓦块当宝贝带走。还有人是来看树的。沿河的树要看，山顶的树要看，村子里的树也要看，古刹的树更要看。他们像要把这条夼里的树数一数。一棵古树下，他们经常待上个把小时。还有人是来看山、看水的。他们扛着标杆、三脚架，背着仪器，沿河走，沿山脉走，并时常架起仪器观望测量，手里还拿着隔着几里路都能听到对方说话的东西。村民们打听后才知道，这叫对讲机。那些人大有要走遍这条山夼的气势。

他们来到这里不仅走、看、测、照，还时常向村里的年长者问这问那，甚至对山里那些惹人讨厌的野狐狸也感兴趣。

第三个小道消息的到来，可在这条夼里的三个村子里炸了锅。消息说，建森林公园或野生动物园，需要把这三个村子迁出去。

人们愤怒地议论着:“这里的梯田是我们一代又一代修起来的!”

“这里的古刹是我们的祖上修起来的!”

“这里的一草一木都是我们的!”

“这是我们世世代代生活的地方！我们在这里受穷时没人管，现在要好了，想把我们赶出去？没门!”

有人提议，明天到镇政府讨个说法。第二天一大早，三个村子全部出动了，上千人涌向镇政府。人们呐喊着，要求领导出来答复。

而对这突如其来的事件，镇政府慌了手脚。开发虎龙夼这个项目镇里是知道的。但这是县里的项目，镇上没有参与，更不知道具体规划。他们不知该怎样回答。

秘书们一个电话接一个电话地向县委、县政府汇报情况、请示问题。镇长出来讲话：“乡亲们，大家不要急，对于这件事，镇上也不清楚。大家先回去，镇政府迅速落实，落实后把真实情况告诉大家。”

没有明确答复，村民们不干了。突然有人说了句：“不知道，咱们去县里问！”

众人同时呼应着：“对，到县里去！”

又有人看了看表，计算了一下时间说：“三个村的拖拉机，农用车全部开上！十一点在下夼村西头集合，准时出发！”

人群迅速散去。全镇的机关干部都出来说服阻拦，可毫无作用。

十一点，浩浩荡荡的车队在下夼村西头集结。每个车都坐着十几个人。他们无视安全隐患和交通规则，就这么向县城进发了。

下午一点，人群到达县政府大院。县政府早已得到消息并做好了准备，安排出了停车的地方和人群站立的地方，以免影响交通和正常工作秩序。工作人员组织大家站好，并告诉大家县长马上出来答复。

人到齐了，县长出来讲话了。他站在高高的台阶上，还怕后面的人看不见，听不见，干脆又站在事前准备的椅子上。他对着手里拿着的电喇叭开始讲话：“虎龙夼的乡亲们！你们来了，来得好！我借此机会把详细情况告诉大家。我们申报的自然生态保护区在等待上级有关部门的考察、批复。在虎龙夼建森林公园或野生动物园的事情还在论证当中，但要开发虎龙夼，这已成定局！”

他稍停顿又接着说：“我现在就你们关心的问题做个明确的、肯定的答复：不管用什么样的开发方式，都不会把这三个村子迁移出去。这不是小道消息，是大道消息、正道消息、准确消息！”听到这里村民们心里的石头才落了地。

县长继续说：“不光不会把你们迁移出去，还需要你们参与建设和管理，还会根据投资情况进行利润分配。虎龙夼将不再是贫穷的夼，而是要变成富饶的夼、美丽的夼！”

紧张的场面瞬间变得和谐了。

“乡亲们！ 我再借此机会向大家提几点要求：一是要爱护虎龙夼的一草一木，不能随便砍伐树木。 二是不能随便开矿采石，破坏植被。 三是要保护好野生动物。 虎龙夼的一切皆是财富，我们要保护好它，用好它。 大家能不能做到？”

“能！”众人异口同声。 一场风波平息了。

赵明生说：“风波平息了，村民们心里踏实了，可我总觉得味道不对。 这几天我去了旅游开发局打听了一下，他们说，开发虎龙夼旅游风景区已得到上级批复。 景区规划正在委托省旅游设计院进行设计。 他们还说，县里没有资金进行开发，县政府正在对外招商。 成林你说，招商成了，是不是就是县政府把虎龙夼给卖了？ 也把咱们夼里的老百姓给卖了？”

成林思索着，赵明生接着说：“虎龙夼是咱夼里老百姓的夼，现在要给咱找个主人？ 咱为他卖命，他对咱施舍？”

“你真够精明的！”成林说。

“你别给我戴高帽，先说现在该怎么办！ 来个二次群体事件？”

“这不可取。”

“那怎么办？ 听之任之，任人摆布？”

“这也不可取。”

“都不可取，还有第三条路可走吗？”

“我觉得你已经把第三条路想好了。”

“我想好了？ 我在这里急得团团转！ 等招来了开发商，恐怕就不好闹腾了！”

“我问你，你要闹腾什么？”

“不能让外人来开发。”

“不让外人来开发，那谁来开发？ 就把这块宝地放在这？”赵明生无语。 成林接着说：“这明明是你想留着自己来开发嘛！”

“开国际玩笑。 你先说开发虎龙夼需要多少钱？”

“具体说不出来，但这个级别是在千万元的级别上，甚至更高。”

“这不结了，从你毕业我就在你面前咋呼，我一天能赚你一个月的工资。现在看，我一天能赚你十个月的工资又能怎样？在这里还不是杯水车薪！”稍停他又说：“十几年来，我一直觉得自己的腰老粗，现在看，还是个小瘪三。”

改革开放初期，赵明生做起了生意。一开始做零售，后来嫌零售不过瘾，又做起了批发商。近几年提倡民营经济，他又投资建了毛衫厂，做起了出口生意，在县城里也是个有头有脸的人物。

成林说：“我不是在开玩笑，我觉得就应当由你来开发。”

“不可行的事就不要说，现在是要赶快想办法。”

“我觉得咱们自己开发是可行的。具体怎样做现在说不出，我先说个思路。搞股份制，政府根据政策和规划设计费用持一部分股，村民们持一定数量的干股，再号召他们投资入股。”

“咱夼里人把家里的钱全拿出来，又能有多少？”

“你别急，听我把话说完。咱们再进行引资，外来投资只能入股分红，董事长必须由虎龙夼的村民代表担任。”

“能引来资金吗？这么大的资金能得到保证吗？”

“这说不准，但要有多少钱干多少活，不能停着。还要以夼养夼，先把三座庙宇整修好，开始营业积累资金，逐步向深处发展。你看这个思路行不行？”

“这思路好！”赵明生眼前一亮。

“虎龙夼是座金库啊！我想，有十年的时间就可以把它打开。”

“你成林就是成林，是做大事的人。不像我，做起小买卖来精明得很，在大买卖面前就束手无策了。这样吧成林，你辞职回家当董事长，我给你当经理，咱们干一场！”

成林笑了笑说：“不要这样，咱们好朋友就是要各占一行，有事相互帮忙。”

赵明生说：“舍不得那几百块钱的工资吗？我告诉你，我现在一天赚的钱还是比你一个月的工资多。有用钱的地方说声，别见外。”说完了又认真起来：“你说的也对。那现在需要干什么？”

“你回去找三个村的村干部，征求他们的意见。都同意了，就以三个村联合的名义，先向县政府打个报告，就说虎龙夼的民众要自己开发虎龙夼，谢绝对外招商，接着要尽快拿出实施方案等全套资料供上级批复。”

“打个报告简单，后续的材料谁来写？ 我可写不了。”

成林想了想说：“你联系刘海明，他上大学学的和毕业后做的都是园林工程，说不定他能帮上大忙。”

“好，就这么定了。 你要有思想准备，做好这件事的后台。”

“别这么说，这是咱们自己的事，我不会成为旁观者。”

赵明生要走，成林说：“别急，吃了中午饭再走。”

赵明生看了下表说：“时间紧迫，吃中午饭时我就能赶回虎龙夼了。”

说着他起身就走，走了几步又转过头来：“你多长时间没回虎龙夼了？”成林语塞。 他看着成林说：“再忙也不应当忘记家，常回家看看。”

“你说的是。”成林说。

成林与淑君结婚后，一直早出晚归，家成了他的“旅社”。 成林记得，他曾正月初七出差，直到过了二月二才回来，把怀孕六个月的妻子扔在寒冷的小房子里，自己上着班度过了一个正月。 成林还记得，妻子分娩时江振海厂长给他三天假让他守在妻子身旁。 可成林只是去医院看了她三次。 但儿子周岁时，会喊的第一个人是爸爸。 想起这些，成林就感到愧疚。

自打有了儿子，妈妈就常住他家了。 爸爸则奔波于县城和虎龙夼之间，他舍不得扔掉家里的责任田。 成林几次提出把责任田转让给别人，可父亲就是不答应。 他说：“咱的根是扎在山里的，出来漂泊就像没了根，心里不踏实。 等孙子上学了，不用接送了，我们老两口还是要回虎龙夼。”成林拗不过父亲，也只有依着他了。

休息日成林回了家，告诉父母今天和淑君出去有点事，让父母照顾孩子。 出门后，成林骑上摩托车，带上淑君就到了虎龙夼。 他领着淑君看了三座庙宇，又登上了南岭的最高峰。 向南望着茫茫的大海，向北看着迭起的群山，淑君说：“好美的地方啊！”

“看看它的原貌吧！”成林说。

“要开发虎龙夼？”

“是啊！要让世人见见隐藏在这里的美景，也让虎龙夼见见世面。”成林遥望着群山感慨地说。

“你说今天带我出来有事，是什么事？”

“就这事。”

“太阳从西边出来了。结婚后第一次带我出来旅游，到的还是咱自己的地盘。”

“嫁给我后悔了吗？”成林问。

“没有。”淑君眨巴着眼睛说。

成林伸出胳膊扶着淑君，淑君转向成林：“谈恋爱啊？”

“咱谈恋爱的时间太短，结婚后又把全部家务甩给了你。你照顾孩子、老人，还要照顾我，你为老赵家付出太多。每每想起这些，我就觉得对不起你。”

“怎么说话呢？我是老赵家的女主人！外面的事我不管，进了家门，你要听我的！”

成林搂住了淑君，淑君偎依到成林怀里。

美丽的山川大地在拥抱着他们。

第二十八章

半年过去了，山头镇镇办企业的生产经营形势急转直上。这引起了县主管部门和县领导的高度重视。县政府办秘书来考察采访，写总结材料。在全县乡镇工业会议上让成林交流经验，让其他乡镇分管工业的领导和企业厂长来山头镇参观学习。在全县推广山头镇企业改制的模式。一时间山头镇成了远近闻名的发展典型。

在孙学军看来，本镇工业有突破性进展，是他决策英明，成林只是具体操作人，业绩应该是他的。可现在这光环戴到了成林的头上。有很多事情县领导经常越过他直接和成林联系。副县长带领其他乡镇分管工业的负责人来参观，参观结束后，让成林介绍经验。副县长也真是的，我就站在你身旁，为什么不让镇长介绍，让副镇长介绍？副县长心中没有我也就罢了，你成林怎能心中没有我？我是你的直接领导，这是最起码的常识。让你说，你就说，也不客气一下。你这样做是不是太狂妄了？

给他点颜色看看？等等看吧，政绩考核主要看年终，如果年终能把政绩送过来，可以放你一马。他这样想着。

成林来到山头镇，让马文胜心里很复杂。多少年没见过成林了，可对他的情况一直很了解。他感到在成林面前应当服输了，成林是大学生，现在成了副科级，自己还是个副股级。他时常讨好地和成林打招呼，成林总是不冷不热地对待他，使他心里很不是滋味。他近来又发现，成林和孙学军的关系有点微妙。如果让他在成林和孙学军之间做选择的话，他要选择孙学军。孙学军是这里的一把手，成林是副职。从发展的眼光看，孙学军的仕途应当优于成林。结交仕途辉煌的人就是手持潜力股，有这样的机会应当把握好。

下午要下班的时候，马文胜见孙学军自己坐在办公室里，就敲门进去了。他佯作向孙学军汇报派出所的工作，拐弯抹角把话题转移到成林身上。

“你很了解赵成林？”孙学军问。

“是很了解，我们是一个镇的人，上中学时就认识。”

“这人品行怎么样？”

马文胜见孙学军这样问，也就放心了。他说：“这个人聪明能干，可品行上却有点问题，是个好色的人。”

“怎么讲？”孙学军问。

马文胜又把十几年前在战山河的那一套搬了出来，最后说：“孙镇长，十几年前有关辛小婷的那些传言你还记得吧？”

孙学军想了想说：“记得，这事与成林有关？”

“和她谈恋爱的那个民工就是成林。”

“成林考上大学了，他们怎么没走到一块？”孙学军感到惊奇。

“具体原因不知道。就成林那德行，走到哪也闲不住。说不定到了大学又谈上了，闹出是非，他俩的事就搁下了。你没看他们现在又旧情复燃，频频接触。赵成林的宿舍原来没有窗帘，现在都挂上窗帘了。”

孙学军思索了一会问：“成林的老婆是做什么的？”

“在县医院检验室上班。”

“你老婆刘晓文也在县医院吧？”

“是在县医院，外科护士。”马文胜看着孙学军，像是读懂了他的话外之音，他笑着点了点头。

也许桃色新闻是人们最愿意议论的话题。很快，辛小婷和成林的老绯闻加新绯闻在山头镇和县卫生系统传播开了。

辛小婷吃过晚饭想出去走一走，刚要开门，妇女主任唐文荣闯进来。她一进来就关上门，倚在辛小婷的床上说：“辛镇长，近些日子有些传言你听到了?”

“什么传言?”辛小婷问。唐文荣在犹豫,辛小婷说:“有话直说,咱们之间没有必要吞吞吐吐的。”

“近些日子,大院里在传着你和赵成林镇长的是是非非。”

“哦。”辛小婷答应着,再没问下去。

唐文荣看着辛小婷说:“这些事可不可以澄清一下?如果你不好说,咱们考虑一下,由我适时做一些解释行不行?”

辛小婷说:“没有必要。”

“可他们说得太难听了,把你们过去的事情翻出来,对现在又是捕风捉影,胡编乱造。把赵镇长说得更是一无是处。”

“看来赵镇长要遇到麻烦了。”

“你是说这是冲赵镇长来的?”

“是的。”

“赵镇长来到镇上才半年,企业的模样就大变。从上到下都为他叫好,怎么会这样?”

“可有人容不下他啊!”辛小婷叹息着。

“这样更不能听之任之。要把造谣的人找出来,还你们清白,还赵镇长一个公正。”唐文荣愤愤地说。

“任他们说去吧,千万不要去解释。”辛小婷说。

唐文荣不解地看着辛小婷。停了一会她说:“好吧,我听你的。有需要我的地方你及时说。我家里还有孩子,要回去了,你也早早休息吧。”说着她离开了。

这一夜辛小婷失眠了。

第二天她回家了,两天后是休息日,她又回来了。她知道成林休息日也很少回家。中午,辛小婷拿着饭碗向伙房走去,见成林也拿着饭碗走过来。她说:“成林,下午还忙吗?”

“不忙,没有事就去企业里转一下,有事可以不去。”

“如果不忙,能陪我出去走一走吗?”辛小婷看着成林说。

“可以。”成林答着。几年来,他回避着辛小婷,可也一直关注着她的婚姻。心中的谜团也越来越大。今天辛小婷一副深沉的面孔,让他心里慌慌的，也让他怀疑以往的判断。

吃完午饭，他们沿着山路，向政府大院后面的山上走去。秋高气爽，气候宜人。果园里的苹果红着脸向人们微笑。辛小婷默默无语地走着。成林看着小婷的神态，也无心去欣赏美景，与辛小婷在战山河相处的时光又在脑海里浮现。山坡陡处，成林伸出手拉着她，她抓着成林的手不想松开。到了山顶，他们在一棵松树下的岩石上坐下了。

小婷从背篼里拿出了一瓶水，她递向成林说："你喝水。"

"我不累，也不渴，你喝吧。"成林说。

"你先喝。"小婷依然擎着。

"我真的不渴。"

"你一定先喝。"

成林疑惑地看着辛小婷。他接过水瓶，打开瓶盖喝了一口，又递给了她。

辛小婷接过，喝了两口，说道："这水真甜啊！"

两人默默地坐着。成林想说话，可看着今天的辛小婷，他真不知道该怎样开口。辛小婷打破了沉默说："成林，我要离开山头镇了。"

成林一怔，说："是因为我吗？"

"成林，别这样说。"

自从成林结婚生子后，辛小婷的父母经常催促她考虑婚姻问题，她自己也觉得应该考虑了。也有优秀的男士追过她，可一与成林比较她就觉得逊色，在他们身上找不到那种感觉。就这样一拖再拖，她甚至想着放弃。成林来到山头镇，她关心、支持着他，也保持着适当距离，别让内心的情感流露出来。她觉得这样挺好，可还是有人要拿他们说事，给成林设障。她考虑离开山头镇，这样或许对成林更有利一些。可还是对他不放心啊！

四周静静的，成林低着头，有理不清的思绪。辛小婷说："成林，我喊你傻，你千万不要生气。你正直磊落，不会去伤害别人，可你没有防范别人的心啊！在大度人面前，你身上的棱角是你的优点。在心胸狭窄的人面前，就是你的弱点。它会伤着他们的自尊，触及他们的利益，他们就会难为你。你要学着多个心眼，防着点，别再吃亏。"

“谢谢你，总是牵挂着我，我真的不值得你这样为我操心。”

“别这么说，这是我自己愿意。”

“小婷，你应当为自己多操点心。”

“别说了。”辛小婷急忙制止他。停了一会她说：“成林，我说句话，你相信吗？”

“什么话？”成林问。

“自我长大，只有一个男人……”

“别说了！”半句话，霎时间让成林明白了一切！他站起来，手去摸衣袋。辛小婷拿过自己的背篼，从里面拿出一盒烟和火柴递了过去。成林接着，打开烟盒拿出一支烟点上，拖着沉重的步子在山顶上走着。十几年来，他一直认为自己在为辛小婷背着一个黑锅，现在才彻底明白，是她在为自己背着黑锅啊！对一个未婚女子，这个黑锅有多重？没有强大的脊梁是背不起来的。为了我，你默默地背了十几年。他回头看看辛小婷，觉得无法面对这位十几年前和他私订终身的人。他慢慢走回来，坐在辛小婷身旁，说：“小婷，你是我的知己，我为什么就不能成为你的知己？我愧啊！”

停了停，成林又说：“对不起，真的很对不起！”

“别说对不起，你没有错。我知道你等过我，心里有我。”

“我欠你的太多太多了。”

辛小婷望着成林说：“成林，如果你真觉得欠我的，就抱我一次，就一次！”

成林伸开双臂，辛小婷扑到成林的怀里，紧紧地抱着成林。她的眼泪像泉水流到了他的肩上，湿透了他的衣服。

许久，辛小婷松开手，拿出纸巾擦干了眼泪说：“这事到此结束。从现在开始，咱们是知己，是朋友。过去的一切就让它永远成为过去。”

“小婷，在你面前我无地自容。”

“傻帽儿，认了知己还不庆贺一下！”

“我无法报答你。”

“我不需要报答。路是我自己走的，是我自己的选择。我从来没有后悔过，更没有抱怨过。 我真的很满足、很高兴！ 成林。”辛小婷望着成林，微微地笑了，笑得很欣慰。

辛小婷的调令下来了，到县计生委任副主任。 她把工作交接完毕，收拾了东西，参加晚上镇里准备的送行晚宴。

送行晚宴领导干部都参加，成林也在。 孙学军当主陪，辛小婷坐在主客的位置上和同事们说着笑着。 晚宴在欢乐的气氛中进行。

宴会进入了高潮，有人打开了卡拉 OK。 人们点播着自己喜欢的歌曲。 突然有人说：“欢迎辛小婷镇长演唱一首！”掌声响起，辛小婷谦让一番站起来，她走过去拿起了话筒说：“我给大家演唱一首《望星空》，唱得不好，希望大家能够喜欢。”

音乐响起，辛小婷唱起来：

夜蒙蒙　望星空
我在寻找一颗星　一颗星
它是那么明亮　它是那么深情
那是我早已熟悉的眼睛
我望见了你呀　你可望见了我
天地遥远　息息相通　息息相通
即使你顾不上看我一眼　看我一眼
我也理解你呀　此刻的心情

辛小婷眼里噙着泪花。 她唱得太好了，大家都使劲地鼓掌，成林坐不住了。 他站起来，顺手在桌子上拿了一支烟和火机，向院子走去。 一段结束了，旋律还在响着，辛小婷到桌前拿了一块纸巾，擦拭了一下眼睛，又拿起话筒，等待着节奏。 人们小声议论着：

“唱得这么好，是在对口型吧！”

“你看她含着的泪水，对口型能对出这样的情感来？”

前奏结束，歌声再起：

夜深沉　难入梦
我在凝望那颗星　那颗星

它是那么灿烂　它是那么晶莹
那是我敬慕的一颗心灵
我思念你呀　你可思念我
山盟海誓　彼此忠诚　彼此忠诚

成林在院子里吸着烟，踱着步，仰头望着天空那眨眼的星星。

即使你插上翅膀远飞而去　远飞而去
你也永远闪烁在我的心中　在我的心中

成林听得清楚，她把最后一句歌词改了。把“化作流星毅然离去”换成了“插上翅膀远飞而去”。小婷啊！你的胸怀有多宽广，心有多细！真难为你了。

近些日子，李淑君感到气氛有些不对。同事们老凑到一块背着她嘀咕着什么，她一走近就不说了，还用异样的目光看着她。发生了什么事？自己做错了什么？她一直没想明白。

李淑君上夜班，检验室里只有她一个人，迟大夫推门进来了。她走到淑君面前，还没坐下就说：“淑君，怎么闷闷不乐？”

“没有啊。”淑君掩饰着，不知该怎样回答。

“是听到那些谣言了吧！”

“什么谣言？”

“看来还没有人告诉你，那我来告诉你。”她坐下，把听来的传言毫不保留地告诉了李淑君。

淑君听着震惊了，她看着迟大夫问：“这是怎么回事？是真的吗？”

迟大夫说：“你别急，咱们分析一下。辛小婷十几年前的那场风波我当时就听说过，可现在才知道那个民工是成林。这让我更高看他一眼。县级领导的女儿追求的民工，离开学校三四年又考上了大学的民工，该怎样评价他还需要我说吗？你再想一下，一个二十七岁的大学生没谈过恋爱，你相信吗？一个二十七岁的大学生从来就没有女人爱过，你会爱他吗？所以，以前的事情要全放下。对现在的事情，你和成林结婚已近十年了，应当比我更了解他，他的品行会做这样的事吗?说什么旧情复燃，忙得星期天都不回家，说得可够狠的。谣言的背后往往有他人的目的，它能毁掉一个人，也能毁掉一个家庭。这些传言的因由是什么，咱不知道，但肯定地说是没安好心。你一定要明智，千万要把握住。”

淑君听着迟大夫的话，思索着说:“谢谢迟大夫的点拨，我能把握好自己。”

“这样就好，在谣言面前要挺住，千万不能犯糊涂!”

“我是相信成林的，真的很感谢你，你放心吧!”

“这样我就放心了。时间不早了，我回去了。”她说着起身走了。

李淑君送走迟大夫，外科护士刘晓文又进来了。她一进门就热情地说:“淑君姐，今晚值夜班啊?”

“是啊，这么晚了你怎么来了?”

“我也值夜班。今天病号少，我们又两个人，没事下来转一下。”说着，就亲昵地靠着淑君坐下了。“这些日子有一些传言，你听到了吧?”她问淑君。

“听到一些。”淑君说。

“这些嚼舌头的人真叫人恨，他们会把小事说大了，大事说爆了。是啊，东西是越传越少，话可就越传越多，你别太当真。”她停了停，看着淑君又说:“不过，无风不起浪，逢说就有讲，逢打才出响。咱们都是女人，就说说心里话。咱们女人啊，可不能掉以轻心。你想，哪个猫儿不吃腥?把他放了，夜不归宿，休息日也不回家，那还不闹腾出点事来?自己不想闹腾，还有人找上门来闹腾呢，人心难测啊!为了自己，为这个家，女人就应当看管好自己的男人。就像我家那位，要不是我看得紧，还不知能闹出什么事来呢。”

她看着淑君忧愁的面孔又说:“别想不开，光去愁，有什么想法咱们姐妹经常一块聊聊，想想办法。”她观察了一会淑君又说:“我出来时间不短了，该回去看看了。”说完就离开了。

刘晓文走了，被迟大夫点拨出的开朗心情又被刘晓文搅乱了。成林是个工作狂，休息日不回家是常有的事。可这些传言给归结到另外的方面，是真是假？她信任成林，只要成林一开口，这些事情就全都清晰了。

休息日成林回来了。晚上孩子睡着了，夫妇俩也上了床。淑君说：“成林，一些你和辛小婷过去和现在的事情在医院里传开了。”

“什么？在医院里传开了？”成林一惊。

成林思索了好一会说：“淑君，你相信我吗？”

“当然相信你。”淑君看着成林说。

“那你就权当什么也没听到。”

淑君用期盼的眼神看着成林。我相信你，你把事情说出来，一切不就结束了吗？不好说，你就编几句谎言骗骗我，我也会高兴啊！成林读懂了淑君的脸，他沉思着说：“淑君，有些事情是无法用语言来解释的，靠的是理解和信任。”

淑君失望地收回了自己的目光，心中的疑惑也更深了。

几天来，淑君心情抑郁。经常和她有业务联系的刘秋兰看在眼里。她听到了近来的谣传。她明白，这次的风波辛小婷和赵成林都受得了，就怕李淑君受不了。谣言在医院传开，这是在利用李淑君，针对的是成林。淑君心中的疙瘩，成林无法给她解开。怎么办？她思索着。

她来县医院取检验单，看见淑君就问：“淑君，明天有时间吗？”

“秋兰姐，我明天值中午班，下午有时间。有事吗？”淑君问。

“那你明天下午到我们单位去一趟，我找你有点事。”

“好吧。”淑君答应着。

第二天下午，淑君来到刘秋兰办公室。她问：“秋兰姐，什么事？”

刘秋兰给淑君搬了椅子，淑君坐下。刘秋兰严肃地说：“想告诉你成林和辛小婷的事。不过告诉你是有条件的。”

“什么条件？”淑君问。

“不能告诉任何人。”

“那当然。”

“包括成林！”

“这么严肃?”

“是的，你必须向我承诺!”

淑君迟疑了一下说:“我承诺。”说着把右手一握，提在胸前。

“好吧。”刘秋兰说着拿出钥匙，打开写字台的抽屉，拿出了不倒翁。她把不倒翁的下半部分拧下取出一台微型录音机，按下放音键说:“你把它听完，我出去一下，一会就回来。”

淑君听完了录音，刘秋兰也回来了。淑君急切地问:“这是你和辛小婷的对话?”

“是十几年以前的对话。”

“这么说她是假怀孕，成林还被蒙在鼓里?”

“是这样。”

“她为什么要这样做?”

“为了迫使她爸爸保送成林上大学。”

“用这么大的代价?”

“她觉得很值。可恢复高考了，成林自己考上了大学。”

“那就把辛小婷给甩了?”

“不是，成林上大学期间一直没有谈恋爱，毕业回来也有一段时间没有谈恋爱。别人给他介绍对象他都推脱了，他应该也是在等着小婷。天不作美，小婷还没来得及向成林解释，一个误会让他认为辛小婷在谈恋爱。就这样，他跟你谈上了。”

“那也不行，知道他谈恋爱了应当快去找他。”

“是啊，可她得知你们在筹备结婚，你又是一位贤淑的姑娘，她放弃了。可我的良心让我不能放弃，我要去找你们，她拿着剪刀对着自己的胸膛以死相逼。她说，成林一路坎坷，走到今天不容易，就让他过上平静的日子吧。她还说你们就要结婚了，现在去找成林，他该怎么办，这和大闹婚礼有什么区别?谁敢去闹腾，她就死给我们看!”

淑君惊呆了，瘫坐到椅子上，默默地说:“这是真爱，是大爱啊!”稍缓她又说:“跟成林在一起的应该是辛小婷。”

“你不要这样想，特别是处在现在的风口上，你更不应当这样想。这是你们的缘分，也是天意啊!”稍停，刘秋兰说:“这就是他们的过去。知道了他们的过去，你还怀疑他们的现在吗?”

“有这样品质、这样胸怀的人，没有理由去猜疑他们。可我不明白，为什么会出现这样的谣传。”

刘秋兰思索着说:“淑君，你和成林结婚以来，他经历的风风雨雨还少吗? 我们想过平静的日子，可能平静吗? 我把话说严重些，也许有人想利用你，让成林后院起火!”

“啊! 我该怎么办?”淑君问。

“你就当什么也没听到，任凭风浪起。这就是对成林最大的支持，也只有这样才能对得起辛小婷的一片真情!”

“谢谢秋兰姐! 我们怎么遇到这么多好人，真的很感谢你们!”

“我再说一遍，不能告诉成林!”

“我懂了。”淑君说。

第二十九章

每当镇里开会，村干部们就会两人一帮，三人一簇到这个领导屋里看看，到那个领导屋里坐坐。借着闲聊，请人吃个饭，联络一下感情，多交往几个人。

成林的办公室也不例外。时常有三三两两的人来到他的办公室。时间久了，他和刘家庄的村支书刘文良很谈得来。从闲谈中得知，刘家庄从老辈就有养母猪和仔猪的习惯。改革开放以来，发展经济之风渐浓，养猪更是在当地大行其道。目前，村里已达到户均养一头母猪的水平。

成林对这件事情很感兴趣。他特意去过刘家庄看养猪的情况。他还对这事谈了自己的看法：这是聚集了几代人的智慧形成的优势，是笔不小的财富。成林建议，不要让这笔财富停留在原来的水平上，要与有关部门取得联系，在猪的防疫、饲料和猪的新品种上有所突破，来扩大优势。还要提倡规模养殖，并为养猪大户发展提供便利条件。刘文良十分赞同成林的观点。他在本村母猪和仔猪的养殖上扎扎实实地开展着工作。就这样，刘家庄生猪存栏量迅速增长，成了方圆几十里的仔猪生产基地。

这天，刘文良来到成林办公室。他说：“我们村为其他村生猪育肥提供仔猪，如果我们村自己上一个规模生猪育肥场，是不是会比其他村更有优势？”

“应当是这样。”成林说。

“我们村干部商量了几次，也觉得是这样。可对具体运作反复斟酌，又觉得问题太多，风险太大。”刘文良说。

“你说说看。”成林说。

“一是资金问题。建猪场、买仔猪、备饲料，需要的资金不是个小数字，村集体经济薄弱，拿不出这笔钱。二是防疫问题，上了规模养殖，出现疫情那可是毁灭性的。三是销路问题，从以往经验看，养殖业市场波动很大，市场好的时候赚钱，但市场一变差就会对规模养殖产生灾难性影响。我们拿不定主意，想征求一下你的意见。”刘文良说。

“我觉得这想法很好，能提高村民收益，发展村集体经济。你说的问题也应该能够解决。资金问题可以在村里搞合作入股，可以出资金入股，也可以以仔猪入股。如果资金还不够，还可以分段走，先让规模小一点，逐步扩大。防疫问题可以与防疫部门和保险公司联系入保，把风险降到最低。销售问题可以与县或地区肉类集团公司联系，达成供销协议，确保不管市场怎样波动，都能把生猪销售出去。”成林说。

停了一会成林又说：“听说省畜牧局在组建生猪养殖集团。如果和他们合作，把你们要建的养殖场变成他们的分支机构，你说的问题就会迎刃而解。”

“这事我们也听说过，可不敢想。没有点关系，他们还能把我们一个小村放在眼里？”

“不要一提到办事就想到关系。只要合作能出现双赢的局面，相信他们也会积极与你们合作的。”

“赵镇长能不能引荐一个熟人？”

“我没有熟人可引荐，也没有必要。你们的母猪养殖已成规模，我相信只要有诚心，这个优势是能够吸引他们的。我建议你们直接与生猪养殖集团联系，争取一步到位。”

说着赵明生进来了，见他们在谈话就说：“你们在谈事，我先出去一下。”

“没必要，你先坐。”成林说。

谈了一会刘文良说：“谢谢赵镇长。你来客人了，我也该走了。

我会按照你说的去尝试一下。”

“你一定会成功的。”成林说。

刘文良走了，赵明生急切地说：“我来是要跟你谈谈开发虎龙夼的事情，咱们拿拿主意。”

“你说吧，进展到什么程度了？”成林问。

“上次我回去后，给刘海明打了个电话，说明了情况。他对这事很感兴趣，没过几天就回来了。在家里住了一个月，帮着把所有的材料都整理起来了，报送了县里。县里看了很欣赏，表示欢迎虎龙夼民众参与开发虎龙夼。要求虎龙夼选出代表，与县里进行具体洽谈。我和三个村的村支书组成了代表团，与他们进行洽谈。一切顺利，可在谁任董事长和总经理的问题上产生分歧。他们说，这是县里的直属项目，必须由县里派出董事长和总经理。我说，我们任董事长就不可以是县里的直属项目了吗？双方在这个问题上僵持着，谈了三天也没淡出结果。昨天他们让了一步，说虎龙夼的人出任董事长、总经理可以，但县里要派出监管组，对本项目进行监督管理。我们做事，他们来指手画脚？我心里有点不舒服。要求停谈一天，来和你商量一下，看怎么办。”

“好！很好！你告诉他们，不光欢迎监管组，而且要求高水平的监管，最好来的监管人员都是专家级别！”成林说。

“为什么？”赵明生不解地问。

“明生，咱们虎龙夼，那是座金夼啊！绝不能让它毁在低档次的开发上。咱们有这份雄心，可没这个水平。咱们要借助高水平的人，把它打造成精品！”

“是这样？我明白了。我们明天就找他们谈！”赵明生兴奋地说。

坐了一会赵明生说：“成林，我一直觉得自己很富有，现在我才明白，与你和刘海明相比，我就是个穷光蛋！”

“这话怎么讲，你一天赚的钱顶我一个月的工资。”

“我这里是空的。”他指指自己的脑袋。

“你那里也不是空的，只是里面装的东西不一样。正是这样，咱们优势互补，才能做更多的事。”

“咱虎龙夼的人真给力，我们在屋里洽谈，几个人就在外面转悠，吓得县里人把警察都叫来了。”

“你以后注意，别闹这一手。”

“不是我要闹这一手，是他们自愿去的。我让他们回去，他们都不干。不过你也别担心，我心里有数。”他抬手看了一下表说：“我要走了。”

成林说：“吃了午饭再走。”

赵明生说：“吃午饭时我能赶回虎龙夼，下午和书记们碰头，明天就去洽谈。”

年终到了，经初步审计，山头镇镇办企业各项经济指标的实际完成情况，均比上年翻了一番。孙学军找到成林说：“赵镇长，今年咱们镇办工业成绩显著，也得到了领导的肯定。年终报表，就把各项经济指标向上拉一下。成绩也要在报表上体现出来嘛！”

成林说：“孙镇长，我们近几年的报表一直是根据县里下达的计划上报的，这和实际完成情况相比，有很大的水分。今年我们的企业虽然有成绩，也只是挤掉了水分。今年按实际情况上报，基本和县里下达的计划差不多，我们不应当再人为地增加水分了。”

“你嫌我们以前的报表有水分？我问你，县里哪个乡镇的报表没有点水分？你把水分挤掉了，实际上是挤掉了咱们的政绩，让数字掩盖咱们一年的工作成绩。”

“今年咱们企业面貌的改变是客观的，是有目共睹的，不会因报表数字被抹杀。我觉得不应当去玩数字游戏，要把工作做在实处。”

“年终考核是用数据说话的。咱拿着真实数据，和别人有水分的数据去比较，这不公平。”

“孙镇长，我们镇的企业发展趋势很好，速度远高于县里下达计划的递增数。预计明年将超额完成县里下达的计划。那样各项经济指标就会经得起审计部门的审计，经得起监督部门的推敲。那时我们说镇办工业取得了好成绩才是理直气壮的。”

“各个层次都在找政绩。咱们把数字拉高，也给县里增光。但若是咱们把政绩隐藏起来，对上对下都不是好事。”

“我不这么看。”成林说。

近几年乡镇工业不景气，完不成县里下达计划的乡镇不在少数。有的乡镇就比着计划上报完成情况。今年山头镇镇办企业各项指标增长不少，不去挤水分，在原来的基数上上报也并非不可。可这样做成林觉得心里不踏实，他坚持自己的观点。孙学军一脸的不满意，可这弄虚作假的事摆不到桌面上。成林要坚持，他也毫无办法。他对成林的怨气在心里越积越多。

镇党委办公室刘秘书拿着一摞发票找到了姜大海，说：“姜厂长，这是镇里一年来无法处理的一些单据，孙镇长让我来找你处理一下。”

姜大海把《镇办企业管理规定》递给刘秘书说：“刘秘书，企业已经承包经营了，还制定了这个管理规定。今年我们严格履行承包责任，执行这个规定，从来没有破过例。今天能破例吗？”

刘秘书冷着脸说：“这企业是镇办企业。你们承包经营了，但所属权还是镇里的。你们就应该为镇政府服务。就这么点钱都报不了，还要镇办企业干什么？”

姜大海瞥了他一眼说：“我们按规定把应交的管理费、利润提成一分不少地交到镇里了。如果再来报销，你能从这规定上把政府盖的印揭去？”

“文件就那么好使？文件是赵镇长制定的，企业是镇政府的，不是他自己的。”

“既然你说文件是赵镇长制定的，你就去找赵镇长签字吧！”

“让孙镇长签字报不报？”

姜大海本想不理他，可还是忍不住说了一句：“好吧，你叫孙镇长签上字，给我，我去找赵镇长！”

刘秘书丧着脸愤愤地离开了。

以往，镇党委办公室每年都要到各个企业去报几回账。他每次都能夹上几张私开发票。所以，出门购物要发票成了他的习惯。来了私客，也可以叫上一个厂长到饭店里吃上一顿。或自己到饭店吃饭，走时签上厂长的名字，结账由他们处理。可今年有了文件，他不敢率先以身试法。经他观察，以前有这样做法的人也都停下了。一年来的灰色收入减少了很多，给生活带来很多不便。这也让他对企业改制产生抵触情绪，对成林不满。

到年底了，办公室里积压了一些无法通过正当渠道处理的开销。他请示了孙学军，是孙学军让他来找企业处理的。在他看来，孙学军在镇里有至高无上的权力，他的话没有人敢不听。没想到带着他的“口谕”，还是碰了一鼻子灰。

他来到孙学军办公室，对孙学军说：“孙镇长，厂长不给报。”稍停他又说：“姜厂长说，只有赵镇长签字才能报销。您签了字也要去找赵镇长。”

孙学军把脸拉得老长，愤愤地想：赵成林，你也太不知天高地厚了，你也不看看这是在谁的地盘上！镇办企业是镇里的“自留地”，你来了搞了个企业改制，强行把“自留地”从我手中割了出去那也就罢了。暗地里你又收归成你的自留地？工作上出了成绩，还不给我脸上贴金！

看来到了该收的时候了。在这里不能出现权力失控，不能让任何人跳出我的手心！

第三十章

新年伊始，山头镇就要有大动作——大力发展黄牛养殖业。

山头镇自古以来就有养殖黄牛的传统。早先的养殖牛主要用于耕地。随着社会的发展，人们生活水平的提高，牛肉逐渐走向餐桌。而黄牛又是肉食牛的优良品种。因此，养殖黄牛又成了一条发展经济的有效途径。山头镇地处丘陵地带，多半耕地在山腰上，机械化作业困难，黄牛仍是不可缺少的生产工具。在这里发展黄牛养殖，可谓一举两得的好事。

镇政府组织了一拨又一拨人外出考察，对黄牛养殖的效益及前景进行论证，撰写可行性分析报告。考察论证结束后，又组织村干部、养殖户去外地参观学习。之后，有关部门进行反复研究，确定了实施方案和发展目标。

孙学军亲自上阵，多次向县领导作汇报，取得了县里的支持，同时也造出了浩大的声势。

各项准备工作就绪后，镇上要召开由各村全体村干部及部分养殖户参加的誓师动员大会。为了进一步体现出工作的重要性，统一思想，形成当前的工作重点，孙学军在大会召开前先召开了党委扩大会议。

党委会上，孙学军把三个多月的工作罗列了一番，最后说："年初，我们做出的大力发展黄牛养殖的决定从考察论证情况看是非常正确的。实施方案已经做好，就要进入实际操作了。在操作之前，党委会再就具体的实施方案进行一次表决。想必大家都看过方案了。表决之前，各位还可对方案提一下意见，以便更加完善。”没有人发言。停了片刻他继续说：“那就表决一下吧，同意本方案的请举手。”

孙学军先举起了手，他环视了会场，只有成林没有举手。

他接着说：“反对的请举手。”没有人举手。“弃权的请举手。”成林把手举起来。

“八票同意，一票弃权，零票反对，通过。”他瞟了成林一眼，心里想：不挑刺就不是你赵成林了。又要找碴？我倒要看看你今天又整哪一出。他拿起自己的杯子喝了口水，清了清嗓子，对身边的秘书说：“请记录一下。”接着又说：“赵镇长，你投了弃权票，能不能解释一下？”

成林说：“实施方案我看过了，我有一些疑虑。一是全镇集中时间突击发展，短时间买那么多黄牛，是否会导致市场价格产生较大波动？波动是否会引出一些不良的连锁后果？二是我们的方案把养殖面铺得很广，基本实现了对本镇的全覆盖，这与民众养牛的积极性是否相切合？”

“你调查过吗？你分析研究过吗？”孙学军打断成林的话。

“没有。正因为没有，我才投了弃权票，否则我会投赞成或反对票。”成林说。

“没有调查研究，你就不要在这里胡说。既然你提出来了，我也就对你提的问题给予答复。我们计划养牛的数量是很大。这个大，是对我们镇而言。但把这个数放到全县、全省甚至全国来看呢？就成了一个微不足道的小数。一个镇大力发展黄牛养殖，引起全省、全国价格波动，真是无稽之谈。我们不能近视眼，把眼睛只盯在一个镇上。有关民众的积极性，我再说一下。就说目前农户养牛的实际情况吧！一个农户养一头母牛，一年能下一头牛崽。如果这头牛崽是母的，断奶后就能卖一万元。如果是公的，用一年时间把它养大养肥，也能卖一万元。也就是说，农户养一头母牛一年的收入比我们一个机关干部的工资还要多。这是街上的小孩子都知道的事。我们号召养牛，还会为他们提供多方面的服务。在这样的效益和环境下，民众的积极性还需要去怀疑吗？方案已经以绝对多数赞成票得到通过，你就不要再说下去了。没有调查研究，就没有发言权！”孙学军说完，又瞥了成林一眼。成林也没有再说下去。

誓师动员大会按时召开。会上，孙学军慷慨陈词，讲了本镇发展黄牛养殖的优势、重要性、必要性和前景展望，很是鼓舞人心。之后他又讲了各项指标的安排和分解情况，并要求责任落实到人。这既是经济任务，也是政治任务，要纳入年终对各层级干部的考核，必须不折不扣地完成。

大会结束后，刘家庄支书刘文良忧愁地来到成林的办公室。刘文良想，让他们村养牛，三三两两的户会有的。但要按照镇里下达的指标去做，就会和养猪发生冲突。村里正在筹建生猪育肥场，再建一个黄牛育肥场，这不切合实际。放弃养猪，转向养牛也不可行。如果不管镇里的安排，自己做自己的事，孙学军的脾气他是知道的，没法交差。

经过一番讨论，成林说：“你们村养猪的优势坚决不能丢。现在和镇里养牛的安排发生冲突，我个人的观点，还是要保住养猪。关于养牛，一是要尽力，把愿意养牛和适合养牛的农户调动起来。二是可以向有关领导把本村的实际情况反映一下，看看能否具体对待，降低指标，获得两全其美的解决办法。”

听了成林的话，刘文良觉得这应当是解决问题的办法。他决定先找分管他们村的镇干部交流一下。

两天后的中午，成林接到下午召开党委扩大会议的通知。以往开党委会，人们都会直接或间接知道会议的议题，提前有点思想准备。而这次人们不知道会议内容，至少成林是这样。

会议准时在党委会议室开始。孙学军板着脸开始讲话：“大力发展黄牛养殖，这是我们镇乃至全县的一个大项目。上这个项目，是经过了充分考察和论证，由镇党委政府做出的决定，并得到上级领导的肯定。既然镇党委政府形成了决定，形成了现阶段的中心工作，全体干部就应为之努力奋斗，以确保完成规划目标。就是不从事这方面工作的干部，也要拥护、支持和协助党委政府的决定。”

他喝了口水，清了清嗓子，严厉地说：“可是，我们有的干部，甚至是领导干部，不与党委政府的决定保持一致，无视组织纪律，违背组织原则，胡乱发表与镇党委政府决定相对立的看法，产生了恶劣的影响！严重干扰了镇党委政府中心工作的正常进行……”

成林心中一震：这是在说我吗？

不知原委的人开始交头接耳地询问着。成林从人们的目光中肯定了孙学军是在说他。孙学军对会议出现的小小骚乱并没有加以制止，反倒表现出了一丝满意。他稍做停顿，会场平静了下来。孙学军又继续说着，他从党纪、政纪、组织原则讲到本镇本单位的规章制度。从本县、本镇的工作全局讲到村里的具体工作细节。

成林没有再细听下去。他在思考，怎么会出现这种局面？解释一下吗？不能，这时解释，搞不好真就成了正面冲突，那可真会影响全镇的工作大局。就让镇长说吧，或许对整体工作是有利的。自己被误解，事后与他推心置腹地沟通一下。成林也想让自己老成些。

孙学军把精心准备的话都讲完了，有所缓和地说：“下面大家就这一事件议一下，谈谈自己的看法，消除不良影响，确保养牛工作的顺利进行。”

会议出现了冷场。与会人员有的低着头，有的把眼睛瞄向远方，都在静静地等待着，场面十分尴尬。孙学军不愿意看到这场面，更不甘心这样收场，可没有人站出来给他圆场。他瞟了瞟会场说：“赵镇长，你就这一问题谈一下看法吧。”

成林不知应该怎样表态，时间又不允许拖下去。他试着开口说：“今天是党委扩大会议，是郑重的场合。我就把自己的真实想法坦诚地摆在桌面上，错误的地方请领导和同志们批评指正。我们镇党委政府做出大力发展黄牛养殖的决定，这符合我们镇的实际情况，是一项富民的好工程、好举措。我本人赞成、拥护、支持。经过努力，把我们镇建设成黄牛养殖基地，这不仅能大幅提高民众的收入，还能在全县起到示范作用。这更体现出镇党委政府决策的正确性、前瞻性。我本人再次表示赞成和支持。”

成林看了一下会场，人们都在注视着他，孙学军一副得意的嘴脸。成林继续说：“但我个人认为，不管一项决策怎么好，搞严格的一刀切总会在某些局部出现不切合实际的情况。对这些情况，应当进行具体分析，区别对待。就以刘家庄为例，他们有几十年养母猪、仔猪的习惯和经验，而且已形成了规模，占据了优势。这时如果因养牛削弱了他们的原有优势，我个人认为是一件得不偿失的事情。”

成林又看了一下会场，只见孙学军的脸铁青着。许多人也向他投来暗示的目光——不要再说下去了。成林想，既然说了，就都说出来吧。他接着说：“我们工作中常遇到‘要我做’和‘我要做’的问题。这二字之差，天壤之别，其工作效果有着巨大的差异。我们在工作中要善于发现民众想做什么、要做什么，如果民众想做要做的事情是正确的，特别是有发展前景的，要给予支持和扶持。就是党委政府把握得准、要推广的工作，像发展黄牛养殖，也应该把民众的‘要我做’转化成‘我要做’。‘我要做’体现了民众的积极性，会大大提高工作效率，收到意想不到的效果。反之，过分强调‘要我做’，可能会导致工作效率低下，甚至会遇到意想不到的障碍，还会降低政府在民众中的威信。这就是我的真实想法，不正确的地方，请领导和同志们批评指正吧。”

孙学军早已听得不耐烦了，成林话音刚落就严厉地说：“看来你的问题远不只是认识问题，还居心叵测！我问你，不管一项决策怎样正确，会得到百分之百的人赞同吗？对持不同意见的人，是维护大局去说服他，还是去纵容他？我们企业改制取得了成功，这是因为党委政府作出了正确决策，厂长们愿意这样改吗？他们不想过舒舒服服的日子吗？还不是用强硬的工作手段迫使厂长接受改制。正确的决策还要靠强有力的工作手段来推行，没有强有力的工作手段，什么好的事情也做不好。”

“这不一样！企业改制的阻力来自利益受到损害的那一小部分人。但改制顺应了社会发展，顺应了企业职工的民意。这时的厂长如果不顺应民意，不顺应社会发展，就只能让位。养牛也是靠民意来发展，养牛不能用强硬的手段来强迫民众，而应当通过做工作，让我们的‘要我做’转变成民众的‘我要做’，只有靠民众的积极性，才能完成我们的规划目标。”成林说。

“那你具体又是怎么做的？你纵容消极势力，为消极势力撑腰。

这就是你说的‘要我做’转变成‘我要做’吗?”

成林觉得这样吵下去毫无意义，把想说的话又咽了回去。孙学军见成林无话可说了，又说:“个人有意见，可以保留，但在具体行动上，必须与党委政府的决定保持高度一致! 这是一个干部最起码的素质!”

成林接过话说:“上次党委会上，我对养牛的实施方案提出了两点意见。我现在重申，保留这两条意见。一是这项工作不应搞一刀切。二是我们的规划，特别是具体要求，与民众的养牛积极性是否相契合，我还存在疑虑。这是我郑重提出的，也请留下记录!”

“你不进行调查研究，凭自己主观想象在党委会上胡言乱语，在背后为党委的工作设障，你居心何在?”孙学军说。

成林觉得，自己的观点已经阐述清楚了，再没有必要说下去了。孙学军见成林不语，又说:“你的言行已经严重干扰了党委政府的工作。对此你要进行反思，写出深刻的检查!”成林沉默着。

孙学军觉得自己获胜了，但也觉得自己的形象严重受损。自当镇长以来，特别是主持工作以来，没有人敢顶撞他。你赵成林在党委会上守着这么多人来顶撞我，这更不能接受。会议的初衷是让你认个错，煞煞你的锐气也就算了。没想到你还不听摆弄? 那就等着看吧!

镇里主要领导与分管领导发生冲突，这在企业掀起了一场地震。厂长们的心态也发生着微妙的变化，当成林不在镇里时，他们也会跑到孙学军办公室里去坐坐。

过了一段时间，成林接到通知，去地区党校参加经济管理干部培训班学习，时间两个月。

两个月过去了，成林回镇里上班了。他打开办公桌抽屉，发现里面有一张存款单，六千元，是以自己的名字存的。他从来没有存过这笔钱，哪里来的存款单? 下班后，他把会计孙显波留下，问这存款单是怎么回事。孙显波把事情的原委说了一遍。

十年前，地区上有一个大项目，因资金不足，就自上而下从各个企业征集资金。当时山头镇有十几个企业，都参与了集资。上月接到通知，集资款返还。现有的四个企业都各自去办理了。已破产的七八个企业的集资款由经委会计孙显波统一办理，连本带利一共是六万三千元。

孙显波说：“赵镇长，这事本来应该请示你怎么处理。可你不在家，又凑巧我去县城那天赶上孙镇长也去县城，我是跟着他的车去的。他问我去做什么，我也不能不说。回来时，他又问我办回了多少钱，我告诉了他，他说这钱先不要下账。过了两天，他单独找到了我说：‘这两年领导干部们出了力，一直想给他们发点奖金，但钱没地方出。这笔没处下账的钱，就给他们发奖金吧。’他还说，镇里共十名领导干部，每人六千元，剩下三千元给我，他还说由他发放。就这样，我留下九千元，把剩下的给了他。我就把六千元用你的名字存上，把存单塞到你的抽屉里了。说实在的，这钱本不该有我的，就是因为我知道这件事才给了我。”

成林考虑了许久说道：“这钱不应该私分，我不能要。”

孙显波说：“赵镇长，你和孙镇长的关系已经弄得很僵了。你不要，就是他不能要，全镇领导干部都不能要，你这是得罪一大片啊！不管对错，这是领导决定的事，与你没有关系，你就忍了吧。”

“别人我不管，你把这六千元入了经委的账。”

“赵镇长，你就饶了我吧。我一个临时工，领导一句话就能砸我的饭碗。如果接了你的钱，不知道哪天我就得卷铺盖卷。赵镇长，体谅我一下吧！”孙显波显得很为难。

成林又思索了一会，把存单扔进抽屉说：“那以后再说吧。”

元旦前夕，全县统一调整干部。成林接到了调令，调离山头镇，去马店镇任分管工业副镇长。马店镇距县城较近，是本县的工业重镇。这是平调，但从两个镇工作的重要程度上看，或许是组织部门对成林工作的肯定。

成林在收拾东西时，又见到了那张存款单。他考虑了很长时间，最后还是把它装进了衣兜里。

回到家，他把存款单放到桌子上。妻子见到后问，这是哪里来的钱，成林没好气地说，和你说不清楚。

淑君不想惹丈夫生气，就没有再问。淑君是个过日子精打细算的人，第二天她就到银行里，把这个活期存单换成了定期存单。

第三十一章

成林到马店镇上任了。刚上班没几天的一个早上，成林骑着摩托车去上班，快到镇政府大院门口时，一辆车身写有“检察”字样的白色桑塔纳轿车缓缓地把他逼到了路边。他停下车，轿车也停了下来。车上下来两位穿着检察制服的工作人员。其中一位上前礼貌地问道：“请问你是马店镇赵成林副镇长吗？”

“我是。”成林回答。

两位工作人员立刻从兜里拿出了证件并出示给成林，说道：“我们是县检察院的，有件事需要你和我们一起到检察院去一趟。”

成林感到很意外，想不出事情的缘由，可也由不得他过问。于是他锁好了摩托车，上了检察院的车。到了检察院，成林被领进了讯问室，手机被拿走。做了简单的姓名、年龄、工作单位等询问后，检察员们的态度突然变得异常严厉，让成林交代自己贪污受贿的犯罪事实。

成林惊呆了，他从未想到自己会成为贪污受贿的人。他苦苦思索着，自己什么时候贪污过，什么时候受贿过。他想，没有大的，或许小的也算。他说自己曾接受过别人的宴请，在镇里曾接受过村干部们送来的农产品。检察员严厉地说：“你别想蒙混过关！让你讲的是现金、有价证券、金银首饰等财物。别拿这些鸡毛蒜皮的事来搪塞！”

现金？成林突然想起那六千元钱。一提这六千元钱，检察员显得很感兴趣。成林把这件事情的来龙去脉全盘端了出来。检察员们认真地听着，记录着，还适时地问上几句。

成林想，讲完了这事就该结束了吧。可检察员还是不依不饶，而且话语一次比一次严厉。成林觉得确实没什么可说的了，这样的持续讯问让他感到愤怒。可他明白在这里发怒毫无意义。他想保持沉默，可检察员连一分钟也不让他静下来。几小时后成林就感到很疲惫，检察员已经换了几拨人了。

时间在一秒一秒地走着，他艰难地度过了二十四小时。这二十四小时，成林虽然象征性地吃了点东西，喝了口水，可眼睛却没闭上一次，就连个有靠背的椅子也没坐上。成林极度疲惫，脑子也乱了套。这时，一位检察员态度稍有缓和地说："看来你没有大问题，也可能是误会。这是笔录，你签个字，就送你回去吧。"

成林拿起来看了一下，大意是：地区大项目集资款返还后，他拿了六千元送到家里，老婆又拿着去银行里转存了。成林想，虽然细节没记录下来，可大致情况也是这样，他签了字。

成林被送到了马店镇政府大门口。他下车后没有进院，找到摩托车骑着就向家里走。淑君今天休息，应当在家。他打开门，淑君不在。他坐在沙发上，刚闭上眼睛，淑君回来了。

"你去哪里了？"成林问。

"我去检察院了。"淑君说。

"怎么回事？"

"今天一早，检察院来人叫我去一趟。去后问我那六千元钱的事，我实话实说了。又让我回来把存款单拿去，我刚送去。"

听了淑君的话，成林如梦初醒，认识到了问题的严重性。他拿起了手机，拨通了孙显波的电话："孙会计，那六千元钱是怎么回事？"

孙显波说："赵镇长，昨天早上，孙镇长把那五万四千元钱送给了我，叫我入经委的账。他说其他乡镇有因为私分这笔没处下账的钱闹出事的，我们这笔钱也不能分了，快入账吧。我立刻就给你打电话，可你一直关机。就在我着急时，检察院来人了，把我带到了检察院，要我交代揭发你贪污受贿的事。听说还询问了几位厂长，查了经委的账，也查了各企业的账……"

成林听着听着，扔掉了手机，瘫坐在了沙发上。

“成林的案子怎么样了?”

“经严格讯问和多方调查,没有发现其他问题。只有你提到的那个具体事件得到了落实。”

“这不是更好吗?孤立的案子不牵扯其他人,你也就不得罪其他人,这样你多好处理!”

电话那头沉默着。

“你就快点提起公诉,进入诉讼程序吧。”

对方沉默了一会说道:“好吧。”

电话挂断,电话这头的人又狠狠地说了一句:“我还要考考那只老狐狸!”

成林被检察院提起公诉,诉讼到了县人民法院。消息不胫而走,就连法院院长江振海也是先从小道消息得知的。他知道后迅速回到办公室,拨通了反贪污庭庭长王正山的电话。

“成林的案子是怎么回事?”江振海急切地问。

“江院长,我也刚接到案宗,还没来得及看。”王正山回答。

“你快把案宗拿过来,我要看一下。”

案情很简单,卷宗没有几页,江振海很快就看完了。而在他看来更简单:贪污!事实清楚,要素齐全,证据确凿!

江振海站起来,瞪圆了眼睛,要是成林在眼前,他真能给他两耳光子。一会他又叹息道:“成林啊!成林,你怎么聪明一世糊涂一时啊!你脑子里到底少的是哪根筋!”

辛小婷在单位听到了人们议论成林的事情,她心中一惊:成林啊,你傻里傻气的还是被人暗算了!她放下要做的事情就快速向王志刚家跑去。到了王志刚家,正赶上他下班回来。辛小婷劈头盖脸地问:“表哥,成林的事是怎么回事?”

“他贪污,被人检举了。”王志刚平静地回答。

“现在进行到哪一步了?”

“检察院审理结束,已向法院提起公诉,进入法院的诉讼程序。”

“这么说在检察院已经没有余地了?”

“是的。”王志刚歪着头，不敢正视辛小婷。

辛小婷两眼盯着王志刚:“表哥，这一切都是你亲手办理的吧?”

“贪污的事实摆在那，既有人证又有物证，我又有什么办法?”

“你没有办法? 你办法多得很!”辛小婷厉声说。她继续说着:“我问你，你调查过吗? 分析过吗? 你知道事情的内幕吗?”

王志刚一惊，掩饰着心中的惊慌问道:“什么内幕? 你知道吗?”

“你不知道? 我知道! 我告诉你，”辛小婷狠狠地拍着桌子，吼着说，“赵成林就不是个贪污的人! 表哥，你就这么干吧，我还告诉你，人不报应天报应，你就等着吧!”辛小婷说完，疯一样地跑出去，狠狠地摔上门。

辛小婷从王志刚家出来就去了律师事务所。她进去一会又出来了，快速向家里走去。爸爸已退居二线，很少上班了。辛小婷回到家见到爸爸就急切地说:“爸爸，成林出事了，你听说没有?”

“上午在街上听到人们议论。”爸爸说。几年来爸爸再没听小婷提起成林，可他知道，她一直关注着成林。

“爸爸，我知道你正直，不愿意出面求人。成林受到陷害，你能不能过问一下，拉他一把?”

“你怎么知道他是被陷害?”

“成林是个很自律的人，他不该做出这样的事。我有一种直觉，他被人算计了。”

“现在案子在哪里?”

“已经提起公诉，到法院了。”

“到了法院就不好处理了。”

“那也别不管不问!”

“怎么这么快? 在检察院时怎么就没听说?”

“这也证明这里面可能有问题。”

爸爸拿起电话拨通了江振海。爸爸简短地说明了要问的事，就听江振海在说着，爸爸在听着。

通话结束，爸爸说:“从案宗上看，贪污罪成立，无任何漏洞可挑。

如果再找不到其他证据，恐怕事情就不好办了。”

辛小婷思索着说：“或许陷害人的材料，要比正常的材料更严谨。”

爸爸想了想说：“你就给他请个律师吧，或许律师能帮忙找出破绽。”

“这能轮到我吗？已经有人给他把铁嘴请去了。”辛小婷说。

妈妈看着小婷那焦虑的样子，一句话也没敢掺和。他们默默无语地吃了一顿饭。

饭后辛小婷说：“爸爸、妈妈，我有事要出去一趟，这几天你们就不要找我了。”

“是给单位出差？”妈妈问。

“是吧。”辛小婷答应着。她悄悄离开县城，去了省城。

辛小婷的到来着实让王志刚感到不安。特别是她说知道内幕时，把他惊了一跳。幸亏她说的知道只是她自己的直觉，没有任何依据。

他接到成林案件的同时，也接到了孙学军的私密电话，孙学军一再叮咛要严办。他把举报信详细看了一下，觉得成林的问题很多，可证据却显得无力，他想到了孙学军的用意。经过审讯调查，除了那六千元钱的事得到落实外，他们再没发现任何问题，举报内容都是捕风捉影。这件得到落实的事情是贪污吗？有点牵强。可孙学军的用意是要考虑的。孙学军是他的好友，这几年关系又进一步密切。听说他今年要接替镇党委书记，甚至还有提副县长的可能。从他的年龄和魄力看，他仕途辉煌。这个人不能得罪，而且还要把关系搞得更密切些，这是个有用的人。

怎么把牵强的案件办得不牵强，办得符合法律要求，他动了很多脑筋，也早做了准备。他没有出面讯问，一直在背后指导着审讯，并随时对笔录进行认真的分析研究，推敲措辞。要让赵成林看着是这么回事，又构成了贪污事实。他早已想好了成林不签字的对策，在这里的二十四小时，他没让成林闭一次眼，没让成林静心过一分钟，他要让成林的头脑无法清晰。赵成林还真这样稀里糊涂地签了字。他老婆又和赵成林说的一模一样，还把证据送来了。这样就构成了贪污罪，天衣无缝。

他本想再慎重考虑一下，可孙学军催得紧。他就利用了自己科长的权力，催促着领导尽快批准向法院提起公诉，进入诉讼程序。就这样，案件很快移交到法院。他甚至还为自己做事的干练自豪了一番。

这事做得太亏心。这个案子要是实事求是地写出来就会改变性质，减轻处罚，也就不用提起公诉了。检察院莫须有地加重当事人的罪名，一旦被发现，他这个亲手受理案件的人，可就彻底地栽倒在这里了。辛小婷的话让他毛骨悚然，人不报应天报应的话时时在他耳边响起。他心神不宁地过着每一天。

“成林贪污案”轰动了县城。成林在这个县城里是有知名度的人物，他出事了，到处都可以听到人们各种各样的议论。

“这个人一身正气，怎么就成了贪污犯了呢?”

“这才叫哑巴狠，表面看上去为人正派，贪起来也毫不手软。”

“听说他是个呆子，为六千元，就被推上了法庭。”

“听说他贪了五十万，他的案子是我们县最大的贪污案。”

……

成林夫妇得知被检察院起诉后傻了眼。他们在痛苦中煎熬着。

李淑君在成林面前时强装笑容，成林不在面前时，她的眼泪就哗哗地流。她尽力把饭菜做得可口些，把话说得温柔些，把话题引向别处。她心疼自己的丈夫。妻子的所有举动，成林看在眼里，明白在心里。出事了，成林觉得很对不起妻子，现在妻子的表现又让他深为感动。他也想安慰妻子几句，可不知该怎么说。

早上，还没吃完早饭，有人敲门。成林开了门，发现不认识对方，问道:“您找谁?”

“您是赵成林吗?”来人问。

“我是。”成林回答。

“我叫刘文庆，是律师。”那人说着便进了屋。

刘文庆，成林尽管之前没有见过这人，可却久闻其名。他是本县最有名的律师，外号“铁嘴”。

成林给他让了座后，试探地问道:“刘律师，您这是……”

“我做您的辩护律师，来和你交流一下情况。”刘文庆说。

“我还没有来得及请您呢，是谁请您做我的辩护律师？”

“这不重要，重要的是我要把案件快速了解清楚，您要把全过程一字不漏地给我说一遍。”说着刘文庆把律师授权委托书拿出来给成林看了一下，并让他在上面签个字。

成林把事情的原委以及在检察院的过程详细地说了一遍。刘文庆不时地问着。成林说完后，刘文庆又让淑君说了一下去检察院的过程。他做了详细的记录。没什么可问的了，刘文庆起身要走。成林和淑君执意留他坐一会再走。他说时间紧，以后再坐吧，并说道：“你这案子比较难办，我只能尽力。”说完便离开了。

刘文庆自成林家出来，直接去了法院，查阅了成林的案宗。查阅完，他又找赵明生去了。

律师是赵明生请的。成林的事令他感到震惊。他不相信成林是这样的人。他首先想到的是请律师，就把本县最有名的律师请来了。

刘文庆见到了赵明生说：“这案子我没法辩护，你另请高明吧！”

赵明生一听急了：“刘律师，嫌案子小赚钱少吗？这不要紧，我有钱，加三倍、四倍都可以，只要您说话！”

刘文庆也急了：“这根本就不是钱的问题！我问你，事实清楚、要素齐全、证据确凿，你让我怎么去辩？”

停了一会他又说：“那个呆人，还培养了个呆老婆。两口子说的严丝合缝，还把证据送到了检察院。她说她不知道啊！她说没见过啊！也给我留条辩护的路。这下好了，把我的路全部堵死了。你让我怎么辩护？你让我说他只有这一次，数额也小，他是个对社会有贡献的人，法院，你饶了他吧！有用吗？”

赵明生思索了一会说：“刘律师，法院院长是成林的老领导，是他的铁哥们。这个因素可不可以考虑？”

“嘿嘿！”刘文庆冷笑说：“院长，院长怎么了？我问你，院长能改法律，还是能改口供？只要法律不变，口供不变，这贪污罪就是板上钉钉！”

听了刘文庆的话，赵明生摇了摇头说：“刘律师，你尽力吧！”

刘文庆叹了口气答应着:“也只有这样了。”

法庭辩论显得毫无意义。事实清楚,证据摆在那儿,律师只能从当事人案件前后的表现进行分析。认为当事人是坦诚的,认识是深刻的,并建议法院从轻判罚。法官也当庭表示会考虑律师的意见。

一切都结束了,只能等待法院的择期宣判了。

淑君走在上班的路上。自从成林被起诉到法院,她情绪低落。她不想承认自己是贪污犯的老婆,可丈夫被起诉到法院是事实。她低着头走着,听到路旁站着一伙人在议论成林。她无心去听路人说话,可一句清晰的话传进她的耳朵:“这就是贪污犯的老婆,走路都抬不起头了。”

淑君心里一怔,像想起了什么。她站住了,她转过身向后走。她不管上班就要迟到了,她不管人们在好奇地望着她。她回家重新洗了脸,梳了头,又化了淡淡的妆。她换了一身庄重的新衣服,背上成林给她买的、一次也没舍得用的新背包。她抬头挺胸,目不斜视地走了回去。她经过那伙人,又引起了窃窃私语,又是一个清晰的声音传来:“这才是赵成林的老婆!”

她大步向单位走去。

第三十二章

王正山庭长承接了成林的案子，这真让他绞尽了脑汁。

这案子是他承接过的案件中涉及金额最小的案件，是最简单、最清晰的案件，也是唯一没有找理由来减少贪污数额的案件。现有案由，哪怕有一点破绽，都很容易被律师拉出诉讼程序。

其实，要避免进入诉讼程序，也根本用不着律师，当事人的一句话就可做到。可以说自己分管工业，给企业的业务关系户送了点礼，买了几斤海参；可以说请企业的业务关系户吃了几顿饭，没有报账，钱在这里面出了。听说他的手机、摩托车都是自己出钱买的，每月的话费、摩托车耗油都是自己掏钱。就说这钱付了手机款、付了汽油费不就完了嘛！尽管也违纪，可就不用进入司法程序了。

进入了司法程序就没有情面可讲。这是以事实为依据，以法律为准绳的地方。

王正山做法官已有十几年，怎样量刑，用不着向别人请教。可他心里总觉得别扭，打不起精神来宣判这桩案子。怎么办？去请示一下院长？这一念头刚一出现，两年前的场面又历历在目。

那是江振海刚上任不久。王正山手里的一个案子就要宣判了，没听到领导的授意，也没有觉察到领导的意图。他自己感到吃不准，就去了江振海办公室问道：“江院长，这案子怎么判？”

江振海差点把桌子掀了。他拍着桌子，指着王正山的鼻子说：“法官不知道怎么判案，你立马给我写辞职报告！”

从那时起，再也没有人敢去向领导请示怎样判案。每个法官都感觉到了自己身上的责任和压力。也是从那时起，很少有人来法院说情了，法院的工作逐渐变得正规、高效。也就是从那时起，黑脸包公坐堂人民法院的佳话传遍了全县。

今天的案子可不可以和江院长探讨一下？可以吧，因为这是他关注的案子。王正山决定去一趟院长办公室。可去了怎么说？说什么？他们的办公室之间只有三十米远，王正山用了整整三十分钟才走进了江振海的办公室。

江振海坐在圈椅上，头向后仰着，闭着眼，手在习惯地转动着钢笔。他听到有人敲门进来，抬起头看见是王正山时，又把头仰了回去，闭上眼睛。

王正山像个犯了错的孩子站在那里。许久，江振海抬起了头，说："该怎么判，就怎么判吧。"

法院没有让成林夫妇等得太久，判决书下达了：判处赵成林有期徒刑一年，缓期一年执行。

判决结果很快传遍全县。街头巷尾，人们在热议着，褒贬不一。

淑君陪着丈夫走完了所有法律程序。判决是一种解脱，它把成林夫妇从等待的煎熬中拯救了出来。

成林夫妇回到了家，成林对淑君说："我闷得慌，想找地方清静一下。本想咱们一块出去最好，可儿子虽然寄宿在学校，随时都有可能回来。再说这几天家里没有人也不好。"

成林从淑君的目光里看出了她的担忧，又说："我出去少则三天，多则五天，我会及时回来的。你不要担心我的安全问题。儿子回来多安慰他几句，家里就拜托你了。淑君，真对不起！"

淑君强忍泪水说："别说对不起。你放心吧，家里有我。我也会好好等你。"

"这件事受打击最大的是父母，我想回家安慰他们一下。可真没脸回那条旮啊！要不，我骑着摩托车，在天黑的时候回趟家？"

"不行！"淑君从结婚到现在，从来没有板着脸对成林说话，这回她板起了脸说："成林，我觉得你没有愧对社会，没有愧对任何人。在这件事情的处理上，人们都说咱们是一对呆子。咱们呆，愧对了自己，但没愧对自己的良心。你走在这县城里，走进虎龙夼，要直起腰板，抬起头，挺起胸。在这样的时候，更不能让一些人看不起咱们！"

妻子的话让成林一震，他感激地看了妻子一眼。

淑君给成林准备了衣物和足够的钱，第二天一大早他就出发了。临走时他告诉妻子："这几天我就不开手机了，有事我会给你打电话的。"

成林走后，淑君又落泪了。

赵顺德老汉听说儿子被法院判了刑，一下子呆在那了，吓得老伴直拍他的后背，好长时间才缓过气来。他呻吟着："怎么会这样？怎么会这样？"

他"咯噔"一下想起了成林出生前一天做的梦。这梦忘却了几十年，现在又清晰地浮现在他的脑海里：一个穿着长袍、留着长须、满面红光的长者对他说："顺德啊，老天赐给你一个好儿子，遗憾的是他是个瘸子，给他找根拐棍吧，来帮他一下，少摔跤。"

他捶胸顿足："赵顺德啊赵顺德，成林明明是个瘸子，你怎么就视而不见呢？他少根筋啊！他脑子里少根筋啊！"他说着，老泪纵横。"咱是瘸子，就老老实实待在家里，当什么这个长，那个长啊！老天啊！一个瘸子摔倒了，爬起来是艰难的，谁来扶他一把？谁来扶我儿子一把？"顺德老汉哭出了声。

这天，县城里的雾霾特别重。这个沿海县城的空气清新是全国闻名的。这里雾是常有的，霾是少见的，这么大的雾霾交加更是罕见。路上的人们戴着口罩，有的女人用纱巾把头裹起来。他们脚步匆匆，不愿意在室外多待一刻。

白沙河沿河公园在这样的天气中显得凄凉。成排的柳树像被钉在那里，下垂的枝条滴着浊水。河面被淹没在雾霾中。这里没有了打太极、耍扇、舞剑、散步的人们，连热恋中的男女青年也没了踪影。

有两个人的身影在公园中晃动，他们顺着河堤向下游走，四处张望着，确定周围没有人时，便开始了谈话。

“这件事做的是不是有点过？”一个人说。

“这小子跳得也太高了，大有要把我贬下去的气势。不修理修理他还行？本想在党委会上整整他就行了。可这不识时务的小子，还蹬着鼻子上了脸，这一肚子气出不去，还不把我气死！”另一个人说。稍停他接着说：“把他弄到检察院，本意也就是彻底地整整他，杀掉他的锐气，解解恨也就行了。可这小子，你怎么领他还真怎么走，就这么呆里呆气地走进去了，这也就怨不着咱了。”

“他是一匹难以驾驭的野马。”

“谁不听驾驭，就得给谁点颜色看看。”

“你这不是给点颜色看，而是驾驭不住的马就杀掉。你坑害了人家。”

“怎么是我？是我们！具体操作不是你办的吗？再说，这事还不是也为你出了气？要不是他抢了你技术科长的位子，机械厂早晚还不是你的？那可是个肥得流油的差事。”

“好吧，是我们。如果你能驾驭住这匹野马又会怎样？”

“平心而论，这小子在工作上确实是一把好手。想问题，看问题，步步都在点子上，可我不能容忍他做绊脚石。”

长时间的沉默。

“我觉得你这点颜色给得有点牵强，我的手脚做得也不利落，心里不踏实。”

“这事要是让那只老狐狸知道了，饶不了我，也饶不了你。”

“真有点后怕啊！”

“今天约你出来就是要把这事定死。天知地知，你知我知，永远结束了。就让他死都不知道是怎么死的吧。这年头，打个电话都怕被人监听啊！”

他们已走到了河堤公园的尽头。一人原路返回，一人下了河堤。下了河堤的人走到在那里等待他的桑塔纳车前，他一拉车门，车锁着？他抬头一看，司机从侧面跑了过来，他不满意地瞪了司机一眼。

成林这几天没有走远。他回了趟家，安慰了一下父母就离开了。他在沿海一带转悠。晚上，他在镇上找个小旅馆胡乱地睡了一夜。白天，他不是在海边，就是在山顶。他想独自一人静下心来，把这几年的事情和近来的案件理顺一下，可怎么也找不出个头绪来，“贪污犯”总是在他脑海里打转。三天过去了，他依然无法接受这个现实。怎样面对亲人朋友？亲人又怎样面对社会？儿子会以怎样的眼光看他？他是贪污犯的儿子，他爸爸在服刑。儿子就在这样的环境中成长？好长时间没去看宫老师了，还有脸去看他吗？

成林的心被压碎了，他想到了死。可这念头刚一闪，脑袋里轰的一声，像响起了一个巨雷：“你这个孬种！”

成林愣了一下。这是谁的声音？这是爸爸十几年前的声音！这声音他忘记了好多年，现在听起来还是那样清晰，那样有力。“一次？一次就不可以被抓吗？记住，不应当做的事一次也不能做！这是准则，这是原则！”

爸爸！是儿子没记住您的话，才摔了一跤。爸爸！儿子向你承诺过，儿子不会做孬种！

他当即决定中午赶回家，做自己该做的事，不能沉沦。走着走着，他发现自己是在虎龙山脉的最高峰——坐母山的山顶。他极目远望，虎龙河畔正在修建旅游通道，三座古刹在修复之中……虎龙夼啊，你要崛起了！走着走着，远处又传来了那古老而又熟悉的歌声：

虎龙河的水啊，
来自虎龙夼的川，
你流经悬崖路弯弯。
悬崖逼你溅浪花，
路弯使你流潺潺。
……

成林听着这歌声感到格外亲切。虎龙夼啊！你什么时候都会给你的儿女以力量！

成林大步向山下走去。

第三十三章

自和成林认识起，淑君就感到成林是个诚实和严谨的人。她认为，这样的人吃亏，但不吃大亏。可现在这亏吃的还小吗!

贪污受贿? 淑君从来没有把这几个字眼和成林联系到一起。两年来，成林除了秋天带点花生、芋头回家外，淑君再没见到过什么。就是过年过节都没个人来看望他。他们两口子领着自己微薄的工资，过着清贫的生活，感到满足和踏实。

一笔钱，一笔莫名其妙的钱! 淑君绝没有想到，自己的一个举动，“坐实”了丈夫的贪污行为，把他们带进了天昏地暗的境地。她后悔、懊恼，后悔自己没有法律常识，懊恼自己没有保护丈夫的意识。是自己拖累了丈夫，看来自己真是人们所说的呆子。

成林走后，淑君又抹了一阵眼泪。心想，还是去上班吧，待在家里更伤感。前几天，科室主任已经找她谈过了，说给她半个月的时间，这半个月来不来上班都可以，不来也不用请假，工作方面都安排妥当了。她很感激领导。

淑君正在换衣服，有人敲门，开门一看是芹姐，只见她大包小包提了一大堆，她把芹姐让进屋，说:“芹姐，你怎么来得这么早?”

“我坐了咱们夼里的早班车，怕走晚了，你们上班去了。成林呢?”芹姐问。

“他今天早上刚走，说要出去清静一下，过几天才能回来。”

“听说他遇着事了?”

“是，芹姐。”淑君委屈的泪水流了出来。

“哭什么？有什么了不起的！还拿着当回事？大不了回咱虎龙夼！”芹姐看着淑君，气愤地说。

淑君自和成林结婚后，每次去虎龙夼必定会见到芹姐。她俩长得像，性格相仿，更是谈得来。她们都把对方当成亲姐妹。芹姐来了，淑君像见到了亲人。她不去上班了，想和芹姐好好说说话。她给芹姐让了座，倒了水，就并肩坐在一起。

“妹子呀，成林是我看着长大的。他从小就爱跟着我，我最了解他了。他看准的道，就是十头牛也拉不过来。可你也别说他犟，他要想做的事，还就是没有做不成的。”芹姐说着又放慢了声调，说：“可能啊，他吃亏还就是吃在这犟上。”

“也可能是这样。”淑君答应着。

“不过没事，你放心妹子，山压不夸成林，海淹不死成林。他要出去清静一下，你就让他出去。过几天，他想好了，就会高兴地回来，我心里有数！”

“他出去，我是放心的，芹姐。”

“你跟着成林，没错！说句不好听的，跟着成林，就是要饭吃，也比他们吃得香！”

芹姐把带来的大包小包都打开了。有花生、银杏、干枣、桃脯、杏脯，还有她亲手烙制的火烧。她边打开边说：“这些都是咱们自己种的，自己煮熟晾干的，也是成林最爱吃的。你们先吃着，到了秋天，我给你们送新鲜的。”

芹姐来了没多长时间，淑君的伤感减去了许多，心里好受多了。她们对坐着，有说不完的话。芹芹把成林从小数落到大，儿时的趣事、糗事都抖落了出来。说完了成林又说虎龙夼。说虎龙夼森林公园将在什么时候建成，建成后每年每人能分多少钱。她说，再过三年，当咱虎龙夼里的老百姓，要比当个乡镇干部还强。她们兴高采烈地聊着，不知不觉到了中午。她们简单地吃了点饭，又继续聊。直到下午四点，芹姐才突然说道：“差点过了点，我还要坐夼里的末班车回去呢。”

“芹姐，你就宿了吧，明天再走。”淑君看着芹芹诚恳地说。

“不了，妹子，我回去，过几天还来。”她收拾了一下，出门时又嘱咐着：“妹子，你千万别想不开。你们工作上的事情我不懂，但我知道，成林是个靠得住的男人。只要他在，你就什么也别怕。”

送走了芹姐，淑君觉得心里宽敞了许多，身子也松快了许多。晚上她踏踏实实地睡了个好觉。

第二天淑君刚吃过早饭，又有人敲门，她开门一看，面熟又一时想不起来：“你是……”

“我是刘绍朋，县机械厂的。”

“是刘厂长，你看我这眼神，真不好意思，快进来坐。”说着就把刘绍朋让进了屋里。

“大嫂，这两天我给赵厂长打电话，一直打不通，我过来看看。”

“谢谢你刘厂长！他这两天出去了，很快就会回来的。刘厂长你坐。”淑君说着就给刘绍朋倒水。

刘绍朋坐下，说了一些宽慰的话后，又说：“赵厂长不是个谁让他倒下他就倒下的人，他会东山再起的。大嫂，赵厂长回来后麻烦转告他，有需要我的地方打个电话，我愿意跟随他。”

刘绍朋坐了一会要回去，淑君谢了又谢。送走刘绍朋，赵明生来了。他一进门就扯着嗓子嚷道：“嫂子，成林呢？”

“他出去两天了，说是到外面清静一下。”淑君说。

“哦，他是去虎龙夼了，我去找他！”

“找他有事吗？”

“有事！找他回来当开发虎龙夼的董事长！看一年为那么几千块钱的工资闹得这个别扭！”他说完转身就走。刚出门又转过身说：“嫂子，天下本无事！你可不要自寻忧愁！”

淑君笑了，边笑泪水边充满了眼眶。她想答应着，可哽咽得说不上话来。她紧闭着嘴唇，使劲儿地点了点头。

三天来，淑君接待了很多客人。有机械厂的，有外经委的，有山头镇的，还有其他的朋友。有她认识的，也有她不认识的。这三天，来的人都带着礼品，房间都被放满了，像个小超市。他们都说了很多宽慰的话，这让淑君觉得欣慰。特别是山头镇四位厂长的到来，更让淑君感动。他们来带了很多东西，说了很多话。他们其中一位说道："过去，赵镇长管得严，我们不敢给他送礼，现在敢了。我们不会因为给一个在刑犯送礼而犯行贿罪，一个在刑犯也不会因为收礼而犯受贿罪。"把淑君说得当场就流下了泪。

第四天早上，淑君早早起来，吃了饭就锁上门出去了。她有一种预感，今天成林能回来。她要去市场买成林最爱吃的海螺、蛏子……她要早走，免得再来人让她走不出去；她要早走，免得去晚了市场上没有新鲜货了。她有很长时间没给成林好好做顿饭了，她要买最好的，她要让成林回来好好地吃上一顿大餐。

她大包小包地提着食材回到家，洗净放好，又把葱、姜、蒜等调味品备好、切好。她要等成林到家后再做，让他吃热的。海产品凉了就不鲜了。

十一点半了，成林还没有回来。她有点着急了，可总觉得他能回来。她站在凉台上张望着，十二点了，远远看到了成林的身影。她兴奋地打开门，站在门口等着他。

成林上了楼梯，走到家门口，见淑君站在那里扶着门，笑盈盈地和他打招呼："你回来了！"

成林感到意外。这几天，他一直担心淑君一个人在家会情绪低落，没想到一见面竟是笑嘻嘻的。他进了门问道："什么事让你高兴成这个样子？"

淑君把门关好，认真地说："有两件事让我高兴。"

"哪两件事？"成林到了洗刷间，要去洗手洗脸。

"第一件事是你回来了，我很高兴。"淑君跟在他的后面说道。

"第二件呢？"

"第二件事是我对你有了新的认识。"

"闹了半天，咱们结婚这么多年了，你还不认识我？"

"我说是新的认识嘛！"

"说说看。"

“以前，我总以为你整天板着个脸，一副正经气，还能交往下个人？这三天我发现，你交往下人了，而且都是铁杆的。你患难了，他们站出来了。”

成林洗完了脸，淑君给他搬了个凳，让他坐在厨房门口，又给他倒了杯水。自己边做饭，边把这三天的经历说给成林听。淑君把饭做好了，满满的一桌子。她整理了一下饭菜，就把成林领到了卧室，说：“看看吧，我把它们归置到一块了，这就是我三天来收的礼！”

她又看到桌子上的纸条，拿起来递给成林说：“宫老师也来过，这是他给你留的纸条。”

成林打开，上面写着：摔倒了，站起来。只要站起来的次数比摔倒的次数多！

成林看着，眼睛湿润了。他们坐下刚要吃饭，淑君说：“差点忘了重要的事。你老领导来电话了，他让我告诉你，你回家的第一件事是给他打电话。”

成林打开了手机，拨通了江振海的电话。

“是成林吗？”是江振海那浑厚的声音。

“是我，老领导。”

“你给我听着，你是条汉子，你要站起来！”

“是，老领导。”

“别说给了你缓刑，就是把你送进监狱，你也要给我站起来！”

“是，老领导。”

“别一口一个老领导，你现在就给我表个态。”江振海严肃地说。

“是，老领导，我现在就给您表个态。老领导，我是成林，我是赵——成——林——”成林说得很低沉，字字掷地有声。

江振海笑了，乐呵呵地说：“成林啊，你是成林，我没看错人。你休息两天，过来一趟，又到了咱们好好谈谈的时候了。”

吃着饭，成林突然说：“下午看看家里有多少钱，不够再借点。”

“你要做什么？”淑君问。

“我们资金不足，先买个小型农用车，我要做化肥生意。”

淑君笑了。“你笑什么？”成林问。

“芹姐说了，你看准的道，就是十头牛也拉不过来。你想做的事，还就是没有做不成的。”

成林使劲地点了点头。两人相视着，幸福地笑了。

第三十四章

成林要考驾照，去驾校报了名。从驾校出来，他要去汽车城看看什么样的车适合自己。当路过县法院门口时，想起江振海的电话。他掏出手机，拨通了江振海。江振海正好有时间，让他上去坐一会。

对于自己的案子，成林已经放下了。可江振海并没有放下，他有一种预感，还在关注并等待着什么。

江振海乐呵呵地接待了成林。给他让了座，泡了茶，寒暄着。他想安慰成林几句，可搜肠刮肚也找不出合适的语言。他转换了话题："成林，近来有什么考虑？"

"我想买台农用车，去做化肥生意。"成林说。

"你想当小贩，去贩卖化肥？"江振海问。

"老领导，我现在市场也没打开，只能做小贩。我出生农村，了解农村。请相信我，随着时间的推移，我会把小买卖做成大买卖，把小贩变成大贩。"

"这我毫不怀疑。可我总觉得贩这个字眼，就不该安在你成林的头上，这就不是你该做的事。"

"老领导，我没有资金，其他的事情做不了……"

"有资金还需要你赵成林吗？谁还不能做！"

成林的话还没说完，就被江振海呛上了。两人尴尬着，陷入了沉默。江振海想，今天本来是安慰成林的，可没想到自己这臭脾气，没几句话就把嗓门拉高了。怎么办？既然赶到这个节骨眼上，就不管那么多了，还是要狠狠地敲打敲打他。

他从椅子上站起来，说："成林啊，你当贩子，做得再好也是个贩子，说明不了什么。你要做有影响力的事。你要跺跺脚，让这县城抖一抖！你要告诉人们，我不只是个能摔倒的赵成林，还是个能站起来的赵成林！"

成林怔怔地望了江振海一会，又低下了头。对于自己应当做什么，他考虑了很多，也有过多条思路。他想到过港城工程机械厂的姜明海、虎龙夼的赵明生，但他不想依附任何人。自己上个大项目？仅资金就不是一件容易解决的事，更何况还需要一个团队。加上自己目前的处境，更是难上加难。他考虑再三，最终还是选择了这个最稳妥、最易行的路子。可老领导说的不无道理，他也不甘心！

看着成林的表情，江振海平静了。他的手又在习惯性地转动着钢笔，眼睛不时地观察着成林。他打开抽屉，拿出烟和打火机，说："想抽烟这里有。"

成林慢慢走过去，抽出一支烟点上了。他深深地吸了一口，又长长地吐出。他把烟抽完了，来到江振海的面前，说道："好吧，老领导，我会重新规划选择的。"他的声音低沉而有力。

江振海笑了。他说："就该这样，甩掉包袱，全力以赴。"

他们又谈了很长时间，把吃饭的时间都忘记了。最后江振海说："我会全程关注你，你拿出自己的智慧和才干，大胆地去干，成功在等待着你。我相信，你会让所有关心你、相信你的人为之骄傲！"

成林深情地说："谢谢老领导的点拨，我不会让您失望。"

三个月后，《关于成立山海县热力公司的申请报告》《山海县成立热力公司可行性分析》《全县集中供热工程总体规划方案》《供热工程实施方案》等一整套完整的资料，摆在了县委书记刘冰山的案头。

这天，成林夫妇还没吃完早饭，有人敲门。淑君开门一看，一个人手里抱着纸箱，见了淑君就说："嫂夫人好！"

淑君迟疑一下，认出这是姜明海。她说："姜总你好！欢迎！"她赶快接过纸箱又说："这是做什么？"

姜明海没有回答淑君的话，反问道："嫂子，你叫我什么？"

"你是堂堂正正的总经理，叫你姜总怎么了？"

"在咱们这里没有经理，只有哥们，你该叫我老弟！"

"好，那么我就叫你姜老弟了。"淑君笑着回答。

姜明海指着纸箱说："这是我顺路买的一点菜，麻烦嫂子中午给做一下。我要和成林好好喝一杯。"

成林把姜明海让到了客厅，倒上茶。寒暄了一会姜明海说："在家里闷得慌，咱们开着车到海边去转一转。"

他们说着就要出门。姜明海对在厨房里忙活的淑君喊道："嫂子，我们出去了，十二点回来吃饭，辛苦你了。不要准备酒，车上有，我们回来时再带上来。"

姜明海听说成林出事了，吓了一跳。他怕是误传，可经过打听，确是事实。他安排好工作，抽出时间来看望成林。

他们驱车来到海边，下车后沿着海边沙滩向前走着。春风吹拂，清澈的海水掀起层层浪花，拍打着海岸，海鸥在空中盘旋着。这是令人愉悦的地方，可他们都没有心情去欣赏，只是在沙滩上留下两串脚印。

他们默默走了很长时间，姜明海说："让人鸡蛋里挑了骨头？"

"苍蝇不叮无缝的蛋。"成林说。

"你这样严谨地对待自己，让我敬佩。可你对"欲加之罪，何患无辞"还是理解得不深。"姜明海说。

成林不语。

当一个人全神贯注、全力以赴向前奋进时，来自侧面或后面的轻微打击，往往都是致命的。战场上就是如此，没有一个安全的后方太可怕。

知己相逢，一切都在心中，还有什么话需要说呢？

他们向前走着，又是长时间无语。

他们看看天，又转过身向后走着。看着过来时留下的两串脚印，成林说："路是自己走的，脚印是自己踏出来的，我不抱怨别人。"

姜明海说："那你现在有什么打算？"

成林说:“我们县没有集中供暖，我想上个热力公司，解决县城集中供暖问题。目前，我们县正在申请撤县设市。我想，这个项目将会适应县城的发展。”

姜明海思考了一会说:“你单枪匹马，没有资金，没有团队，恐怕干起来困难会很大。”

“我知道。”成林回答。

“实际遇到的，可能要比你想象的还要大。”

“我有这方面的思想准备。”

“要不，你还是来我们公司吧。”

“我知道，去你们公司，会得到你们的庇护，可我不能去。”

“这是你的性格。”

他们走着，姜明海说:“成林，我的老伙计，老弟没什么可说的，就一句话:有需要老弟的地方，只需打一个电话。”

成林转过身，四只手紧紧地握在了一起。

他们继续向前走着，回头看看，脚印也变深了。

姜明海看了看表说:“哎呀！都十二点多了，嫂子一定等急了。快走，咱们弟兄俩今天中午要好好干一杯！”

第三十五章

成林的案子进入公诉阶段，辛小婷就悄悄来到省城一家知名度很高的律师事务所，找了一位资深律师进行咨询。她把成林的案情以及工作处境做了详细介绍。

律师听了她的叙述说：“本案就其自身来说，贪污罪成立。但从所处人际环境和事发因由看，很容易推理出成林有被陷害的嫌疑。”

“那好，我聘请你做成林的辩护律师！”辛小婷急忙说。

“不，法院判案是以事实为依据，推理不是推翻案件的条件。”

“那该怎么办？怎样才能阻止法院判决？”

“必须掌握确凿的证据，起诉他们诬告陷害罪，才能阻止。”

“可我没有直接证据。”

“那就只能等。”停了一会他接着说：“假如这真是一桩陷害案，那么陷害者已经建立起了攻守同盟，你不会轻松地得到证据。所以你不要轻易去做什么，以免打草惊蛇。我看他们的陷害手段并不高明，单独审讯很容易被攻破。时间长了，也可能因他们松懈而露出马脚。”

“这么说只能等待机会了？”

“我看这样处理比较合适。”

辛小婷从省城回来，无奈地选择了等待。但她对山头镇更加关注了。近来她听说山头镇不太平，就找了个事由，给镇妇女主任唐文荣打电话。她们把要说的事说完后，辛小婷装作闲聊的口气问了一句：“山头镇现在的工作情况怎么样？”唐文荣说：“不太好，发展黄牛养殖的事搞得一团糟，闹不好会出现集体上访事件。”她简单地把事情向辛小婷说了下。

听了唐文荣的话，辛小婷想：孙学军，你这个愚蠢的狂妄者，你不折腾出点事来那才叫怪。我等着了！

辛小婷在密切注视着山头镇的动向。

山头镇发展黄牛养殖的工作，调子高、声势大，本地黄牛的价格急剧上升。

镇里成立了黄牛采购领导小组，孙学军亲自挂帅任组长，由分管多种经营的副镇长朱志高具体负责。朱志高组织了几名机关干部、兽医站人员和几个村的村干部组成了外出购买团，奔赴本省西部、附近省份以及内蒙古进行购买。

他们转了几圈都无功而返。他们不认识牛的年龄，不会判断母牛的生殖能力，甚至连病牛、老牛、弱牛都判断不出来。更别提看行情、谈价格了。就这样，半年多过去了，工作毫无成效。孙学军心急如焚，大发雷霆。

本镇有个牲畜经纪人叫刁占才，常年做牲畜生意。他经常根据市场情况去外地贩卖一些驴骡马牛。自从镇里要大力发展黄牛养殖，他每天都在市集的牲畜市场上转悠。当看到黄牛的价格在直线上涨时，他心中暗喜，大赚一笔的时候到了。他做了一下准备，要去内蒙古贩一批黄牛。就要出发时，这个精明的买卖人像突然想起了什么，决定不去了。等一等，可能有更好的买卖在等着他。

孙学军急得团团转，恨不得亲自上阵。可一想，自己上阵又能怎样？自己不也是个外行吗？应当找个明白人。他一提出这个想法，就有人向他推荐刁占才。刁占才就这样被招进了孙学军的办公室。

刁占才心花怒放，一笔无本经营的大买卖到手了。他掩饰着内心的高兴，装出一副困难重重的样子和孙学军交谈。孙学军向他谈了镇里的打算、安排和要求。刁占才则根据情况提出了一些建议和具体的运作方式。孙学军听得高兴，心想行家就是行家，处处都说在点子上，早用他就好了。他们很快达成了共识。最后刁占才说：“孙镇长你放心，这事我一定会办好。就是资金我可是一分也没有啊。”

孙学军说：“这不用你操心，你只要把你应做的事情做好就行了。”

刁占才掩饰着内心的高兴，奉承地说：“为你孙镇长效力，我会不遗余力，你等我的好消息就行了。”

经过半个月的准备，由朱志高、刁占才带队的黄牛购买团队，带上了百万资金出发了。这些钱一部分是养殖户预交的，一部分是村里垫付的，还有一部分是镇里垫付的。

刁占才做过多年牲畜买卖，与各地的牲畜贩子、经纪人都保持着联系，对北方的市场行情很熟悉。他们计划由本省向西，一个个大市场走，最后到达内蒙古。每到一处，购买一批就走，以免引起价格波动。

刁占才还真是个行家。他事前用电话联系好，每到一地，当地的经纪人都已把要卖牛的人组织好，把要卖的牛聚集到一块，刁占才便着手挑选。每一头牛他都要过目，扒开牛的嘴，看它的牙齿，并不时地用鞭子抽打着。从牛的牙口看年龄，从体型看生育能力，从神态反应、身体特征看健康状况。看完了牛就谈价格。谈价格他采用古老的方式，掏袖口、摸指头、拉缰绳、使眼色。就是站在他旁边的人，也不知道他们是以什么价格成交的。他的本事还在于，每一笔成交，都好像是卖者求着他才卖成的。他的举动让朱志高等人大开眼界，佩服得五体投地。

每到一地，他们都能很快成交一批黄牛。留下几位村干部负责向后运输，其他一伙人继续北上。他们在内蒙古走的地方最多，买的牛也最多。因为这里牛的价格更便宜。当他们从内蒙古返回时，已临近春节了。

这一趟刁占才可狠狠地赚了一笔。本来贩牛就赚钱，加上本地黄牛价格上涨，他按本地现行价格卖给村民，收益更是可观。

孙学军很高兴地召见了他，对他大加赞赏，说他为本镇经济发展作出了巨大贡献。并说春节过后要抓紧组织出去第二趟。刁占才听着高兴，这也是他所期盼的。谈完了正题，孙学军说：“刁老板，这笔买卖让你的腰包鼓起来了吧？”

刁占才迅速接过话说：“孙镇长，你怎么这样说话？ 这不是我自己的买卖。”

孙学军没有反应过来，不解地问：“不是你的买卖，是谁的买卖？”

“这是咱俩的买卖。 我组织货源，你找销路。 这不是咱俩的买卖是什么？”刁占才笑着说。

这可超出孙学军的想象，他一时竟不知道怎样回答。 刁占才看着孙学军的表情，打开自己的提包，拿出了个鼓胀着的牛皮纸档案袋放到孙学军桌面上，说：“合伙的买卖就要利益共享，这次赚了十万元，咱俩二一添作五。 孙镇长，这是你的五万元，你就收下吧。”

孙学军本想暗示他一下，赚了钱，过年要有点意思。 给他备几箱好酒，买几条好烟，是应该的。 没想到他出手竟这样阔绰，让他措手不及。

刁占才不是傻蛋，他才不会把赚了多少钱实实在在地告诉孙学军，利益最大化是他的宗旨。 要给孙学军一点是肯定的。 但给个什么数目，他费了一番脑筋。 太多了不行，会让刘学军感到自己赚得太多，宰村民太狠。 太少了也不行，打动不了他的心。 他判断这一批黄牛不能满足镇里的需求，还要继续外购。 不能让孙学军失去动力，让自己失去再赚钱的机会。 他权衡再三，认为五万元比较合适，既能让他动心，又能拿得住他。 朱志高是具体操作的人，一切在他眼皮底下进行，也必须要封住他的口。

孙学军犹豫了一会，还是把装钱的袋子推到了刁占才面前，说：“这钱我不能要，要是本镇以外的买卖，咱们可以合伙。 但这是镇里的事情，与我的工作有关，我接了有贪污受贿之嫌。”

刁占才说：“这本来就不是贪污受贿，你干吗非要往上扯？ 你不说我不说，又有谁知道？ 天知地知，你知我知，绝不会有第三者。 退一万步讲，就是我说你受贿了，”刁占才站起来，拿过孙学军放在办公桌上的公文包，拉开拉锁，把钱袋装进去，又拉上拉锁放回原处，似笑非笑地说，“没证没据，说了也没有用。 更何况这是咱们俩人的利益，我怎么会说？”

刁占才说完，又会意一笑，孙学军也微微笑了一下，看得出他已经默认了这事儿。刁占才见状，又清晰地补充上了一句："孙镇长，这五万元你就踏踏实实地收下吧！"

刁占才没有在镇大院见朱志高，而是晚上去了他家。两人坐定，刁占才很直白地说："这次贩牛赚了几个钱，咱伙计们分了吧。"说着拿出两万元递给朱志高。

这次买牛，朱志高一直在刁占才左右，对他的举动看在眼里，明白在心。他可是大赚了一笔，狠狠地宰了山头镇老百姓一刀。朱志高想，孙学军对这事也心知肚明，能把镇里的工作搞上去，自己也算有功之人。还是睁一只眼，闭一只眼，不要无事生非了。

朱志高也想到，刁占才会适当出点油水封住一些人的口，但自己不能要，特别是一定不能要现金。近来一些事情证明，风险太大。他这次购买黄牛回来，听说赵成林为那六千元钱的事被检察院起诉到了县法院，惊出了一身冷汗。他看刁占才拿出了钱，惊慌地说："这不行！咱们一块出去，你是做买卖，我是在执行公务，你可以赚钱，我可不敢！"

"你怎么不敢？"刁占才似笑非笑地问。

"这还用问吗，我接了这钱，就是受贿。不知什么时候就会进检察院，进监狱。远的不说，赵成林就是个例子。"朱志高心有余悸地说。

"你这个傻蛋，还在大院里混呢，连这点都看不出来？你有人罩着，可谁去罩着赵成林？"

"谁罩着我？"朱志高疑惑地问。

"还不明白吗？还要让我把话说到家吗？就咱们三个人，其余的人跟着抽条烟就行了。如果你不接，那个人恐怕是会不高兴的，他会想得更多，那才不是好事。"

朱志高很为难，刁占才接着说："咱们三个人心知肚明，但谁也不会说什么。你收下了，这事也就结了。"

停了停他又郑重地说："这两万元你就放心地收下吧。"朱志高心中忐忑，可觉得刁占才说的也有道理，还是把钱收下了。

春节刚过，孙学军就督促朱志高和刁占才尽快组织团队，准备有关事宜，尽早出发。

这次准备工作的最大阻力是资金问题。养牛积极户已经在第一批买到了，不太积极的则不愿意预付资金，这样就形成了资金缺口。镇里做了大量的工作，让村里多垫付一点，可还是有缺口。孙学军找到刁占才说:“这是只赚不赔的买卖，多投入，多收益，你也出一点吧。”

刁占才说:“我哪里有钱？就是能凑个三五万还管用吗?”

孙学军说:“你是做买卖的，资金紧张可以到银行贷点款嘛！这也是对镇里工作的支持，是在为本镇经济发展作贡献。”

刁占才想了想说:“好吧，我去银行贷三十万元。可这不是支持镇里的工作，为镇里作贡献，而是为你孙镇长效力。”

刁占才还是要了心眼，他说去贷三十万元，实际一分也没贷。这三十万里有二十万是上次卖黄牛赚的。他见有利可图，觉得还能再凑出十万，就说了这个数，并骗孙学军说马上就去贷款。

孙学军说:“这样就该差不多了，你支持了我的工作，我也不会亏待你的。”

两个人相互奉承了一番，达成了共识。

还没出正月，购买黄牛的团队又出发了。这次的购买像上次一样顺利，价格也没有太大差异。一批批黄牛不断运回，孙学军也高兴得合不拢嘴。可三个月后，他们在内蒙古买完最后一批黄牛准备返回时接到了孙学军的电话，让他们停止购买，能退掉的退掉，快速返回。可为时已晚，大量的黄牛还在路上走着呢。这下麻烦大了。

事情是这样的，首次贩来的七八百头黄牛已有二十几头死亡，还有几十头处在重病状态。为什么会出现这样的局面呢？一是刁占才为了多赚钱，本来就买了部分老牛、弱牛和病牛；二是运输过程中缺乏经验，粗暴运输，对黄牛造成了伤害；三是买牛的农民有一部分没有养过牛，没有养牛经验，牛病了还不知道，没能及时治疗。还有一个问题是目前市场上的黄牛价格。由于春节前购进了那么多黄牛，春节后又接连不断地跟进，使本地黄牛价格大跌。现在死了牛的农户要求无条件赔偿一头黄牛或退款。买到病牛、老牛和弱牛的农户要求无条件更换一头健康的牛。去年买牛的农户认为价格不合理，要求退还部分资金。一开始有三三两两的人到镇里找，没有引起孙学军的重视。后来，到镇里反映情况的人逐渐增多，近来他们经常串联，扬言这些问题解决不好，就组织集体上访。

这时孙学军才看到问题的严重性，他成了热锅上的蚂蚁，赶紧召回黄牛购买团队。

辛小婷就是这个时候给妇女主任唐文荣打的电话。

第三十六章

刘冰山用了一整天的时间，详细审阅了成林提交的成立热力公司、对城区居民进行集中供暖的一整套文件。

刘冰山在去年的县级领导干部调整中，由县长接任了县委书记职务。一般情况下，一家公司的成立事宜不会送到县委主要领导那里审批。可这个项目涉及县城的整体规划以及未来的发展。这是县里的大事，要经过主要领导亲自过目才能定夺。

刘冰山看完了这些材料异常兴奋。总体规划合理，实施方案可行，可行性分析更是严谨。供暖企业容易亏损，很多地方的供暖公司都要求地方政府给予补贴。可成林的分析表明热力公司成立后可以实现盈利。他不是心血来潮地胡言，而是用数据说话，令人信服。

对于城区集中供暖的问题，刘冰山已考虑了很长时间。周边经济状况好的县市已经动起来了。山海县还没有实质性规划，他这个县委书记的面子已经有点挂不住了。首先面临的是资金问题。政府出钱？县里财政吃紧，根本就拿不出这钱。让市政公司上？市政公司这几年经营欠佳，负债累累。这是个投资多、获利少的项目，没有人愿意做这种傻事。现在，赵成林要挑头干，解决了他心中的难题。

他了解成林，这么重要的项目也只有成林这样的人干他才放心。他心想，成林啊，三年前你打掉了我手中的一块馒头，今天你送来了一块大蛋糕！现在县里正在筹备撤县设市工作，计划明年底正式设市。如果你明年底把供热跟上，无疑是给山海人送上了一份大礼！

刘冰山以愉悦的心情在申请报告上签了字：计划委员会尽快组织有关单位，对本项目进行论证。

论证会及时召开，刘冰山亲自参加会议。会上，成林对项目进行了详细介绍。土地局、城建规划局、环保局等有关单位根据自己的业务范围提出了一些问题，成林都逐一给予解答。答复客观合理，有关单位都表示满意，论证顺利通过。

会议结束时刘冰山做了总结发言。他说："这是个造福民众的项目，是我们居民生活水准的一个重要标志。但这个项目涉及的方面比较多，如土地、城建、环保、电力、交通、通信等。所有涉及的单位，都要给予密切配合和支持，以保证项目的顺利进行。"

会后，刘冰山单独召见了成林。他开门见山地问："成林，这个项目的最大难点是什么？"

"是资金问题。"成林回答。

"你把打算说一下。"

"我没有自有资金，打算全部从银行贷款。"

听了这话，刘冰山紧锁眉头，问："你没寻找合伙人或投资人？"

"没有，我也不想找。"

"你打算什么时候投产运营？"

"如果资金有保证，计划明年冬季供暖。"

刘冰山粗略计算了一下说："只有一年半的时间，能行吗？"

成林说："刘书记，这样的项目是以年为周期的，拖一年的损失是很大的。只要资金能尽快得到落实，我会付出全力，保证明年按时运营。"

刘冰山思索着又问："你的工作从哪里开始？"

"从筹备资金开始，资金得不到落实，一切都是空谈。"

刘冰山说："好吧，你就按照你的计划开始运作吧。遇到难题，随时和我联系。"

成林知道该走了，站起身对刘冰山说："刘书记，谢谢你对我的支持。"

刘冰山主动跟成林握手，说："你是做事的人，做的又是正事，我该支持你。”

成林抓紧联系银行办理贷款。他去了当地的工行、农行、建设银行。每一个银行都从信贷部谈起，直至谈到行长，但均未达成贷款意向。表面原因是成林没有自有资金或资产做基础，也没有企业做担保。但成林明白，真正的原因是，他一个在刑犯，张口就要贷款几千万元，这是天大的笑话。要不是县领导对这个项目重视，恐怕他要见行长一面都难。成林很无奈，于是去找了刘冰山。

刘冰山找了个时间，约见了几位行长。三个行长到齐后，刘冰山很快转入正题，说：“我今天不是以县委书记的身份说话，而是以一个普通人的身份和你们交流一些看法。”他接着询问道：“你们说，银行放贷的宗旨或者说放贷的条件是什么？”

各个行长均说了一大堆。刘冰山接过话来说：“你们说了很多，有些专业术语我也听不懂。作为普通人，是不是可以这样理解：银行是企业，也是以盈利为目的，放贷就是为了获利。所以，放贷的宗旨就是让风险降到最低，让收益最大化，更具体地说就是能按期足额收回本金和利息，对吧？”

行长们回答：“对”。

刘冰山接着说：“以这样的宗旨为前提，你们把贷款放给谁呢？一是看放出去的贷款干的事行不行。也就是说，做的事是盈利的，风险是小的，你们就愿意放贷给他。如果做的事风险很大，你们无论如何也不会放贷给他。再就是看贷款的人行不行。也就是说你们想贷给有能力、讲诚信的人。如果一个人没有能力或不讲诚信，就是他做的事情行，你们也不会放贷给他。如果一个有能力、讲诚信的人，要贷款上个风险小的项目，你们肯定会非常高兴地放贷给他。是这样吧？”

工商行行长说：“刘书记你说得很通俗，也很正确。”

“那么，赵成林要贷款上热力公司，是他办的这件事不行，还是他这个人不行？”刘冰山稍做停顿，又接着说：“这个事是我们县的大事，尽管这不是高盈利项目，但也不是高风险项目。赵成林是我们县有点知名度的人，他有能力、责任心强，是个干事的人。你们是应该知道的，你们把他拒之门外的理由是什么呢？”

沉默了一会儿，一位行长说道：“刘书记，赵成林要做的事情和赵成林的能力我都清楚，也不怀疑。可是，尽管他被判的是缓刑，毕竟还在服刑期。”

刘冰山接过话题说：“我再次声明，我不以县委书记的身份，而是以一个普通人的身份说话。赵成林是因为六千元钱被判刑的。你们都是搞经济的领导干部，六千元是个什么概念，想必你们都很清楚。他随便找点理由，就可把责任推掉，免于处罚。可是，他没有找理由，他敢作敢当。就是连进监狱这样的事情他都敢担当，他还有什么不敢担当的！什么样的人是最勇敢的人？敢于承担责任的人。尽管赵成林是个犯了罪的人，可在我眼里，他仍不失是个勇敢的人，是位强者。你们还害怕他贷款后携款逃跑吗？”

他停了停继续说：“如果你们内部或是法律上有规定服刑人员不能贷款，这也好办。让他更换法人代表，或是等他服刑期满再贷款给他，他还有七个月的刑期。”

工商行行长说：“刘书记，不瞒你说，我们以前把他拒之门外，确实有这样那样的顾虑。经你这么一说，我认为可以给他贷款。可根据现状和行业要求，确实需要有相应经济实力的企业为他担保。否则在程序上通不过，我们也无法向上级交代。”

农行行长和建行行长也表了同样的态。

刘冰山说：“这么说如果他能找到相应的担保人，你们就能满足他的贷款需求？”

三位行长均给出了肯定的答复。

刘冰山说：“一言为定！”

刘冰山通过秘书把情况转达给了成林。成林很高兴，他立刻拨通了姜明海的电话，说明了情况，希望他们公司为他贷款做担保。姜明海说：“我没问题，可这么大的事情，需要公司三方都同意才行。你们刘书记和我们的中外方代表都熟悉。为了我好做工作，能不能让他给这两个人打一下招呼？”

成林又很快通过秘书把姜明海的意思转达给了刘冰山。刘冰山没有想到成林会找这么大的企业做担保。有这样的企业给做担保，别说贷款几千万元，就是上亿资金也能拿到。他拿起电话就拨通了费利克斯，给他讲明了情况。

费利克斯听了情况介绍，就一些不清楚的问题进行了询问。当确定是由成林负责这个项目时，他高兴地说："刘书记，小事一桩。我出一半资金，占百分之四十九或百分之五十一均可，咱们建个合资企业。有了一半资金，成林贷款就容易了。如果贷款还困难，我们还可以再做担保。"

刘冰山高兴地答应了。又一个合资企业谈成了！他急忙找来成林。让他没有想到的是，成林听了他的介绍并不高兴，而是说："刘书记，我们对外招商引资，办合资企业，为的是引进先进技术、先进设备和资金。热力公司需要的技术已经成熟，不需要外国的技术和设备。尽管总体规划需要投资上亿元，但这是长远规划。一期工程需要的资金也就是三四千万元。这个数目，我们本地银行是能够解决的。在这种情况下，为什么要把一半蛋糕分给外国人？为什么要让我们居民的福利事业被外国人掌控？"

刘冰山看一眼成林，心想：你说的有道理。可你是不是有点太狂了？有资金谁还找他！你现在没有资金，白手起家，送上门的资金还不要？可他又不好一口否定成林，说道："我已经答应他了，不好反悔。既然你同学在那里当总经理，这个外国人你又熟悉，你就跑一趟吧，看能不能把工作做下来。有个原则一定要把握，就是一定要在这里解决资金问题，确保热力公司尽快动工，按时投入运营。"

成林说："好的，我马上去一趟。"

成林出了刘冰山的办公室，打了出租车就向港城奔去。在车上他给姜明海打了个电话，简要说明了情况，并说他很快就到。

见到姜明海，成林说："费利克斯要和我们办合资企业，县委书记都答应他了。可我不同意，你看这工作怎么做？"

姜明海说："知道了他的态度就好办，你放心，咱马上就找他谈。"

"我是否回避一下？"

"没必要，咱们一块去。"说着两人向费利克斯的办公室走去。

费利克斯在办公室里翻阅报纸。姜明海敲门进来说："费利先生，你欣赏的人——赵成林来了。”

费利克斯一听是赵成林来了，急忙站起来迎上去，握着成林的手说：“欢迎，欢迎！”

他和刘冰山通话还不到两个小时，成林就到了。他想，成林一定是急于和他谈合资的事。这当然也是他很期盼的事。他手里有部分资金正愁没地方投放。这个中国通明白，热力公司是福利企业，与政府有着密切的关联。把资金投到这里是稳妥的选择。再加上由赵成林帮他经营，这是再放心不过的事。不用操心，坐享分利，他心中暗暗地高兴着。

可姜明海没有和他谈这事，简单寒暄几句就来了个大转弯，说：“费利先生，你知道你欣赏的人现在的处境吗？”费利克斯不解。姜明海接着说：“他是一个罪犯，现在在服刑期！”

费利克斯大惊，问是怎么回事。姜明海把事情的过程给他详细地介绍了一遍。费利克斯摇着头说：“不可思议，不可思议！”

姜明海接着说：“我这位同学摔倒了，他要站起来。而且他不想扶着墙站起来，要堂堂正正地自己站起来，费利先生，要不要助他一臂之力？”

“当然要助，一定要助！”费利克斯坚定地说。

“费利先生，赵成林现在不想和你搞合资企业，而是想自己搞起来，只让我们公司为他贷款做担保，你看怎么办？”

费利克斯没有想到会是这样的结果。他怔怔地看了一会姜明海说：“你这个小机灵，闹了半天是画了一个圈，让我往里钻？”

姜明海笑了。他止住笑又说：“费利先生，不管是圈不是圈，现在是你表态的时候了。”

费利克斯站起来走向成林，再次握着他的手说：“我过去就欣赏你，你现在的举动更让我敬佩。你是个永远倒不下去的人，为你担保我是放心的，我个人同意为你贷款做担保。”

费利克斯表了态，成林迅速拨通了刘冰山的电话，告诉他，费利克斯已经同意为他做全额贷款担保，希望他能给中方代表蔺文华再打个电话。刘冰山说，马上打。

十几分钟后，蔺文华来到费利克斯的办公室。姜明海站起来介绍赵成林，成林也站起来迎上去，他们握了手。蔺文华说：“刚才接到刘书记的电话，说你们在这里，我就过来了。”

成林说：“真不好意思，打扰您了。”

蔺文华说：“你为居民造福，地方政府很支持你，我们也应当支持你。”他看看费利克斯和姜明海说：“咱们三个人都在这里，就赵成林要求我们公司为他贷款做担保的事表下态吧。”

费利克斯首先说：“我毫无疑义地同意为他做担保。”

蔺文华说：“我也同意，姜明海你呢？”

姜明海说：“我也同意。”

蔺文华说：“这就算通过了。姜明海，由你协助办理有关手续吧。”

成林高兴地上前一一握手，嘴里说着：“谢谢！谢谢！”

到下班时间了，成林说：“各位都别走，今天晚上我请客。”

姜明海说：“到你的地盘你再请吧，在我们的地盘上，我请客。”

他们四人来到了公司招待所。姜明海安排了晚餐，又为成林安排了住宿房间。他们在友好的气氛中共进晚餐。

第二天成林没有急于返回，在公司里直接办理了有关担保手续，下午才返回。

返回途中，成林接到了刘冰山的电话，说让成林回去后先到他办公室去一趟。近来的共事让他对成林有了新的认识。尽管刘冰山过去对成林是认可的，现在看来还是低估了他。刘冰山想和成林进行一次诚恳的谈话。

成林用了三天的时间，把贷款问题全部办妥。他在三个银行都开了账户，以防急用。

这样，一个改善县城居民生活质量、紧跟时代步伐、体现社会进步的项目正式拉开了帷幕。

第三十七章

一大早，村民们陆续向山头镇镇政府大院这里聚来。领导们还没反应过来，人群已将大院站满。刚刚上班的孙学军急忙下令关闭大门。迟来的人无法进入，就聚集在门外。不一会儿，门外大街的交通就堵塞了。

攒动的人群中，很多人手里举着牌子。有的牌子上写着：“无条件赔偿一头黄牛！”有的牌子上写着：“无条件更换一头健康的黄牛！”更多的牌子上写着：“退回差价，欺民有罪！”

这已经不是村民们第一次来闹事了。可前几次人数少，闹得也不凶。孙学军抱着侥幸的心理周旋着，期盼事态能慢慢平息。可没想到今天又给他来了个措手不及。

孙学军急了，他要求部下们迅速摸清情况。数据很快报了上来：这些人主要来自周边的十几个村子，多数是春节前购买黄牛的村民，共有五百人左右。还有三四百人是围观者，大院内外共聚集了近千人。孙学军立即召集这十几个村子的村干部前来开会。孙学军对这些村领导们提出了两点要求：一是每个村子在闹事的村民中选出一个代表，再加上村干部，镇里与他们进行谈判；二是要求村干部把其余的人立即领回去。

这两个要求村干部们无法做到。没有人愿意做这个代表，他们害怕枪打出头鸟。村干部们明白，这时要求自己的村民回去，不仅做不到，弄不好还会引起众怒。他们夹在上级和村民之间，两头不是人。

无奈，村干部们充当了村民代表。会议开了一上午，也没有找出解决问题的办法。

临近中午，聚集的人齐声喊着：必须满足我们的要求！如果明天得不到答复，后天就去县委县政府！一连喊了十几遍，然后，人群自动散去了。

下午召开党委扩大会议研究对策。参加会议的人员个个低着头不说话。特别是朱志高，恨不得把头塞进裤裆里。

孙学军做事情很有自己的主见。主持工作以来，众人也已经习惯了他的作风。开会研究工作，就是等他表态，他一表态，众人都积极响应并形成决议。这次也不例外，大家在等待着他表态拿主意。可这次他真的没有了主意。

他用眼睛扫视着会议上的每一个人。当眼睛移到朱志高那里时，他恼怒地盯着他。你这㞞货，除了会溜须拍马外，还会干什么？事情闹到这个地步，你难辞其咎！他突然想到成林，能在党委会上提出不同意见的只有成林。如果成林在这里，他真想听听成林的意见。可是成林不在这里了，被他从这里撵了出去，还被判了刑。听说他没有被击垮，还精神抖擞地要开热力公司，并得到了县委书记的赏识，再次成了全县瞩目的人物。如果养牛这件事让成林来做会怎样？成林做事很严谨，他可不会闹出这样的乱子。可与成林共事，自己的意志总是体现不出来，这又是他所不能容忍的。他不想看到在自己的地盘上由别人来发号施令。到了该听听别人意见的时候了，可这里没有人帮他拿主意。这个主意还得自己拿。

他的大脑快速运转着。事件牵扯近千户村民，处理不好会越闹越大。除非满足他们的要求，否则无法稳住他们，也无力阻止他们闹到县里去。这事要闹到县里，就成了县里十几年来最大的群体上访事件，在全地区也会挂上号，经济问题就变成了政治事件，这也意味着他的政治生涯就要到此结束了。他有点不寒而栗。事态已经火烧眉毛，没有时间再拖延了。怎么办？只有一个办法，满足民众的要求。

要满足民众的要求，这个损失谁承担？只有镇政府。这个损失有多大？他拿不准，但估计不会小。也只有这样了，损失镇里承担了，不会激化矛盾。遗留的问题再慢慢想法解决吧。

想到这里他稳了稳神，清了清嗓子，开始表态了：“事情发展到现在的局面，证明我们在工作中是存在问题的，有些人是有责任的。但现在不是追究责任的时候，要尽快解决问题，把事态压下，防止扩大。要解决这个问题，我们不能牺牲百姓的利益，镇政府要敢于承担起来。”

他喝了口水又继续说道：“基于这个原则，我提出自己的看法：对于牛已死亡的农户，要赔偿；对于手里有病牛的农户，要尽力提供免费治疗服务，特殊情况可以更换；对于要求返还差价的农户，要给予退还，但要做好工作，合理退还，尽力减少损失。对于后买来的黄牛，除拿出一部分替换已死亡的牛外，其余的要按现行价格尽快出售。出售时要现钱交易，不准拖欠。出售时还要签约，如再出现病死现象，概不负责。整个事情的处理要以不出现集体上访事件为原则。大家可就这一问题发表自己的意见。”

参会人员一个接一个地表态，没有不同意的人。有的人还在表态中赞赏孙学军处事英明果断，显示出了高超的领导能力。面对赞扬，孙学军脸上又流露出了一丝得意的微笑。

这样很快就形成了决议，接着就安排具体操作。镇里成立了四个工作组，对有关村分片负责，村干部协助。要求工作要快、要细、要妥善。如果谁出现纰漏，造成第二次上访事件，其所在的工作组要负全部责任。

孙学军也想到，各村通过卖牛会趁机收回自己的垫资，镇里的垫资可就很难收回了。可事到如今，他已经顾不得了。他还是说了几句，各村收回垫资后，多出的部分要严格控制，及时收回，送交镇财政所。

会议结束了，第二天便开始落实。由于孙学军表态以不出事为原则，各工作组都放得很宽松，尽力满足村民的要求。这样工作进展顺利，损失却在进一步扩大。四天后，工作全部结束了，孙学军让财政所统计了一下损失情况。财政所汇报：不计前期考察费用，仅这两批牛就损失八十多万元。孙学军明白，这里还没有包括刁占才投入的三十万元。事件平息了，孙学军松了一口气。

这次处理黄牛，刁占才可没摸上边。春节前购买的第一批黄牛，声势大、形势好，有充足的预付资金，卖牛的资金也能及时收上来，并由他掌管，他当然把自己的腰包塞得满满的。而这次每个层级的人都在看着自己的利益，他靠不上边。投入的三十万元全花出去了，却一分也没收回来。可他并不着急，好像还胸有成竹。前些日子他并没有跟着闹腾。当镇里把事情处理完了，他来到孙学军的办公室。

孙学军一见他，本来稍稍平静的心情又开始烦躁。事情搞得这样糟，你刁占才有不可推卸的责任！他要是这里的机关干部，孙学军会上去给他两耳光子。可他是社会游民，还真拿他没办法。

孙学军不屑地看了他一眼，没有开口。刁占才倒觍着脸，排排场场地坐下了。

他见孙学军长时间不说话，就开口了："孙镇长，我这次出去带的三十万元一分也没收回来，你看怎么办？"

"你有什么想法？"孙学军没好气地问。

"我想，收回这三十万元，还得给我加上五万元吧！"

"买卖做赔了，你是有责任的。怎么赔了的买卖还得要利润？"

"买卖是你们镇里的，挣赔与我无关。我出三十万元，是你们借我的，该还。这五万元，一部分是利息，一部分就算是我这几个月的工资吧，你们总不会白用我吧！"

敲竹杠！孙学军真想狠狠地给他一拳。可觉得自己心里也有鬼，还是强忍了。他思考了一会，说："镇财政暂时吃紧，拿不出这么多钱。你的事先放一下，慢慢解决。"

刁占才想，慢慢解决？这是搪塞我。你明天一拍屁股走人，我和谁要去？三十万元可不是个小数目，不能有闪失。他似笑非笑地说："孙镇长，同样是老百姓，他们的事能限期解决，我的事为什么不能限期解决？"

孙学军狠狠地瞪着刁占才，愤怒地想：你不知大小，落井下石，把竹杠敲到我头上了。我堂堂的乡镇一把手，还能被你一个市井刁民给敲诈了？

刁占才见孙学军不回答，便说："孙镇长，五天的时间吧。五天后我来取款，见不着钱我也会上访的。”刁占才奸诈地一笑。

孙学军鄙夷地看了他一眼，心想：好说好散，我还可以考虑慢慢给你处理。要跟我来硬的？群体上访事件我害怕，单人上访我才不怕呢。你要是不老实，不找个事让派出所修理你一下，我这镇长岂不白干了。

看着孙学军恼羞成怒的表情，刁占才又说：“孙镇长，我不是个好欺负的人。”

孙学军也回敬了一句：“你也别低估了我。不把我放在眼里，是要付出代价的。”

刁占才嘿嘿一笑，便起身离开了。

刁占才走了，孙学军想，你好硬的口气，还能举报我贪污受贿吗？没有第三者知道，就凭你一面之词，能拿我怎样？可又一想，还是防着点好。他拨通了王志刚的电话，给他交代了一番。

刁占才第五天没有拿到钱，以后又接连来了几次均没拿到。他感到孙学军没有解决问题的诚意，也感到了问题的严重性。他采取了自己的行动。

不久孙学军就接到了王志刚的电话。王志刚说，刁占才到检察院实名举报了你和朱志高贪污购买黄牛款的事实。

“他有证据吗？”孙学军问。

“他有你们接钱时的录音。”王志刚回答。

孙学军一惊，这个王八蛋，真够狠的。要不是提前防着点，还真能栽在你手里。王志刚见孙学军没说话，又问道：“孙镇长，你看这事怎么办？”

孙学军说：“我收了他的钱，当时就交到了财政所，入了镇财政的账。其余的事，你该怎么办就怎么办吧。”

王志刚答应着。

放下电话，孙学军把财政所长叫到办公室。他从抽屉里拿出张存款单递给他，说：“这张五万元的存单，你马上把它取出来入账。记住，入账时间是春节前，腊月二十四日。一定不能错！”

财政所长表示，一定不会出错。

财政所长走了，孙学军又紧锁眉头。朱志高怎么办？打一个电话，他现在退回赃款还来得及，等检察院找上来可就晚了。能告诉他吗？这次购买黄牛事件搞得民众怨声载道，财政亏损百万元，刁占才又闹出这么大的事，这些事的责任在谁？

必须要有一个承担责任的人。朱志高，对不起了！这工作是你具体操作的，这责任由你来承担最合适。他觉得于心不忍，可又想，不能心慈手软，否则自己无法交差。

第二天，检察院来人了。他们找孙学军谈了话，又到财政所查了账。在上班的朱志高则糊里糊涂地被检察院带走了。

审讯朱志高的第一个人是王志刚。他支走了其他人，小声对朱志高说："你只交代自己的问题，不能涉及其他人，更不能涉及孙学军。只要他没有事，就能把你保出来，还能补偿你的损失。如果他有事，就顾不上你了，你被判刑就成了定局。"

朱志高信了王志刚的话。

经过几天审讯，朱志高供出了他收了刁占才送的两万元，还供出了在本镇改建学校、医院时受贿三万多元，共计五万多元。

三个月后，朱志高被检察院提起公诉，诉讼到了县人民法院。妻子为他请了律师，律师与他进行了几次沟通。他问律师，自己这种情况会怎么判？律师告诉他会判三到五年。朱志高对律师的说法很不认可。他想，孙学军一定会把他保出来。退一万步讲，给个判处一年徒刑，缓期一年，保留公职，这是最坏的结果了。将来孙学军再给点补偿，他也能勉强接受。孙学军能不来保自己吗？这不可能。跟随他七八年了，他都是把有油水的工作安排给自己。自己也知道大小，总是让孙学军吃肉，自己喝汤。自己能收五万多元，孙学军受贿就不会下五十万元。光有证据在自己手里的也不下三十万元。这种情况下，他不会不出来保的。可判决书下达后，朱志高傻了眼：判处有期徒刑三年。判的是实刑，要坐三年牢，开除公职是肯定的。他想提起上诉。可冷静一想，这有用吗？贪污这个数判三年是应得的。他醒悟了，孙学军，你这是和王志刚联手坑我，拿我当替死鬼！你诓骗保我实则不保。你说补偿我的损失，我被开除了公职，你能补偿我下半生的收入吗？骗局，纯属骗局！你们的心真够狠啊！

朱志高进了劳改队。妻子去探视他，他拿出了自己来时穿的西服，递给了妻子，说：“这衣服脏了，你拿回家拆洗一下。”他紧锁眉头，瞅一眼妻子，再瞥一眼衣服。妻子不解，投来询问的目光。他再次瞅一眼妻子、瞥一眼衣服。直到分别时，她也没弄懂朱志高是什么意思。回家的路上，她苦苦思索着丈夫的一举一动和说出的每一个字。拆洗？衣服脏了洗一下就行了，怎么说拆洗，还狠狠地瞥一眼衣服。她明白了，这衣服里面一定有文章！她回家急忙把衣服拆了，里面塞着十几页写得密密麻麻的信笺纸。有一页上写着：急送港城市检察院，千万不能送县检察院。切记！切记！

妻子没有告诉任何人，第二天就去了港城市检察院，上交了这封实名举报信。

第三十八章

热力公司的建设资金得到解决，大量的工作并头压了下来。要办理征地手续；要对厂房、供热管网、换热站等设施进行设计；要对外联系各种设备、用材；要对各项工程进行招标；要招收操作工进行培训；还要对居民区采暖户进行统计落实……这些工作必须同步进行。这不是一个人能干的工作，这需要一个团队。稍有闪失就不能保证明年按时投入运营。拖延一年的经济损失，仅银行贷款利息一项就可能有几百万元。

成林思索着人选问题，他首先想到了刘绍朋。

自成林离开机械厂后，厂里又换了三任厂长。前两任厂长被提拔重用了。第三任厂长接手后，企业改制拍卖，他把企业买下了，刘绍朋在厂里分管技术、生产。

机械厂原本是在县城的边缘，可近十几年县城的发展很快，机械厂进入了市区范围，周围新建起各类市场。机械厂三面临街，前面临着汽车站。

现任厂长把面临汽车站的办公大楼改成了大酒店，把临街的三面全部改建成了商铺，对外出租，仅年出租收入就达几百万元。厂里的生产受到挤压，甚至无法进行正常生产了。刘绍朋认为，厂子不应改变经营方向，他的提议被置之不理。刘绍朋觉得在这里干下去已毫无意义，他在考虑自己的去向。

成林找到刘绍朋，向他说明了情况。刘绍朋答应了他，说给两天的时间交接工作，第三天就去上班。成林得到了一个有力助手。

为了提高工作效率，成林花了几千元钱买了一辆旧吉普车，自己开着。他没有办公室，白天在外面跑，晚上在家里办公，每天晚上十二点睡觉，早上五点起床，很少和淑君说话。

半个月过去了，成林整整瘦了一圈。看着成林，淑君的心在痛。她千遍万遍地在心中问自己：该怎么办？

这天晚上，已经十点多了成林还在忙。淑君说："成林，今天晚上就别忙了，陪我看看电视、说说话好吗？"为了让家庭的气氛轻松些，淑君总是把电视调在文艺台上。

听着淑君的话，成林一阵心酸。他放下手中的工作，来到淑君身旁。他扶着她的肩膀坐到沙发上。

淑君说："你这么忙，为什么不找人帮忙？"

"我怎么不想找？我随时都在找。可除了刘绍朋，现在还没有找到合适的人选。"成林说。

"你现在最需要什么样的人？"淑君望着成林问。

"我现在急需一个办公室主任。你看，我每天接打电话就占去了很多时间。每天对工作情况进行记录、查阅备忘录、安排第二天的工作，也要耗费很多时间和精力。如果有个合格的办公室主任，我的工作效率会大大提高。"

淑君眼睛盯着成林问："有一个人你为什么不用？"

"谁？"成林急切地问。

"我！"淑君回答。

成林怔怔地望着淑君好长时间，说："淑君，不行啊！"

"为什么？"淑君用询问的目光看着成林。

成林沉思着说："女人找个男人，是为了找个依靠。可我这个不争气的男人，不光没好好养活你们，还指望你养家糊口啊！"

"还有什么理由？"淑君问。

成林想了想又说："淑君，我就实话告诉你，这真不是人干的事，它比牛拉犁还苦啊！你已经够累的了，我不能再把你拖进来。"

"还有什么理由？"

“这还不够吗?”成林望着淑君，深沉地说。

“成林，咱们同坐在一条船上。你破釜沉舟了，我能隔岸观火吗?我知道自己没有多大能力，可我还是要为你、为咱们家尽微薄之力。”

“不行，坚决不行!”成林说。

淑君坚定地说:“别说了。我决心已定，明天去单位交接工作，后天就听你安排。”

“那你的工作怎么办?”

“我申请停薪留职。”

“能得到同意吗?”

“同不同意是他们的事，去不去上班是我的事。大不了算个自由离职，天塌不下来。医院里少了我一个人没有什么，可这里不能没有我。”

成林怔怔地望着淑君，突然觉得她像个陌生人，不知道该怎样回答她的话。稍停了一会淑君又说:“成林，现在咱们的父母都还能自理，儿子也寄宿在学校，家中没有负担。趁这时，我去帮你一年。等公司正常运转了，工作轻松了，我会自动退出来。不会和你去组建家族企业，我了解你。”

在这个家中，向来成林是大树，是淑君的依靠。可今天，成林突然觉得淑君变成了靠山。他情不自禁地拥抱了淑君。淑君轻轻拍着成林的后背说:“你是男子汉，别掉泪，咱们会好起来的。”

这个站在成林背后的女人，向前跨出一步，和成林肩并肩站在了一起。这时，电视里响起了刘欢演唱的《好汉歌》:该出手时就出手啊，风风火火闯九州哇……

淑君很快适应并胜任了这份工作，这让成林感到惊讶。她思路清晰，工作井井有条，把各项工作分别建立了台账，一切情况都一目了然。她还充当了联络员的角色，打进打出的电话都由她联络处理。每天的碰头会，她像部下向首长汇报工作一样，告诉成林各项工作的进度，又会像首长向部下布置任务一样，告诉成林明天应当去做什么。淑君的参与使成林的工作效率大大提高。可一个月下来，淑君也瘦了一圈，并经常咳嗽。成林几次要带她到医院里看医生，淑君说，医院的门哪个我不比你熟，还用你带着? 我自己会去的。成林几次催促她，可她始终没去。

对于各项建安工程，成林是外行。怎样进行工程预决算、招标，他心中没数，很担心在招投标过程中出现暗箱操作，给工程带来损失。在姜明海的介绍下，他找到了在省建委下属单位工作的校友温明玉，他们单位的业务就是做这方面的有偿服务。

经过了几轮洽谈，工作得到落实。由温明玉负责全部工程的预算、组织招标、工程监理以及最后的工程验收和决算，并谈妥了价格。成林一再强调，对于工程，首先要保证的是质量和进度，其次才是价格。希望温明玉协助他把工程做成优质工程。温明玉说:“学长放心，我一定全力以赴支持你。”

工作进展顺利。三个月后，工程的前期工作结束，各项工程开始施工。

成林经常抽时间到工地上看一看。一次，接近中午时分，成林看到一个监理人员和一个施工队长推推拉拉地进了饭店。他找到了温明玉说:“老学友，如果监理人员有什么需求，由我安排。如果代表甲方在监理，却跑到乙方那里去吃喝，这不太好吧?”

温明玉一听，脑门一皱说:“这个人是谁?”

成林一看温明玉的表情，又说:“我也是第一次发现，还是别告诉你是谁了。”

温明玉说:“好吧，你给他面子，实际是在给我面子。但如果监理出现任何问题，我负全责!”

温明玉中午饭都没吃，立即召开全体监理人员会议。会上他大发脾气:“我重申，我们在这里要干出品牌，要干出诚信! 要监理出优质工程! 谁敢吃请受贿、玩忽职守，立即走人! 今天，赵成林经理给了某个人一次面子，我就放你一马。否则，今天就要有人从这里走出去!”

成林很清楚，当下监理人员吃了甲方吃乙方的事不足为奇。成林在门外听着温明玉的话，推门进去了，说:“如果能像温明玉经理所说的，把工程监理成优质工程，我表态，把监理费增加百分之十。”

成林说完，温明玉接着说：“赵经理是个特别诚信的人。他这样说了，我也表态，这百分之十我一分也不克扣，全部以奖金的形式发给大家。但前提是必须监理出优质工程。否则，不但不能接这百分之十，还要包赔损失！”说完，会场上响起了一片掌声。

建筑公司和安装公司经理几次邀请成林吃饭，成林都找借口推托了。一天下午下班的时候，他遇到了建筑公司经理于洪开。于洪开说：“赵总，今天可有时间了吧？要是再推辞，就是看不起我了。”

成林说：“好吧，我请客。”

于洪开一听成林答应了，高兴地说：“我已经安排好了，在凯旋大酒店。”说着，趁成林不注意把一个信封塞到了他的衣兜里。

“这是干什么？”成林边向外掏边问。

“一点小意思，别动了。”于洪开说着就去拉成林的手。

成林想了想说：“安装公司包经理也约了我几次。今晚叫上他，只咱们三个人，不要其他人，你看好不好？”于洪开表示同意。

包经理听说成林要约他吃饭，很高兴。他推掉已有的饭局，迅速赶到。一见面也把一个信封塞到了成林的衣兜。

三人坐下，酒过几巡后成林说：“咱们三家凑到一块，是相互支持，更应该说是你们对我的支持。如果咱们有时间，一块聚聚，交流一下工作是好事。可我不理解的是，你们为什么要给我送礼？”

两人略显尴尬。于洪开说：“赵经理，跟你实话实说，现在招投标暗箱操作的成分很大。工程方一般都会预留部分资金处理和监理的关系。你也别误会，处理和监理公司的关系并不是为了偷工减料，而是避免被恶意挑剔。现在监理人员勒索乙方的事情时有发生，我们不得不预先准备。可没想到，你的这个工程是真正的阳光工程。想给监理公司送点，他们不要，请了个监理员吃饭，听说还差点吃出事来。我们预留的钱送不出去，觉得心里发毛。再说，你的工程不仅阳光，而且资金还到位及时，不需要垫资，我们非常感激。就想给你送点，表示一下心意。”

成林说：“有关监理公司，我跟他们有协议。如果他们收了你们的礼，我让他们走人；如果他们监理不好工程，我也让他们走人。今天听了你们的话，我再加上一条，如果他们恶意刁难，我也让他们立刻走人。他们必须保证监理既严格又合理。对于你们给我送礼的事，我想，这本来就是我给你们的工程款。你们收下了，再用来给我送礼，这算什么事？你们这样解释，我也就理解了。我看这样，就把它用在工程成本里。你们两个公司和监理公司密切配合，把我们的工程干成优质工程，你们看行不行？”

听了成林的这番话，两位经理非常高兴，说道：“这才是双赢的局面。你给我们营造出了和谐的施工环境，我们有条件创出自己的工程品牌。你看起来是在工程上多花了钱，实则减少了维修费用，延长了设施的使用寿命，是省了钱。我们为能接到这样的工程感到高兴。”

成林把两个信封取出来，分别还给了两位经理。他们推让道：“赵经理，话已经说到，心里都踏实了。这点钱就放在你这里吧。”

成林说：“言必信，怎样说就要怎样做。”

他们接回了自己送出去的礼金。

各方摆正了心态，消除了疑虑，齐心协力朝着一个目标奋进。工程在如火如荼地进行着。

第三十九章

成林站在城关镇派出所的审讯室里，接受着副所长训斥式的教育。事情是由成林的一次出差引起的。

成林的团队已建成，成员个个都能独当一面。工地上开工时，因为地面上的农作物补偿问题，工程队与农民产生了纠纷。成林还没到场，刘绍朋就把问题化解了。供暖管道的走向与通信、电力地下管道产生冲突，是新聘任来的有专业知识的女大学生容惠出面协调，妥善解决了。更让成林没想到的是，运营后的炉渣让一个职工变废为宝，协议卖给了砖瓦厂。供暖管道的埋设、换热站的修建，会给市区交通、居民生活带来不便。这是成林很担心的事，但没想到他的员工们都协调得很到位。有关单位和居民也给予很好的配合，从没引起纠纷。成林为有一群素质高又敢于担当的员工感到高兴，也非常感谢各单位和居民的支持。这也给他腾出了时间和精力去考虑其他的事情。

各项工作在扎实有序地进行着。对于供热设备的采购，他多方联系，获取信息，分析比较各厂家产品。江北省热力设备公司研制并生产出了新一代热力设备，号称和原有的设备相比，其热利用率可提高五个百分点。这让成林很感兴趣。这节省的可不是个小数目，不要说提高五个百分点，就是提高两到三个百分点，一年就可节省出公司全体员工的工资。他要亲自去考察这种新产品。

成林现在每月都要到城关镇派出所汇报自己的思想改造情况，并提交书面材料。不管怎么忙，这一“课”他从来没有落过。他想，这次出差一周内能回来，不会耽误这一课。

到了江北省热力设备公司，成林才发现这里有大量的工作要做。他首先听取了公司技术员对新一代热力设备节能原理的介绍：一是在燃烧室上做了改进，使其燃烧更均匀、更充分；二是新一代热力设备在热的接受、传导上采用了新材料；三是采用了电脑智能化监测、控制和操作，使其供热设施始终处于最优化的运行状态。

成林听了他们的介绍，索取了资料，对设备进行实地查看、测量，进行对比计算。四天的时间，他日夜加班，计算出的结果让他异常兴奋：理论上其热利用率可以提高五个百分点，就算实际热利用率与理论有出入，计算结果表明提高三个百分点是没有问题的。成林拍板，就买这家的设备了。

他们要价不菲，成林无法接受。为了增加谈判的筹码，成林又用了三天时间对设备的生产成本进行了粗略的核算。成林心中有数了，在他来的第八天，与厂方开始价格洽谈。

成林几天来的表现引起了厂方的重视。洽谈会不仅有两位销售人员参加，还来了两位技术人员。成林说："你们的新一代产品号称能将热利用率提高百分之五，这只是理论计算数据。尽管你们进行了小试甚至中试，但毕竟没有正式投入生产运行。工作可靠性、使用寿命和你们提供的数据还需要时间和实际运行的检验吧？"

对方回答："我们会对销售出去的产品进行跟踪服务，出现问题全部由我们负责。这些在购销合同里都有协议，请赵经理放心。"

成林心里明白，他们产品的工作可靠性、使用寿命是有保障，但热利用率可有说不清的地方。供热公司不像发电厂，耗了多少煤，发了多少电，都有具体的数据可以进行精确计算。供热尽管也能采集到数据，但并不严谨，计算结果会存在差异。在这个问题上纠缠没有意义。他考虑了一下说："对你们的售后服务，合同中已有明确规定，我不怀疑。可我总觉得价格定得太高，而且高得离谱。"

对方说："我们的价格是经过严格核算确定的。质优价高，物有所值，是合理的价格。"

成林说："据我初步粗略核算，你们产品的销售利润率达到百分之四十以上，这不符合常规。我不明白你们严格核定的依据是什么。”

对方相互看着，没有人给出回答。他们提出休息一会再谈。十五分钟以后，洽谈重新开始。分管销售的纪副总经理和分管技术的门副总经理参与了洽谈。一开场门经理就首先说话：“赵经理，经过几天的接触，我们知道你是个内行的人。既然是内行，就打开天窗说亮话吧。我们开发这种新产品投入了大量的科研经费，这些经费应该摊到成本中。我们要进行跟踪服务，这服务费也应该摊到成本中。这样一摊我们产品的价格并不高。”

成林说：“产品销售是该加售后服务费用的，但不能太多。如果加得太多，证明你们自己对产品就信心不足，那谁还敢买你们的产品？科研经费也是应当摊入成本的，但前提是产品能销售出去，销售量越大，你们的收益就越多。如果产品销不出去，你摊入再多的科研经费也等于零，是无法收回的。”

厂方代表面面相觑。成林喝了口水，看着门经理继续说道：“据我了解，你们这新一代产品已经试制成功近一年了，一台还没销售出去。我是第一个与你们就这个产品进行实质性洽谈的人。在我看来，企业的新产品不说压一年，就是压一个月，都是巨大的损失。门经理，你说是不是这样？”

门经理一惊，他没有回答。这时分管销售的纪经理说：“我们开发的新产品很好，也很自信。现在还没打开市场，是因为还没有被人们发现。我给你举个例子吧，某人从外地进来一种当地人从来没有见过的水果，很好看也很好吃，进价很高，售价也很高。由于本地人从来没有见过这种水果，都在等待观望。当有一个人买了、尝了，证明物有所值时，将出现供不应求的局面。我们公司的新产品目前就处在这一阶段，我们在自信地等待着。”

成林接过纪经理的话说：“纪经理说得很好，例子更是非常形象。我现在就是第一个买你水果的人，我一旦证明了你们的产品物有所值，就会有很多人跟进。这叫什么效应？我没想起来。我见过你们的广告，不知道你们的广告费用是多少。我估计，第一个买你们新产品的人给你们做的口碑宣传，效果会是广告的几倍甚至是十几倍。那么，你们打算怎样对待第一个买水果的人？ 或者说你们打算怎样招来第一个买水果的人？”

整个会场很安静。 纪经理说：“赵经理，你给回个价看看怎样？”

“下调二百万元。”成林说。

全场人员感到惊讶，纪经理更是一惊。 他说：“赵经理，您是不是要对我们进行讹诈？ 如果要讹诈的话，您来错地方了！”

成林平静地说：“纪经理，您言重了，我丝毫没有讹诈的意思。 门经理说过，我们都是内行人，没有必要藏着掖着，我也就实话实说吧。我已对你们的产品进行了粗略的成本核算，如果你们再给我提供一些资料，三到五天的时间我能做出详细的成本核算。 到那时我会证明，下调二百万元，你们虽然利润不多，可也不会亏本。 这个价给我，是你们对第一个吃水果的人的奖赏，我会非常感激你们。 下调一百五十万元，这应该是比较合理的价位，我会考虑是否接受。 如果这个数也下不来，那是你们对敢于吃第一个水果的人的藐视。”

会议再次出现了冷场。 停了一会，纪经理又平静地说：“赵经理，生意场上讲究双赢，如果你肆意压价，这不是双赢的局面。”

成林说：“纪经理说得很好，我们就该讲究双赢。 我的赢是什么？我的赢就是要以尽量低的价格买回最好的设备。 你们的赢是什么？ 你们的赢绝不是把自己的产品卖出最高的价格，而是应当赢在市场占有率上。 试问，你们的同行在干什么？ 你们先走了一步，开发出了新一代产品，这是你们的优势。 你们已经拖了近一年。 如果再拖一段时间，你们同行完全可能拿出同样的甚至是更好的产品。 当他们占领了市场时，你们的自信等待就变成坐失良机，丢掉了市场。 新产品没有赢得市场占有率，老产品被淘汰，到那时别说收回科研经费，就是企业的走向……”

成林突然停下了。 他站起来，向坐在对面的门经理、纪经理及其他洽谈人员鞠了一躬说：“对不起，我话说过了头，说走了题。 很对不起！”

数句对不起后，成林坐下了，没有再说下去。 对方的人都在看着成林。 门经理在开始说了几句话后，再也没有表态。 他一直在细心地听着成林的话。他见出现了冷场，又接近中午时分了，就说：“上午就到这里吧，下午继续谈。”

下午准时开谈。对方首先提出了下调一百万元，成林不接受，继续谈。一个小时后，已谈到了下调一百二十万元，成林仍不接受。正谈到紧要处，成林的手机响了。成林拿起来一看，是城关镇派出所的电话。

成林拿起手机就向外走。他进了卫生间，边走边按下了接听键。手机里传出了咆哮声：“赵成林，你昨天就该来汇报思想改造情况，为什么到现在还没来？”

“领导，对不起，我出差在外，因工作谈得不顺没能及时返回。”

“你在哪里？”对方的声音严厉。

“我在江北省省城。”

“外出不请假，又不及时返回，是想不服从管制吗？你要以最快的速度返回，否则后果自负！”啪的一声，电话给扣了。

成林返回后，对方明显看出成林有情绪波动，更看出他急于谈成。对方见状，咬定价格不放。成林无奈，签下了合同。

洽谈结束，成林找到门经理说：“门经理，能不能帮我买一张回去的机票？越早越好。”

“没问题，好像最早的航班是明天早上。”门经理说。

“明天早上也行。”

“您回旅社休息吧，今晚我把机票给您送去。”说完他们握了一下手，就分开了。

成林躺在旅社里，心情低沉。一个电话至少打掉了他三十万元，成林心痛。晚上十点了，门经理还没有来，成林有点着急，但觉得门经理是个可信任的人，就没好意思催促。又过了半个小时，门经理才匆匆来到。他进门把机票递给成林说：“赵经理，您就早早休息吧，明天早上我来送您到机场。”

“已经够麻烦您的了，我自己打个车去就行了。”

“我一定去送您。”门经理说完就急忙走了。

第二天早上，门经理自己驾车来到成林的住处。上路后门经理说:“赵经理，没想到你专业水平这样高，我很佩服你。”

“您过奖了，买卖双方本来就是对立的。我想少花点钱，你们想多赚点钱，这是经商之道，人之常情。”

“您这次来，给我们上了生动的一课。”

“哪里话……”成林刚想解释几句又被门经理打断了:“不说这些了。我问你赵经理，如果咱们有机会合作的话，你乐意吗?”

“如果说你们是只鹰的话，我们只是一只麻雀。你们提出合作，我们哪有不同意之理?”成林说。

机场到了，成林下了车。门经理说:“赵经理，我有事急着回去，就不陪你候机了。后会有期，再见!”说着就启动了汽车。

成林返回的当天下午就到了城关镇派出所。他站在审讯室里，低着头，接受着警官训斥式的教育。训斥中还夹杂着一些讥笑和挖苦的语言，成林听着难受。成林的手机突然响了，他拿起来一看，是江北省热力设备公司门经理的电话。他刚想按接听键，警官严厉地说:“你要干什么?怎么这么不懂规矩?又忘了自己是谁了吧?把手机关掉!”

成林无奈，他按下了拒接键，又按下了关机键。

警官继续说:“告诉你，不服从监管，我们随时都可以把你收监!”

成林突然觉得口音有点耳熟，抬头扫视了一眼。是马文胜!一身警服掩盖了他微驼的脊背，也掩盖了他罗圈的双腿。

成林想着十几年前的一幕，他也是这样不可一世。当成林把眼睛一瞪、拳头一握的时候，他就变得灰溜溜的。可今天，这是在国家执法机关，他是警官，自己是在刑犯。成林的心在流血。

马文胜最近调进了城关镇派出所任副所长，他春风得意，沾沾自喜。成林出事又给了他快感:大学生怎么了?还不照样沦为阶下囚!本来对成林的管理不是他的事，负责这件事的民警出差了，他主动临时接替，借机会把成林奚落了一番。

马文胜说完了，就说:“你今晚不要回去了，就在这里写检查。明天看一下是否合格，再决定是否放你回去。”他摇摆着身子，吹着口哨离开了。

成林看着他的表情和动作，倒有了一丝慰意：世上只有狗咬人，哪有人咬狗之理？

十几分钟后，所长回来了。他见成林一个人坐在审讯室里，就进去问成林是怎么回事。成林把事情的原委和马文胜的要求说了一遍。

所长回到办公室，几分钟后马文胜来到审讯室，说："看在我们曾是同事的份上，就让你回去吧。不过明天还是要把检查送来。"

听着马文胜的话，成林心里在笑。是啊，这就是马文胜。我们都一样，江山易改，本性难移。

出了派出所，成林想起了门经理的电话。他拿出手机开机回拨了过去，可刚接通就被对方按了拒接键。成林边把手机往兜里放边想，是他不方便接听，还是生气了？可手机还没进兜，又响了起来，成林按下接听键就说："门经理何必这样客气！"

"刚才给你打电话，你一定是在忙，打扰了，很不好意思。"

"我刚才确实有点特殊的事，没接你的电话，很抱歉！门经理，有新情况吗？"

"有，今天我们公司领导开了会，最后决定按你要求的价格，就是下调二百万元给你发货。"

"太好了，谢谢你们！"

"你先别高兴，这是有条件的。"

"什么条件，你说。"

"你说得很对，我们的产品并没有实际投入运行，所以第一个条件是，从发货开始，我们要派出技术员进行跟踪，对安装、调试、运行的全过程进行监测，以便获得第一手资料。希望你们给予配合。"

"没有问题。"成林爽快地说。

"第二个条件，是咱们两个公司合作，把你们的公司建成我们公司的样品展示场和操作示范基地。当然咱们要签订合同，我们支付相应的费用。"

"这也没问题，我非常愿意和你们合作。"成林高兴地说。

"第三个条件是要聘任你做我们公司的顾问，我们会按副总经理的标准给你发工资。"

“这一条可不敢当，贵公司能用到我的地方我义不容辞，千万别说什么顾问，更不能要工资。还有什么条件？”

“没有了。那最后一条以后再谈，前两条能够确定吗？”

“能，一定能，请你相信我的人品。”

“好，一言为定！这样，一个月后按期发货，发货时你要亲自来，咱们把公司合作的事情谈妥，并签下有关协议。”

“我一定按时去！”电话打完了，成林想，耽误了几天，受了点委屈，能获得这样的结果也值得。他快步向公司走去。

工程开工后，建筑公司在工地上建临时施工用房，成林让他们多建了三间，做公司的临时办公室。淑君就在这里办公。她感到每天回家做饭、吃饭很浪费时间，就买了一套炊具，在这里用零碎时间做饭、吃饭，工作效率提高不少。后来她又买了一张简易双人床放到了这里。这里就成了他们的第二个家。

成林对淑君很钦佩。她不仅是个贤妻良母，还是个很精明的大管家。她把所有事情都打理得有条不紊，可她的咳嗽却一直不见好，成林为此很着急。

第四十章

孙学军和王志刚被港城市检察院双规了。这是朱志高的妻子向港城市检察院递交朱志高的举报材料一个月后发生的事。

辛小婷得知这一消息，心想，成林的案件冤情也到了该解开的时候了。她想尽快去一趟港城市检察院。可手里没有证据，该怎么办?她想到山头镇经委会计孙显波，钱是从他手里出来的，那里该有线索。其实她早就想到这一点。只是她听了省城律师的意见，不能打草惊蛇。孙学军在职，经委的会计又敢说什么呢?现在到了该找他的时候了。她决定先去山头镇一趟。

她坐在去山头镇的车上，几个人影在她脑海里闪动着。

王志刚，你是个精明的人。凡事想得周密，做得周到，仿佛天衣无缝。好像所有的事、所有的人都在你的掌握之中，可这只是你的一厢情愿。你精明过了头，就变成了愚蠢。这是你的悲剧，你就是栽倒在这精明上。

孙学军，你看上去人模狗样，实则是一个伪君子。你嫉贤妒能、唯我独尊，你心胸狭窄、行为卑鄙。这样的心态决定了你会把贤才当成异己排斥，会把庸才当成心腹亲近。这样的心态，这样的所作所为，你栽倒只是时间早晚的问题。

成林，你才智过人，可只知道把它用到工作上，为什么就不能稍稍挪出一点，用在考虑人际关系、适应环境上?只要你稍稍拿出一点，孙学军、王志刚这些人怎么会是你的对手?如果你能将你的才智进行合理的分配，你真该是前途无量啊！ 你一点防人之心也不留，这也不能不说是你的缺憾。

镇长被双规，在镇里无疑是一场大地震。 镇政府大院里的人稀稀落落。 尽管县里已经安排了主持工作的人，但还是明显地人心浮动。

辛小婷直接去了经委，孙显波一个人在。 孙显波见辛小婷到来，热情地和她打招呼，给她搬凳倒水。 辛小婷一直在用严厉的目光注视着他，这让他心里发毛。 辛小婷坐下，手握着水杯，眼睛望着孙显波，说："孙会计，成林的案件是怎么回事？"

"成林的事与我没有关系，我什么事也不知道。"孙显波说得镇静，可眼光却不知道往哪里放。 辛小婷看着他，语气低沉地说："孙会计，孙学军被双规了，这件事没有人来为你遮风挡雨了。 如果你知情不说，这诬告陷害罪，你也要承担一部分吧？"

一听这话，孙显波慌了，哆嗦着说："辛镇长，这事确实不怨我，我把知道的事情都告诉你。"

他说，那笔钱孙学军是否分给了其他干部，他不知道。 就是分了，出事前又是怎样收上来的，他也不知道。 但给成林的钱，孙学军怕成林不收，对孙显波有过交代，不管用什么方法，必须得让成林收下。 并说，一定要看着他把钱带回家，否则……孙显波知道孙学军会怎样对待他。 所以，他想尽办法，让成林收下了。 当成林调走，他看见成林把存单装进衣兜时，心里的一块石头才落了地。 当成林的事件发生后，孙学军又找到他说，检察院会来找他了解情况，教他怎样说，并要求他检举成林有贪污受贿和不合规定报销发票的行为。 最后孙显波说："辛镇长，在成林出事之前，我确实不知道孙学军是在有意陷害赵镇长，还真以为是赵镇长不接这钱，孙学军他们就没法分呢。 这件事情我照着孙学军说的去做了，可我没有昧着良心，说赵成林有贪污受贿的事情。"

辛小婷觉得他说的是实情，就说："既然是这样，咱们一块到港城市检察院去一趟，把事情讲清楚。"

孙显波没有别的选择，收拾了一下跟着辛小婷就走。

刚出门，他俩就碰见孙学军的司机走过来。 他与辛小婷打招呼说:“辛镇长来了，不进屋坐坐又要到哪去?”

“我们要去港城。”辛小婷说。

“你们是为……”他的声音有点颤抖。

辛小婷机警地转过头，注视着他说:“为赵成林的事情而去。”

司机皱了下眉，又低下了头。

“为公理说话，是我们每个人的责任。我要去，孙会计也要去。”辛小婷看着他说。他犹豫了片刻说:“那我也去吧，我听到的片言只语或许有助于还赵镇长一个公道。”

那天的事他不敢说，窝在心里不舒服。他想，到了该说的时候了。那天雾霾特别大，他开车载着孙学军来到县城。孙学军在河堤公园上游下了车，说让他到公园下游等着他。他到了公园下游停下车，等了一会觉得内急，就来到公园一簇密集的灌木丛中蹲下了。他听到两个人在说话。当两人走近时他傻了眼:是孙学军和王志刚! 等两人走远了一点，他轻手轻脚离开灌木丛，撒腿就跑。借着雾气，没让孙学军看见，绕了个大圈跑向汽车。

他们三人一块到了港城市检察院。

王志刚进了港城市检察院，咬着牙坚持了二十四小时。二十四小时后还没有放他走的意思，他就崩溃了。他是干这行的，知道检察院已掌握了充分的证据，抗拒只是自讨苦吃。

他到检察院工作近十年了，觉得自己非常适合这项工作。他把某些案件处理得很巧妙。他爱收贿赂、会收贿赂。知道该收什么，不该收什么。他还会根据情况暗示行贿者，应当怎样送、送什么。他时常因自己有这份工作而自喜，因自己做事周密而自豪。

他被双规了，仍发挥着自己的精明，把受贿狡辩成人情往来。但无论怎样狡辩，渎职罪却难辞其咎，相应的受贿也就浮出了水面。

孙学军到了检察院，把贼牙咬得咯咯响。他否认一切指控，而且还非常淡定。

几年来，他对所见所闻的贪污受贿案件进行分析总结。得出三条经验。一是坚决不能承认，一面之词定不了罪。二是老婆这一关要把好，不管怎么问，回答只有三个字:不知道。三是要有上层人物的保护。有了这三项措施，就没有过不去的坎。

他结识了港城市政府的焦副市长，挤进了他的关系网，成了铁哥们。主持镇里的工作，焦副市长为他出过面，并对他说，镇长主持工作是体现自己才能的绝佳机会。这时政绩显著，不仅能顺利接任镇党委书记，甚至可破格提拔副县长。他选择了发展养殖黄牛来找政绩，出发点不正，让好事成了罗乱。被双规了，孙学军还在想，这可能影响了他的仕途，但影响不了焦副市长对他的保护。他相信，老婆正在找焦副市长。一个地区级领导保一个乡镇级干部，那还不是小菜一碟。只要自己坚持住，肯定就会全身而退。

他老婆确实是在找焦副市长。她来到港城市政府才知道，他最近调到雷源市任政协副主席了。她来到雷源市找到了他。焦副市长对她并不热情，淡淡地说："面对现实吧，别牵扯的事情太多，对自己有好处。"

当这话传到孙学军耳朵里时，他彻底崩溃了，也如实交代了问题。

江振海得知孙学军、王志刚被双规，迅速通过司法渠道向港城市检察院提出建议。建议在审理他们问题的同时，审查一下他们与成林案的关系。可没有证据，两人矢口否认。辛小婷等三人的到来，打破了僵局。孙学军如实交代了自己设圈套陷害成林的事实。最后，他由衷地说，自己政治生涯的最大失误就发生在对待成林这个问题上。

又过了半个月，一封要求重新审理赵成林案件的函，附带着有关证据，发到了山海县人民法院。

打开港城市检察院专递函的是王正山庭长。他简单一浏览，拿起信件就向江振海院长办公室跑。他门都没敲就闯了进去，嘴里喊着："江院长！江院长！"

江振海看着王正山那急促的样子，不知发生了什么事。可看着他脸上的笑容，又觉得不会有大事，就说道："慌慌张张地干什么？都这个岁数了，一点稳沉气也没有。"

王正山知道自己失态了。他平静了一下说："江院长，赵成林的案子是有人设圈套陷害他。这是港城市检察院发来的材料，要求重新审理赵成林案。"

这回轮到江振海不稳沉了，他急忙说:“快给我看一下!”

江振海迅速将材料看了一遍。看完了他站起来，在办公室里踱步。他自言自语地说:“赵成林啊，你聪明过人，连这点雕虫小技都识破不了，你脑子里到底缺的是哪根筋啊? 就该让你长点记性。”

过一会儿他又说:“孙学军、王志刚，两个精明的人啊! 你们的精明为什么不能用在正道上，偏要用来算计别人呢? 你们要为作的孽付出代价!”

王正山不失时机地说上一句奉承话:“江院长赏识的人怎么会是贪污犯呢? 原来我就怀疑，可没找出破绽，问心有愧啊!”

江振海看了看王正山说:“组织重审，越快越好!”

“是!”王正山答应着，收拾起资料，离开了江振海的办公室。

成林自江北省热力设备公司回来，对各项工作都进行了查看落实。工程质量令他满意，工程进度也正常进行。成林想，既然能抽出时间来，就尽快再落实一下燃料问题。自热力公司开工以来，有几个煤炭经营公司来找过成林。这保证、那承诺，争着给热力公司供煤炭。成林深知公司一年耗煤上万吨，稍有闪失，损失就会按几十万元来计。这事必须亲自把关，要对煤的价格、质量和品种好好考察一下。他到本地经销商那里了解了一番，决定再到产煤区去走一走。他先到本省产煤区，再到附近省，最后到山西。这次他没忘记请假，并保证会按时回来汇报思想改造情况。

十天后，他赶到了山西。这天下午，他的手机响起，一看号码不认识，他按下了接听键:“你好!”

“你是赵成林吗?”对方问。

“我是，请问你是……”

“我是县人民法院的。”听到是县法院，成林一惊，又有什么事? 他是一朝被蛇咬，十年怕井绳啊。对方继续说:“你明天上午来法院一趟吧。”

“报告领导，我现在在山西产煤区，地处边缘，交通条件很差，明天没办法赶回去。”自成林被判刑以后，他已养成了习惯，对执法人员的称呼是领导，对执法人员说话要首先说报告，执法人员说完话后要及时说是。

对方稍一停顿说：“那好吧，我向领导汇报一下，再给你打电话。”

“是，领导。”成林答应着。

对方扣了电话。成林心里在嘀咕，又能有什么事呢？他坚信自己再没做违法的事，也没有经济及其他方面的纠纷。公司还能牵扯出什么问题？这也不可能。如果是这样，第一个给他打电话的该是公司里的人。从电话里听出，法院的人说话口气是和蔼的，看来不会有大问题。他正在心里嘀咕，手机又响了。他拿起一看，是江振海的电话。他按下了接听键，听到了江振海那浑厚的声音：“成林吗？”

“是我，老领导。”

“很忙吗？”

“老领导，就我们公司的事来说，是很忙。有什么事老领导？”

“那你就忙去吧。是这样，你的案子要重审。我给你请了个律师，你叫刘绍朋来替你听一下就行了。”

“究竟是怎么回事老领导？”

江振海沉思了片刻说：“好吧，我不以院长的身份，而是以朋友的身份和你说话。”

江振海原则性很强。任何案子，不管多么清晰，只要没正式宣判，他从来不会公开表态。他继续谨慎地说：“你的案子，可能是有人制造假象来陷害你。现在有了新的证据，要组织重审。好了，你放心忙吧，有关事宜回来再说。”他说完就扣了电话。

尽管江振海没有说出新的证据是什么，但成林明白了一切。前些日子听说孙学军和王志刚被双规了。新的证据就是由此来的吧！

他给刘绍朋打了个电话，让他替自己明天去趟法院，也就把这事放下了。

第二天接近中午时分，成林接到了刘绍朋的电话。说他的案子已经查明，是孙学军、王志刚联手设圈套陷害他。法院驳回了原检察院的诉讼，撤销原判，案件退出司法程序。律师提出要追究诬告陷害罪，要追诉赔偿经济损失、精神损失和名誉损失。这些事情以及单位里的事情，等成林回去再处理。

成林淡淡地回答：“知道了。”

接着，成林的手机成了热线。闹得他午饭都没吃上，就连给淑君打个电话的空闲也没有。这些电话有的是向他表示慰问的，有的是向他表示愤慨的，甚至有人用粗鲁的语言骂着孙学军和王志刚。他一遍又一遍地重复着谢谢的话。他想象得出，他这个小小的人物，又再次轰动了这个小小的县城。

山头镇经委会计孙显波也打来电话，他把自己知道的事情经过告诉了成林，并把辛小婷怎样来找他，怎样一块去了港城检察院也说了一遍。他带着哭泣的声调，一遍遍地说着对不起。成林一句也没问，只是静静地听完了他的电话。

直到下午下班时分，电话才少了下来。成林牵挂淑君，拨通了她的手机。电话接通了，长时间没有听到淑君的回话，传来的却是她的哭泣声。成林说：“别哭了，这是好事，咱们应当高兴。”

她说：“我知道是好事，应当高兴。可不知为什么，知道这个消息后，我只想哭。”

成林出事后，淑君不知流了多少泪，可在成林面前却没有掉一滴。她现在要哭，就让她哭吧。成林听说，眼泪含有毒素，有眼泪就应当让它流出来，憋在体内会生病的。人们常说，哭哭会痛快些，道理可能就在于此吧。听着淑君的哭泣伴随着阵阵咳嗽，成林的心都碎了。他说：“不要难过，一切都会好的。再用不了半年，公司正常运转了，咱们就轻松了。到时再把心思转向家庭，咱们过幸福温馨的生活。”

“我知道，我永远相信你。”

“我会尽早赶回去的。”

“别，不要因为我赶回来。我很快就会好的，你把该做的事情做好再回来。”

“你放心，我一定会把事情做得很漂亮。”

“我相信你会的。一个人出门在外不容易，一定要吃饱饭，睡好觉，要知道照顾自己的身体。”

成林一阵哽咽。

是淑君提出结束通话的。她说:“家里都很好,公司里一切进展都很顺利,你放心。别耽误太长时间,挂了吧。”

成林的心乱极了。他没有吃晚饭,回到旅社躺在床上。他又想起了辛小婷。自在山头镇分别后,他们再也没有见过面,电话联系也很少。是啊,他们在相互牵挂,又相互保持着距离。从孙显波的电话里听出,她全程关注此案,并参与了操作。

今天没有接到她的电话。成林知道,这是她的风格,她从来就是站在他背后的人。应该给她打个电话。成林拿出手机,翻出了她的号码,又停下了。说什么呢?他犹豫了很长时间,又决定发个短信。他开始编辑短信:谢谢你!

谢谢你?无聊的话。他删掉了,重新编辑:大恩不言谢!不言谢?你又能怎样?他再次删掉了。

他编辑一次,删掉一次。一不留神按了发送键。一条空白短信“飞”到了辛小婷的手机上。成林悔恨自己的粗心,怎么办?发个短信解释一下?怎样解释?解释什么?同样是无聊之举。成林正想着,手机来了短信。一看是辛小婷发来的,他急忙打开,竟然也一个字都没有。成林呆住了——小婷,我的知己!

成林对这件事情的处理很低调。县委书记刘冰山,法院院长江振海,山头镇、马店镇党委书记都找他谈过话。他表示,澄清事实,撤销原判就够了,其他均无要求。刘冰山提出要在全县机关干部会上讲一下,消除对成林的误解。成林说,别为我一个小人物小题大做了,能在两个镇的机关干部会上讲一下,就知足了。

刘冰山却对这事很重视,他对江振海和两个镇的党委书记说:“成林胸怀大度,显示出了他的高风亮节,让我很感动。两个镇一定要在机关干部会上把事情讲清、讲透,消除对成林的不良影响。对成林的补偿,一定要按法律规定办。对于成林的工作,按停薪留职办理,给他时间把热力公司办好。成林是否回镇里工作,等热力公司正常运转了再征求他的意见。这些事情你们要亲自做,做妥善,不要牵扯成林的精力。”

事情就这样过去了,街头巷尾的议论却很长时间没有过去。

第四十一章

进入十一月上旬，热力公司的建设工程接近尾声，各种测试、试运行都在进行中。成林的心提到了嗓子眼上，整天在工地上转悠。

这天，成林路过工地办公室，见几个施工公司的经理都在，就进去了。温明玉见成林进来就说：“赵经理，我们在开碰头会，要求十号前各项工作全部结束，十号进入整体试运行，确保十五号正式供暖。你看这样安排怎么样？”

成林说：“谢谢各位！能确保不出意外，按时供暖就行。”

包经理说：“赵经理，你放心吧！我向你承诺过，要做出优质工程。我现在踏实地告诉你，如果这个工程不算优质工程，就证明我们以前从来就没有做过优质工程，以后也很难做出优质工程。”

热力设备公司的技术员说：“我们已进行两次点火试验，测试数据令人满意。相信我们的产品会达到预期效果。”

温明玉说：“赵经理不要多虑，我们的监理是认真严格的，你就把心放到肚子里，坐在办公室里听消息吧！”

县政府办公室秘书找到了成林，说，政府要求热力公司开业运行这天举行剪彩仪式。届时，县委刘冰山书记要亲自剪彩并讲话，电视台等媒体要进行全程录像和采访报道。成林想，经营性企业开业可以借助开业剪彩广泛邀请客户，大做广告。热力公司投入运营，有这必要吗？秘书看出成林的心思，说：“撤县设市仪式也将在近期举行，市区集中供暖，这是城市建设的里程碑，也为撤县设市工作画上了精彩的一笔。县领导要求热力公司一定要举行开业剪彩仪式，还要搞得隆重些。至于费用，可由县政府承担。成林想，是该好好庆贺一番，可想想自己的坎坷路，还是低调做人吧。成林答应了县里的要求，并把这项工作安排给了刘绍朋，由他出面筹办。

整体试运行结果令人满意。十一月十五日按时正式供暖，同时举行剪彩仪式。

剪彩现场就设在公司大门口。主席台在大门外，朝向门外的空旷地。主席台的背景大幕提前一天立起。大红的底色，贴着金黄色的大字：山海福民热力有限公司开业剪彩仪式。公司的院子成了现场的后台，两侧留着空间，可供车辆出入。

福民热力的名字是成林定的。给公司命名时，有人起了很多响亮的名字供成林参考。成林想，热力公司是为民造福的，没有必要起张扬炫耀的名字，踏踏实实地叫福民就行。

举行剪彩仪式这天早上，成林夫妇早早就到公司做准备。他们远远看见礼仪公司的人在从卡车上向下卸物资。成林看着这一车物资，觉得这仪式的气派要超出他的预想。

成林来到公司院内，职工们已经到齐了。刘绍朋正在组织他们布置宾客临时休息的地方。就在这时，一辆高档中型客车驶进了大院。成林感到惊奇，县领导们不会来得这么早吧？成林迎了上去。车停下，第一个跳下来的是姜明海。

原本成林考虑，是应该邀请姜明海和费利克斯的。考虑再三，还是放弃了。没想到他们不请自到，这让他有些不好意思。

姜明海很兴奋，下车抱起成林就转了一圈。放下后才握起成林的手说："老伙计，开业剪彩还保密啊？"

"堂堂正正地在大街上举行，怎么能说保密？"

"不保密为什么不告诉我一声？"

成林灵机一动说："不告诉你，你不是也来了吗？"

"是啊，我来了。还带来了二十几个人给你助威！费利克斯先生也来了。"姜明海说着向车上一指。

成林快速迎上去，与费利克斯握手拥抱。

姜明海说着又与迎上来的淑君握手，说：“嫂夫人，要不是成林在眼前，我也会把你抱起来转一圈！”

淑君笑盈盈地说：“小叔抱嫂子，没什么。你就抱起来转一圈吧！”

姜明海看了成林一眼，对淑君说：“你看成林那双眼睛瞪得，要是我把你抱起来转一圈，他还不当众给我两拳？”逗得众人大笑。

姜明海接着说：“嫂子，人都说男人找老婆要找个贤内助。可你把贤内助、贤外助都霸占了。我真妒忌成林！”

淑君看着周围有这么多人，有些不好意思，便说：“你别在这里耍贫嘴了。快领着客人们坐下，喝点水，歇一歇。”

费利克斯提出要到公司看一下。成林觉得时间还早，就领着他和姜明海等人向锅炉房方向走去。他们把锅炉房、水泵房、控制操作室等全部看了一遍。成林认真地把各种设施及整体运行程序介绍了一遍，并简单说了建设过程。费利克斯高兴地说：“奇迹！奇迹！在你手里总是有奇迹发生。”

他们用了两个多小时才看完。当返回大院时，成林傻了眼：车、人已经把院子挤得满满的。这么多的人，与原来预计情况相差太大。

成林在人群中寻找刘绍朋。在寻找的过程中他看到了江振海，看到了热力设备公司的门经理，看到了许多市直单位的领导和乡镇的领导，还看到了虎龙夼的乡亲们……他还看到了站在墙角的马文胜。

成林找到了刘绍朋和礼仪公司经理，一见面，成林急切地说：“来宾的单位、人数大增，怎么办？”

礼仪公司经理轻松地说：“这事对我们来说，是韩信点兵，多多益善。我们从来就不怕人多，而是怕人少。你们把来宾名单报给我们就行了。其余的你不要管，也不要担心。”他又略有所思地说：“看来今天的剪彩仪式要比预想的精彩得多！”他转身又对跟随他的人说：“再拉三十箱礼花弹！”

刘绍朋又向成林说：“中午用餐我已向宾馆打了电话，他们有充足的准备，让我们表示不要担心。”

他们又向在大门口进行来宾登记的容惠走去。

容惠是公司聘任来的大学生。她不仅专业知识强，而且还是位胆大心细、敢作敢当的姑娘。今天领导并没有安排她做这项工作。可当她发现第一批到来的客人与预先邀请的不符时，就快速找来了来宾登记簿，在门口进行来宾登记。

容惠见两位领导到来，马上说：“来宾比预先安排的要多得多，现在还有陆续到来的。”

成林说：“你把来宾情况列表，及时送礼仪公司。”

容惠答：“没问题。礼品的事，我见来宾增多，也重新联系了。又定了三百份，他们马上送到，用不完还可以退回去。赵经理，我见你们忙，就没有请示，自作主张了。对不起！”

成林微笑着点头赞许。他为有这样敢于“自作主张”的职工感到高兴。

准备工作就绪，音响开始工作，播放着《走进春天》等优美动听的歌曲。这时，一辆中巴车驶进了大院。成林等人迎了上去。首先下来的是市委书记刘冰山，接下来是政府、人大和政协的领导。领导们依次与大家握手。还没等成林请刘冰山等领导坐下，礼仪公司经理便来到他们面前，说：“领导们，准备工作已经就绪，请问可以开始了吗？”他是内行，知道什么时候该开始，什么时候该向领导请示。

刘冰山望着成林说：“来宾到齐了吗？”

“到齐了。”成林说。

“那就开始吧！”刘冰山说。

礼仪小姐来到宾客中间，协助他们佩戴上胸花，依次站好。当听到主持人宣布欢迎领导、嘉宾登场时，年轻漂亮的礼仪小姐们穿着红色的旗袍，戴着漂亮的头饰，庄重地引领着嘉宾走上主席台。主持人手持话筒对来宾一一介绍。

主席台背景大幕被彩球、彩带、绢花装扮得美丽而大气，两侧有两个漂亮的拱门。会场周围插满了彩旗，十几个硕大的气球高高飘在空中，下面挂着长长的彩带，彩带上写着各种各样的贺词。在广场的后面，摆着一排礼炮和多种礼花，有人在那里严阵以待。

主宾们在主席台中央，更多的来宾则站在主席台两侧。

台下站在最前面的是第一小学的军乐队和他们的全体师生。小学生们手里拿着花束和彩球，井然有序。

热力公司开工建设后，小学校长找到成林，问能否给小学供暖。成林说没有问题。校长说学校经费紧张，承担不起。成林说，首先要保证孩子们取暖，经费慢慢争取，争取不下来就拖欠一下，热力公司也可根据盈利情况给予适当减免。校长听了非常感激。热力公司要举行剪彩仪式，校长去了礼仪公司，说学校要参加剪彩仪式，让他们给予安排。

小学师生后面的是大秧歌队。他们穿着彩衣，戴着头饰，化着浓妆，精神饱满地在等待着。到最后成林也不知道秧歌队是礼仪公司邀请的，还是民间自发组织的。秧歌队后面是施工公司的全体职工，周围是附近的居民，还有虎龙夼的乡亲们。

宣读来宾完毕，伴随着动听的音乐，传来了主持人高昂有力的声音："冬天到了，冬天有冬天的美。纷飞的雪花让大地披上特有的盛装，把人们带进幽雅恬静的世界。冬天有冬天的浩气，凛冽的寒风在考验着大地的一切。冬天有冬天的内涵，它让该去的去掉，该留下的蓄势待发。冬天在孕育着春天！让我们在这美丽的冬天里，把春天送进千家万户！让我们欣赏着冬天的美景，享受着春天的温馨！我宣布：山海福民热力公司供暖剪彩仪式现在开始！"

话音刚落，军乐奏起。礼炮、礼花弹响起，秧歌队的锣鼓敲得震天响。彩球从小学生们手中放飞，随着微风徐徐上飘。礼炮弹出的彩屑随风缓缓下落。

看着这壮观的场面，成林感慨万千……

主持人的陈词，成林一句也没听清。当主持人说到，欢迎福民热力公司经理赵成林先生致辞时，他才回过神来。他走向麦克风，从衣兜里拿出了致辞稿，他展开看了一眼，又折叠起来装进衣兜。他扫视了一下全场说道："各位领导、来宾、朋友们！父老乡亲、兄弟姐妹们！今天，福民热力公司能顺利地投入运行，是因为你们站在这里。你们不是今天才来到这里，而是在确定成立热力公司的那一刻，就站到了这里，对热力公司的建设鼎力相助。正是你们的相助，才使得整个建设能优质高效的完成。作为公司的具体建设者，我对你们表示衷心的感谢！”

他向台下深深鞠躬，转过身，又向主席台上的宾客深深鞠躬。

他对着麦克风继续说：“回想着公司建设过程中那感人的一幕幕，让我深深地不安。这种不安，会促使我在造福民众的道路上竭尽全力地工作，绝无二心。我今天代表热力公司和我个人作出承诺：造福民众，永远是热力公司的工作宗旨！我们绝不会辜负领导的信任、居民们的期望！”

全场掌声雷动。

市委书记刘冰山从容地走向麦克风，发表贺词并赢得了掌声。掌声停止，刘冰山放下了手中的稿件，真挚地说：“成林夫妇忍辱负重，锲而不舍。手拉手，肩并肩。用他们赤诚的心，默默地为民众的福祉拼搏着。他们发挥自己的智慧和魄力，用不到一年半的时间将热力公司建成，并按时投入运营。这是一个奇迹！这是平凡的人作出的奇迹。他们是山海市人民的骄傲！

一个人要得到别人的尊重，就要具备让别人尊重的资格！成林夫妇以实际行动赢得了全市民众对他们的尊重！我代表市委市政府以及我个人，对成林夫妇道一声：你们辛苦了！”

掌声久久不息，成林夫妇向前一步，深深地鞠躬。刘冰山拿起讲话稿，继续讲着……

刘冰山认识淑君是近一年的事。他关心热力公司的建设，时常来工地看一下。他很少见到成林，却每次都能见到淑君。他向淑君询问一些情况，淑君都能讲得清楚，听上去有条不紊。这让刘冰山大为惊讶。“成林这个呆人，还培养了个呆老婆。”这话曾传遍全县。现在他见到淑君，觉得成林不是呆人，淑君更不是呆人。他赏识成林，也赏识淑君。

听着刘书记的讲话，成林向淑君望去，见她脸阵阵发白。他心里一阵疼痛，心中默语：淑君，你坚持住！剪彩结束，我先送你回家休息。

刘冰山的讲话结束了，主持人宣布开始剪彩。一队礼仪小姐拉着彩捧着花，登上了主席台。又一队礼仪小姐端着托盘走上台来，引导着刘冰山、江振海、费利克斯、门经理上前剪彩。剪彩一结束，主持人高声喊着：“剪彩成功！福民热力公司投入运行，供暖开始！”

公司操作间里的职工们听到了这声音，迅速按下了各种按钮，打开了各种阀门。只见高高的烟囱冒出团团白烟，徐徐飘动。输送管道内的水带着温暖流向了千家万户。

台下的礼炮和礼花弹再次发出清脆的响声，场内小学生们奏起了军乐，秧歌队徐徐起舞……

仪式结束了，淑君艰难地向办公室走去。成林对刘绍朋说：“你们招呼客人到宾馆。我有点事，一会就到。”说完他就快速走向淑君。他扶着淑君发软的身子上了那辆旧吉普车。他们走了公司的侧门，避开人们的视线，快速向县医院驶去。

他们的举动没有几个人察觉，可有一个人看得很清楚，她是辛小婷。辛小婷今天也来了，她在热力公司对面七层楼的阁楼里，俯视着这里的一切。看着今天的场面，她激动、自豪！当听到刘冰山的讲话时，她流下了热泪。

她一直在关注着成林，当看到成林扶着淑君上了车时，她一阵心跳，快速下了楼。

第四十二章

成林带着淑君到了县医院。医生简单问了一下病情就说:“先做个胸透吧。”他们来到放射科,进入了透视室。医生在显示屏上简单一看,没给任何结论又把淑君带到了CT室。做完CT,成林扶着淑君坐在走廊的连椅上,等待CT结果。

过了几十分钟,医生把成林叫进了读片室。医生面容严肃地把CT报告单递给了成林。成林一看,结论栏里写着:肺癌,晚期。

成林一惊,瞪大了眼睛望着医生:“您是不是搞错了?”

医生说:“赵经理,我多么希望是搞错了! 可是……”

成林说:“我要带她到港城医院去复查!”

医生说:“赵经理,我赞成你带李大夫去港城医院。那里的设备、医疗条件都比县医院好。”

成林出来,扶着淑君就往外走,他告诉淑君要到港城医院重新检查。淑君也似乎意识到了什么,但没有多说,跟着成林上了车。

时间已过十二点了,刘绍朋把客人们都安置好了,就等成林了。这时手机响了,他按下接听键,听到了成林急促的声音:“你代表公司和我接待好客人,并向他们表示感谢。这几天的工作你全权处理,不需要向我请示。”接着手机挂断了。

刘绍朋看见过成林扶着淑君上了车,此时听了这电话,觉得情况严重。他立即找到容惠说:“你去医院看一下,赵经理和大嫂是怎么回事。”

容惠走后，刘绍朋向客人们解释了成林没到的原因，酒宴就开始了。容惠很快就回来了，她把刘绍朋叫出来说了一阵。刘绍朋从兜里取出了一张银行卡说："你到宾馆对面的银行把钱取出来带上。这卡可以异地取款，我下午再打上足够的钱。你尽快把钱送给赵经理。"

容惠转身就走。她出了宾馆，走到银行门口，看见辛小婷从银行里走出来。她见了容惠就问："你要做什么？"容惠答："取点钱，赵经理……"她还没说完，辛小婷把一沓钱塞进她的背篼，又招手拦下了一辆驶过来的出租车，说："你快走！"

容惠上了车，一路催促着司机。她估计成林会去港城中心医院。她赶到港城，走进中心医院大厅，她看到了成林手拿交款单在收款处附近，她快速赶过去。

成林拿着交款单来到交款处时才发现自己没带钱。他正懊恼时，容惠迎了上来，说："赵经理，钱我带来了。"说着就把钱掏了出来，成林接过钱就去交款。

检查结果一直到下午下班时才全部出来。结论与在县医院的检查结果一样：肺癌晚期，并有多处转移。

成林觉得魔鬼在朝淑君逼近。他必须冲上去把它干掉！医生催促他去办住院手续。他思索了片刻，又把电话打到了省城高永正家。

高永正是他大学同学。姜明海召集他们相聚时成林得知他爱人在省城肿瘤医院工作，是这方面的专家。高永正刚下班回家就接到了成林的电话。他把爱人叫过来，按下了免提键，一起听着成林的电话。听后，高永正的爱人说："建议来省城。这里的医疗条件更好些，医生也更专业些。"

成林打完电话，告诉容惠："去把你大嫂扶过来，在门口等着。我去开车，咱们到省城。"

"不行！"容惠说。

成林不理容惠，边大步向外走边说："怎么不行？这里还能由你说了算！"

容惠见成林失去了理智，她快速跑到成林前面挡住他，吼叫般地说："你敢开车去省城，我就敢躺在你的车轱辘底下！"

成林一怔，看着容惠严厉地说：“你要干什么?”

容惠稍平静一下，看着成林说：“赵经理，你冷静一下，听我把话说完。大嫂从早上到现在已有十几个小时没吃、没喝、没休息了！你再跑到省城，还需要五六个小时，就是好人也被拖垮了，更何况她是个病人！她现在急需休息！你也一样，一天没吃没喝，又要开五六个小时的夜车。这种极度疲劳和急躁下的夜车，不是很危险吗?”成林怔怔地看着她，她看着成林继续说：“再说，咱们半夜到了省城能治疗吗?还不是要等到明天上班?赵经理，听我的。咱们就近找个旅社住下，吃点饭尽早休息。我去约个车，咱们明天早上起早走，争取上班时赶到省城医院。你看这样好吗?”

听了这番话，成林才发现自己已经被焦急冲昏了头脑。他看着容惠焦急和担心的目光，同意了她的安排。

他们来到一家旅馆办理了入住。成林对容惠说：“你去买点饭，咱们就在房间里吃。”

成林扶着淑君来到房间，让她坐下休息，又给她倒水洗脸。

淑君在医院工作十几年，一切是瞒不过她的。一天的检查让她明白了自己的病情。可她很坦然，看着焦躁的成林平静地说：“成林，你是男子汉，遇到天大的事也不能急躁。要冷静，把事情看淡些，要有点大将风范。”

听着淑君的话，成林真想抱着她哭。这时容惠进来了，成林说：“你陪你嫂子先吃着，我出去一下。”

刚一出门，他的眼泪就流了下来。他擦干泪水，出了旅馆，在沿街的小摊上买了包烟。

他们来到省城肿瘤医院，在这里度过了两个月。由于淑君的肺癌已多处扩散，无法进行手术，只能进行保守治疗了。

几次化疗下来，淑君瘦了很多，黑了许多，头发也开始脱落了，可效果并不明显。这期间亲戚和朋友们来探视过多次。他们也想留下来照顾淑君，都被成林劝回去了。成林一刻也没有离开，亲自照料淑君。容惠一直在这里帮着成林照顾淑君。成林几次催促她回去，她说，什么事都可以听你的，唯独这件事不能听你的，这也是刘绍朋的安排。

容惠无微不至地照顾着淑君。淑君和成林都很感激她。

晚上，都是成林陪伴淑君。这天，夜深了，四周都静了下来，淑君和成林都没有睡。淑君说："成林，咱们回家吧。"

"不能回去，把你的病治好了再回去！"成林说。

"你听说过这种病能治好吗？"

"能，一定能！只要有一丝希望我就不会放弃。"

"有一丝希望就不要放弃，可要是一丝希望也没有了呢？"

"医生有治疗方案，就是有希望。"

"傻成林，只要人活着，医生就要进行救治，就有方案。明知一丝希望也没有了，也要这样做。这是医生的职责，他们在满足人们的求生欲望，在实行人道主义。"

"我也要尽到自己的职责，把你的病治好。"

"可你考虑我的感受和愿望了吗？"

"你有什么愿望，我一定满足你。"

"咱们家供暖了吧？"

"供暖了。"

"可我还一次没有享受到，咱们亲手建起的热力公司向咱们家供的温暖。我想回去好好享受一下。"她歇了一会儿，接着说："再说，春节就要到了，我还想和儿子、和他爷爷奶奶一起过个快乐团圆的春节。"

"这些和给你治病比起来都不重要。"

"成林，难道你真的要让我客死他乡吗？我知道，我还有几个月的时间。这几个月，我不要躺在医院里，我要生活在自己的家中，享受我们温馨的家庭生活。这几个月，我要长出头发，要漂漂亮亮地走。我走，你就让我在咱们家里，躺在咱们的床上。好吗？"

成林抱头痛哭："淑君，我满足你的愿望……"

"成林不要哭，你是男子汉，男子汉的眼泪比血贵重。"

成林抽泣着说："是我害了你，你跟着我受屈受累才得的病啊！我对不起你啊……”

“别胡说了。人生无常，世事难料。这事摊到咱们头上，咱们就要面对。要扛得起，顶得住，显示出咱们的风范。”

成林趴在床上抽泣着，淑君抚摸着他的后背说：“跟着你十几年，走过了风风雨雨，也伴随着快乐和幸福。芹姐说过，跟着你，要饭吃也比他们吃得香。说得好啊！我再加一句，跟着你，我觉得自己也是个人。”

“淑君！”成林哭出了声。

第二天，他们踏上了回家的路。

春节已过去三个月了，淑君的病情日渐加重。她气喘吁吁，说话都很艰难了。这天，淑君把成林叫到床前，缓缓地说：“成林，有些事情我要向你交代一下。”

“你说吧。”成林答应着。

“我走后，你去找辛小婷。”

“不要胡说！”

“我没有胡说。我了解她。”

“你怎么了解她？”成林感到意外。

“你在山头镇的那场风波，你还记得吧。我信任你，可心中还是困惑。是刘秋兰把一切告诉了我，并不让我告诉你。现在，我就把实情告诉你吧。辛小婷为了迫使爸爸保送你上大学，找了个大黑锅自己背上。你大学毕业了，阴差阳错你俩的误会没解开，得知咱们谈恋爱了，她又以死相威胁，迫使秋兰姐不要去揭开这个黑锅。为了咱们的家，她默默地背着黑锅十几年，她没有怨言。每当关键时刻，她还会站出来为咱们遮风挡雨。我打心眼里感激她，她是咱们的恩人啊！”淑君艰难地说着。

“即使这样，我也只有你一个妻子，没有人能够占据你的位置。”

“别乱说了。你还有咱们的事业，你需要人照顾，儿子、父母都需要人照顾。她是我最信任的人，只有她来，我才会放心。”

成林哭了，他跪在床前，趴在了床上。

“你答应我，我走后，你去找她。如果她肯原谅咱，你就娶她。你还要答应我，要好好地待她。你不答应，我闭不上眼啊！”

成林痛苦地说：“我答应你。”

淑君面带微笑，轻轻地说着：“你、儿子、父母，这个家的一切，我没有挂念了，全都放心了。”

晚上，淑君说：“成林，很长时间你都是和衣而睡，太辛苦你了。今晚咱们洗洗澡，好好睡一觉，好吗？”

成林答应着。淑君不能起床了，成林用毛巾蘸着温水，给淑君全身擦洗了一遍，并换上干净柔软的内衣。淑君一脸的幸福，配合着成林。照料完了淑君，成林又自己洗了个澡，和淑君一个被窝躺下了。

淑君说：“成林，我枕着你的胳膊。”

成林把淑君的头轻轻抬起，把胳膊慢慢放到了她的头下。他轻轻地抱着淑君，躺着。

淑君满足地说：“真舒服啊……”

她很快进入了梦乡。她睡着了，永远地睡着了。

成林泪流满面。

第二天早上，成林又给淑君擦洗了一遍，里外都换上了全新的衣服，又给她梳了头，化了妆，戴上了头饰和后来补上的结婚戒指。他让容惠把儿子从学校里接回来，打电话通知了所有亲属。

儿子哭成了泪人。可懂事的孩子还是听着爸爸的吩咐做着应该做的事情。

他与儿子一道回了虎龙夼，到赵家茔地给淑君选择了安葬位置。这里安排妥当，他们又返回县城，接待安置淑君的父母、弟妹等人。这一切安排完毕，已是深夜了。

第二天早上，成林带着亲友们去见淑君最后一面。走近殡仪馆，成林见大门内外有很多人、很多车。成林心想，又有谁家的人去世了，好大的场面。当他进了大门才知道，这些人是在等他们。吊唁厅里挂着黑底白字的横幅，上面写着：沉痛哀悼李淑君大夫。吊唁厅内外摆满了花环，淑君安详地躺在鲜花丛中，端庄而美丽。

成林、儿子及亲属们站在一侧。没有主持，没有悼词。随着哀乐响起，吊唁的人们三五人一组，井然有序地走近淑君的遗体，鞠躬告别。前来吊唁的人有刘冰山的秘书、江振海、费利克斯、姜明海、门经理……成林还看到了马文胜。有医院的人、山头镇的人、虎龙夼的人，还有很多他不认识的人。赵成林这个沉着稳重的钢铁汉子，第一次当众失声痛哭……

马文胜随从众人，在淑君的遗体前鞠躬告别，又走向成林。他双手握着成林的手，微微弯了一下身子，什么也没说。他出了吊唁厅，默默地离开了。

马文胜与成林认识有十几年了。尽管真正相处时间并不多，但他很了解成林，成林也很了解他。如果条件合适，他们本该成为知己。

在战山河的两年，如果成林有一定的社会背景，他们可能成为好友；如果成林能同他旗鼓相当，他们也可能成为好友。可偏偏成林既没有社会背景，又在各方面胜他一筹。他想压着成林，却望尘莫及。妒忌使他对成林产生了怨恨，怨恨又让他用卑劣手段处处找碴。可这一切没有贬低成林，反倒贬低了自己。他明白，自己做在明处的成林知道，做在暗处的成林一想也会知道。有段时间他一直回避着成林，生怕成林把他堵在一个角落，狠狠地揍他一顿。

冤家路窄。成林大学毕业又回到了县城，风风光光地度过了一年又一年。他发自内心地佩服成林，彻底地认输了。可成林突然变成了贪污犯。他心中想着，看似是堂堂正正的君子，背地里也干着见不得人的事。他找机会把成林奚落了一番。可没想到奚落也没奚落到点子上，没过多久又给翻过来了。这让他很尴尬。

热力公司开业举行剪彩仪式，县里的领导要亲自剪彩，他所在的城关派出所也组织去，他跟随人们一块去了。他想见到成林，可更怕见到成林。他觉得有很多话要和成林说，可又觉得没有脸面和成林说话。

成林的道路坎坷，事业跌宕起伏，但正是这样的经历让他变得富有。相比之下，自己的道路是那样平坦，事业是那样平庸。过去的日子里，他也曾掀起过浪头，可那是过往云烟，事后连自己都不敢提起。与成林相比，他感到了自己的渺小。

昨天下午，他去买了花圈和鲜花。花圈的挽联该写什么？他想了想写上了：平平凡凡有人敬，默默离去众人哀，哀悼一位平凡无愧的人。他一改平时的作风，没有写哀悼谁，也没写是谁的哀悼。

他怕去的不是时候，遇到不应该见的人。就在临近下班的时候去了殡仪馆。他走近吊唁厅，见厅前已挂上了悼念的横幅，门是开着的，他进去了。里面有三个人，一个是遗容师，在忙碌着给淑君化妆整仪；一个是辛小婷，她在旁边帮忙；还有赵明生在布置着花圈。辛小婷抬头看了他一眼，没有说话。他放上花圈，摆上了鲜花，就出来了。他见到辛小婷的第一反应是她会骂他，把他赶出去。可她没有这样做，他觉得她就是这样做也不过分。第二天早上，他随着人群，来到吊唁厅，虔诚地参加完了告别仪式。

他默默地想：淑君，请你接受一个忏悔的人对你的真诚哀悼吧！

灵车缓缓驶进了虎龙夼。中夼村村头站满了人，他们自发地为淑君送行。伴随着哀乐，灵车徐徐停下，成林的儿子抱着妈妈的灵骨盒缓慢地下了车。四个人迎上去接过灵骨盒，放到了四人抬的灵轿上。他们用古老传统的最高礼仪，安葬这位受人尊敬的赵家媳妇。

这时，只见成林的妈妈疯一样地冲开人群，扑向灵轿。她双手拍打着灵轿，大声哭喊着："我的好媳妇，我的好媳妇啊！你为什么要弃我而去？……老天爷啊！老天爷，你瞎了眼！你为什么不让我替她走！老天爷啊！老天爷！……"

她哭得撕心裂肺，在场的人无不落泪。

在给淑君下葬的同时，有人看见赵家老茔地西面的小山顶上，有一个人在跪着，抹着泪，焚烧着纸钱。

她不是本夼人，可还是有人认出了她。因为十几年前她是这里战山河兵团的一员。她叫辛小婷。